曾缄诗选评

邓建秋 著

哈尔滨出版社

图书在版编目（CIP）数据

曾缄诗选评 / 邓建秋著. —— 哈尔滨 : 哈尔滨出版社, 2022.7

ISBN 978-7-5484-6517-1

Ⅰ.①曾… Ⅱ.①邓… Ⅲ.①曾缄—诗歌评论 Ⅳ.①I207.22

中国版本图书馆CIP数据核字(2022)第081191号

书　　名：曾缄诗选评
ZENG JIAN SHI XUAN PING

作　　者：邓建秋　著
责任编辑：杨浥新
封面设计：成都惟文文化传播有限公司

出版发行：哈尔滨出版社（Harbin Publishing House）
社　　址：哈尔滨市香坊区泰山路82-9号　　邮编：150090
经　　销：全国新华书店
印　　刷：成都市兴雅致印务有限责任公司
网　　址：www.hrbcbs.com　　www.mifengniao.com
E-mail：hrbcbs@yeah.net
编辑版权热线：（0451）87900271　87900272
销售热线：（0451）87900202　87900203

开　　本：710mm×1000mm　1/16　印张：24.75　字数：330千字
版　　次：2022年7月第1版
印　　次：2022年7月第1次印刷
书　　号：ISBN 978-7-5484-6517-1
定　　价：128.00元

凡购本社图书发现印装错误，请与本社印制部联系调换。

服务热线：（0451）87900279

作者简介

邓建秋，四川省渠县人，中华诗词学会、中国诗歌学会、四川省作家协会、四川省诗词协会会员，巴山诗社社员，四川省诗词协会副会长，渠县宕渠文学院院长，《岷峨诗稿》副主编，《渠江文艺》主编，渠县文学年鉴《此心安处是宕渠》主编，出版有诗文集《壮岁集》，先后在《诗刊》《中华辞赋》《中华诗词》《诗词中国》《岷峨诗稿》《诗词四川》《中国韵文学刊》《星星·诗词》《草堂》等省级及以上刊物发表诗词作品200余首，入选《现代全蜀诗抄》《当代中华诗词集成·四川卷》等书籍，其诗评入选《当代蜀诗点评初集》，为第四届"诗词中国"传统诗词创作大赛一等奖等多项诗词大赛大奖获得者。

前　言

周啸天

不知道曾缄（1892—1968），总该知道仓央嘉措。而曾缄，就是将仓央嘉措的情歌译为七绝体，而被公认成就最高的那个译者。译诗自序云："民国十八年（1929 年），余重至西康，网罗康藏文献，求所谓情歌者，久而未获，顷始从友人处借得于道泉译本读之，于译敷以平话，余深病其不文，辄广为七言，施以润色。"

译诗六十六首，略举四例："心头影事幻重重，化作佳人绝代容。恰似东山山上月，轻轻走出最高峰。""曾虑多情损梵行，入山又恐别倾城。世间安得双全法，不负如来不负卿。""密意难为父母陈，暗中私说与情人。情人更向情人说，直到仇家听得真。""美人不是母胎生，应是桃花树长成。已恨桃花容易落，落花比汝尚多情。"

直是落花流水，香草美人，情辞悱丽，兴象高华，自然协律，余韵欲流。深合风人之旨，足见天机清妙。其为汉译经典，上可与北朝民歌汉译《敕勒歌》并肩，下可与姚茫父五言绝句版《飞鸟集》媲美，诚译诗之有滋味者。使人恍想藏中男女，于雪域晨昏，高歌一曲，将使万里寒光，融为暖气，化高山之积雪，回大地之春光。虽属译文，实等再造。至其为论，亦有石破天惊之语："故仓央嘉措者，佛教之罪人，词坛之功臣，卫道者之所疾首，而言情者之所归命也。西极苦寒，人歆寂灭，千佛出世，不如一诗圣诞生。"（曾缄《仓央嘉措略传》）六世达赖泉下有知，闻此数语，亦当滴泪谢曾缄。

作诗者欲成大器，须具备两个条件。一条是天机清妙，或谓"多于情"；一条是学识渊博，或谓"深于诗"。天机清妙者，不学而能。学识渊博者，肚里有货，因看到份上，而写到份上。如曾缄者，可谓一身双兼。缄字慎言（一作圣言），四川叙永人，早年游学北大，为黄侃高足。黄先生教学研究之余，喜携学生游山玩水，而经常侍坐的两人中，即有曾缄。无役不与，宴谈常至深夜。故人戏称"黄门侍郎"。今存《西郊禊游诗》，其序作于1940年，时黄先生已下世：

> 西郊者，在燕京西直门外，都人所谓三贝子花园者也。易代而后，更名万牲，槛兽笼禽，此焉罗列。鸟兽咸若，草木毵然。公以戊午（1918）上巳之辰，与缄修禊于此，憩豳风之馆，升畅观之楼，遂仿柏梁，赓为此作。属咏未已，时已入暮，司阍逐客，踉跄而归。其后思之，未尝不笑乐也。良辰赏心，忽逾一纪；昔游在目，遂阻重泉。而缄忝厕门墙，获陪游衍。学射吕梁，曾惊掉臂；抚弦海上，粗解移情。乃奉手未终，招魂已断。池台犹昔，而觞咏全非；翰墨如新，而墓木已拱。抚今怀昔，良以怆恨，故述其由来，追为此序。嗟乎！子期吊旧，悲麦秀于殷墟；叔夜云亡，聆琴音于静室。即斯短制，悼念生平，固将历千载而常新，怀三年而不灭。第摩挲断简，腹痛如何！

含英咀华，锦心绣口，备见才情。程千帆赞不绝口，说："真是文情并茂。今日读来，当时情景犹在目前。"其古文造诣之深，非同凡响。诗可以玩，须思路开阔，腹笥广大，熟能生巧，始能兴之所至，达到信笔为之，亦精彩纷呈，举重若轻的境界。

曾缄北大毕业后，曾就职于蒙藏委员会，接触许多藏文化。对仓央嘉措其人，产生了浓厚兴趣，始有意搜集、整理、重译情歌。曾缄重译情歌既毕，六世达赖的形象已在眼前活动起来，于是兴不可遏，又仿元白诗体，创作了一首长篇歌行——《布达拉宫辞》。此诗是曾缄代表作，重中之重。盖七言歌行入唐，吸收《西洲曲》及近体诗之韵度，在四杰手中造成一气贯注而又缠绵往复的诗体，特征是四句为节、节自为韵、韵有平仄、换韵处必用逗韵，仿佛是由若干绝句组成；于修辞则多取顶针、回文、对仗、复迭，以增其缠绵。中唐元白，则更多地融入叙事成分，一变而为以《长恨歌》《连昌宫词》为代表的元和体。至晚唐有韦庄之《秦妇吟》，至清初有吴伟业《圆圆曲》。曾缄的《布达拉宫辞》，正处在元、白、韦、吴的延长线上。

作者就希代之事加以润色，沉郁顿挫，哀感顽艳，妙语连珠，天花乱坠，如"黄教一花开五叶，第六僧王最少年"，如"只说出家堪悟道，谁知成佛更多情"，如"偶逢天上散花人，有时邀入维摩屋"，如"僧院木鱼常比目，佛国莲花多并头"，如"浪作寻常侠少看，岂知身受君王顾"，如"悔不行空学天马，翻教踏雪比飞鸿"等等，散行之中，杂以骈语，直令人目不暇接，口舌生香。前人赞美白居易与《长恨歌》之语，如"多于情，深于诗"（王质夫称白居易），如"其事本易传，以易传之事，为绝妙之词，有声有情，可歌可泣"（赵翼称《长恨歌》），移诸曾缄及《布达拉宫辞》，恰似量身定做，无不得体。

曾缄以惺惺相惜的态度写仓央嘉措、译仓央嘉措——本着一种我即仓央嘉措，仓央嘉措即我的态度，信息对称，物我两忘，始臻形象思维之妙境，宜有超越同侪的成就。于是我们可以说，在仓央嘉措成就曾缄的同时，曾缄也成就了仓央嘉措及其情歌。

一如白居易于《长恨歌》外有《琵琶行》，吴伟业于《圆圆曲》外有《楚两生行》，曾缄于《布达拉宫辞》之外则有《双雷引》，这也是一篇叙事体的歌行。这首诗写的是上世纪中叶社会巨变的背景下，所发生的一个人琴相殉的悲剧。白居易曾带着复杂心情说，读者喜欢他的感伤诗，即《长恨歌》《琵琶行》，超过喜欢他的讽喻诗，是"时之所重，仆之所轻。"《布达拉宫辞》《双雷引》即曾缄之感伤诗也。而曾缄歌诗之长于讽喻者，则有《丰泽园歌为袁世凯作》，诗序杂取佚闻，亦饶文采。如"袁世凯任中华民国总统，以清丰泽园为总统府，署其门曰新华。国史馆长王闿运过之，佯为不识曰：此'新莽门'耶？盖讥其有异志也。"如"安徽督军倪嗣冲先期献龙袍，以尺寸不合发还。倪大恚，移赠名伶刘鸿升。鸿升一日演《斩黄袍》一剧，所斩者即此袍，识者以此知其不终。"如"四川督军陈宧，世凯倚为心腹，至是亦通电宣布独立。世凯知大势已去，中夜仰药自杀。时陕西督军陈树藩、湖南督军汤芗铭亦同反帝制，故时人语云：'杀世凯者，二陈汤也。'"等等，令人读之掩口葫芦，亦史笔也，不但可助谈资。作者以诗存史，材料丰富，叙事纡徐。写出逆一个历史潮流而动的窃国大盗，所必然遭遇的众叛亲离、祸及身家的可悲下场。堂堂正论，出以滑稽突梯。嬉笑怒骂，皆成文章，极富喜剧性，非大手笔不办。

曾缄性情中人，平素遇事入咏，无论何种题材，信手拈来，皆成妙谛。使读者于忍俊不禁中，深长思之。如《张献忠屠应试秀才丛葬一处名曰秀才坟又曰酸冢偶过其下戏作一诗》："想是张王爱鬼才，故将措大付蒿莱。千秋怨气冲霄汉，一片书声出夜台。汉殿儒冠成溺器，秦庭经籍化寒灰。人间不少攒眉事，唱彻秋坟君莫哀。"

在我看来，诗有两种好，有一种叫想得到的好，有一种叫想不到的好。想得到的好，是锦上添花。想不到的好，是雪中送炭——从来不需要想起，永远也不会忘记。诗词作者，都应该追求想不到的好。如曾缄这两首诗，前诗的"一片书声出夜台"，寓沉痛于调侃；后诗的"可怜鸡更瘦于人"，于自嘲中有悲悯。是含着泪的笑，都有想不到的好。

2019年达州市巴山文学院首届中青年作家高级研修班开班，余忝列文学评论方向导师，招生两名，其一即邓建秋。建秋于上世纪80年代毕业于西南师大中文系，曾师从谭优学、曹慕樊诸名师。他资质聪慧，兼以力学，遂有所成。毕业后虽从政，而于学问未稍懈怠，尤好诗词写作，工于七言律诗。在"诗词中国"及国内多项诗词赛事中，屡获一二等奖。倘修诗词写作，可以直取文凭。既修评论，遂建议他研究曾缄诗歌，作一选评本。建秋欣然应承，历时一年，斥弃百虑，潜心研读寸铁孙整理出版的曾缄诗文集三种（《寸铁堪诗稿》《康行集》《折腰集》）以及相关著作，遴选曾缄各体诗歌近300首，逐一评析，并撰论文（概述）一篇置首。书稿分量适中，评析驾轻就熟，颇多独到见解。快读一过，喜其扎实。爰为前言，促其印行，以公诸同好云尔。

2022年3月3日于成都双流江安花园

连篇更写风云状，语不惊人亦自奇
——曾缄诗概述

邓建秋

心头影事幻重重，化作佳人绝代容。
恰似东山山上月，轻轻走出最高峰。

曾虑多情损梵行，入山又恐别倾城。
世间安得双全法，不负如来不负卿。

读着这些缠绵悱恻、哀感顽艳的诗，人们无不为之动容。于是，就都知道了仓央嘉措。

正因为这些诗的广为流传，人们也同时知道了这些诗的翻译者——曾缄。

仓央嘉措的这些诗原为藏文，曾缄在于道泉译本的基础上，以意逆志，施以润色，广为七言，这就是如今为人熟知的《仓央嘉措情歌六十六首》，这也是公认水平最高的译本。所以有人说，曾缄成就了仓央嘉措，仓央嘉措成就了曾缄。

其实，曾缄本身就是一位有着很高水平的诗人。

曾缄（1892—1968），四川叙永人，字慎言，一作圣言，晚号寸铁老人。1917年毕业于北京大学中文系。民国时期先后任刘禹九师部秘书、李家钰秘书、田颂尧秘书、刘文辉秘书，历任四川乐至、什邡、江北、雅安等县县长，四川参议会委员，西康临时参议会秘书长、蒙藏委员会委员，四川国学专门学校教务长，四川大学文学院教授，四川大学中文系系主任兼文科研究所主任。建国后任四川大学中文系教授。

曾缄家学渊源，其父曾繁祉（号梓轩、春蕤堂主）亦工诗，所作《满城风雨近重阳》诗："满城风雨近重阳，秋气堪悲况异乡。不定浮沉菰米黑，更无消息菊花黄。催租吏去诗宜补，送酒人来兴倍长。便拟桂湖同一醉，登高有句付萸囊。"自具功力。曾缄考入北大后，师从著名语言文字学大家黄侃先生，有"黄门侍郎"之誉，在古典文学和诗词、书画等方面有很深的造诣，特别是他的诗，具有很高的艺术成就。

曾缄一生写了大量的诗词。据不完全统计，他的诗集有《牵牛花诗稿》（1927年）《凿空集》（1931—1943年）《涉趣园漫录之诗》（1936—1937年）《康行杂诗》（1938—1940年）《红棠翠筱轩杂稿》（1939年）《雅安杂诗》（1940年）《骢马集（初稿）》（1940年）《辛巳漫稿》（1941—1942年）《临边集（未定稿）》（1944年）《听蝉宦吟草》（1949—1950年）《寒斋诗稿》（1954—1957年）《峨眉记游诗》（1956年）《青城记游诗》（1945，1957年）《越翠宦诗稿》（1957—1959年）《北上诗稿》（1959年）《青松馆诗稿》（1960年）《晚食斋诗稿》（1961—1962年）《頮楼诗稿》（1963—1964年），另外还有《人外庐诗》《西康杂著》《西征词》《西征集》《宣华词》《寸铁堪词存》《人外集》《人庐诗》《诸宋龛诗草》等诗词集，这些诗稿大多已经散失。而最著名的当属《寸铁堪诗稿》，这是曾缄晚年时几经增删，亲手定稿，收录了他大致作于1939年至1964年间的660余首诗，却因故没有付梓。近年来曾缄后人曾倩（寸铁孙）致力于曾缄作品的收集、整理、出版，在2015年整理出版《寸铁堪诗稿》的基础上，又于2021年整理出版了曾缄诗文集《康行集》三卷。

从目前所能看到的曾缄诗中，我们可以看到，除唯一一次出川之外（见《北上诗稿》），曾缄一生的活动范围几乎都在四川（包括原西康省所属康定、雅安），特别是在雅安、康定、成都三地所写之诗非常集中。虽足不出川，但其诗题材非常广泛，所写的内容异常丰富，可以称得上无所不包，几乎达到了无所不可的地步，这些诗所呈现出来的风格特征也多彩多姿、丰富多样。这里拟以曾缄诗句为题，以文本为据，从其工作、家庭、交游、行旅、览古、咏物及诗风等方面，分作简析概述，力图对曾缄其人其诗有一较为完整的了解。

严武幕中容杜甫，本初弦上著陈琳

这两句诗是曾缄《赴康定》诗中的颔联，这里以杜甫、陈琳自比，用杜甫在安史之乱中逃难到成都，受剑南节度使严武接济、推荐，以及"建安七子"之一的陈琳受袁绍（字本初）接纳入幕、使典文章的故实，既表达自己的感激之情，同时也表达自己将奋发作为以报知遇之恩的决心，是曾缄当时工作、生活、情感的真实写照。

民国时期，曾缄大多数时间都在雅安和康定工作，先后任雅安县长和民国蒙藏委员会委员、西康省临时参议会秘书长。1941年，曾缄在其《四我诗》序言里说："予前后往来康雅者五。"在当时的交通条件下，已经是非常频繁的了。他在这一时期写了大量诗歌，除收录入《寸铁堪诗稿》的诗作外，很多诗都汇编成集，如《凿空集》《康行杂诗》《骢马集》《雅安杂诗》《临边集》《红棠翠筱轩杂稿》《辛巳漫稿》《西康杂著》《西征词》《西征集》等，著名的《布达拉宫辞》和《仓央嘉措情歌六十六首》等就作于这一时期，可见数量之多、成就之高。

一是心系国际国内大势

　　曾缄虽身在西陲，却眼观天下。所作《意相篇》叙述意大利法西斯党魁墨索里尼从执掌政权到身败名裂的全过程，总结其教训以警世人，即题注中所说："有感于权臣之乱人国而作是篇。"从一个侧面反映了二次世界大战给人类带来的巨大灾难，昭示了正义终将战胜邪恶的必然结局。所作《闻成渝迭受敌机轰炸书愤》："何意苍天发杀机，竟教丑虏肆淫威。"以及《炉城即事》："今日避秦惟此好，武陵犹有敌机飞。"对日寇侵华对内地的轰炸表达了极大的愤慨。《康定陪刘主席》："鲸波掀岳麓，雁阵失衡阳。国破矜关徼，时危耻庙堂。"《与点楼纵目》："乱离烽火炽，垂涕望神州。"《道中望蔡蒙二山祷禹帝》："东夷始犯顺，蹈隙来相攻。燕晋遍烽火，京畿困兵戎。"表达对时局的密切关注和深沉忧虑。《哭王之钟将军》《李其相上将挽诗》表达了对抗日战争中为国捐躯的川籍将领王铭章、李家钰的悼念。《道中望蔡蒙二山祷禹帝》："再拜启哲王，愿早生英雄。长戈扫胡虏，万里收尧封。土阶示俭德，玉烛征年丰。不肖尽罢斥，贤者皆登庸。重兴大夏国，再振泱泱风。"表达了消灭日寇、重光华夏的美好愿望。《寿陈鸿文将军》："东征肯挈狂生否，磨盾犹堪草檄文。"表达了自己请求随军东征，到抗日前线去效力的愿望。《闻捷》："东征诸将尽桓桓，西塞音书达未难。昨日台庄传大捷，收音机下万人欢。"对我军取得的胜利表达欣喜之情。《凯旋曲》："八年[①]日月复光华，一胜曾倾亿万家。功在中兴谁第一，麒麟阁上画虫沙。"抒发胜利的喜悦和对阵亡将士与死难同胞的纪念。所作《省府成立作一首》《省府新厦落成》，再现了西康省政府成立的盛况，表达了自己对新省的良好祝愿和期待。

[①] "八年"应为十四年。——编者注

二是关注现实和民生

曾缄作为一位基层官吏,特别是作为一名诗人,无论是出于官吏的职责所系,还是诗人的天性使然,对现实和民生自然特别关注,反映到他的诗中,就强烈地表现出对当时现实的不满和对百姓的同情,其《叠韵和湄村效江风体》:"举世忌才君岂傲,半生忧国我犹痴。"就是这种思想和情感的自我表露。

《久旱不雨而官府催科甚急感赋此诗》

帝女行云不下来,一时荒旱忽成灾。

狂泉岂救苍生渴,焦土犹扬战地灰。

国以兵戎致凶岁,天将号令付喑雷。

诸公征敛开奇绩,直到偕亡未竟才。

此诗写百姓不仅遭遇天灾,更遭遇人祸,简直雪上加霜,惨不堪言,全诗感情激越,力透纸背,对天下苍生饱含深情,对天灾特别是人祸进行了无情的揭露与批判。

《偶成》

天灾人祸苦相寻,饱系孤城百感深。

已困戎旃犹力役,甫经旱魃更愁霖。

催科未满司农愿,抚字徒劳太守心。

尸位妨贤吾岂敢,挂冠东望有山林。

面对"天灾人祸苦相寻"的现状,面对"去年祈雨望有秋,今年雨多农又愁。上苍不肯调玉烛,下士难为粱稻谋"(《苦雨行》)和"地瘠民更贫,世乱疲输将。荒田没流潦,晚稻迟登场。将丰反致歉,厥咎归穹苍。昨宵尚雷霆,号令真无常。我欲叩帝阙,孰者持天纲。襄王恋云雨,神女耽淫荒。龙涎一流毒,祸水真汪洋"(《九日登徐氏夕秀亭同刘程二公作》）的现实，作者深感无力无奈，也深感愧疚，以至于想挂冠而去，可见作者的正直与善良。

《时危》

> 岁欠官搜粟，时危士枕戈。
> 里中丁壮少，天下劫灰多。
> 野有千家哭，楼无一女歌。
> 中兴犹未致，主将敢言和。

日寇侵华，值此国家民族危急存亡之时，主将言和，竟然置国家安危和百姓死活于不顾，所以作者发出"孰为为之孰致之，民穷国敝已如斯"（《孰为》）之问，可知作者的愤慨。

三是反映自己工作情况

曾缄为官，其《苦雨行》一诗对其日常作了描写："一月雅无三日晴，欲化山城为水府。程翁隔江不见过，刘侯闭门但高卧。鲰生旁午理军书，趋走辕门成日课。归来衣履尽濡湿，手持邛杖头戴笠。"写自己在雨中忙于公务的情况，虽然是雨天，但因为自己身为雅安县长的职责所系，不可能像好友那样借此闭门高卧，只能甚至比平日更加繁忙，"鲰生"乃文人自谦之词，这里指作者自己，"军书"这里代指需要紧急处理的公文，"辕门"代指衙门。此处表现了曾缄勤于公务，不因雨而懈怠，这是对他这样一名基层官吏日常工作的一个片段描述。

作为一县之长，除了日常公务，实际上还有大量的工作需要他去组织实施，甚至身体力行。在曾缄诗中，就有他疏浚河道、兴修水利、发展交通的描写。

《多功峡勘河工至飞仙关登漏阁憩二郎庙留题》

峨峨峡门山，江流山谷间。风吹二郎庙，水落飞仙关。多功缅神禹，挥斤琢屠颜。至今斧凿处，石古苔斑斑。先圣尚胼胝，小吏安得闲。秦守琢涢崖，吾亦夷险艰。江神受约束，榜人弄潺湲。何当载美酒，泛舟随白鹇。

此诗写自己到多功峡、飞仙关等地勘察青衣江治理工程的情形。相传先圣大禹曾经在此治水，而且秦守李冰也有修建都江堰的壮举，所以曾缄觉得有这些榜样的激励，自己虽是小吏，但怎么可以偷闲呢？也应该效法大禹和李冰，去夷平河道的险艰，让肆虐的江水受到约束，让船夫得以平安行船。另外还有《过飞仙关勘河道工程》《勘河工至飞仙关作》《疏天荥雅三县河道》等诗对这一工程进行了叙述，反映了作者为这一工程的实施操心操劳，多次深入工程一线督导指挥。

《观清衣渠》

昔凿青衣堰，遥分白马泉。
独持沟洫志，三乞水衡钱。
帝力真何有，民生在苟全。
自今勤一溉，人定胜苍天。

清衣渠即雅安名山区的清漪湖。曾缄于此诗自注："去岁宰雅，独排众议，开凿此堰，三贷金于川康水利委员会，今堰垂成，可免旱魃之灾。"作者为免除当地百姓所受旱灾之苦，独排众议，开凿此堰，并多次向上争取资金，终于使这一水利工程得以完成。

《赋平羌渡桥》

望断盈盈一水中，凌波忽有路相通。
谁能上界填乌鹊，我自中流驾犗龙。
敷土远怀神禹迹，济川今见此君功。
桥头过客匆匆去，立尽斜阳剩钓翁。

此诗记作者修建平羌渡桥事，作者自注："于平羌渡端竹为桥，浮江以济行人，桥成赋记。"由此可见曾缄为发展当地经济，方便百姓出行，十分重视交通建设。从《巡视雅富公路工程深悯民劳作三首》中"为图周道直，万斧伐丘山"的描述，可见动员人力之众多，也可知雅富公路工程的浩大。这里提到的雅富公路，与川康公路、乐西公路一起，是西康建省后为解决当地交通阻碍而启动建设的"三大干线"。1939年雅安至富林翻越泥巴山、全长158公里雅富公路开始筹修，1940年秋，征调雅安民工10000人，先在雅荥段动工。荥经、汉源两县共征调8000人，于次年3月陆续上路，年底路基形成。1942年5月，雅荥间44公里勉强修通，但不能通车。1943年，西康省政府征调雅安民工5000人、荥经2500人，于当年11月动工铺整路面。曾缄即参与了这项交通工程的建设。

在当时生产条件下，农业还主要靠天吃饭，若遇到干旱或洪涝灾害，则会造成粮食减产甚至绝收的严重后果。遇到这种情况该怎么办呢？曾缄诗中，就有干旱时祈雨的描写。《周公山祈雨作》："雅安天旱使我忧，强起祈雨行高丘。"写自己因天旱而忧，但对此自己也无能为力，面对这种情况，作为一县之长，又不能无所作为，于是效仿古法，登高祈雨。从"强起"一词可见作者对这种做法是不认同的，对这种做法的效果是不相信的，所以最后"广川求雨苦未得，偃旗归去怀惭羞。"无功而返，不得不偃旗息鼓，到头来弄得灰头土脸，只剩惭羞。消除干旱的方法，除了登高向天老爷求雨，还有就是到水边向龙王求雨。

《龙湫祈雨》

桑林祷遍愧无功，戏笑元瑜事竟同。

求雨南山新有术，下庄虎斗叶公龙。

作者在诗题下自注："以死虎骨授龙湫祈雨，谓之龙虎斗，余曾一为之。"事虽荒唐，但其心可鉴。"只为苍生要霖雨，不容安石作闲云。"（《陈东府见和即景之作,叠前韵奉答》）看到百姓受灾受苦，身为地方官员，在当时的生产水平下，几乎没有什么有效的解决办法，但又不可能无动于衷，置之不理，总得想尽办法做点什么才是。

《东府、衡茹、伯灵、月书诸老友蓉峰姻丈送别》

蛮溪委粟堆千波，斜飞匹练投轻梭。谁移此水挂高壁，风轮铁锁铿相磨。万钧重器置平地，千人牵拽升危坡。西方佛说公德水，池中大有如车荷。惊看闪闪岩下电，疑有神力抟旋涡。

曾缄于此诗题注："至大深航观水电厂，王工程师志超留饭索诗，仍次百步洪韵。"此诗描写作者在康定工作期间参观水电厂情景，表现了作者对现代工业的兴趣。

正由于曾缄在任期间勤于公务，认真履职，体恤民情民苦，大力发展当地水利、交通事业，所以即使在卸任后，故地重游，"山僧不识曾来客，野老犹怀旧长官。"（《与穆老及湄公父子梁氏兄弟游金凤寺四首》）由此可知其政绩政声。

蓬转悲生事，花封感旧游

曾缄一生几乎足不出川，经历也比较单一，早年北京求学，中年辗转于当时西康的雅安、康定之间，晚年回归成都于大学任教，但其间的悲欢离合无不动之于心、形之于诗。

一是表达对离世亲人的怀念之情

曾缄诗中常常抒写对离世亲人的怀念，如《和隼高寄呈堂上之作，不免有思亲之意》《经苍坪旧居追哭殇子》《过周氏故居》《乙未正月六日恭谒先君子墓》《泣题先君子》《清明谒先君墓》《过文家场谒先君子墓》等诗，或触景生情，或睹物思人，皆极尽哀思。

《宿二道桥温塘梦先君抚慰甚至泣然赋此》

今夜宿温池，思亲梦见之。

重泉怜老父，千里伴孤儿。

远塞成羁旅，终身荷爱慈。

松楸余想望，祭扫定何时。

曾缄夜宿康定二道桥温泉，梦见去世的父亲，联想到自己羁旅远塞，与父亲更是阴阳相隔，而父亲仍然千里于梦中相伴并抚慰像孤儿一样的自己，这深沉厚重的父爱，怎不教人潸然泪下呢？

《汉州周氏宅感旧》

天汉犹横乌鹊桥，秦楼已断凤凰箫。

重来踽踽蓬双鬓，昔去依依柳万条。

往事如尘歌子夜，余香和梦语中宵。

华年锦瑟都能几，禁得人生一再消。

此诗为曾缄凭吊妻子周夫人之作。全诗从睹物思人而起物是人非之感开始，抒发故宅犹在而人去楼空的感慨，一个"悲"字贯穿始终，悲伤之情，重重叠叠，千回百转，在文字表达上却如静水深流，含蓄而深沉，自有一种感人的内在力量。

二是表达家人之间的骨肉亲情

曾缄所作《雅安寄内》《春日与静仪游龙洞庵诸儿女从》《人日携眷饮瓦窑坡程十七兄家赋谢兄嫂》《吟寄内子雅安》《观森儿写读》《携森儿度平羌浮桥》《寄次女令仪之松州》《喜归成都》《携眷游草堂》《展重阳》《山中示静仪》《寄仪女藏族自治区索金川苹果》《与内子游颐和园》《与内子游颐和园茗饮佛香阁下作》《寄森儿北京》《种菜三首》《寿晋三首》等诗，虽生活日常，却饱含天伦之乐。

《生日作示儿子佛奴》

我生四月七，汝生四月九。佛生四月八，我先汝则后。字汝为佛奴，祝汝如佛寿。我今四十六，汝已八岁有。读书虽不多，琅琅声在口。涂抹无不为，烟墨污两手。点屋同鸡栖，画虎或类狗。有时摆戎装，马竹弓则柳。扬巾作旗帜，持盘抵刁斗。虽云儿戏事，睥睨气不苟。人夸千里驹，它日迈群走。丈夫怜少子，唾面怒老妇。矧余迫中年，骨肉能毋厚。阿爷去殊方，好自依尔母。但期汝敷腴，岂辞吾老丑。尔祖昔望孙，成童今见否。苍茫望松楸，临风黯回首。

此诗为曾缄生日时作此以示其子。此诗就从生日说起，除了说自己的生日和儿子的生日，还特地把佛祖的生日拉进来，作者七，佛祖八，儿子九，三者出生之日如此巧合，令人称奇，同时引出儿子名字的由来，也说明了给儿子取如此名字的目的是希望儿子像佛祖那样长寿，从这一角度表达了自己对儿子的美好祝愿。随后写儿子虽只八岁，却是一派天真：读书不多，却书声琅琅上口，而对涂鸦情有独钟，以至于在什么东西上都涂抹，也能涂抹出一些东西，经常是烟墨沾满两手，把屋子涂抹得像鸡笼一样，想画虎却画得像狗，有时穿着铠甲，以竹为马，以柳为弓，把毛巾当旗帜，用盘子来作刁斗，这些虽然是孩童嬉戏之事，但装模作样、一本正经之态，认真得一点也不含糊，所以旁人都夸其为千里驹，长大后定能超过普通之人。这一大段从学习、爱好、游戏等各个方面，对其子的动作、神态等做了详尽刻画，从中可以看出作者对儿子这些行为不以为忤，反而沾沾自喜，不厌其烦地加以展示，体现了一个父亲对儿子满满的爱。儿子的一举一动、一言一行，看似荒诞不经，却充满了童真与童趣，完全符合儿童特征，作者如实记录下来，所以真实可信，且饶有趣味，读来让人忍俊不禁的同时，自然产生共情，心里充满温暖。中间以"丈夫怜少子，唾面怒老妇"发表感慨，此二句语出《战国策·触龙说赵太后》"太后曰：'丈夫亦爱怜其少子乎？'对曰：'甚于妇人。'""太后明谓左右：

'有复言令长安君为质者，老妇必唾其面。'"作者引用这一经典对话，表达天下父母无不对儿女疼爱这一人之常情，何况自己年龄将届中年，怎么会不更加疼爱自己的亲生骨肉呢？全诗语言质朴，描写生动，刻画细腻，特别是写儿童的天真浪漫可谓绘声绘色、惟妙惟肖，达到了妙趣横生的效果；而此诗看似絮絮叨叨、自言自语，但恰恰是这种啰唆唠叨，给人以一唱三叹的感受，让人真切地感受到其中感情的真挚深厚，读来使人感觉格外亲切，深受感动。

《寄儿子令森》

妇在城东汝在西，几时牛女定双栖。
莫教首似飞蓬样，差喜眉犹举案齐。
寄妹书传大雷岸，思亲梦绕浣花溪。
明年就养携阿母，迟我驱车向宝鸡。

曾缄于此诗题下注："森与其妻同在北京，妻在广安门中医研究所，而森在西郊海淀中国科学院地球物理研究所，相去颇远，每星期周末仅会一次，如女、牛也。"全诗基本都是作者的絮絮叨叨，不厌其烦的叮嘱、儿子家庭和睦的欣喜、传书绕梦的牵挂、亲人相聚的计划等等，一个慈祥父亲的形象跃然纸上。

三是抒写对家人的牵挂惦念

由于曾缄长期在外地工作，与家人聚少离多，正如他感叹的那样"缺日总多圆日少，果然明月是前身。"（《和隼高寄呈堂上之作，不免有思亲之意》）在这种情况下，骨肉亲情于曾缄而言，更显得弥足珍贵，所以在他的诗中，多有这方面的描述和表达。

《寄静仪》

迢遥锦水望炉城，千里双牵别后情。
我似斜阳还反照，卿如明月更西倾。

悠飏惯作还家梦，宛转时听杜宇声。

不用飘蓬怨夫婿，归期犹及荐朱樱。

静仪，曾缄妻子。此诗为身处炉城的作者思念远在锦水的妻子，两地迢遥，相隔千里，所以二人别后相互牵挂。虽然"我"在西"卿"在东，但"我"犹如斜阳那样，即使西沉，仍然把余晖洒向东边，而"卿"也像明月一样，总是向西边倾落。这里以"斜阳还反照"与"明月更西倾"比喻二人的彼此思念，非常新奇生动，也形象地表达了二人的一往情深。正因为如此，还家之梦惯作，杜宇（即杜鹃鸟，其鸣声似"不如归去"）之声时听，一"惯"字、一"时"字表示经常，可见思念之浓及思归之切。曾缄《怀静仪》诗："远山眉黛相如妇，香雾云鬟杜甫妻。恨不将身化明月，为郎飞堕碧天西。"其表达的情感和使用的手法与此诗颔联类似。

《寄妹》

与汝不相见，蹉跎已十年。

在家常念佛，劝我早归田。

丧乱文章贱，行藏骨肉怜。

老兄今惫矣，聊寄大雷笺。

曾缄于本诗表达对妹妹的想念以及妹妹对自己的关心，同时也表达自己的身世之感。尾联用了南北朝鲍照《登大雷岸与妹书》典故，两位诗人同样是离家远行，同样是寄妹，表达的是同样的感情，曾缄与鲍照"去亲为客，如何如何"的凄怆心境完全契合。此诗语言朴实而内涵丰富，感情激烈而张弛有度，手法高妙而不见雕琢，关键就是得益于感情的真挚深沉。

《丙申岁元旦雨不出次前韵》

我坐斗室思天涯，天涯有客还思家。一家骨肉分散处,何日携手归同车。寄书经旬始一达，时望雁字空中斜。块居无徒岂不念，士有远志仍堪嘉。

筠也负笈走沪渎，森也出仕羁京华。仪也匹马出关外，独度千山飞雪花。
老夫摆经坐讲舍，自叹马齿随年加。有子刚强女不弱，先生不誉旁人夸。
时人贵壮颇贱老，龙钟笑我攀枯楂。痛饮屠苏惜今日，坐忆年少倾流霞。
颇闻赋芋到众狙，几时凭轼尊怒蛙。箪瓢陋巷意自得，不辞爽垲居低洼。
良辰美景待游冶，天时人事偏参差。出门一路汲滑滑，打屋万雨声沙沙。

　　元旦因雨，作者无法出门，只能独坐斗室中。雨天无聊，加上每逢佳节倍思亲，此时此刻，作者不由思念起远方的亲人，从自己对亲人的思念，作者自然想到此时远在他乡的亲人也一定在想家。面对一家骨肉分散的现实，作者发出了"何日携手归同车"之问，这既是一种无奈和感伤，更是一种希冀和愿望。接着作者叙述"寄书经旬始一达，时望雁字空中斜。"即使写信相寄，也要很长时间才能送达，所以只能不时地望着空中远来或远去的大雁，或许鸿雁能送来远方亲人的消息。在这长久的分离中，在这独坐斗室听窗外冷雨时，在这元旦佳节，作者心情的落寞、内心的孤独，对亲人思念的强烈、对相聚的迫切，可想而知，正所谓思越苦，情越深。到此作者坦陈"块居无徒岂不念"，"块居"即块然而居，"块居无徒"这里指孤独而居、身边没有亲人，这种情况下怎么不想念亲人呢？但作者知道思念也无法改变现实，所以他自我安慰说"士有远志仍堪嘉"，这里的"士"代指作者的亲人，他们有远大的志向，这是值得称道的，因为作者的子女一个"负笈走沪渎"，一个"出仕羁京华"，一个"匹马出关外"，虽然都不在自己身边，但个个有出息，都成就了自己的一番学业或事业。正因为"有子刚强女不弱"，尤其是在"先生不誉旁人夸"时，作者肯定更是开心。作者在诗中将此一一道来，如数家珍，满意和骄傲之情溢于言表，从中我们也可以看到一位父亲既愿子女环绕膝下，同时又希望他们展翅高飞的纠结心态，而这种细腻刻画，因其真实，所以能打动人心，引起读者的共情。

《离愁》

还家不半年，仓卒复临边。

辟地天仍漏，怀人月乍圆。

老妻征药物，稚子索书笺。

向晚苍坪客，离愁欲化烟。

此诗开始即通过时空转换，点明引发离愁之因。作者回到成都家里不到半年，而今在仓促之间又来到工作之地雅安。从还家到临边，不足半年，所以仓促。此行估计是临时受命或身负紧急任务，事起仓促，加之又是再次来到这边远之地，所以离愁陡生。颔联写引发离愁之境。辟地，开垦土地。天漏，谓雨量过多。"辟地天仍漏，"开垦土地之时，偏偏遇到雨下个不停，预示干事诸多不顺，没什么进展或成效，委实教人恼火与郁闷。而正当怀人之时，月亮偏偏又忽然圆了。古人往往望月思乡怀人，本来作者就在因怀人而伤感，而月亮却好像有意与作者作对，有意作弄作者，早不圆，晚不圆，偏偏在作者怀人之时忽然圆，这不是欺负人吗？这让作者情何以堪？一"乍"字，形象地表达了月亮的故意而为，同时也表达出作者对月亮的责怪，看似无理，实则合情，此处无理而妙。颈联写引发离愁之人，老妻需要药物，说明其身体不好，稚子需要书笺，说明其学习正紧，这些都是作者牵挂之事，想起这些，更添离愁。尾联点题，在前面铺垫的基础上更进一步，写傍晚时分的自己（苍坪之客），离愁浓到、大到将要化作冷落荒烟弥漫开去，以至于充塞于天地之间，连天地都充满作者离愁的色彩和气氛，由此将情感推向高潮。

《由成都至雅安再宿》

洪波振大壑，川泽无恬鱼。伊予值丧乱，焉得怀故居。长揖张仪楼，别我人外庐。南辞万里桥，西指三危墟。飙车去何速，升高望平芜。低徊度羌水，信宿梦成都。前朝共欢笑，今者悲羁孤。羡彼双凤凰，高飞将其雏。

此首诗写从成都出发去雅安情况，开篇"洪波振大壑"直接引用李白《古风五十九首》之四十五"浮云蔽颓阳，洪波振大壑。"以此描写此次出行的时代背景，在如此汹涌激荡的洪波之中，河川湖沼中哪里还有安闲之鱼呢？作者通过这样的比兴手法，暗示这次出行的原因。随后作者直言你我遭逢动乱的时局，哪里还能留恋自己的故居，就是说此时人人都卷入其中，身不由己，只能随波逐流，所以不得不与紧邻的张仪楼告辞，离开自己居住的人外庐，向南经过万里桥，然后往西而去。作者乘坐的飙车一路向西，过平芜，渡羌水，直抵雅安，作者只嫌车快，所以一步一回头，流连低回，故乡成都在出行后住宿在外的两夜都出现在梦中，前朝还一起欢笑，而今朝就已成天涯孤旅，怎不让人伤悲！最后作者以对带着雏凤的凤凰的双宿双飞充满羡慕，来表达对家人的思念。此诗以磅礴的气势开篇，以此映衬人的渺小，而对离别与途中的描写，则深情款款，一唱三叹，表达了个人在乱世不得不抛妻别子、背井离乡的无奈与悲哀。此诗与《和隼高寄呈堂上之作，不免有思亲之意》："故山猿鸟尚堪亲，翻向穷边作戍人。乱世真同丧家狗，几时曾做太平民"表达的意思相一致。

相逢一笑胶在漆，连年予和汝能唱

翻检古往今来诗人的诗集，可以发现其中反映交游应酬的诗作蔚为大观，人们耳熟能详的，如李白的"桃花潭水深千尺，不及汪伦送我情。"杜甫的"渭北春天树，江东日暮云。"等等，其中的名篇名句数不胜数。曾缄诗中，也有大量的交游应酬之作。

曾缄的交游应酬范围，从其诗中看，除早年北大求学期间与其师黄侃及部分同窗外，其他基本都在四川范围内，他接触的人物也多是文化人，当然也有同事、平民甚至僧人。读曾缄的这些诗，不仅可以知悉其社交圈、朋友圈，了解其生活中的志趣与爱好，更可从中了解其思想和情感。这类诗因其繁富，这里略举一二。

一是于交游应酬中，感慨身世，心系国运

《小隐园中秋宴集诗并序》

壬午中秋，与诸君子会饮于康定将军桥南陈东府先生别业小隐园，酬令节也。于时秋雨乍晴，素月忽朗；净筵既启，佳客成围。酒杯湛湛，与明河而并流；肴核累累，共繁星而俱列。醴泉已厌，玉山其颓，拊缶仰天，脱帽露顶。笑姮娥不死之药，讵解忘忧；问吴刚所运之斤，可堪斫鼻。天下良辰美景，赏心乐事，古称难并，今实兼之，何其幸哉，信可述也。然而白驹过隙，适丁阳九之年；丛桂留人，暂藉牦牛之地。乃新亭之泣，不闻于处仲；南楼之兴，独深于元规者，岂不以身非肉食，难同曹刿之谋，志托庖羔，且为杨恽之适也耶。走也西川下士，穷塞流官，谬柱嘉招，欣陪末座。在元龙之楼上，预北海之樽中，虽不能饮一石而醉二参，亦庶几闻弦歌而知雅意。聊因胜会，敷赋短章。自附劳者之歌，有愧风人之旨。嘤既鸣矣，随者唱喁。举杯邀月，非无对影之人；搔首问天，定有惊人之句。

一

小筑亭台倚翠峦，中秋高会尽清欢。
临边更觉冰轮俊，把酒能胜玉宇寒。
八咏楼头催洒墨，澄心纸上试挥翰。
未愁扫地风骚尽，座上今多识字官。

二

沧海横流已六年，忍令赤县问桑田。
姮娥但有堪奔月，娲帝空留未补天。

国破犹闻说三户，陆沉应不到穷边。
安危衮衮诸公在，万一金瓯意外圆。

三

百蛮风土异三巴，寒燠频更节候差。
徼外中秋先有菊，去年九日尚无花。
胡中造化工千变，城内锅庄有百家。
怪底雕盘罗美馔，庖人烹出故侯瓜。

四

酒后凭栏望蔡蒙，草堂依约月明中。
原知辟地非吾土，纵得还家亦寓公。
遥想宁馨忆郎罢，近疑德曜怼梁鸿。
此身去住俱难至，愁对西来一夜风。

曾缄以非常漂亮的骈文为这组诗作序，交代1942年中秋于康定将军桥南陈东府先生别业小隐园与朋友们会饮，为此组诗写作背景。

第一首诗叙会饮情形。首联交代事件、季节与地点，描写场景和气氛，"清欢"指清雅恬适之乐。颔联紧扣康定地理特征写中秋夜景，在高原上，由于空气清净，所以感觉月亮更加俊朗；即使中秋时气温比低海拔地区低，但因会饮喝酒，所以能战胜天气的寒冷。作者在颈联和尾联下自注："东府出清秘阁名笺八咏楼藏墨索题，座中诸子皆官秘书，能诗文。"既描写会饮场景，又渲染清欢气氛，同时也是对主客风雅才情的赞誉。

第二首由中秋会饮，自然联想到时局，作者通过此诗，表达了对沧海横流、赤县桑田（这里指日寇侵华、国土沦陷）的深忧，对国破但犹有可亡秦的三户充满信心，对边地应不陆沉的庆幸，对挽救国家危亡的衮衮诸公寄予希望，体现了作者心系国运、忧时爱国的情怀。"姮娥"扣中秋。

第三首写当地风土人情。首联出句总述风土之异，对句从寒暑的多变这一角度加以说明，颔联具体描写寒暑的多变带来的菊花盛开时间的变化，颈联重在地方特色的描写，尾联作者对当地美食特别是"故侯瓜"的出现表达了惊诧，"故侯瓜"语出《史记·萧相国世家》："召平者，故秦东陵侯。秦破，为布衣，贫，种瓜于长安城东，瓜美，故世俗谓之'东陵瓜'，从召平以为名也。"东陵瓜后又称故侯瓜，常用为失意隐居之典。

第四首感慨身世。首联的"蔡蒙"分指雅安的蔡山和蒙山，代指作者曾经工作生活过的地方，"草堂"指作者在雅安时的赁居之所"蒙西草堂"，所谓"酒后""月明中"则扣题，康定与雅安，此时都笼罩在中秋月的辉光之中，而两地都是作者暂居之地，在这中秋佳节，作者酒后骋思，不由顿起漂泊之感。颔联出句"辟地"指开拓疆土，也谓迁地以避祸患，"原知"即原来就知道，对句"纵得"乃即使之意，"寓公"古指失其领地而寄居他国的贵族。后凡流亡寄居他乡或别国的官僚、士绅等都称"寓公"；此联感叹自己不论是漂泊异乡还是回到家里，都是寄居而已，就像无根的浮萍一样。颈联"遥想"说明子女都没在身边，所以只能"忆"，"近疑"表明近来越来越怀疑妻子在责备自己，因为自己长年在外，所以作者感觉愧对妻子，心里不免忐忑不安，此处的"德曜"是梁鸿妻子的字。尾联叙自己去住两难的处境，以愁对西风，来表达自己的凄凉与无奈。

这组诗紧紧围绕主题，不但对会饮情景和当地风物做了形象生动的描写，并由此生发，联系国家命运及个人遭际发表议论，抒发感情，可谓借酒浇愁愁更愁。

二是于交游应酬中，亲近风雅，陶醉友情

《题梁又铭中铭兄弟画三山小影图》

程翁箕踞盘石上，刘侯植立手搘杖。缄也摊书著裲裆，三人各瘦何人壮。

梁家兄弟双好手，貌出吾侪萧散状。忆昔为邦严道日，程来避寇刘流放。
相逢一笑胶在漆，连年予和汝能唱。抗心希古说三山，强取古人为榜样。
闭门正字岂无补，安石争墩本不让。命宫磨蝎误一生，我拟东坡非过当。
孝标自比冯敬通，管乐何如诸葛亮。但知附庸到风雅，未愁标榜丛疑谤。
江郎昨制雅集图，笔扫三山气疏宕。画意诗情两奇绝，长歌曾起谢无量。
今君写真更逼真，一洗从来食肉相。犹恐画中人寂寞，为迴江练开烟嶂。
雅州城北天下奇，千崖起伏如波浪。若教一一入丹青，此纸应须长万丈。
回头笑语两故人，神通游戏如来藏。化身千百不患多，顾托豪素长相傍。

  梁又铭、梁中铭兄弟，广东顺德人，与梁鼎铭都是当时著名画家，被称为"梁氏三兄弟"，他们主要从事油画战史画创作。作者在雅安时，与程木雁、刘芦隐交好，经常雅集唱和，作者在其《〈三山雅集图〉记》中记载："缄与永丰刘湄村、宁乡程木雁同客雅安，时有唱酬之作。湄村诗略似王半山，木雁专拟陈后山，缄则有慕于眉山苏氏，因号其诗曰《三山雅集》。"所以梁氏兄弟为他们三人画像，此诗即记此事。

  开篇直接对画作进行描写和评价，起首四句"程翁箕踞盘石上，刘侯植立手搘杖。缄也摊书著裲裆，三人各瘦何人壮。"分写三人在画中的形态，此画中，程木雁是两腿舒展坐于石上，刘芦隐则以手拄杖亭亭而立，而自己则穿着背心摊开书本在看书，这三人形态各异，但都是一副随意而不拘礼节的状态，更让人觉得有趣的是，三人虽然神态或散淡、或倨傲、或专注，但有一个共同特征就是"瘦"，没有一人的身体是强壮的或肥胖的。从作者这里对画作的描述，可以看出这三人是非常具有个性之人，而画家也非常准确地把握住了三人各自的特征，并且通过手中画笔形象地表现了出来，让被画者也感觉非常传神，所以作者由衷称赞"梁家兄弟双好手，貌出吾侪萧散状。""萧散"犹潇洒，形容举止、神情、风格等自然、不拘束、闲散舒适，画出三人萧散的样子，即画出了三人的神韵，可见作者对此画非常满意。

然后作者追述三人交往唱酬。"忆昔为邦严道日，程来避寇刘流放。""为邦"即治理国家，这里只是治理之意，"严道"乃雅安荥经县，此处代指雅安，抗战时，作者任雅安县长，在此期间，程木雁为躲避日寇而长住雅安，刘芦隐则是因为冤案被流放于此，这里追叙他们三人之所以能在雅安萍水相逢的原因。"相逢一笑胶在漆，连年予和汝能唱。"此句写三人相逢时的情景，感觉是一见如故，很是投缘，所以关系也就如胶似漆，于是连年在一起吟诗作词，相互唱酬。接着作者叙述诗题及画作标题《三山小影图》中"三山"的来历，说他们自命三山，虽强取古人，但作者认为他们三人此举"岂无补""本不让""非过当"，乃是抗心希古、高尚其志的行为，是一种对风雅的附庸，所以并不担心招致"疑谤"，其实这也是作者对他们三人写诗水平的一种自信。

交代完"三山"来由后，进一步写"三山"的雅集及其成果，"江郎昨制雅集图，笔扫三山气疏宕。画意诗情两奇绝，长歌曾起谢无量。"作者在此句下自注："江梵众曾为余制三山雅集图，无量题长歌。"江梵众（1894—1971），号少舟，喜舍庵主人，祖籍广东番禹江村，生于四川成都，著名画家，人称"蜀中名士，工时善画，绘事得古人意趣，画卷之气栩栩于笔端也"。其画风世论胎息元人，出入吴仲圭、沈启南等，盘薄磊塞，气胍万寰，而又简淡超逸，萧疏澹淡，笔墨豪润，超脱空灵，但学古而又不泥于古，其作品有个性，有创造；谢无量（1884—1964），四川乐至人，字无量，别署啬庵，现代著名学者、诗人、书法家，1901年与李叔同、黄炎培等同入南洋公学，民国初期任孙中山先生秘书长、参议长、黄埔军校教官等职，之后从事教育和著述，任国内多所大学教授，建国后，历任川西博物馆馆长、中国人民大学教授、中央文史馆副馆长。三山雅集本来就是高手聚集，而江梵众为此作画，谢无量为此题诗，可谓尺幅之中，群星灿烂，允称奇绝。

接着笔触一转，又回到梁又铭兄弟所绘《三山小影图》上来，仍然是

021

雅集的继续及其成果的延伸。"今君写真更逼真，一洗从来食肉相。"因是写真，所以比江梵众的写意更逼真，后一句照应前面"三人各瘦何人壮""貌出吾侪萧散状"。然后对此图做进一步描述："犹恐画中人寂寞，为迴江练开烟嶂。"画家在画人物时，为了更好的艺术效果，以"江练"和"烟嶂"作为人物的背景或衬托，作者以"犹恐"表达此意，则很是生动有趣。写到这里，作者忽发奇想，笔意纵横，"雅州城北天下奇，千崖起伏如波浪。若教一一入丹青，此纸应须长万丈。"雅安山水天下奇，如果都绘入画中，那么这张纸恐怕需要万丈那么长，这既是对雅安山水风光的高度赞美，同时也是对画家合理取材、巧妙构图的艺术手段和水平的高度赞美。然后顺接而下，以"回头笑语两故人，神通游戏如来藏。化身千百不患多，顾托豪素长相傍"作结，以化身千百之如来藏表达对梁氏兄弟二位画家神通手段的赞美。

这首诗虽然是题画诗，但通过对画作的描述，一是对画家们传神的画作及高超的画艺做了高度评价，二是借此详细叙述了"三山"的由来，生动刻画了三人的个性、形象及风度，侧面揭示三人之间因惺惺相惜而产生的如胶似漆的关系及感情，三是由画家与诗人的互动，侧面展示了三人在诗歌方面的创作成就及广泛的社会影响，可谓一举数得。

三是于交游应酬中，仗义发声，不平则鸣

《答湄村见和五言长句叠前韵》

但为梁父吟，莫问诸葛庐。邦家既幅裂，鸾凤将焉居。周道信如砥，辚辚走兵车。横流遍禹域，泛滥何人疏。刘子天下士，早诵佉卢书。挟策升庙廊，持节赴海隅。众女妒蛾眉，谣诼伤彼姝。挂冠神武门，欻见名字除。流窜平羌江，谈笑与我俱。词锋劲无敌，诗国收商于。鸱枭攫腐鼠，昂视吓鹓鶵。狂泉不我酌，牛马从人呼。自怜耿介性，讵可同流污。灵领二千石，无米忧官厨。食前美方丈，错落陈空盂。薪炭不易得，煮茗嗟无炉。有囷

昔种花，今者移栽蔬。徒行久已习，自忘是大夫。丧乱减人丁，浩穰今则无。乡饮礼久废，何时复投壶。所怀纷万端，抚此一长吁。烈士争殉名，右列左据图。偶遭骊龙瞳，遂获颔下珠。涓涓始滥觞，浩荡还成渠。灼灼桃李华，匆匆为枯株。世事哀无常，乐少悲有余。子唱妃呼狶，我讴几令吾。宁好叶公龙，何用海大鱼。与其惟与阿，孰若呼乌乌。蔡蒙好山色，携手共踟蹰。方怪阮嗣宗，回车哭穷途。又笑王仲宣，登楼慕天衢。人间竟何世，茫茫望平芜。尊前发啸咏，泪底潜欢娱。魑魅喜伺人，凡百慎所如。

湄村即刘芦隐，1929年当选为国民党中央执行委员兼中宣部副部长，继任部长，1931年以后，因为反对蒋政权，被诬为谋杀杨永泰事件主谋而遭到非法监禁，抗战期间，管押地点一再转移，由南昌而武汉，由武汉而重庆，由重庆而成都，1938年日本飞机滥炸成都，他得到西康省主席刘文辉的关照，又被送到雅安，在雅安期间，刘芦隐敬佛诵经、作诗写字，过着隐士一般的生活。此诗就湄村的遭际着眼，开宗明义地提出"但为梁父吟，莫问诸葛庐。"承续诸葛亮和李白《梁父吟》立意，并以此作为本诗的主题，通过"邦家既幅裂""辚辚走兵车""横流遍禹域"等描述，表达对时局的忧虑，然后以"众女妒蛾眉""流窜平羌江"描写刘湄村遭谗被贬的遭遇，为其鸣不平，然后以"自怜耿介性，讵可同流污"表明自身操守和态度立场，正因为这样，作者虽然"灵领二千石"，但仍然"无米忧官厨"，而且"薪炭不易得，煮茗嗟无炉。有圃昔种花，今者移栽蔬。"以至于"自忘是大夫"，不但自己穷愁潦倒、狼狈不堪，而且"丧乱减人丁""乡饮礼久废"，整个社会都残败不堪、礼崩乐坏，虽然自己"所怀纷万端"，但也只能"抚此一长吁，"联想到湄村的遭际和世道的艰难，作者由此发出了"世事哀无常，乐少悲有余"的感叹，随后连用"叶公龙""海大鱼""惟与阿""呼乌乌"几个典故，以"宁好""何用""与其""孰若"做出了自己的选择，虽然无奈，但由于"蔡蒙好山色"，所以期待与湄村"携手共踟蹰"，相互抱团取暖，然后又用阮籍因穷途而大哭回车、王粲意不自得而登楼的典故表达自己郁愤之情,最后作者发出"人间竟何世"之问,但自己也无法说清楚,或不愿、不能、不敢点明,所以只有绝望地"茫茫望平芜",只能"尊前发啸咏,泪底潜欢娱。"可见作者心中的悲凉。结尾再次联系湄村的遭际,以"魑魅喜伺人,凡百慎所如"提醒湄村也以之自警,正如诸葛亮《梁父吟》"一朝被谗言,二桃杀三士"和李白《梁父吟》"力排南山三壮士,齐相杀之费二桃",以"二桃杀三士"相警示一样,作者这里用"魑魅喜伺人"发出了警惕奸佞暗中加害的警示。全诗纵横跌宕却真气灌注,骈散交错且措语警精,或直抒胸臆,或用典达意,气势恣肆奇横、酣畅淋漓,情感却一波三折、迂回盘旋,以顿挫之笔,宣郁勃之气,抒郁愤之情,发沉郁之慨。

四是于交游应酬中,畅抒己见,如切如磋

《次韵再酬啸谷》

凉飔习习摇窗扉,白日欲暝鸦归飞。偶过扬雄一区宅,竹树蓊翳成翠微。果蓏之实亦施宇,更任户室栖蟏蛸。饭颗相逢我太瘦,糠麸能食君方肥。斋中抵赏纵谈笑,问孔刺孟非韩非。雕虫篆刻悔少作,老笔能令风骨飞。近人争论到雅郑,野狐那可参禅机。偃师偶然怒人主,叔敖至竟殊优俳。文章有神交有道,楚人好鬼越好礼。唱予和汝数往复,歌苦不伤知音稀。君如卞和几刖足,而石蕴玉山终辉。且共麋诗展戏谑,不妨立木招谤诽。道旁翁仲应绝倒,二马寋眇相嘲讥。吾辈治诗等治水,力可降伏支无祈。乌有先生骋唇舌,造化小儿供指挥。我既抛砖引子玉,君勿买椟还吾玑。晚年壮志渐消损,刚经百炼柔于韦。闻君鼓鞶意忽动,赴敌勇如猪突豨。

杨啸谷(1885—1969),一名兢,四川大邑人,著名文物鉴赏家,曾受聘于华西协合大学,担任考古学和中国美术史教学工作,解放初在四川省博物馆当研究员,后任四川省文史馆研究员,著作有《东瀛考古记》《东方陶瓷史》《古月轩瓷考》《啸庐随笔》等。此诗是杨啸谷醉中蹶地

后作者与之唱酬之作,但这次作者没有再着意于对好友醉中蹴地过程及状态的描写,从诗中表述看应该是杨啸谷已经无碍并能外出的情况下写的,而诗也主要转为就诗的创作发表一些自己的看法。诗的开头展开对扬雄故居的描写,然后叙述与杨啸谷的会面,这里将此次会面比作当年李白和杜甫在饭颗山的相逢,但这里没有像李杜那样彼此就对方的诗歌创作做评价,而是借李白《戏赠杜甫》中的那句"借问别来太瘦生"说自己太瘦,而说好友之肥是因为"糠麸能食",这里或有取笑的成分,或是羡慕好友的不择食。作者接着转入正题,叙述两人见面后即高谈阔论,以至于"问孔刺孟非韩非",可谓无话不说,然后作者以悔少作之雕虫篆刻、慕老笔之风骨,来阐述自己的诗观,引用杜甫《苏端薛复筵简薛华醉歌》诗句"文章有神交有道"和《列子·说符第八》所载孙叔敖言"楚越之间有寝丘者,此地不利而名甚恶,楚人鬼而越人禨,可长有者唯此矣"来说明人们于诗乃各有所好,所以我俩的唱和,虽"歌苦"但"不伤知音稀"。接着作者将好友醉中蹴地比作刖足之卞和,最终会如和氏璧一样被世人认识,所以不妨与我一起"麕诗展戏谑",像商鞅立木一样任大家品评。作者认为如果治诗也像治水一样,下的气力就能降伏力逾九象的水兽支无祈,"乌有先生"将"骋唇舌","造化小儿"将"供指挥",从而达到从心所欲的境界,所以希望好友不要"买椟还吾玑",自己也将在听闻好友的鼓鼙声后,像猪突豨勇一样勇敢赴敌,以此与好友相互勉励,努力治诗。我们能从这首诗中管窥作者有关诗歌创作的一些见解,特别是作者认为真正的好诗不是通过雕虫篆刻能实现的,而是要通过老笔表现出风骨,这才是好诗,而且治诗犹如治水,非下大力气、花大功夫不可,这些见解都非常宝贵,对今天作诗之人仍然有启迪和激励的作用。

行看千嶂雪,归载一车云

诗写山水行旅,是古往今来诗人的最爱,历来写山水行旅的名篇佳什可谓层出不穷，令人惊艳，何况蜀中山川雄奇秀丽，高原胜景生面别开，更是惹得诗人情有独钟、青眼有加，以至于出现"天下诗人皆入蜀"的奇观。

这种对山水的喜爱贯彻曾缄一生，"平生最有烟霞癖，拟借西峰卓草庵。"（《重题金凤寺》）一"最"字将其心迹表露无遗。这种"烟霞癖"到了癖入膏肓的地步，他在《忆峨眉金顶十绝句》中写到："老爱名山是一痴"，可知这种痴迷到老益甚，以至于"西来得尽看山兴，投杖无妨化邓林。"（《飞越岭上望万年雪山》）只要能尽看山兴，哪怕命丢了也无所谓。他在得知女儿曾令仪到松州（今四川阿坝州松潘县）工作时，非常羡慕，自愧不如，写《寄次女令仪之松州》相寄，并在题注中说："仪常赴边区，为土地改革工作，出入松、理、茂万山中。曾骑匹马上汶岭，路径险绝，不以为苦。余望西山不得一至，而仪独遍观焉，胜乃翁多矣。"他生日时，他远在北京工作的儿子曾令森跟他说将邀他去西湖一游，顿时兴奋异常，作诗道："新来北雁传消息，要使西湖识老夫。便拟庐山寻五老，更从湘水访三闾。乃翁济胜身犹健，到处登临不用扶。"（《寿晋三首》）恨不得立马就来一场说走就走的旅行。"好峰欢若觌知己，长路熟于温旧书。"（《二郎山上作》）"得闲便拟携邛杖，所到皆思结草庵。"（《西南》）即是曾缄醉心山水的真实写照。即使蜗居城市，依然"拄杖行游兴最浓，时来郊外对诸峰。"（《野眺》）虽不能登高涉远，但也要过过眼瘾，以稍解山水之思。

曾缄因为生计，辗转西川和西康之间，没承想"无心插柳柳成荫"，峨眉之秀、青城之幽、瓦屋之奇、蔡蒙之雅、二郎山之高、邛崃山之雄、大相岭之险，皆一一领略，我们由"五经九折坂，三上二郎山"（《过二郎山宿圈牛坪》）的叙述就可略见一斑。不仅如此，曾缄更把这些所见所历，以极大的热情、下极大的功夫写入诗中。因此，曾缄诗中，描写山水行旅的诗可谓洋洋大观。

写山川之雄奇壮丽的，如《雨后见西山作歌》：

西山有自天地初，冥濛常与元气俱。造化胸中足垒块，吐向陆海为高墟。藏烟匿雾颇自秘，似恐斩绝惊庸愚。我见此山在秋日，雨过郊原净如沐。残阳欲坠不坠时，天外千峰万峰出。北通剑阁南临邛，横空飞出苍精龙。群山岌岌争向东，环绕天府如屏风。不知山高几千仞，但见翠微重复重。翠微有尽山无尽，最上皑皑是雪峰。雪峰玉立青霄里，天下诸山色灰死。五色从知白最尊，九州未有高能比。纵横变化势未已，大块文章极诙诡。古来间气钟何人，扬马之徒毋乃是。西迎反照光鲜妍，天开画本张我前。徒绘嘉陵三百里，笑煞当年吴道玄。山川形胜谁能说，少陵老子诗中杰。曾夸岳外有他山，解道直衔西岭雪。君不见，成都人口百万稠，营营日与尘土谋。试问此山在何许，竟同鲁人不知丘。一年见山不数日，时至疾起登高楼。城南城北君莫顾，直向天西远处求。

曾缄于此诗题注："西山兼汶岭雪峰而言，跨州连郡数百里，从成都平原可一览得之。嵚崎磊落，天下之奇观也。然常在云雾中，非至晴明不可见，见矣而为时亦暂，以是见忽于成都人。甲午初秋，大雨初霁，残日犹明，此山忽涌现在前，余得尽情瞻玩，欢喜踊跃而作是歌。"此诗开篇即远从天地之初写起，以显西山的古老悠远，同时点出西山的特征"冥濛常与元气俱"，而这又是"冥濛"又是"元气"的这种状况，作者解释为是由于造化需要化解胸中的块垒，所以"吐向陆海为高墟"，造成西山时常藏匿在烟雾之中的效果，以此来显示自己的神秘莫测，也是西山担心自己锋芒毕露的真面目吓到一众庸愚之人，这里既有夸张，更有想象，既有比喻，更有拟人，既大声镗鞳，又幽默风趣，这种开篇方式可谓先声夺人。全诗纵横捭阖，境界阔大，气象万千，与雄奇壮丽的山川交相辉映，相得益彰。

写山川之险峻惊奇的,如《纪行七首·飞越岭》:

浮海见溟渤,观山有飞越。俱冠平生游,使我高兴发。抟抟此大块,嗟尔得其骨。纵横列地维,缥缈接天阙。因念图南鸟,至此或夭阏。云翼犹徘徊,遑论鹰与鹍。蹑云吾上征,十步九颠蹶。凭高一回顾,凛然竖毛发。

此诗开篇以"浮海见溟渤"起兴,引出飞越岭,同时也突出了飞越岭在曾缄所见之山中的地位,同时得出"俱冠平生游"的感受,作者之所以对飞越岭评价这么高,是因为他认为混沌天地,就只有飞越岭凝聚成一团,并像人的躯体一样有着坚硬的骨头。接着用一对仗句,形容飞越岭的绵延与高峙,"纵横"指竖和横互相交错,形容其宽阔,"地维"指地之四角,"缥缈"指高远隐忽而不明,形容其高深,以一"列"字状其横亘之态,以一"接"状其高耸之势。由此作者忽发奇想,不由想到庄子所说"其翼若垂天之云"的鹏鸟,庄子在《逍遥游》中不是说这种鸟"而后乃今培风,背负青天而莫之夭阏者,而后乃今将图南"吗?但这种鹏鸟到了飞越岭,作者担心一样会被此山遏阻而飞不过去。于是作者进一步联想到像鹏鸟这种"水击三千里,抟扶摇而上者九万里"的神鸟到此都徘徊不前,更不要说鹰与鹍之类了。在此铺垫和渲染下,自然转入对自己登山的描写:我踩着云向上爬,十步有九步都是东倒西歪、摇摇欲坠,当登顶后回顾来时路,不由惊恐得毛发直竖。写到这里戛然而止,但此山的险峻不言自知,而极富感染力。

写山川之灵秀清丽的,如《月心亭附近林景幽绝记以小诗》:

山边一楼阁,山上几家村。
深树绿成巷,数峰青到门。
日长生夏意,花落褪春痕。
欲识此中趣,还同静者论。

蜀中山水或雄奇壮观，或清幽秀丽。此诗写幽绝之景，遣以幽绝之词，遂成幽绝之境，自是清新动人。

行旅与山水密不可分，写山水离不开人的观察，而人对山水的观察需要身临其境，写行旅同样离不开山水的陪衬与烘托，曾缄诗中就有大量这类作品。

其中，写行旅之艰难困苦的，如《行路难歌为大相岭作》：

四座切莫喧，听我歌路难。太行孟门不足道，斩绝只有邛崃山。下有窅冥莫测之深谷，上有缥缈无尽之层峦。蛮荒子弟夸矫捷，对此险峻愁难攀。古来几人到此地，王尊叱驭王阳还。其难也如此，而余羸且孱。既为远行役，宁复辞险艰。始度山之麓，路似蟠蛇方起伏。时踏乱石披荒榛，偶度危桥支坏木。桥边绝涧驰急流，终古惟闻水声哭。继陟山之腰，我行冉冉升青霄。谁开磴道向高壁，瞩如天际垂长绡。行人伛偻始得上，手虽附葛身飘摇。小关已过大关近，宛转凌虚蹑梯径。此时四顾烟苍茫，天风打头雪没胫。望中千里山回环，随山路作长弓弯。忽转弯弓成直箭，上登山顶穷高盼。绝地天通著此身，剩欲化为云一片。峰回路转如旋螺，一落更下千丈坡。南至浅江百余里，犹蓄余势成陂陀。苍天何心设此险，西陲屹立高嵯峨。山高地气苦稀薄，呼吸仅存息微弱。客言咫尺多神灵，慎无高声雷雨作。只今回首草鞋坪，有虎食人心更惊。自是洪荒异人世，尔辈据险能纵横。安得当时疏凿手，为我尽铲丘山平。平平荡荡至西极，无复艰难歌远征。

西蜀山川雄伟，往日却也艰险异常，给远行之人造成很多阻碍和风险，但同时也给行人留下刻骨铭心的印象，因此发而为诗，既是对险峻山川的真实描绘，也是对行人感受的生动刻画。

写行旅之轻松惬意的，如《忆峨眉》：

忆昔我上峨眉山，直从地底通天关。下山九十九倒拐，上山八十有四盘。钻天怖鹆出鸟道，修蛇倒退缘岩峦。游人高步乔木杪，山鬼出没藤萝间。援藟眘谷俯千仞，其下但睹云漫漫。登危造极至金顶，天风吹落头上冠。下方炎曦烁金石，山头慄慄愁天寒。空无依傍对寥廓，举目四顾天壤宽。从知大块厌平衍，坤倪突起侵乾端。群山西来气磅礴，千崖拔地争巑岏。苍苍莽莽望不尽，放眼直到西南蛮。王母戴胜来姗姗，侍儿皆佩白玉环。化为雪峰望中国，瑶池盼断周王还。东方云海又奇绝，摇烟曳雾翻波澜。光明崖上看日出，天开一朵红牡丹。海中云气幻仙岛，岛树烂若珊瑚珊。虚空忽现大圆镜，缘以五色光檀栾。镜中有人说是佛，舍身往往惊愚顽。夜来神灯遍山谷，点点飞集菩萨坛。以手攫之亦易得，到手一片霜叶干。此间百怪安可悉，谪仙所语非欺谩。山川云物日千变，应悲造化无时闲。归来下历九老洞，洪椿坪上稍盘桓。双崖合沓涧道窄，一线上透天容悭。清音阁下漱飞流，牛心石上转弹丸。奇踪异迹若觇缕，只恐竹磬南山殚。平生结习爱山水，蜀中胜处经游观。他山倘比侯伯国，此山殆是天可汗。大峨寺中老松树，横披千亩何槃槃。它年容我专一壑，还来树下趺蒲团。松根茯苓得饱吃，老死不见医眉斑。

  西蜀山川巍峨险峻，自是雄奇壮观，但也增加了行旅的难度，正如曾缄《上坡行》诗中所写的那样："峨眉无此坡，不显山巍峨。峨眉有此坡，行旅愁经过。"关键取决于行旅的目的和心境。此诗从"上山八十有四盘"所历，到金顶"举目四顾天壤宽"所见，再到"下山九十九倒拐"所历，按游览顺序一路写来，结构完整，首尾相顾，既有精雕细刻，也有泼墨渲染，或实景虚写，或虚景实写，叙事、议论、抒情巧妙交织，给人以美的享受。这类诗与《行路难歌为大相岭作》这类诗虽然都是写登山，但前者之山属原生态，后者之山属旅游景区，更重要的是前者为因生计而勉强攀爬，后者为因观景而悠闲登览，自然心境不同。两类诗虽大异其趣，在艺术审美上却无分轩轾，各擅胜场。

  曾缄说："余得西蜀山川之助，西蜀山川亦得余之助。非此，余与山川皆将抱屈。"此话的意思即他的诗因写西蜀山川而异彩纷呈，而西蜀山川也因被他的诗所写而更加生动有趣,他的诗如果离开了西蜀山川将会黯然失色,西蜀山川如果没有被他写入诗中,也将为此抱屈遗憾,由此可知西蜀山川在曾缄心中和诗中的分量和地位。

我会白云苍狗意,凭栏袖手阅沧桑

同为蜀人的陈子昂,登幽州台而歌:"前不见古人,后不见来者。念天地之悠悠,独怆然而涕下。"其间的白云苍狗之意、沧海桑田之变,无不动人心魄,发人深思。所以咏史怀古,历来为诗家所重。曾缄也不例外,其诗中亦有大量此类作品。曾缄这类诗,大多能揭示事物本质,所发议论及感慨皆言之有物,有的放矢,引发思考。这里试举几例:

《读秦本纪》

先人牧马事西周,岂意儿孙着冕旒。
嬴政不知胡在近,李斯翻与古为仇。
纷纭典籍燃灰烬,迢递神仙入海求。
却有风流唐杜牧,阿房一赋为君愁。

此诗乃曾缄读《史记·秦本纪》所作。首联写秦之所自,概述秦自夏至周这一阶段,经过很多代人的努力,由牧马人变成一方诸侯,最终威加四海、一统天下的历史。"岂意",怎么想到、没有想到。虽然让人感觉不可思议,但最终的结果既然如此,那么可以想象其实并非侥幸。颔联转折,以嬴政不明白亡秦的不是胡人而是胡亥(暗讽其穷尽国力民力修筑长城以拒胡,而招致国衰民弊,民众揭竿而起),李斯则废封建、置郡县,与古为仇,写秦朝灭亡之因。颈联承接上联而来,分写焚书坑儒和入海求仙,皆秦政取死之道。尾联以杜牧《阿房宫赋》作结,意在警醒后人引以为戒。本诗对秦起自微末而建万世基业,却二世而亡的历史,既做全景式的鸟瞰,又以具体故实为支撑,词略旨远,寄慨遥深,同时结构严谨而流转,堂奥阔大而精深,不失为咏史诗中的佳作。

《秀才坟》

张献忠屠应试秀才,丛葬一处,名曰秀才坟,又曰酸冢。偶过其下,戏作一诗。

想是张王爱鬼才,故将措大付蒿莱。
千秋怨气冲霄汉,一片书声出夜台。
汉殿儒冠成溺器,秦庭经籍化寒灰。
人间不少攒眉事,唱彻秋坟君莫哀。

此诗写张献忠杀秀才事。据记载,崇祯十七年(1644年)秋,张献忠发诏举办"特科",征集四川各地举人、贡士、监生、民间才俊、医卜僧道、隐士应试,有不愿意参加考试的,就被"军法严催上路,不至者杀,比坐邻里教官",然后将所有考生集中在成都青羊宫,一个不留,全部坑杀。首联叙张献忠杀秀才的原因,"张王"指张献忠,"鬼才"这里双关,主要是指已经死去的秀才,"措大"是以前对贫寒读书人的贬称,在张献忠眼里,这些读书人就是措大,他都看不起,只有把他们都杀了,变成了"鬼才",他才满意,从"想是"这一揣语看,"张王爱鬼才"是作者的一种揣测和猜想,因为作者实在找不到张献忠这样做的理由和原因,只能这样解释了。颔联描写此事的结果,"千秋怨气冲霄汉"是作者路过秀才坟所见,"一片书声出夜台"是作者路过秀才坟所闻,"夜台"即坟墓,这里的冲天怨气和森森鬼气,千秋不消,至今仿佛还能感受到,其怨之深之大,实在难以想象。颈联列举历史上对知识分子和读书人的杀戮与蔑视的事例,"汉殿儒冠成溺器"用汉高祖刘邦典,《史记·郦生陆贾列传》:"诸客冠儒冠来者,沛公辄解其冠,溲溺其中。""秦庭经籍化寒灰"则说的是秦始皇焚书坑儒事,王禹偁《四皓庙》其一:"秦皇焚旧典,汉祖溺儒冠。"尾联承上,说人间这种"儒冠成溺器""经籍化寒灰"的攒眉事不少，所以秀才坟里的鬼才们不要感到悲哀，此话看似劝解，其实沉痛至极，"唱彻秋坟"语出李贺，其《秋来》诗："秋坟鬼唱鲍家诗，恨血千年土中碧"。此诗虽是戏作，内容却很严肃。

《离堆伏龙观》

长啸登离堆，悠然念秦守。谈笑决岷江，东注宝瓶口。原田获霶溉，黎氓致殷阜。有功无不报，庙食千载后。石犀镇蜀眼，父子名不朽。冷笑君家斯，临刑叹黄狗。

这是一首赞颂李冰父子丰功伟绩的诗。离堆，亦作"离碓"，古地名，在四川省都江堰市境内都江堰，《史记·河渠书》："蜀守冰凿离碓，辟沫水之害，穿二江成都之中。"裴骃《史记集解》引晋灼曰："（碓）古'堆'字也。"范成大《怀古亭》诗题注："怀古亭在永康离堆之上。离堆分岷江水，一派溉彭蜀，而支流道郫县以入于府江。"伏龙观，建在离堆北端，传说李冰父子治水时，曾制服岷江孽龙，将其锁于离堆下伏龙潭中，后人立此祠，以纪念李冰，北宋初改名伏龙观。此诗开篇"长啸登离堆，悠然念秦守"即扣题并点明诗旨，"秦守"指李冰，因其于公元前256年至前251年被秦昭王任为蜀郡太守，在此期间，他征发民工在岷江流域兴办许多水利工程，其中以他和其子一同主持修建的都江堰水利工程最为著名，两千多年来，该工程为成都平原成为天府之国奠定坚实的基础。由"长啸"可知作者登临离堆的心情，由"悠然"可知时间的久远。"谈笑决岷江，东注宝瓶口"承接上句的"秦守"而来，以都江堰水利工程中最关键的两个技术及项目"决岷江""东注宝瓶口"指代整个工程，概述这一工程的浩大和巧妙，以此赞颂古代劳动人民的智慧。接着作者写这一伟大工程的巨大作用，"原田获霶溉"是直接效益，"黎氓致殷阜"是间接效益，也是最大的效益，晋代常璩《华阳国志》记载："旱则引水浸润，雨则杜塞水门，故记曰：水旱从人，不知饥馑，则无荒年，天下谓之天府。"可谓泽被苍生、惠及后世，由此李冰父子获得了历朝历代和后世百姓的推崇和纪念，可谓永垂不朽。最后作者用李斯"临刑叹黄狗"典故，将因贪图富贵而取祸的李斯与兴修水利以造福苍生的李冰对比，二人虽然同姓且同为秦人，但前者成了一个让人警醒的教训，后者则庙食千载、流芳百世，作者念李冰时是"悠然"，对李斯时则是"冷笑"，立场和态度都十分鲜明。此诗一韵到底，但诗义却一句一转，既环环紧扣，又层层递进，特别是最后把李斯用来对比，十分警策，对全诗的思想和境界是一个大的提升，真是神来之笔。

《丰泽园歌为袁世凯作并序》

袁世凯任中华民国总统，以清丰泽园为总统府，署其门曰"新华"。国史馆长王闿运过之，佯为不识曰"此新莽门耶？"盖讥其有异志也。未几，杨度、刘师培等六人立筹安会，刊发《君宪救国论》《君政复古论》，海内上书劝进者蜂起，世凯居之不疑。议封副总统黎元洪为武毅亲王，以女嫁清逊帝溥仪，收为子婿。重新保和殿，择日登极。安徽督军倪嗣冲先期献龙袍，以尺寸不合发还。倪大恚，移赠名伶刘鸿升。鸿升一日演《斩黄袍》一剧，所斩者即此袍，识者以此知其不终。湘人贺振雄首发难，飞书总检厅，请检举总统叛国，梁启超亦著论掊击帝制。将军府将军蔡锷，潜走云南，起护国军讨之，西南各省多响应。四川督军陈宧，世凯倚为心腹，至是亦通电宣布独立。世凯知大势已去，中夜仰药自杀。时陕西督军陈树藩、湖南督军汤芗铭，同反帝制，故时人语云："杀世凯者，二陈汤也。"世凯既死，陈尸怀仁堂，仓促不得棺。府中旧藏东陵老木，美材也。有老卫士曾习为匠，就木凿一棺殓之。漆纻粗疏，尸腐，流液四出，腥闻于外，吊客为之掩鼻。国务参事沈钵叟襄理丧事，所见如此，为余道之，亦可骇也。世凯仕清，夤缘荣禄，谄事庆王，谮德宗于慈禧太后，幽之瀛台。慈禧晏驾，失势，放归田里。值辛亥革命再起，帅北洋军阀抗革命，又借革命以倾清社，攫总统位。为总统三年而觊为帝，僭帝凡八十三日而身败名裂，为天下笑。余重过燕京，登琼华岛，临丰泽园，望其所居，而作此歌。

昔日公路之子孙，不爱总统希至尊。六人巧立筹安会，一老戏呼"新莽门"。丰泽园中郁佳气，及时药物能为帝。储二移封异姓王，旧君翻作乘龙婿。金鳌玉蝀变陈桥，诸将承恩意气骄。補衮无功贻笑柄，刘伶先唱"斩黄袍"。义不帝秦矜爪觜，书生起作鲁连子。护国滇南举义旗，西南半壁皆风靡。怀玺未登保和殿，陈尸已在怀仁堂。当时幽禁先皇处，今日为君歌《薤露》。挥斧还劳帐下儿，盖棺权借东陵树。草草弥天戬一棺，岂同漆纻锢南山。桓温遗臭非虚语，董卓燃脐一例看。化家为国由儿辈，何意人亡家亦败。皇子流离化乞儿，诸姬织履人间卖。重向修门蹑屩来，我登琼岛望渐台。园中池馆长如旧，鹭尾猴头安在哉？一代奸雄存秽史，八旬天子等优俳。园鸟犹呼奈何帝，日暮啾啾空自哀。

　　此诗叙袁世凯复辟帝制事，以讽刺其倒行逆施，终致身败名裂而遗臭万年。开篇即直陈袁世凯虽已身为中华民国的大总统，但还妄想效法东汉末年的袁术（字公路）而"希至尊"，开历史的倒车。作者这里点出袁术，除却二人皆姓袁，更因为二人都不是识势之人，暗喻袁世凯走袁术老路，注定会以失败告终。袁世凯为达到称帝的目的，授意其亲信杨度出面，拉拢孙毓筠、严复、刘师培、李燮和、胡瑛等所谓"六君子"组建筹安会，借其伪造民意，为复辟帝制制造舆论。但司马昭之心路人皆知，故王闿运有"新莽门"之讥，将袁世凯比作篡国之王莽，直指要害，实在是辛辣之极。接着作者叙述袁世凯把民国副总统黎元洪封为亲王、把末代皇帝溥仪收为女婿的荒唐操作，以讽刺其为达目的不择手段。作者同时揭露"诸将"为贪拥立之功以保富贵，不惜将丰泽园中的金鳌玉蝀桥当作陈桥，以效拥立赵匡胤黄袍加身故事，所以闹出了"補衮无功"的笑话，更因此出现了"斩黄袍"这样的反应。随后作者以鲁仲连"义不帝秦"典故表达人们对袁世凯称帝的态度，《战国策·赵策》记载，鲁仲连曰："彼秦者，弃礼义而上首功之国也，权使其士，虏使其民。彼即肆然而为帝，过而为政于天下，则连有蹈东海而死耳，吾不忍为之民也。"于是便有了

"护国滇南举义旗，西南半壁皆风靡"的局面，最终落得仰药自杀、尸腐流液的下场。作者用桓温之"既不能流芳百世，不足复遗臭万载耶"来评论袁世凯为遗臭万年，将人们对袁世凯的怨恨，等同于董卓被斩后人们将其燃脐三天三夜以泄愤的情况，鲜明地表达了作者对袁世凯倒行逆施的态度。然后作者继续写袁世凯死后，皇子化乞儿、诸姬织履卖的人亡家败结局，说明这一切都是其咎由自取，八十三天的所谓皇帝犹如一出滑稽戏，却永远地被钉在历史的耻辱柱上了。作者最后绾合题面，抒发"园中池馆长如旧，鹭尾猴头安在哉"之感，"鹭尾猴头"，作者自注：世凯喜戎装，以鹭尾饰帽，章太炎戏改杜诗嘲之："云移鹭尾看军帽，日绕猴头识君颜"。此诗持论正大，观点鲜明，而以嬉笑怒骂，阐明了凡逆历史潮流而动的跳梁小丑一定会众叛亲离、人亡家败，最终被时代抛弃、被人民唾弃。

树已成精老不死，枝仍结子甘且香

曾缄诗中，多有咏物专题，不论是植物、动物，还是器物、食物，均有涉及。而咏物诗，素以不即不离为上，以有所寄托为上。曾缄之咏物，仍循此法，其途可略举数端：

一是以物喻人

《檬子杖歌》

剑门山上老檬子，生长云根餐石髓。翩然化作小赪虬，出入老夫之手里。钉头磷磷遍体生，我持此杖胜短兵。不须更打落水狗，往柱苍天西北倾。

檬子杖，指以檬子木所做的手杖。此诗为作者所持手杖而作。开篇以"剑门山上老檬子"道出此杖来历，"剑门山"，位于四川盆地西北部剑阁境内，是四川名山，历史上著名险关，而剑阁手杖则是剑门四绝之一，剑阁手杖以剑门山区灌丛中的硬杂木和藤条为原材料，经民间手杖艺人根据藤条、杂木的自然造型加工而成，材料质地细腻、坚韧，斑纹别致，造型自然奇特，极具地方特色，在民国年间已成为名特产品，有"剑阁的拐棍（杖），保宁（阆中）的醋"之说，所以此杖可谓出身名门，不是一般手杖可相提并论，而且此手杖是由老檬子制作而成，而此老檬子又是"生长云根餐石髓"，得天地之造化，吸日月之精华，非一般凡物可比，所以才有"翩然化作小赪虬"的奇事，剑阁手杖根据材料不同，杖形除自然杖、仿自然杖、雕刻杖外，一般为杂木自然杖，此类采用红檬子、乌楂子、水楂子等硬杂木制作，采料时连根掘起，以根部丫杈做弯曲手柄，精制成飞禽走兽杖或各色花卉杖，妙趣天成，作者所持手杖应属后者，所以有化龙的比喻。作者随之以"钉头磷磷遍体生"刻画杖身，既照应上句的"赪虬"，也切合此杖顺乎自然的制作工艺。正因为此杖遍体钉头磷磷，所以此杖在手，比短兵还要厉害。"不须更打落水狗"承接上句"短兵"而来，是作者由打狗棍生发的联想，"不须"，是因为此杖有更崇高而重大的作用，即"往柱苍天西北倾"，天倾西北，典出《淮南子》："共工氏与颛顼争为帝，怒而触不周之山，折天柱，绝地维，故天倾西北，日月辰星就焉。"此诗写所持手杖，作者将其视为龙，视为短兵，视为天柱。作者以此自喻，可见其志。

二是托物言志

《咏天师洞银杏》

青城丈人五岳长，青城银杏诸树王。我游名山事幽讨，瞥见此木心彷徨。根蟠虬龙出山石，柯梢云汉临岩疆。气吞万象何磅礴，色映千峰真老苍。凝脂遍体结钟乳，花时一身攒夜光。长作清阴护烟寺，安排翠叶栖鸾凰。昔闻蟠桃植海上，又听若木栽扶桑。固知草木有神物，亦随雨露生仙乡。人间斧斤那得致，山中岁月还相忘。不輂豪门效梁栋，且共天师营道场。树已成精老不死，枝仍结子甘且香。观中道人好相识，他时得果分我尝。

天师洞又称常道观，是青城山最主要的道观，相传东汉末年，天师道创始人张道陵曾在此修炼布道，故俗称天师。道观中有一树龄1800岁的银杏树，据传说，一日张天师在青城山盘坐，无意间看见山前平川村舍，静修难以速定，遂手植银杏一株，此树迅即拔地十丈，绿屏陡立，锁住山之灵气，终得大道早成。2004年，这株千年古树荣膺"天府十大树王"榜首，成为成都树王。此诗即咏此树。开篇第一句"青城丈人五岳长"写山，从大处着眼，从远处下笔，有一览众山小之势。"青城丈人"即青城山（先秦时称青城山为丈人山），杜甫《丈人山》诗："自为青城客，不唾青城地。为爱丈人山，丹梯近幽意。"题下自注"山在青城县北，黄帝封青城山为五岳丈人。"所以青城山为五岳之长。第二句"青城银杏诸树王"写树，此为特写，作者认为此树为诸树之王。"我游名山事幽讨，瞥见此木心彷徨。"接着开始写我之游及我之见，"幽讨"谓寻讨幽隐，杜甫《赠李白》："李侯金闺彦，脱身事幽讨。""彷徨"在此处不是徘徊或犹豫不决，而是翱翔之意，《庄子·逍遥游》："彷徨乎无为其侧，逍遥乎寝卧其下。"作者以此表达自己看见此树的心情。然后正式对此树展开描写，"根蟠虬龙出山石，柯梢云汉临岩疆。气吞万象何磅礴，色映千峰真老苍。凝脂遍体结钟乳，花时一身攒夜光。长作清阴护烟寺，安排翠叶栖鸾凰。"在作者眼中，此树的根犹如虬龙一样蟠出山石，其枝斜逸岩边直冲云汉，其磅礴之气雄吞万象，其老苍之色掩映千峰，其体凝脂而结钟乳，其花因满身而攒夜光，其荫长护烟寺，其叶好栖鸾凰，作者以虬龙为比喻，以山石、云汉、岩疆、万象、千峰、烟寺等作陪衬，以其躯干上真有钟乳一样的结晶作刻画，以想象中的鸾凰作点缀，以凝脂、夜光作渲染，以磅礴之气、老苍之色作烘托，在读者面前浓墨重彩地描绘出了这棵千年古树的形象和风采。作者没有止步于此，下面接着更进一步，展开对此树精神的抒写和赞美。"昔闻蟠桃植海上，又听若木栽抟桑。固知草木有神物，亦随雨露生仙乡。人间斧斤那得致，山中岁月还相忘。不辇豪门效梁栋，且共天师营道场。树已成精老不死，枝仍结子甘且香。观中道人好相识，他时得果分我尝。"作者在诗中用蟠桃、若木这样的仙果神树来比喻这棵银杏树，认为其虽为草木，但也随雨露生长在仙乡，人间的斧头刀具根本就无法加身，长在山中，连岁月都忘了，根本不屑于去豪门做栋梁，而只是与天师一起默默地经营着这个道场，时间久了就成了精，虽老但不死，而且现在依然结出又香又甜的果实。通过这段描述，此树甘于寂寞、不慕富贵、相守千年、依然护烟寺栖鸾凰、依然开花结果的境界和操守就显现出来了。

三是借物抒情

《咏海棠》

一官偶向花间住，两载曾为徼外行。
身世蛮烟兼瘴雨，风光寒食又清明。
繁英落后春无色，新句吟成昼有声。
寄语芳菲肯相伴，不将漂泊怨浮生。

曾缄此诗咏海棠。首联对仗，出句扣海棠，对句承上"一官"，叙自己在边外已达两年，由写花转为写人。颔联照应首联对句，"身世蛮烟兼瘴雨"写自己人生的境遇都离不开"蛮烟兼瘴雨"，"蛮烟"指南方少数民族地区山林中的瘴气，"瘴雨"指南方含有瘴气的雨，这里以蛮烟瘴雨代指自己曾经生活工作过的地方；"风光寒食又清明"既点明节令，又让人联想到寒食清明时风光的凄清冷寂。颈联"繁英落后春无色"扣题，呼应首联"花间"，写海棠谢后，春亦随之归去，将海棠之色与春色等同，可见海棠对于春天的意义；"新句吟成昼有声"扣题，描述自己写海棠的诗值得昼夜吟咏，可见其对海棠用情之深。尾联"芳菲"指海棠，作者希望海棠能一直相伴自己，那么自己一生纵使天涯漂泊也不会抱怨，作者希望海棠能成为自己黯淡生命里的一束光，成为漫漫人生路上的一个始终不渝的同伴，作者寄望如此深厚，从而对海棠的赞美和推崇达到了无以复加的程度。

四是以物记事

《顾二娘砚》

砚今归刘衡如大令，刘再索诗，三叠百步洪韵寄之。

佳人窈窕同横波，闲居静婉慵飞梭。生成一双补天手，采石五色相磋磨。端溪妙质岂易得，下穷深壑高危坡。何时雕琢成此砚，小如纤掌圆如荷。下边题名勒小篆，仰面受墨生微涡。刘郎多情觅珍玩，沈翁驿递逾关河。其时神州正板荡，诸天大战阿修罗。君今获此劫后物，毋似荆棘埋铜驼。将军桥头有夷落，忆昔与我常委蛇。他年携砚肯见过，更听语笑喧行窠。十年倚马磨盾鼻，严疆出牧今如何。天寒画诺冰雪里，砚冻定烦香口呵。

顾二娘，苏州人，生卒年不详，约活动于雍正至乾隆之际，王世襄的表兄金开藩《清顾二娘制凤砚》记载："清顾德麟，苏州人，琢砚自然古雅，名重于世。媳邹氏能传其艺，尤工辨石，人称顾二娘。非端老坑佳，不肯奏刀。其辨石之法，以脚尖点石即能知之。其艺之精，可想故；其所制砚，艺林宝之。"此诗所写之顾二娘砚，乃归于刘衡如大令的那一方，"大令"为古代县令的尊称。刘衡如得到这方砚后，自是万分高兴，再三请作者为此赋诗，于是作者步苏东坡《百步洪》诗韵作诗一首。诗一开始即从顾二娘的容貌气质写起，虽然其人为窈窕佳人，且"生成一双补天手，"却慵于做织布绣花之类的女红，而是"采石五色相磋磨，"遂成一代制砚名家，袁枚《随园诗话补遗》记载："春巢在金陵得端砚，背有刘慈绝句云：'一寸干将切紫泥，专诸门巷日初西。如何轧轧鸣机手，割遍端州十里溪？'跋云：'吴门顾二娘为制斯砚，赠之以诗。顾家于专诸旧里。时康熙戊戌秋日。'后晤顾竹亭，云：'顾二娘制砚，能以鞋尖试石之好丑，人故以顾小足称之。'"同样是对顾二娘由"鸣机手"变为"补天手"的赞美。在前面的铺垫下，接下来正式对刘衡如所获之砚进行描写，"端溪妙质岂易得，下穷深壑高危坡。"此处道出该砚砚材的出处即今广东肇庆市东郊的端溪，端溪石以石质坚实、润滑、细腻、娇嫩而驰名于世，以此制作的砚故名端砚，已有一千三百多年的历史，与甘肃洮砚、安徽歙砚、山西澄泥砚齐名，是中国四大名砚之一。"何时雕琢成此砚，小如纤掌圆如荷。下边题名勒小篆，仰面受墨生微涡。"对此砚的规格、形状、题勒等做详细描写。"刘郎多情觅珍玩，沈翁驿递逾关河。其时神州正板荡，诸天大战阿修罗。君今获此劫后物，毋似荆棘埋铜驼。"则详述刘衡如获得此砚的曲折经过，叮嘱其善加珍惜。"将军桥头有夷落，忆昔与我常委蛇。他年携砚肯见过，更听语笑喧行窠。"作者在此句下自注曰："余每至康，必寓将军桥充家锅庄，君每见，过从谈笑。"此叙与刘衡如的关系，表达希望刘衡如能携砚而来，让自己也能开开眼界，并且把自己在康定城中的落脚地点详细告诉了对方，生怕别人找不到，可见作者以一睹此砚尊容为快的心情，从侧面表达了对这方砚的赞美和珍视，另一方面因为刘衡如能够入手这样的珍品，心里一定十分得意，所以作者这样的话说得越煞有介事，对方就越是想听，可以想象对方听到这些话肯定十分的受用和开心。接下来作者从刘衡如的职业角度来写此砚，"磨盾鼻"即在盾牌把手上磨墨草檄，后因以称在军队里做文书工作为"磨盾鼻"，"画诺"指旧时主管官员在文书上签字，表示同意照办，这里用起草文书和在文书上签字，来突出此砚的作用，对方因有此砚相助，必定会如虎添翼。在康定天寒冰雪里，砚被冻住了，将会劳烦以口呵气以使砚中凝结的墨汁融解，以便蘸墨书写。诗以此作结，既说明此砚不但是珍贵的收藏品，还是工作中的得力助手，因而在刘衡如这里，此砚更能发挥其作用，体现其价值。此诗写砚、赞砚，同时也对制砚之人及识砚之人、藏砚之人、用砚之人表达了敬意。

一身八万四千毛，修到猢狲亦自豪

曾缄诗的风格，因其写作手法的千变万化，而呈现千姿百态。下面这首诗所言，既是他诗艺追求的目标，也是他的诗学主张和对待诗的态度，同时也是他诗风的写照。

《戏答宋伯灵炉城》

伯灵驰书湄村，谓湄村诗如大将军出征，鼓吹八座，戈甲森严，咸仪具足。缄诗如孙行者，临阵身带八万四千毫毛，变化无穷，神通自在。缄函伯灵当学杨朱一毛不拔，后传诗筒，伯灵开视，乃无一字，有诗见问，戏答一首。

> 一身八万四千毛，修到猢狲亦自豪。
> 不落言诠真法性，本无文字是风骚。
> 昔嘲饭颗吟诗苦，今见炉关觅句劳。
> 我已寻牛不可得，怪君犹索解牛刀。

曾缄此诗首联回应宋伯灵之评，直接引用宋伯灵原话"一身八万四千毛"开篇，"修到猢狲亦自豪"以能获评如孙行者而自豪。颔联"不落言诠""本无文字"既是对题注中所言"缄函伯灵当学杨朱一毛不拔，后传诗筒，伯灵开视，乃无一字，有诗见问"的戏答，同时这也是作者崇尚的诗学主张。"不落言诠"这一思想源自庄子，严羽在《沧浪诗话》做了进一步阐述："诗有别材，非关书也；诗有别趣，非关理也。然非多读书，多穷理，则不能极其至。所谓不涉理路，不落言筌者，上也。"作者认为这是写诗的真实不变、无所不在的体性；"本无文字"

在司空图《诗品·含蓄》中有形象描绘："不着一字，尽得风流。语不涉己，若不堪忧。是有真宰，与之沉浮。浅深聚散，万取一收。"作者认为达到这种境界，才是风骚。颈联"昔嘲饭颗吟诗苦"，借李白《戏赠杜甫》"饭颗山头逢杜甫，头戴笠子日卓午。借问何来太瘦生，总为从前作诗苦"来说以前自己曾嘲笑那些苦吟诗人；"今见炉关觅句劳"则写自己如今在康定为"觅句"而一样地劳心费神、殚精竭虑。这是作者表达自己对待写诗的态度，从漫不经心到认真对待以至精益求精的转变。虽然自己的诗"变化无穷，神通自在"，却正是因为自己的"吟诗苦""觅句劳"而得来，不是随随便便、轻轻松松能够达到的。

曾缄诗的主要风格，仍然举例以做简要分析：

一是境界阔大，气势恢宏

《邛山高》

民国二十九年秋，风雨中过二郎山。次日晴明，西望雪山诸峰，作此篇。豪荡自恣，自谓似李青莲也。

四座切莫嚣，我歌邛山高。二郎崒嵂插天起，峨眉瓦屋皆儿曹。山下浮云翻海涛，山上树密如牛毛。千崖无人豺虎嗥，栈石一线萦秋毫。铁马蹄穿不得度，木人泪下应嚎啕。我昔投荒走山谷，蹴踏险巇行荦确。长风吹我天上来，白云伴我山巅宿。天鸡夜啼东方曙，雪峰历历堪指数。瑶台明灭今有无，临风忽忆西王母。千古两情人，周穆与汉武。穆不重驰八骏来，武化汉陵一抔土。青鸟衔书欲寄谁，黄竹歌终泪如雨。山前便是天一涯，汉家昔事西南夷。相如乘传向绝域，闺中文君伤别离。人生行乐耳，须富贵何时？徒为远行役，恻恻令心悲。邛山高，泸水急，行人过此头欲白。人间何处不可留，辛勤乃作梯山客。

邛山即邛崃山脉，在四川省西部，为四川盆地灌县至天全一线以西山地的总称，是岷江和大渡河的分水岭，是四川盆地和青藏高原的地理界线和农业界线，是中国地形第一阶梯和第二阶梯的分界线之一，自北向南主要有海拔6250米的四姑娘山、海拔5072米的巴朗山、海拔5338米的夹金山和海拔3437米的二郎山等山。

　　此诗即曾缄1940年秋过邛崃山脉的二郎山所作。开篇两句乃作者假想自己在众人中高歌，当众宣示主旨即所歌内容或对象，吸引大家注意，起定场的作用。随后劈头即从所过之二郎山写起，将在二郎山所望的蜀中名山峨眉、瓦屋拉来与之比较，极言二郎山之高。接着对山上所望做具体描绘，以山下若海涛翻腾的浮云言其高峻，以山上密如牛毛的树林言其原始，以千崖无人而唯闻豻噑虎啸言其荒凉，以细如秋毫的一线栈石言其险峻，以铁马之蹄即使磨穿也攀爬不过来言其艰险，以木头人见此也会号啕大哭来言其令人震骇，作者从此（二郎）与彼（峨眉瓦屋）、上（山上）与下（山下）、有（豻虎）与无（人）、面（千崖）与线（栈石），多角度、多层面对邛山进行描写，让人们对邛山的高峻、原始、荒凉、险峻、艰险等特征有了直观而丰富的印象。

　　接着作者将自己过二郎山的原因略作交代，"投荒"本指贬谪、流放至荒远之地，这里指到遥远的异乡谋生，即作者去康定工作，这就是作者"蹴踏险巇行荦确"的原因。前面写此行所见，那么下面即转入对此行所历进行描述。"长风吹我天上来"，作者以长风为介，将登山的惊险与艰辛化作了一种轻松和豪迈，写出了人们登上山顶时的一种普遍感受；"白云伴我山巅宿"，因有白云相伴，山上的荒凉与原始被直接无视，所以山巅之宿自然显得安闲而潇洒。"天鸡"一句承接上句而来，将从夜到晓的过程一笔带过。作者于清晨西望，只见"雪峰历历堪指数"，此即题注中所说："次日晴明，西望雪山诸峰。"这是实有之景。

　　于是作者从雪峰自然联想到瑶台，由瑶台自然联想到西王母，再由西王母联想到与之相关的两个有情之人——周穆王和汉武帝，《穆天子传》

卷三："天子宾于西王母，天子觞西王母于瑶池之上。西王母为天子谣曰：'白云在天，山陵自出。道里悠远，山川间之。将子无死，尚能复来。'天子答之曰：'予归东土，和治诸夏。万民平均，吾顾见汝。比及三年，将复而野。'"虽然周穆王与西王母有后会之约，却不再驾乘八骏而来，唱罢周穆王所作的《黄竹歌》禁不住泪落如雨，李商隐《瑶池》："瑶池阿母绮窗开，黄竹歌声动地哀。八骏日行三万里，穆王何事不重来。"而汉武帝也已经化作汉陵的一抔土，青鸟即使衔书而来也不知寄给谁了。班固《汉武故事》："七月七日，上（汉武帝）于承华殿斋，正中，忽有一青鸟从西方来，集殿前。上问东方朔，朔曰：'此西王母欲来也。'有顷，王母至，有两青鸟如乌，侠侍王母旁。"作者于此借西王母及周穆王、汉武帝典，揭示求仙终妄、生命有尽的道理，抒发人生无常及生离死别之悲。

在此情感铺垫的基础上，作者慨叹此山一过即天涯，暗示自己漂泊的命运，同时将自己比作"乘传向绝域"的司马相如，虽然将自己的"投荒"置于"汉家昔事西南夷"的大业之下，但如同司马相如与卓文君的离别一样，自己与家人也不得不天各一方，这仍然是一种遗憾。所以作者直言不讳："人生行乐耳，须富贵何时？"此语出自汉代杨恽《报孙会宗书》："其诗曰：'田彼南山，芜秽不治。种一顷豆，落而为萁。人生行乐耳，须富贵何时？'"正因为这样，那么远行役就是徒然的了，只是令人心悲而已，所以面对邛山之高，泸水之急，"行人过此头欲白"，作者的情绪至此低落到了极点。最后两句"人间何处不可留，辛勤乃作梯山客"乃作者自我宽解语，表达了作者的无奈，"梯山"指攀登高山，亦泛指远涉险阻。

全诗写荒凉之景、离别之情，却能以豪荡出之。寓情于景，景中带情，借景抒情，情景两生；景虽荒凉，境却壮阔，情虽沉郁，气自豪迈。这种手法和风格，与李白《蜀道难》等诗相似度较高。

《峨眉山歌》

君不见峨眉山月半轮秋，影随李白下渝州。又不见峨眉山西雪千里，飞入东坡诗卷里。平生爱读苏李诗，诗中往往道峨眉。今年我过青衣路，始识峨眉天下奇。峨眉高出青霄上，三面临空绝依傍。眉痕淡扫有无间，比似文君远山样。绿树朦胧处处山，山中一径叩天关。八十四盘通碧落，七十二峰攒翠环。四海弥天酬一顾，身到峨眉最高处。回头井底置成都，白云遮断来时路。峨眉西望是邛崃，复岫层峦磊落开。拔地一峰觇瓦屋，连天积雪见瑶台。瑶台上有西王母，雾阁云窗思无数。可怜天上忆人间，宴罢周王怀汉武。峨眉东望万重云，飘飘来下云中君。忽将云气化海水，粼粼波皱如罗纹。诸峰遥傍云涛起，棋布星罗成岛屿。若从此地泛仙槎，便到银河逢织女。峨眉最好观朝日，朝日初从云海出。海中一点含朱丹，须臾托出黄金盘。山下彩虹蟠五色，佛光涌现万人看。峨眉入夜失丘陵，此际虚空佛火升。趺坐山头千万佛，一灯燃出百千灯。飞来一片娟娟月，来与峨眉斗眉色。成都画手开十眉，独有此眉图不得。峨眉山下有龙池，龙池如镜照峨眉。峨眉影落龙池里，影落龙池山不知。有人夜半持山去，造物仓皇应失措。谁将芥子纳峨眉，仍唱诗仙旧时句。

曾缄于开篇即抬出李白和苏东坡这两个大神级人物，隐括他们描写峨眉山的名篇或名句为我所用，既以其气势笼罩全篇，同时又收先声夺人之效，作者在化用李白《峨眉山月歌》"峨眉山月半轮秋，影入平羌江水流。夜发清溪向三峡，思君不见下渝州"和苏东坡《雪斋》"君不见峨眉山西雪千里，北望成都如井底"后，读者也同时被李白、苏东坡的绝代风神所倾倒，对他们所描写的峨眉山悠然神往，对作者随后的描写充满期待。作为四川人的李白和苏东坡，他们的诗中有着大量描写峨眉山的内容，所以之前作者对峨眉山的认识，来自于平生爱读的李白、苏轼诗，而此次峨眉之游，才真正见识了什么是"天下奇"！作者通过这一叙述，自然过渡到对峨眉山的正面描写。"峨眉高出青霄上"言其高，"三面临空绝依傍"写其势,"眉痕淡扫有无间,比似文君远山样"状其态,此山下远观之景。"绿树朦胧处处山"言树密山多,"山中一径叩天关"述山中唯一径,而此径独通天,"八十四盘通碧落"具体描写上句那"一径"的弯曲盘旋而上,"七十二峰攒翠环"照应"绿树"句,此登山途中之景。"四海弥天酬一顾,身到峨眉最高处"用释道安典言登山之不易及登顶之决心,"回头井底置成都,白云遮断来时路"照应开篇的苏东坡诗句,也扣前面"青霄上""叩天关""通碧落",此山顶回顾之景。"峨眉西望是邛崃,复岫层峦磊落开。拔地一峰舰瓦屋,连天积雪见瑶台。瑶台上有西王母,雾阁云窗思无数。可怜天上忆人间,宴罢周王怀汉武。"此山顶西望之景,这里的实景壮阔,其中的想象奇特,似幻还真,似真还幻,迷离恍惚,一片神行。"峨眉东望万重云,飘飘来下云中君。忽将云气化海水,粼粼波皱如罗纹。诸峰遥傍云涛起,棋布星罗成岛屿。若从此地泛仙槎,便到银河逢织女。"此山顶东望之景,实景虚写,虚景实写,以浩渺之景象与缥缈之神话,共同营造出一个仙凡难分的奇异瑰丽景象。"峨眉最好观朝日,朝日初从云海出。海中一点含朱丹,须臾托出黄金盘。山下彩虹蟠五色,佛光涌现万人看。"从海中之朱丹,到五色之佛光,此峨眉朝日之景。"峨眉入夜失丘陵,此际虚空佛火升。跌坐山头千万佛,一灯燃出百千灯。飞来一片娟娟月,来与峨眉斗眉色。成都画手开十眉,独有此眉图不得"中"一灯燃出百千灯"典出《六祖大师法宝坛经·护法品》:"譬如一灯燃百千灯,冥者皆明,明明无尽。"作者以山上之灯喻指佛之渡人,切峨眉山普贤菩萨道场身份;"成都画手开十眉"引用苏东坡的《眉子石砚歌赠胡誾》"君不见成都画手开十眉,横云却月争新奇","十眉"指十种不同的眼眉,钱谦益《牧斋初学集·卷九十·眉》注引:"施宿曰:川画《十眉图序》:'娥眉、翠黛、卧蚕、捧心、偃月、复月、筋点、柳叶、远山、八字,是为十眉。'"作者以此表达峨眉山之状非娟娟之月可比,亦非画手可以描摹得出来;此峨眉入夜之景。

"峨眉山下有龙池，龙池如镜照蛾眉。峨眉影落龙池里，影落龙池山不知。"既用顶针手法，又用回环的修辞手法，在峨眉和龙池之间构建起一种照应和呼应的关系，此峨眉山下之景。最后作者以"有人夜半持山去"形容事物变化、人难预测，典出《庄子·大宗师》："夫藏舟于壑，藏山于泽，谓之固矣。然而夜半有力者负之而走，昧者不知也。"黄庭坚《追和东坡壶中九华》："有人夜半持山去，顿觉浮岚暖翠空。"佛经说"芥子纳须弥"，但作者言"芥子纳峨眉"，则有将峨眉山与佛家的须弥山等量齐观之意，这可是对峨眉山的极高推崇和赞誉，看来也只有诗仙太白的诗能够与之匹配，同时照应开篇，在章法上形成首尾呼应。作者这首《峨眉山歌》既有全景式的鸟瞰，又从各个不同角度进行生动描绘，借助各类典故、神话传说，运用多种艺术手法，以气势如虹又婉转咏叹的韵律，读来有石破天惊、云飞涛走之势，给人以逸兴遄飞、妙想天开之感，让读者领略了峨眉"天下奇"的神韵，在读者面前展现了一幅似幻还真、雄奇瑰丽的壮美画卷。

二是沉郁顿挫，瑰丽奇崛

《布达拉宫辞并序》

叙曰：六世达赖喇嘛罗桑瑞晋仓央嘉措，西藏窭地人也。其父名吉祥持教，母号自在天女。五世达赖阿旺罗桑薨，而仓央嘉措适生，岐嶷出众，见者目为圣童。当五世达赖之薨也，大臣第巴桑吉专政，匿其丧不报，阴内仓央嘉措布达拉宫中为储君，其教令仍假五世达赖之名行之，如是者有年。后清康熙帝微有所闻，传诏责问，始以实对。康熙三十五年，乃从班禅额尔德尼受戒，奉敕坐床，即六世达赖位，时年十五。威仪焕发，色相庄严，四众瞻仰，以为"如来三十二相，八十种随形好"，不是过也。正位之后，法轮常转，玉烛时调，三藏之民，罔不爱戴。

黄教之制，达赖住持正法，不得亲近女人。而仓央嘉措情之所钟，雅好佳丽，粉白黛绿者，往往混迹后宫，侍其左右。意犹未足，自于后宫辟一篱门，夜中易服，挟一亲信侍者从此门出，更名荡桑汪波，微行拉萨市上。偶入一酒家，觌当垆女郎，殊色也，悦之，女郎亦震其仪表而委心焉。自是昏而往，晓而归，俾夜作昼，周旋酒家者累月。其事甚密，外人无知之者。一夕值大雪，归时遗履迹雪上，为人发觉，事以败露。

有拉藏汗者，亦执政大臣，故与第巴桑吉争权。至是借为口实，言其所立非真达赖，驰奏清廷，以皇帝诏废之。仓央嘉措被废，反自以为得计，谓："今后将无复以达赖绳我，可为所欲为也。"与当垆女郎过从益密。拉藏汗会三大寺大喇嘛杂治之，诸喇嘛唯言其迷失菩提而已，无议罪意。拉藏汗无如何，乃槛而送之北京。道经哲蚌寺，众僧出不意，夺而藏诸寺。拉藏汗以兵攻破寺，复获之。命心腹将率兵监其行，至青海以病死闻。或曰：其将鸩杀之。寿止二十三岁，时则康熙四十五年也。

仓央嘉措既走死，藏之人皆怜其无辜，不直拉藏汗所为。拉藏汗别立伊喜嘉措为新达赖，而众不之服也。闻七世达赖诞生理塘，则大喜。先是仓央嘉措有诗云："他年化鹤归何处？不在天涯在理塘。"故众谓七世达赖是其后身，咸向往之，事闻于朝。于是清帝又诏废新达赖，而立七世达赖，以嗣仓央嘉措。迎立之日，侍从甚盛，幡幢伞盖，不绝于途。拉萨欢声雷动，望尘遥拜者不知其数也。

仓央嘉措积学能文，工诗，所著有《无生缄利法》《黄金穗故事》《答南方人问马头观音法书》及《笺启歌曲》等。而歌曲六十余篇，流传尤广，世谓之六世达赖情歌。流水落花，美人香草，哀感顽艳，绝世销魂，为时人所称，然亦以此见讥于礼法之士。故仓央嘉措者，盖佛教之罪人，词坛之功臣，卫道者之所疾首，而言情者之所归命也。观其身遭挫辱，仍为众望所归，甘棠之思，再世笃弥，可谓贤矣。乃权臣窃柄，废立纷纭，遂令斯人行非昌邑，而祸烈淮南。悲夫！

戊寅之岁，余重至西康，网罗康藏文献，得其行事，并求其所谓情歌者译而诵之。既叹其才，复悲其遇，慨然命笔，摭其事为《布达拉宫辞》。广法苑之逸闻，存西蕃之故实。虽迹异"连昌"而情符"长恨"，冀世之好事者，或有取于此云。

拉萨高峙西极天，布拉宫内多金仙。黄教一花开五叶，第六僧王最少年。僧王生长寞湖里，父名吉祥母天女。云是先王转世来，庄严色相真无比。玉雪肌肤襁褓中，侍臣迎养入深宫。峨冠五佛金银烂，绛地袈裟氍毹红。高僧额尔传经戒，十五坐床称达赖。诸天为雨曼陀罗，万人合掌争膜拜。花开结果自然成，佛说无情种不生。只说出家堪悟道，谁知成佛更多情。浮屠恩爱生三宿，肯向寒崖依枯木。偶逢天上散花人，有时邀入维摩屋。禅参欢喜日忘忧，秘戏宫中乐事稠。僧院木鱼常比目，佛国莲花多并头。犹嫌少小居深殿，人间佳丽无由见。自辟篱门出后宫，微行夜绕拉萨遍。行到拉萨卖酒家，当垆有女颜如花。远山眉黛销魂极，不遇相如空自嗟。此际小姑方独处，何来公子甚豪华。留髡一石莫辞醉，长夜欲阑星斗斜。银河相望无多路，从今便许双星渡。浪作寻常侠少看，岂知身受君王顾。柳梢月上订佳期，去时破晓来昏暮。今日黄衣殿上人，昨宵有梦花间住。花间梦醒眼朦胧，一路归来逐晓风。悔不行空似天马，翻教踏雪比飞鸿。踪迹分明留雪上，何人窥破秘密藏。哗言昌邑果无行，上书请废劳丞相。由来尊位等轻尘，懒坐莲台转法轮。还我本来真面目，依然天下有情人。本期活佛能长活，争遣能仁遇不仁。十载风流悲教主，一生恩怨误权臣。剩有情歌六十章，可怜字字吐光芒。写来旧日兜绵手，断尽拉萨士女肠。国内伤心思故主，宫中何意立新王。求君别自熏丹穴，觅佛居然在理塘。相传幼主回銮日，侍从如云森警跸。俱道法王自有真，今时达赖当年佛。始知圣主多遗爱，能使人心为向背。罗什吞针岂诲淫，阿难戒体知无碍。只今有客过拉萨，宫殿曾瞻布达拉。遗像百年犹挂壁，像前拜倒拉萨娃。买丝不绣阿底峡，有酒不酹宗喀巴。愿将世界花千万，供养情天一喇嘛。

曾缄在诗中紧紧围绕和特别突出了抒写对象身份的特殊性这一点，以此展开叙事和抒情，将仓央嘉措这一人物形象刻画得丰富饱满、鲜活生动，将这一人物的生平遭遇叙写得惊心动魄、波澜起伏，具有很强的感染力。仓央嘉措这一人物的特殊性，在于他身份的特殊，而他所具有的特殊身份，注定他只能按照他身份规定的规范行事，如有逾越，则将被规范所不容，同时也将给自己带来毁灭性后果。而仓央嘉措是一个感性的人，不愿意受规范的制约，所以他经常处于内心挣扎和矛盾之中，正如他诗中所说："曾虑多情损梵行，入山又恐别倾城。世间安得双全法，不负如来不负卿。"这正是仓央嘉措的悲剧，也是他纠结郁闷的原因。此诗自始至终都围绕仓央嘉措的特殊身份着笔，叙其由先王转世、生长寞湖里、十五即坐床、理塘再转世全过程，以此突出其特殊身份与其所持之心、所历之事的冲突和纠结，而正是这种无解的冲突和纠结，既造成了仓央嘉措的悲剧，也给读者带来了极大的心灵震撼，也使本诗具有了强烈的艺术感染力。

全诗浓墨重彩地记叙了仓央嘉措短暂的一生，对仓央嘉措的不幸给予深深同情。对仓央嘉措，作者"既叹其才，复悲其遇"，认为其悲剧结局为奸臣所致，而非世无"不负如来不负卿"的双全法，并化禅宗偈语为"花开结果自然成，佛说无情种不生"，攫取"僧院木鱼常比目，佛国莲花多并头"等现象，引用罗什吞针、阿难戒体以及"浮屠恩爱生三宿，肯向寒崖依枯木"等佛典做理论依据为其辩护，同时以"断尽拉萨士女肠""像前拜倒拉萨娃"之人心向背来表明人们对仓央嘉措的钟爱。此诗"虽迹异《连昌》而情符《长恨》"，全诗叙事抒情达到水乳交融，题材驾驭允称举重若轻，情感浓郁而至哀感顽艳，笔力恣肆益显真气弥满，辞藻熔铸可谓炉火纯青，张弛有度而又一气贯注，音韵抑扬让人一唱三叹，远接元白却自具面目，达到了很高的艺术水准。

《九日登徐氏夕秀亭同刘程二公作》

  淫雨难为秋，菊华败其芳。六合构群阴，兹辰宁载阳。登高践凤约，蜡屐跻平岗。淤泥塞道路，野露沾衣裳。美哉城北公，筑室凌女墙。倚君夕秀亭，临睨严道乡。原野何辽阔，云山郁苍茫。铜山在何所，邓通今则亡。地瘠民更贫，世乱疲输将。荒田没流潦，晚稻迟登场。将丰反致歉，厥咎归穹苍。昨宵尚雷霆，号令真无常。我欲叩帝阙，孰者持天纲。襄王恋云雨，神女耽淫荒。龙涎一流毒，祸水真汪洋。安得扫氛烟，神人奋檛枪。乾坤复正气，白日回清光。要俟河水清，尤愿人寿长。延命酌菊醑，辟邪佩茰囊。明知事不经，为此亦可伤。斯须泯忧患，与子姑徜徉。诸君怀雅咏，各有琬琰章。我诗赋愁霖，益以泪数行。诗成不忍读，弃捐箧中藏。

  徐氏夕秀亭在雅安苍坪山上，曾缄好友谢无量《题夕秀亭》曾咏此亭："使君亭榭跨苍坪，不负人间重晚晴。"重阳日，作者与刘芦隐、程木雁二位好友于此登高，目有所见，心有所感，遂成此诗。但与一般九日登高诗写簪菊、佩茰、落帽、怀远这些老旧套路不同，此诗从淫雨入手，感天纲之无常，哀百姓之贫瘠，表达了与自古以来重九节蕴含的隐逸和亲情之意无关的感情。

  开篇既不写"登"也不写"亭"，而是从宏大的时间空间写起。"淫雨难为秋"点明时令，突出"淫雨"；"菊华败其芳"紧接着菊花登场，但这里不是"采菊东篱下，悠然见南山。"（陶渊明《饮酒》）也不是"对美景良辰乐事，采茰簪菊登临，共上翠微。"（曹冠《八六子·九日》）在淫雨霏霏中，菊花早早地消散了她的芬芳，已经枯萎了，作者展现的是一幅衰飒的残秋景象，完全没有苏东坡"菊花开处乃重阳"那种悠然之意；随着作者的笔触伸向远方，"六合构群阴，兹辰宁载阳。"天地及四面八方都是由各种阴象组合而成，此时难道还会回暖过来吗？在作者眼中，此时的天地万物色彩都是黯淡的，温度都是冰凉的。通过前四句描写出来的景象，可以想见作者的心情很是沉郁，这也为全篇打下了一个总的情感基调和心境底色。

接下来镜头转换,从对环境的描写和气氛的渲染,正式转为对登高这一过程的叙述,"登高践夙约,蜡屐跻平岗"照应诗题,"淤泥塞道路,野露沾衣裳"照应前四句。作者随后按事情发生发展的先后顺序继续叙述,"美哉城北公,筑室凌女墙。""城北公"原指战国时期齐国姓徐的美男子,后作美男子的代称,《战国策·齐策一》:"城北徐公,齐国之美丽者也。"这里既是实指夕秀亭的主人徐氏,同时也是用典表达赞美。

接着写登亭所见,"倚君夕秀亭,临睨严道乡。原野何辽阔,云山郁苍茫。""严道"乃古县名,即现在雅安市的荥经县,这里代指雅安全境。"铜山在何所,邓通今则亡。地瘠民更贫,世乱疲输将。荒田没流潦,晚稻迟登场。将丰反致歉,厥咎归穹苍。昨宵尚雷霆,号令真无常。我欲叩帝阙,孰者持天纲。襄王恋云雨,神女耽淫荒。龙涎一流毒,祸水真汪洋。"作者登亭骋望,除了辽阔的原野、苍茫的云山,而汉文帝时邓通在严道开矿铸钱的铜山已经不见了,现在只看见地是瘠的,民是贫的,世是乱的,田是荒的,稻是歉的,而这一切的一切,都应该归咎于穹苍,因为它不但下淫雨,而且农历九月还打雷,上天真是乱了纲常,楚襄王也好,巫山神女也罢,他们只知道旦为朝云、暮为行雨,更过分的是天上的神龙,他的口水随便一流,地上就是一片汪洋,所以作者"欲叩帝阙",问一问到底是谁在执掌天纲。作者这一大段描写,既有眼前实景,又有联想,既有现实,又有神话,既引经,又据典,从不同角度、不同层面反映百姓的苦难,暴露现实的黑暗,揭露上层的腐朽,分析其中的原因,表达自己的愤怒。接着作者表达自己的愿望,希望有"神人奋欃枪"以扫除氛烟,从而"乾坤复正气,白日回清光"。但是作者对这种结果也没有信心,对自己的愿望也感到渺茫,所以他接着写道:"要俟河水清,尤愿人寿长。"如果要等到黄河水变清那天,那么寿命就必须要长,否则等不到那一天。那么要如何延长寿命呢?方法就是"延命酌菊醑,辟邪佩萸囊。"这又挽回到重阳节的习俗上来了。但作者对这些方法是不自信的，所以他说："明知事不经"，"不经"就是近乎荒诞、不合常理、没有根据，其实作者对这样做的效果是心知肚明的，所以他在"明知事不经"的情况下，又说"为此亦可伤"，他的意思是想表达做这些"酌菊醑""佩萸囊"之类的事情，完全于事无补、徒劳无益，只是无奈之举，也是没有办法的办法，作者认为这其实才是一种真正的悲哀。

在深入骨髓的悲哀、悲愤之中，作者"斯须泯忧患，与子姑倘徉"这里笔锋又一转，写自己转瞬之间忘掉忧患，强颜欢笑，强打精神，暂且同好友们一起倘徉，同时"诸君怀雅咏，各有琬琰章"，转而对好友们的雅咏赞誉有加，但作者心不在此，"我诗赋愁霖，益以泪数行。"与好友们的雅咏相比，自己的诗写的是雨，而且是使人愁的经久不停的雨，这诗里面，不但有下不完的雨，还有自己的泪水，所以作者以"诗成不忍读，弃捐箧中藏"作为诗的结尾，说诗写成之后，连自己都不忍读，只有藏在箧中，这当然是愤激语，也是伤心语，也是沉痛语。

这首诗前半部分有条不紊地写来，脉络清晰，层层递进，同时八方呼应，面面照应，后半部分则跌宕起伏，不断转折，在大开大阖中尽显郁勃之力，深得杜甫沉郁顿挫之法。

三是滑稽突梯，幽默风趣

《闻杨啸谷醉中蹶地寄诗奉问》

君家故事吾能记，扬雄投阁曾到地。非关寂寞真致灾，只为平生识奇字。仓颉书成鬼夜哭，斯文固是天所忌。嗟君好奇似子云，草玄颇发神人秘。坐令百鬼瞰高明，造化小儿来一戏。何物能推玉山倒，此时竟作大星坠。平居自诩不倒翁，仓皇乃失济胜具。乍如蓬莱割左股，又似匈奴断右臂。闷绝还思日者言，震天一蹶吾其毙。岂知因醉神得全，堕车不死非奇事。闻君防身佩古玉，浸色烂斑湿且丽。即今对玉抚疮痕，皮青肉紫差相似。

其人如玉语不诬，瑚琏大堪为子器。翻思少陵为马堕，题诗巧作惊人句。待君痛定起高歌，我亦相看携酒至。

曾缄好友杨啸谷因酒醉而摔倒于地，作者听闻后，作此诗以表问候。此诗开篇却不是先问伤情，也没有表达亲切慰问，应该是杨啸谷伤势不重，没什么大碍，所以作者才有闲情逸致写诗相寄，也才能从容不迫地远从"吾能记"之"君家故事"娓娓道来，那么是什么"君家故事"呢？原来是"扬雄投阁曾到地"的故事，据《汉书·扬雄列传》记载，扬雄校书天禄阁时，刘棻曾向雄问古文奇字，后棻被王莽治罪，株连扬雄，当狱吏往捕时，雄恐不能自免，即从阁上跳下，几乎摔死。作者用扬雄投阁这个典故，是告诉杨啸谷说杨家有摔倒的家传。扬雄投阁后，当时京师议论："惟寂寞，自投阁。"将扬雄投阁的原因归之为寂寞，但作者认为是"非关寂寞真致灾，只为平生识奇字。"然后作者还进一步搬出《淮南子·本经训》所言"昔者仓颉作书，而天雨粟，鬼夜哭"作为证据，以仓颉作书造成如此大的动静，来说明扬雄是因"识奇字"而致摔倒楼下。

因为仓颉作书与扬雄识奇字都是遭上天所忌之事，而作者认为杨啸谷之好奇本性犹如扬雄一样，屡屡窥破天机，所以受到鬼神的猜忌打压，命运于是就给他开了这么一个玩笑，以至于其摔倒在地。作者认为好友没有吸取扬雄、仓颉的教训，去好什么奇，草什么玄，发什么秘，以至于为天所忌，终遭此一难，完全是咎由自取，所以作者为自己的好友深感惋惜和遗憾。杨啸谷是著名的文物鉴赏家和古董收藏家，其知识与眼光非常人能及，作者"嗟君"实际上是把杨啸谷等同于如扬雄、仓颉那类学究天人之人了，反而是对好友的最高赞誉。"百鬼瞰高明"典出《隋书·裴肃传》："窃见高颎以天挺良才，元勋佐命，陛下光宠，亦已优隆。但鬼瞰高明，世疵俊异，侧目求其长短者，岂可胜道哉！""造化小儿"典出《新唐书·杜审言传》："审言病甚，宋之问、武平一等省候何如。答曰：'甚为造化小儿相苦，尚何言？'"

随后作者对好友的摔倒作描写，"何物能推玉山倒，此时竟作大星坠。""玉山倒"典出《世说新语·容止》："嵇叔夜之为人也，岩岩若孤松之独立；其醉也，傀俄若玉山之将崩。"后因以"玉山倒"形容人酒醉欲倒之态，李白《襄阳歌》："清风朗月不用一钱买，玉山自倒非人推。""大星"喻指好友的身躯。"平居自诩不倒翁，仓皇乃失济胜具。""济胜具"语出《世说新语·栖逸》："许掾好游山水，而体便登陟，时人云，许非徒有胜情，实有济胜之具。"即指能攀越胜境、登山临水的好身体。"何物"乃作者明知故问，"竟作"乃作者故作意外和惊讶之态，"平居自诩"接以"仓皇乃失"乃作者"以子之矛攻子之盾"之法，明显哪壶不开提哪壶，专找好友的难堪。此番描写，应该使好友啼笑皆非、伤痛两忘，也让读者解颐一笑、拍案叫绝。

对好友摔倒的描写和戏谑还在继续，"乍如蓬莱割左股，又似匈奴断右臂。"作者连用两个比喻和典故，用以形容好友在醉酒后身躯失去平衡的状态。"乍"以示这种状况的突如其来、出人意料，但其在"闷绝（晕倒）"之时还在回忆"日者（以占候卜筮为业的人，语出《墨子·贵义》，《史记》有《日者列传》）"之言，作者在此句下自注："日者曾谓君，当致癫蹶，若不死，可寿至期颐。"日者之言现在应验了前半部分，而后半部分则未可知，所以随着"震天一蹶"，好友发出了一声惨叫："吾其毙"，差不多是"吾命休矣"的意思。这个"震天一蹶"用得很是生动形象，将好友摔倒在地发出的声响夸张到惊天动地，加上好友在跌落过程中发出的"吾其毙"的惨叫，从而将其跌倒时的状态刻画得活灵活现，犹如现场目睹。随后作者用"岂知因醉神得全，堕车不死非奇事"给予宽慰，此句用典，《庄子·外篇·达生》云："夫醉者之坠车，虽疾不死。"在好友惊魂未定之时，作者对他说正因为是醉酒，在无意识的状况下摔倒，连庄子都说了是不会死人的，这不是什么稀奇事，以劝慰好友大可放心。作者越煞有介事，读来越让人忍俊不禁。

到此时作者对好友的戏谑还没结束，作者又提及好友为防身而佩戴的古玉，说这古玉"浸色烂斑湿且丽"，本来就色彩斑斓，现在摔坏了，好友抚摸着玉上的疮痕，跟好友身上"皮青肉紫"的状况大致相似，所以作者认为人们以"其人如玉"之语评价好友完全没有错，绝非虚言。随后作者进一步说好友既然"其人如玉"，那么"瑚琏大堪为子器"，"瑚琏"语出《论语·公冶长》："子贡问曰：'赐也何如？'子曰：'女，器也。'曰：'何器也？'曰：'瑚琏也。'"瑚、琏皆宗庙礼器，用以比喻治国安邦之才，《魏书·李平传》："实廊庙之瑚琏，社稷之桢干。"这里作者因好友摔伤，身上被摔得"皮青肉紫"，与其身上所佩古玉差不多，加之有"其人如玉"的美称，足以证明好友实乃瑚琏，才堪大用。如果我们将这一结论倒推回去，就是好友之所以是瑚琏之器，是因为他的皮青肉紫，而他的皮青肉紫，是由于他的震天一蹶，作者就是这样通过联想，把一些特征类似之事物联系起来，看似合情合理，实则滑稽搞笑，从而形成一系列的笑点，让读者从中不断获得阅读快感。

最后作者忽然想起杜甫因醉堕马，反而获得灵感，写出了题为《醉为马坠，诸公携酒相看》的诗篇，作者由此相信好友待到痛定之后，肯定也会像杜甫一样"起高歌"，写出佳作，到时作者也将携酒前去探望。诗的前面作者一直都在跟好友开玩笑，以此化解好友因"震天一蹶"造成的身体上的伤痛和心情上的抑郁不快，给好友带去了心理上的慰藉和精神上的愉悦，在诗的最后作者才表达看望慰问之意，并期待着好友新的佳作，这种写法十分新颖，也十分妥帖，从这里也可看出作者与杨啸谷之间友谊的深厚。诗中大量典故的灵活运用，作者信手拈来，皆成妙谛，既见作者腹笥之富、学养之厚，又见作者运用之妙、手段之高。特别是此诗中表现出来的诙谐戏谑的风格，显得十分突出，效果也十分明显。

《啸谷答诗语甚诙诡复寄一首》

君家三径开竹扉，石头路滑醉人归。盲人瞎马到夜半，暗中摸索灯火微。

龙颠虎倒致一蹶，声震屋瓦惊蝌蚪。君非凡马亦多肉，不创正坐陈平肥。
若教速写入图画，松雪滚尘疑是非。又如蹴鞠球起落，转丸触地还高飞。
同行底须木上座，此身自有衡气机。前诗慰君恣欢笑，君不我怪嘉谐俳。
昨日示我解嘲作，摆落俗忌轻祥礼。为言路毙亦佳事，乍可上疗乌鸢饥。
人生大齐百年耳，我逾六十君古稀。晚年敝睫生黑子，虽有面目无光辉。
医云恶瘤死顷刻，久而无验吾腹诽。嵇康养身似未达，任公求死还遭讥。
纵浪大化不喜惧，吾侪永命非天祈。喜君折肱得好句，瘦金字体亲手挥。
世间何物娱老眼，十行纸上堆珠玑。君得我诗一捧腹，我诵君诗三绝韦。
幼舆啸歌幸不废，请君更唱妃呼豨。

　　杨啸谷醉中蹶地后，曾缄寄诗奉问，诗中极尽诙谐戏谑，让杨啸谷喜笑颜开，心情大好，于是杨啸谷也以诗相答，同样"语甚诙诡"，所以作者复寄一首。此诗作者仍然沿袭上一首诗诙谐戏谑的风格，化用"盲人骑瞎马，夜半临深池"，再次描写了好友醉中蹶地的场景和状况，同时用"松雪滚尘""转丸触地还高飞"来形容其跌倒之态，富于想象，而写好友醉中的"暗中摸索"，跌倒时的"声震屋瓦"，可谓绘声绘色，妙趣横生。作者在诗中由"人生大齐百年耳"开始展开议论，叙述自己"晚年敝睫"，虽"医云恶瘤死顷刻"，但"久而无验"，而遭到自己的"腹诽"，由此作者认为"嵇康养身似未达，任公求死还遭讥。纵浪大化不喜惧，吾侪永命非天祈。"可见作者于生老病死的达观心态和"吾侪永命"的乐观态度。最后以"世间何物娱老眼，十行纸上堆珠玑"表达自己的追求和喜好，以"君得我诗一捧腹，我诵君诗三绝韦"表达与好友的惺惺相惜，以"喜君折肱得好句""请君更唱妃呼豨"表达对好友的祝福和期待。

《闾里有一士》

　　闾里有一士，本自田家儿。短衣适至骭，面目丑且黧。十三牧牛羊，二十诵书诗。鹄人起高飞，乃至西海涯。西海有圣人，远胜孔仲尼。玄言一何高，学之得其皮。归来主横舍，赫然称大师。峨峨博士冠，被服多威仪。手挥摄提格，口颂爱彼西。出入乘高轩，鸣笛呜呜啼。东家老处子，愿同华屋栖。持比秦罗敷，谁念秋胡妻。丈夫贵得志，吐气成虹霓。宁作朱买臣，勿为百里奚。

这是一首讽刺诗，讽刺的对象是闾里一士，这人以前不但穿着寒酸且长相丑陋，早年一直牧牛羊，老大才开始诵书诗，但不知得到什么机缘，高飞至西海，向那边一所谓远胜孔夫子的圣人学习，但最终只学到一点皮毛，但一回到国内，摇身一变，就成了炙手可热的"海龟"，甚至在大学里主持或主讲，且自诩"大师"，其服饰打扮、言谈举止以及出行排场都与以前判若两人，甚至无情地抛弃以前的糟糠之妻以迎新欢，正所谓人一旦得志，连吐气都能成为天上的彩虹，可谓气焰熏天。此诗对当时社会上的一些所谓"大师"做了辛辣的讽刺，这种"大师"，犹如钱钟书《围城》里毕业于子虚乌有的克莱登大学的方鸿渐一样，到处招摇撞骗却十分吃香。作者通过此诗就揭露了当时这种丑陋的现象，对这些"大师"的丑陋嘴脸做了非常形象生动的刻画，在作者笔下，这些"大师"虽无真才实学，却头戴博士帽，手挥摄提格（手杖的译音），说话满口的ABC，出入都是轿车接送，看似派头十足，实则沐猴而冠，不但如此，这些"大师"眼中只有秦罗敷，不再念及秋胡妻，"宁作朱买臣，勿为百里奚"，人品都有问题。作者以旧瓶装新酒，用传统的五言古诗形式表现现实，既保持了古体诗原有风味，如此诗对此人前期状态的描写手法、典故的运用以及整体的叙述风格，同时也嵌入一些现实元素，如"手挥摄提格，口颂爱彼西"等，让人耳目一新、忍俊不禁。作者在人物的刻画上，善于抓住人物不同时期的不同特征，从不同角度，通过对比的手法来加以描写，可谓绘声绘色、活灵活现。全诗的讽刺意味十分浓厚，对人物的剖析十分深刻，可谓入木三分，充分展现了作者诗风辛辣尖锐的一面。

四是清新活泼,细腻含蓄

《苍坪消夏》

别馆青峦上,高门绿树边。
晴翻三径蝶,午闹一林蝉。
对客时挥扇,怀人懒擘笺。
微云不成雨,空缀远山巅。

苍坪,即苍坪山,山在雅安。首联对仗,摹写消夏环境。别馆之别,可见其僻,高门之高,以显其敞,这种建筑,正适合避暑。况且馆处青峦上,气温自然较平地为低,门开绿树边,正方便纳凉。青、绿,以冷色调点染环境,烘托气氛。颔联转折,写本欲在这消夏之地避暑,却仍然不得清静,侧面写热。三径,本是清幽隐逸所在,却因天晴,而蝶翻;树林,本是静谧闲适之地,却因午时,而蝉闹。蝶翻蝉闹,叠加作用于视觉听觉,让人目迷耳乱,直至心浮气躁,所谓心静自然凉的境界自然就土崩瓦解了。翻、闹,用在此处准确而生动,可称诗眼。颈联承上而来,正面写热。因为热,所以与客相对时唯有频频挥扇,即使思念某人,也懒得擘笺。除了挥扇,其他多余的动作包括思维都会消耗体力、增添热量。以此写夏天之热,入情入理,生动形象。尾联由近及远,既然微云不能成雨,那么缀在远山之巅干吗呢?写云而实则写热。一"空"字,则责怪之意自现。责怪云不成雨,无理而妙。

《无遮馆晚坐》

好此无遮馆,清虚四望通。
雨余山泼黛,日落树摇红。
花影欹苔砌,茶香度竹风。
兴来成隐几,一鹤下前空。

无遮馆，馆在雅安。馆名或取自《楞严经》。首联点明无遮馆周围环境与馆名相合，这是作者喜欢这里的原因。颔联写晚坐所见，雨后馆周之山犹如泼了青黑色的颜料，日落时分馆周的树摇漾着绯红的晚霞。一般情况下，黄昏的景物是比较黯淡孤寂的，但着一"泼"一"摇"，则境界全出，给傍晚的景色增添了无限生机，充满诗情画意。"雨余"为"山泼黛"之因，"山泼黛"为"雨余"之果，"日落"为"树摇红"之因，"树摇红"为"日落"之果，营造出一种既意象密集又气韵流转的效果。本联抓住"雨余""日落"之景的特点加以精细刻画，契合物理，所以贴切生动，在色彩瑰丽中，给人以赏心悦目之感。颈联由上联的远景转而写近景，花之影依苔砌而欹，茶之香借竹风而度，花、苔、茶、竹，共同营造出一片清虚之境，而影与香的介入，是依砌而欹，凭风而度，则更给人闲适淡雅之感。尾联以鹤作结，与刘禹锡"晴空一鹤排云上，便引诗情到碧霄"异曲同工，同样余味不尽。

当然，曾缄诗的风格远不止以上所举，这里只是就其主要或大体风格而言。需要说明的是，曾缄诗的写作手法同样千变万化，多种多样，这就需要结合具体诗篇进行具体分析，本文及本书均有涉及，这里不再一一赘述。

本书选诗二百余首，约占目前所能见到的曾缄诗总数的五分之一，按绝句、五律、七律、五古、七古顺序排列。每首诗的简析均包括诗义的探究、写作手法的品鉴、艺术造诣的赏析等方面，以点评其艺术风格，感受其艺术魅力。

本书所有曾缄诗，均选自曾情（寸铁孙）老师编的《寸铁堪诗稿》（2015年北京联合出版公司版）和《康行集》（2021年巴蜀书社版），只是对其中个别错讹字做了校订。这里向曾情（寸铁孙）老师特别致谢。

2019年，我作为巴山文学院中青年作家高级研修班学员，有幸师从四川大学教授、鲁迅文学奖得主周啸天先生，主攻文学评论。作为导师，周啸天老师从本书的选题开始，全过程给予了悉心的指导，使本书得以顺利完成，并欣然为本书亲写前言，题写书名。在此，特向周啸天老师表示衷心的感谢。

  由于作者水平所限，本书谬误之处在所难免，本人无意以"诗无达诂"来做掩饰与辩护，所以还望读者批评指正。

2021 年岁末于渠城

读《寸铁堪诗稿》

邓建秋

不愧黄门一侍郎,西川咏罢又西康。
楼能与点炉关近,馆至无遮客梦长。
每有星芒生寸铁,真缘云路向僧王。
于今抚卷岷峨下,听水看山对莽苍。

目录
CONTENTS

001 /	西康道中	
004 /	成雅道中望雅州诸山	
005 /	题江梵众画江南山水	
006 /	成都西溪	
007 /	感赋一绝	
009 /	寺内梅花盛开复成一绝	
010 /	挟桃花一枝至炉关	
011 /	忆峨眉金顶十绝句	
018 /	京汉道中	
019 /	归次潼关作	
020 /	边城始见花开喜赋一绝	
021 /	咏少城	
022 /	题潇湘八景图	
026 /	答杨承丕二绝句	
028 /	平羌渡茶楼	
029 /	与湄村临北城楼上观江涨	
030 /	离愁	

031 /	山亭纵目	
032 /	和湄村	
033 /	雅安寄内	
034 /	苍坪消夏	
035 /	重登与点楼	
036 /	无遮馆晚坐	
037 /	渍江楼却暑	
039 /	寄妹	
040 /	立秋	
041 /	康定七夕	
042 /	至西康仍寓充庄赋呈东府伯灵	
044 /	答诸公见和	
045 /	望月仍前韵	
046 /	离垢山庄对月	
046 /	晓发打箭炉	
047 /	过邛崃山	
048 /	李其相上将挽诗	

01

050	/	虹波小榭晚坐	076	/	陪湄公雅郊散步
051	/	吟四十字奉谢	077	/	始过平羌渡铁索桥
052	/	圙牛坪	078	/	喜霁
053	/	人外庐初夏	079	/	与穆老及湄公父子、梁氏兄
055	/	成都大雪			弟游金凤寺四首
056	/	题赵香宋先生诗集	084	/	孰为
058	/	水仙花	085	/	龙洞庵作
059	/	青城山望成都戏作	086	/	雨夜有感
060	/	湄公穆老见过	087	/	将去康定
061	/	月心亭附近林景幽绝记以小诗	088	/	乘活竿出康定
062	/	楼夜	089	/	人日过草堂寺
063	/	过二郎山宿圙牛坪	090	/	上谢无量先生
065	/	游龙洞庵同谭创之作	092	/	广汉吊房琯
066	/	巡视雅富公路工程深悯民劳	093	/	乙酉秋成都大雨十日感赋
		作三首	094	/	寿向仙乔先生七十
069	/	再至雅安酬木雁前次叠韵见	095	/	与张夷伯弈罢夜归充庄作
		怀之作	096	/	与点楼晓望
070	/	久旱不雨而官府催科甚急感	097	/	乙酉九日半随尘居主人招饮
		赋此诗			半亭
071	/	将过木雁山居先之以诗	098	/	同湄村上步虚台因登怀禹亭
072	/	偶成	099	/	白衣庵同湄村作
073	/	山寺	099	/	过黄伯均村居
075	/	赴康定	100	/	自叹

101	/	岁暮	132 /	答湄村
102	/	戏答宋伯灵炉城	133 /	碉门
104	/	万佛寺	135 /	二郎山上作
105	/	草堂感赋	136 /	金凤寺戏赠湄村
107	/	和王灵凡咏乌孙柳花	138 /	西南
108	/	漫题	139 /	湄公遇赦赋寄
109	/	李铁夫新居在城南小天竺街	141 /	川陕铁路将通喜而有作
110	/	过华西坝	143 /	种菜三首
112	/	湄村次余步虚台韵作春感诗即韵奉和	146 /	九日江楼登高次杜公《九日蓝田崔氏庄》韵
114	/	次韵和湄村咏金凤寺素心辛夷	147 /	读秦本纪
116	/	康雅道中	148 /	闲居
117	/	冷竹关梨花	149 /	谒子美草堂作
118	/	炉城三月大雪次韵尖叉	150 /	寄儿子令森
121	/	东府、衡如、伯灵、静轩先后和余咏雪之作仍次韵奉答	151 /	寄次女令仪之松州
			152 /	展重阳
124	/	听阿王师讲经少城公园	153 /	江干晓步望长松山张飞营
125	/	湄村诗来，言与梵众同游金凤寺，远怀林壑，倚韵成吟	154 /	同杨啸谷过草堂因观某氏园海棠作二首
126	/	咏涉趣园	157 /	宿仙峰寺
128	/	湄村木雁恰庵见和尖叉诗三叠赋答	158 /	灌口感事
			160 /	灌口即目
130	/	苍坪喜雨	161 /	回望青城

162	/	井研龚熙台先生煦春	197	/ 偶过青羊花市步城而归，赋二首
164	/	次戊戌见怀韵	199	/ 招梵众游花市
165	/	岁不尽十日草堂探梅	200	/ 清明谒先君墓（丁丑）
166	/	大慈寺作	201	/ 泸定道中
167	/	故人	202	/ 四月
168	/	饮骆氏宅	203	/ 野眺
169	/	秀才坟	204	/ 和隼高寄呈堂上之作，不免有思亲之意
171	/	王建墓		
172	/	司马相如琴台	206	/ 此日
173	/	严君平卜肆	207	/ 咏海棠
175	/	扬子云墨池	209	/ 偶成
177	/	杜子美草堂	211	/ 寓庐漫兴借穆庵人日诗韵三首
178	/	过武侯祠与骆翁茗饮作	213	/ 雾
179	/	寿晋三首	215	/ 意相篇
181	/	游新都桂湖	219	/ 九日登徐氏夕秀亭同刘程二公作
183	/	小隐园中秋宴集诗并序	222	/ 读湄村日地诗，追忆康定峡中景物，因次其韵
185	/	鸦子口		
186	/	弥牟镇怀古	223	/ 东坡生日作
188	/	汉州周氏宅感旧	225	/ 离堆伏龙观
189	/	将去雅州移居成都留别湄公十七翁	226	/ 铮楼杂诗
			229	/ 重题明遗老山水画册
191	/	简湄村	232	/ 闾里有一士
192	/	还敝庐次杜公韵	234	/ 拟陆龟蒙《夏日闲居》四声诗步

黄蕲春先生原韵

236 / 纪行七首

243 / 生日作示儿子佛奴

245 / 穆庵留饭赋谢

248 / 答湄村见和五言长句叠前韵

250 / 次湄村见简十二韵仍示穆庵

252 / 寄千帆嘉州

254 / 布达拉宫辞并序

260 / 苦雨行

262 / 李君章甫邀住与点楼

264 / 东府、衡茹、伯灵、月书诸老友蓉峰姻丈送别

266 / 顾二娘砚

268 / 咏天师洞银杏

270 / 题梁又铭中铭兄弟画三山小影图

273 / 观杨啸谷所藏怀素草书真迹长卷作歌

275 / 戏题朱半楼藏如意馆画名伶谭叫天像（丁亥作）

278 / 乡人靳慕石鼓书成都索赠言赋短歌

279 / 雨后见西山作歌

282 / 闻杨啸谷醉中蹶地寄诗奉问

285 / 啸谷答诗语甚诙诡复寄一首

286 / 次韵再酬啸谷

288 / 过薛涛井登吟诗楼

290 / 丙申岁元旦雨不出次前韵

291 / 峨眉山歌

294 / 重游青城

296 / 宝成铁路歌

297 / 丰泽园歌为袁世凯作并序

299 / 忆峨眉

301 / 巴人歌赠吕子方

302 / 檬子杖歌

304 / 邛山高

306 / 赠江梵众即题所画溪山兰若

310 / 行路难歌为大相岭作

313 / 周公山祈雨作

05

西康道中

一

雕门西去尽危途，凿险曾闻敝万夫。
说与伯昏应胆落，吕梁得似此间无。

二

紫石关窥一线天，大人烟接小人烟。
西风斜日荒山道，使我神游太古前。

三

辘辘驱车入乱山，林峦葱茜野花斑。
忽惊空谷成嚣市，一路松风鸟语间。

四

层盘宛转上圜牛，飞栈连云峻不休。
人到此间皆失色，我来天外独仰头。

五

溶溶满载一车云，厚地高天黯不分。
行过山南风日霁，雪峰高下烂成群。

六

终古皑皑爱雪峰,九天开出玉芙蓉。
输他海外梯山客,先上瑶台最上重。

七

万里真成铁一条,行人蹑绠度虹腰。
桥名泸定何曾定,百遍经过百动摇。

八

参天积石黔如突,落涧奔流白过霜。
打箭炉厅寻旧治,万山深处一城藏。

【简析】

　　选自《寸铁堪诗稿》。这组绝句描写作者从天全县的碉门出发到康定城一路上的所见景物。西康,即西康省,是中国原省级行政区,管辖范围包括如今的四川甘孜州、凉山州、攀枝花市、雅安市及西藏昌都市、林芝市,西康省设置于民国二十八年(1939年),由西康行政督察区(原川边特别区)和四川所属第十七、十八行政督察区合并而来,省会设在康定。1955年9月,第一届全国人民代表大会第二次会议决议撤销西康省,原西康省所属区分别并入四川省和西藏自治区筹备委员会(今西藏自治区),金沙江以东并入四川省,金沙江以西的昌都并入西藏。碉门,据《天全县志》记载:禁门关古称碉门,在县城西一公里的大岗、落溪两山对峙的峡谷中。下临天全河,状若碉楼,远望如门,为之"碉门"也,三国时诸葛亮曾至碉门,并派高翔驻守,唐初于碉门设和川兵镇,宋设碉门寨,北宋时于寨内辟茶马互易市场,南宋关城被毁,元初重修,清雍正时,改碉门为禁门关,"碉门夜月"列为天全古八景之一。第一首总写西康道之险,作者将西康道视之为"危途",是因为作者曾经听说开辟此道之时,竟有

"万夫"因此而折损,然后以伯昏应胆落、吕梁亦无此极写此道之险。第二首的紫石关、大人烟、小人烟都是西康道上的地名,这些地方也都是道上险隘,而转句的"西风斜日荒山道",则让人似乎回到太古以前,作者将季节、时间、地点合为一句,同时将这三个意象构成一幅秋山日暮行旅图,给人以苍凉、萧瑟之感。第三首写山行,葱茜的林峦,斑斓的野花,为眼中所见,而转结句则撷取山行中于山谷所历的景,一路上的"松风鸟语",为耳中所闻。全诗生气勃勃,作者惊喜之情自在其中。第四首写途径圖牛坪,作者有《晓发圖牛坪》诗:"乘昇下圖牛,烟云曙未收。山深人迹少,地僻树荫稠。怪石迎人立,飞泉贯顶流。可怜幽绝处,出没见猕猴。"而此绝则以"层盘宛转"状其路之盘曲,以"飞栈连云"状其山之高峻,可见其艰险,所以"人到此间皆失色",而尾句却转折,写自己不但无惧,反而还"天外独仰头",一"独"字,其自矜自豪之情可知。第五首写云,"溶溶",盛多的样子,"满载一车云"极力渲染云之多,由此可知车在云中行走;正因云的遮天蔽日,所以光线黯淡,以至于天和地都无法分清;第三句"行过山南风日霁"转,言云开雾散,第四句"雪峰高下烂成群"即望中所见。第六首写雪山,李白以"青天削出金芙蓉"形容庐山五老峰,而作者则以"九天开出玉芙蓉"形容终古皑皑的雪山,随后作者以美国总统罗斯福之子探险登贡嘎山这件事,写人类征服自然的一个尝试。第七首写泸定桥,这里离康定已经不远了,泸定桥位于大渡河上,是甘孜州的门户,康藏交通的咽喉,是四川内地通往康藏高原的重要通道,所以作者概括为"万里真成铁一条",以突出其险要;随后即根据泸定桥为铁索桥的特征,摹写过桥时人和桥的状态,并以桥名反问,虽属无理,却也有趣。第八首写行程的终点康定,一二句对仗,黑如烟囱的积石上参天,白过冰霜的奔流下落涧,描写康定城周遭之景,三四句承接上文而来,"打箭炉厅"即康定城,清雍正八年(1730年),清政府在康定设置打箭炉厅,设置流官,移雅州同知府驻打箭炉厅,隶雅州府管辖。因康定城坐落在群峰层叠的峡谷之间，所以作者用"万山深处一城藏"加以描写，并以此为本诗和这组绝句作结，给人以意犹未尽之感。这组绝句写山川之险、所遇之奇，风云、路桥、关隘、雪峰、涧谷等等趋走笔下，既有西风斜日，又有松风鸟语，既有一线天，又有一车云，可谓风神各具，生面别开。

成雅道中望雅州诸山

锋车南迈速流星，过县穿州数驿亭。
一片迎人好山色，蔡蒙先向眼中青。

【简析】

　　选自《寸铁堪诗稿》。雅州，隋仁寿四年（604年）置州，因境内雅安山得名，治所在严道，即今雅安。雅安位于长江上游、四川盆地西缘，东邻成都、西连甘孜、南界凉山、北接阿坝，距成都约130公里。此诗即写从成都到雅安一路所见。首句写所乘之车及所往之方向。锋车，即追锋车，古代一种轻便的驿车，因车行疾速，故名。出行能乘坐锋车，从这里也可以看出作者是有公务在身，此行是出公差。南迈，即南行，雅安在成都西南边。速流星，比流星的速度更快。首句重在车速之快，所以次句承接这个意思而下，一过一穿，仍然形容车速快。从成都到雅安，中间要经过新津、浦江、名山三县，其间当然要经过若干驿亭，但作者都没稍做停留歇息，而是一晃而过，径直前行。成都地处川西平原，离雅安越近，则山越多，所以三四句转结，写车中所见，即迎人而来的是一片好山色，而最先映入眼帘的就是青翠的蔡山和蒙山。蒙山，即蒙顶山，最高峰上清峰海拔1456米，距成都110公里，离雅安市15公里。蔡山，即周公山，据

《诸葛亮集》引《南中志》记载："蔡山在雅州城东五里。武侯征西南夷经此,而梦见周公,故名周公山。"一般说来,一个人离开熟悉的环境,进入一个新的区域,自然会对自己陌生的东西产生兴趣,或者说一种景物看久了,即使再美,同样也会厌倦,就像茅盾《白杨礼赞》所描述的那样。作者家在成都,对成都平原的景物司空见惯,而此次出行,一路疾驰,对平原上的景物不曾稍顾,而雅州的山色,就引起作者极大兴趣,令作者精神为之一振,并激起了创作的欲望和冲动,正是这种状况。所以此诗第三句以迎人之好山色转,突出山之色,引出第四句的蔡蒙二山之青。一"好"字,可见作者的赞誉和审美愉悦;一"青"字,既是实写山之色,而更为有意思的是,"蔡蒙先向眼中青",写蔡蒙主动迎人,向来客眼中传递青色,这里就将蔡蒙拟人化了。《晋书》卷四十九《阮籍列传》:"籍又能为青白眼,见礼俗之士,以白眼对之。及嵇喜来吊,籍作白眼,喜不怿而退。喜弟康闻之,乃赍酒挟琴造焉,籍大悦,乃见青眼。"青眼,喻对人看重或喜爱。结句也应该有此含义,作者不说自己喜欢雅州诸山,而说雅州诸山对自己十分看重和喜爱,进而用雅州诸山代替雅州之人对自己表达的欢迎之意。全诗节奏明快,情绪欢快,转结出彩,特别是结句内涵丰富,饶有余味。

题江梵众画江南山水

七载驰驱积雪间,马头千嶂历边关。
而今意气消磨尽,看写江南淡墨山。

【简析】

选自《寸铁堪诗稿》。江梵众(1894—1971),四川成都人,蜀中著名画家，张大千有诗赞誉"寒衫笔底有嶙峋，梵众超凡一散僧。羞与二公说绳尺，君看天马自奔腾"。本诗虽是题画诗，却是典型的"借他人酒杯、浇自家块垒"。起承两句完全将江梵众之画抛在一边不提，另写自己过去的经历，"七载"，时间跨度，"驰驱积雪间"，空间跨度；"马头"承接"驰驱"，"千嶂""边关"承接"积雪"。这里作者用这几个典型的意象，概述自己在西康的经历，有大唐边塞诗的气概和风格，读来让人热血沸腾、豪气贯胸。但转句"而今意气消磨尽"，则真的是急转直下，让人猝不及防，情绪从云中直接摔在地上。最后以"看写江南淡墨山"作结，挽回到题面上来，也让读者高昂的情绪、炽热的情感，随同作者的情绪和情感一起，逐渐平复，缓缓归于佛系。全诗情绪这么大地起伏转折，情感这么强烈地对比反差，读者可以从中感受到作者对七载边关岁月的追怀、留恋甚至自傲，对"而今"生活的不满意，因为这是对意气的一种消磨；也可以感受到作者面对现实时的无能为力、最终接受平淡的黯然，也可以感受到作者想要表达的一种流年似水而人们只能随波逐流的无奈。全诗由远及近而来，极尽腾挪顿挫之势又丝丝相扣，笔力雄健而情绪内敛，并通过强烈地对比，实现了内涵的最大张力。

成都西溪

六载征衣染塞尘，归来依旧一词人。
多情只有西溪水，又展春波照此身。

【简析】

选自《寸铁堪诗稿》。本诗一二句写辗转工作于西康各地，时间长达六年之久，征衣上沾满塞尘，现在回到成都，却依然是词人一个。"征衣"指旅人之衣，也指军服。"塞尘"即边塞的风尘。作者《赴康定》诗中"我亦虎头堪食肉，可怜投笔负初心。"用班超虎头食肉和投笔从戎两个典故，可见作者曾经也像班超一样投笔从戎，只不过从戎非作者初心。纵然"六载征衣染塞尘"，现在回来了，不过是回归初心，书生的本质和本色依旧，也算是达成所愿。"征衣""塞尘"与"词人"刚柔悬殊，对比强烈，两种不同的风格和气质却很好地统一于作者一身而无违和感，可见作者既有上阵建功之能，也有倚马可待之才。在外，显示的是刚的一面，归来，则展示的是柔的一面。短短十四字，通过这种鲜明的对比，极大地延展了时间和空间，丰富了内涵，强化了张力，给人强烈的冲击。转结点明时间地点，照应题面，顺着柔的一面写下来，表达与西溪相惜之情，与唐末张泌《寄人》"别梦依依到谢家，小廊回合曲阑斜。多情只有春庭月，犹为离人照落花"相比，其转结句在手法上基本相同，但一为离去，一为归来，自然心境有别。本诗的色彩是明快的，表达出来的情绪是喜悦的，与整首诗的风格相一致。

感赋一绝

某钜公生日，清少保曾枢元裔孙，以家藏吕纪《苍松白鹤图》为寿，感赋一绝。

将军生日又开樽，客有清宫少保孙。
忙煞画中无数鹤，飞来飞去两侯门。

【简析】

选自《寸铁堪诗稿》。此诗为作者有感而发，题注解释了因何而感。"钜公"，此处的意思是王公大臣，宋张世南《游宦纪闻》卷十："一时元老钜公，多出其门。""清少保曾枢元"即曾璧光，《清史稿·卷四百二十·列传二百七·曾璧光传》："曾璧光，字枢垣，四川洪雅人。道光三十年进士，选庶吉士，授编修，记名御史。入直上书房，同治六年，予二品顶戴，署贵州巡抚，十二年，加太子少保、头品顶戴，予云骑尉世职。光绪元年，卒于官，追赠太子太保，依总督例赐恤，谥文诚。四川、贵州请建专祠。""裔孙"即后世子孙。吕纪（1439—1505），明孝宗弘治年间宫廷画家，字廷振，号乐愚，鄞（今浙江宁波鄞州）人，以画被召入宫，值仁智殿，授锦衣卫千户和指挥同知，擅花鸟、人物、山水，以花鸟著称于世。此诗首句"将军生日又开樽"叙述事情的缘起，"将军"指题注中的"某钜公"，"开樽"亦作"开尊"，意为举杯（饮酒），刘禹锡《酬乐天请裴令公开春加宴》："弦管常调客常满，但逢花处即开樽"。将军生日，所以开樽庆祝。次句"客有清宫少保孙"，将军的生日宴会，客人应该很多，作者特别将清宫少保之孙点出来，一是承接起句，同时以此为例说明参与将军生日宴会的这些宾客都是达官贵人，二是为下面的转结做铺垫，引出后面要表达的内容，没有这个铺垫，后面两句就没有着落。转句"忙煞画中无数鹤"指曾枢元裔孙以家藏吕纪《苍松白鹤图》为将军寿，但作者不直接说曾枢元裔孙向将军送画，而是说画中的鹤急不可待，简直忙坏了。结句"飞来飞去两侯门"写画中之鹤在两个侯门之间飞来飞去，作者没有明说这幅画的归属，而是说鹤不管是飞来还是飞去，都在侯门之中。如果说刘禹锡《乌衣巷》"旧时王谢堂前燕，飞入寻常百姓家"是感叹王谢旧居早已荡然无存的话，那么这里则是表达清少保裔孙这种旧贵族与当今新贵之间的互通款曲、各取所需。虽然都是"侯门"，但事实上二者已经有很多的区别，前朝少保裔孙毕竟不是少保本人，加之世易时移，其家族应该早已风光不再，而将军既被称为钜公，当然权势正如日中天、炙手可热，所以作者用鹤的急急忙忙来表达少保裔孙的心情，深刻揭示了历史上兴衰的一般规律。当然，少保裔孙虽然不是少保本人，但毕竟是其裔孙，还是侯门，所以这鹤（吕纪之画）飞来飞去还是在侯门之间，不可能像王谢堂前燕那样，飞入寻常百姓家的，从这个角度理解，此诗也同样反映了一种社会现实。

寺内梅花盛开复成一绝

一径通幽入暗香，十年此地记徜徉。
寺中万佛摧残尽，数本梅花补断墙。

【简析】

选自《寸铁堪诗稿》。此寺为成都万佛寺。虽然作者此次重来，寺内佛像已经荡然无存，空余"颓垣破屋"，但却有梅花盛开，所以作者写了一首七律后，意犹未尽，"复成一绝"。作者在之前所作七律《万佛寺》题注中说："寺在成都城西一里所，中有六朝所造佛像。民国初，有盗售异域人者，今陈某国博物院中。予曾见其拓片，往尝诣寺，睹佛像一区，犹题隋年号。今岁春，重至其地，则寺已为某将军籍没。旧存佛像近百区，皆不知毁作何用。颓垣破屋，触目增凄，为之悯然。归数日，犹往来于怀，因作长句以记。"本诗起句"一径通幽"，出自唐代常建《题破山寺后禅院》"曲径通幽处，禅房花木深"，切合写寺；"暗香"代指梅花，宋朝林逋《山园小梅》"疏影横斜水清浅，暗香浮动月黄昏。"着一"入"字，则深陷其中之状如在眼前，因香气是作用于嗅觉的，所以用"入"就比诸如"见""遇"等字要准确生动。承句"十年此地记徜徉"，作者闻到梅香，见到梅花，不由想起十年前在同一个地方徜徉的情景来。此句关联十年前的过往和十年后的今天，关联的媒介就是梅花。同样的地方，同样的梅花，同样的人，同样的徜徉，不同的只是时间，承上而启下。转句抑，以"万佛摧残尽"转折,十年间,人是物非,写变。结句扬,以"数本梅花补断墙"振起。梅花虽只数本,但正是因为她的存在,既让作者想起了十年之前,同时也给这坏殿颓垣增加了许多亮色。着一"补"字,不但写梅花对断墙的装补点缀,更重要的是梅花对作者遗憾之心的补偿慰藉,所以这一字用得十分精妙,堪称诗眼。

挟桃花一枝至炉关

一枝春插笋舆斜,要使西人见物华。
今日东方来紫气,不关李耳是桃花。

【简析】

　　选自《寸铁堪诗稿》。炉关,即打箭炉关。打箭炉,即今四川康定,其地处西南,是沟通四川和西藏的交通枢纽,清政府在这里设置打箭炉关(简称炉关),以管理汉藏贸易、征收关税,后来也就成了康定城的代称。作者赴康定公干,顺便路上捎带了一枝桃花,可见作者天真浪漫的性情。起句即交代此事,用"一枝春"指代"桃花一枝",更富有韵味,而这枝桃花不是拿在手上,因为这样就显得有些刻意,也没有戴在头上或别在衣服上,因为那样的话就显得有些轻佻滑稽,作者将这一枝桃花斜插在"笋舆"上,这样就既显得随意,显得得体,同时也富有风味和情趣。"笋舆"即竹轿,陆游《闲游》诗:"不须更拟乘风去,水有烟帆陆笋舆"。那么作者为什么要带一枝桃花去康定呢?承句做了回答,即"要使西人见物华","西人"指康定那边的人,"物华"即美好的景物,柳永《八声甘州·对潇潇暮雨洒江天》词:"是处红衰翠减,苒苒物华休。"作者以为康定地处高寒之地,桃李之属自然难以见到,所以作者突发奇想,借这次机会带一枝过去,让他们开开眼界,这就是作者天真浪漫处,也可见作者是一个性情中人,也是一个富有诗意的人。转结用李耳(老子)出函谷关典故,唐代欧阳询等人编纂的《艺文类聚·关令内传》:"关令登楼四望,见东极有紫气西迈。喜曰:'夫阳气尽九,星宿值合,岁月并王,复九十日之外,法应有圣人经过京邑。'至期,乃斋戒,其日果见老子。"杜甫《秋兴八首》之五:"西望瑶池降王母,东来紫气满函关。""东方来紫气"意思是"东极有紫气西迈","东方"与"西人"对应,三句虽转,但与上句之间,却脉络相连。结句"不关李耳是桃花"点明今日之所以东方来紫气,不是李耳大驾光临,这个祥瑞与李耳(老子)无关,其实是因为我所携带的那一枝桃花所致。转结句通过这个典故,把这枝桃花与李耳(老子)相提并论,这就将这枝桃花赞美到了极致,也推崇到了无以复加的地步,比用什么夸张的手法或华丽的辞藻都要有效,可谓神来之笔。

忆峨眉金顶十绝句

一

电绕雷惊入翠微,九天咳唾落珠玑。
千山鳞甲森然动,知是苍龙行雨归。

二

一峰突起万峰环,端正先看瓦屋山。
海上方壶争比得,玉皇香案落人间。

三

寺门日日向西开，九折三危入眼来。
遥见天公张玉戏，欲呼王母下瑶台。

四

选取峨眉作道场，普贤圣迹遍诸方。
君看云岭横天外，犹似当年白象王。

五

光明崖上看跳丸，云海光摇火一团。
怪底苍天长不死，腹中原有紫金丹。

六

日气烘云化彩虹，游人影落佛光中。
痴儿说是如来相，却看须眉与我同。

七

日日山灵变化能，朝为光相暮神灯。
书空怪事知多少，都在峨眉最上层。

八

幽人不怕衣裳冷，长向庵中卧白云。
门外悬崖无客过，相逢独有云中君。

九

思君不见奈君何，怊怅诗人去国多。
月落羌江随李白，山流雪水饮东坡。

十

老爱名山是一痴，闲中时复忆峨眉。
连篇更写风云状，语不惊人亦自奇。

【简析】

　　选自《晚食斋诗稿》。这是作者回忆游览峨眉山金顶而作的一组七言绝句。峨眉山，地处四川盆地的西南边缘，北魏时郦道元《水经注》记载："去成都千里，然秋日澄清，望见两山相对如峨眉，故称峨眉焉"，以其"雄、秀、神、奇、灵"的自然景观，素有"峨眉天下秀"之称，山上的万佛顶海拔3099米，高出峨眉平原2700多米，同时峨眉山还是中国"四大佛教名山"之一，是普贤菩萨的道场，被誉为"佛国天堂"，《杂花经·佛授记》中谓"震旦国中，峨眉者，山之领袖"，李白有"蜀国多仙山，峨眉邈难匹"的赞誉。峨眉山金顶，也称华藏寺，位于峨眉山主峰上，在金顶可观看峨眉四大奇观——日出、云海、佛光、圣灯。

　　第一首写金顶雷雨。"电绕"可见地势之高，"雷惊"可见其突如其来之状和迅猛之势，首句渲染雷电的赫赫声威；次句承接上句，化用李白《妾薄命》"咳唾落九天，随风生珠玉"写雨；三句化用苏东坡《行琼儋间肩舆坐睡梦中得句云千山动鳞甲万谷酣笙钟觉而遇清风急雨戏作此数句》"千山动鳞甲，万谷酣笙钟"句，言群山苍茫，风吹得草木如鳞甲般扇动；前三句写金顶上的雷、电、雨、风，最后作者将这一切都归为苍龙弄出来的动静，一"回"字可见金顶乃苍龙所居，侧面证明金顶的不凡。

　　第二首写望中之瓦屋山。瓦屋山位于洪雅瓦屋山镇境内，海拔2830米，早在隋唐年代即以"山奇、水美、林深、景异"而闻名于世，与峨眉山并称"蜀中二绝"，苏东坡有诗句"瓦屋寒堆春后雪，峨眉翠扫雨余天"将二者并称，因其高，相较显得低矮的万峰皆环绕在周围，自然也就首先映入作者的眼帘，作者将瓦屋山比作是落在人间的玉皇香案，是海上仙山方壶所不可比的；瓦屋山山顶平台约 11 平方公里，南北长 3375 米，东西宽 3475 米，从任何角度望去，此山整体上都状若瓦屋，被有关地质专家认定为中国最高、最大的"方山"，清代何绍基称之为"坦荡高原"，而在民间则有"人间天台"之说，所以作者用"玉皇香案"作比。

第三首写金顶西望之景。金顶是峨眉山寺庙和景点最集中的地方，最早的建筑传为东汉时的普光殿，唐、宋时改为光相寺，明洪武时宝昙和尚重修，为铁瓦殿。锡瓦、铜瓦两殿为明时别传和尚创建。金顶金殿为明万历年间妙峰禅师创建的铜殿，万历皇帝朱翊钧题名"永明华藏寺"。金顶的得名，即来源于"金殿"。有趣的是，一般寺庙的大门都是朝南的，唯独峨眉山的都朝东，金顶的铜殿，却又例外地朝西，这也可算是峨眉山的独特之处了，所以作者此诗首句即言"寺门日日向西开"，从金顶西望，则可见青藏高原那无数披雪积冰的群峰，"九折三危"语出庾信《小园赋》："摧直辔于三危，碎平途于九折"，"三危"是古代西部边疆山名，《尚书·禹贡》："三危既宅。"孔传："三危为西裔之山也。"《尚书·舜典》："舜流共工于幽州，放驩兜于崇山，窜三苗于三危，殛鲧于羽山，四罪而天下咸服，诛不仁也。""遥见天公张玉戏"中的"玉戏"指下雪，宋陶毂《清异录·天文》："比邱清传与一客同入湖南，客曰：'凡雪，仙人亦重之，号天公玉戏。'"作者望见天公正在降雪，结句写出天公降雪的原因，是天公想招呼王母从瑶台上下来。作者能"遥见"天公、王母，说明作者与这些神仙处于同一维度，从侧面说明金顶就在神仙世界之中。

第四首写峨眉山与普贤菩萨的关系。普贤菩萨将峨眉山选作自己的道场，说明这里正是菩萨中意的地方，既然如此，则说明峨眉山自有其特别之处。《妙法莲华经·普贤菩萨劝发品》载："尔时普贤菩萨白佛言：我当乘六牙白象，与无量菩萨而自围绕，以一切众生所喜见身、现其人前、而为说法，示教利喜，亦复与其陀罗尼咒。"所以作者看到横亘天外的云岭，仿佛看见当年的白象王一样。作者把峨眉山比作普贤菩萨所乘的六牙白象，既切合此山作为普贤道场的身份和地位，同时也很形象地渲染了普贤菩萨以山为骑的大威力、大神通。

第五首写峨眉四大奇观之一的日出。首句以"跳丸"比喻日月运行，次句"云海光摇火一团"描写太阳从云海中升起，犹如一团火把云海都照耀得霞光万丈，一"摇"字既形容云海翻腾之状，也是对太阳脱离云海升腾而起那一瞬间的形象描写。三句以"怪底"转折，表达作者的惊怪和惊疑，苍天的长而不死，作者以前一直没有找到原因，现在看了峨眉的云海日出，才得出结论，揭开谜底，竟然是"腹中原有紫金丹"。"紫金丹"指古代方士所谓服之可以长生的丹药，作者以此比喻太阳，这种设喻真是大胆而新奇。

第六首写峨眉四大奇观之一的佛光。首句"日气烘云"描写佛光生成的环境和条件，也揭示了佛光产生的原理，"彩虹"则形容佛光的形状、色彩。"游人影落佛光中"写游人看见佛光时的状态。峨眉佛光出现在金顶处，当阳光从游人背后照射过来至浩荡无际的云海上面时，深层的云层就把阳光反射回来，经浅层云层的云滴或雾粒的衍射分化，形成一个巨大的彩色光环，在金顶舍身岩上俯身下望，会看到五彩光环浮于云际，自己的身影置于光环之中，影随人移，决不分离，无论多少人，人们所见的也终是自己的身影，且"光环随人动，人影在环中"，这便是令人惊奇的峨眉佛光。作者在转结句对"痴儿"的说法表达了不同观点，因为作者看到佛光中人影的样貌同自己完全一样。作者以诗科普，现身说法，很有说服力。

第七首写峨眉四大奇观之一的神灯。作者认为峨眉山很神奇，是因为它有灵，而且这个灵本事很大，能天天变化出一些奇迹来，"朝为光相暮神灯"就是其变化的一种体现，"光相"这里是佛光之意，山灵白天为佛光，晚上则为神灯。明代万历年间，嘉定知州袁子让在《游大峨山记》一文中记述了他所见："及时薄暮，一僧果语'空中灯现'。予急出现之，隐隐有一两点，如星飞在岩壑上下间。有顷，分为数十；有顷，渐分为数百；往来楼台栏之中；移时而散，竟不知何物。"这段记载说的是在金顶无月的黑夜，摄身岩下夜色沉沉，有时忽见一光如萤，继而数点，渐至无数，在黑暗的山谷飘忽不定，佛家称它是"圣灯"，又名"神灯"，说飘浮的神灯是"万盏明灯朝普贤"。作者在转句表达了自己的惊异，"书空怪事"语出刘义庆《世说新语·黜免》："殷中军被废，在信安，终日恒书空作字。扬州吏民寻义逐之，窃视，唯作'咄咄怪事'四字而已。""知多少"就是不知有多少的意思，而这些奇异之事都发生在峨眉山的最高处。峨眉四大奇观确实都在金顶之上。

第八首写山上修行之人。"幽人不怕衣裳冷"中的"幽人"指幽隐之人，所谓"衣裳冷"，是由于金顶海拔较高，故上面气温比山底低很多，范成大《吴船录》记载其夏天登峨眉山的情景："初衣暑绤，渐高渐寒，到八十四盘则骤寒。比及山顶亟挟纩两重，又加毳衲驼茸之裘，尽衣笥中所藏。系重巾，蹑禀毛靴，犹凛栗不自持，则炽炭拥炉危坐。"夏天尚且如此，其他季节山上的气温就可想而知了，但"幽人不怕"，不但不怕，而且还"长向庵中卧白云"，峨眉山的云海为一大奇观，金顶上自然经常云遮雾罩，所以睡在庵中，自然就像卧在云中一样。三句的"门外悬崖"指舍身崖，因天寒崖险，故"无客过"，结句"相逢独有云中君"中的"云中君"出自屈原《楚辞》中的诗篇《云中君》，王逸《楚辞章句》题解说："云中君，云神丰隆也。"这里既切"卧白云"，也指得遇仙人。全诗通过环境的铺垫、幽居的描写、气氛的渲染，营造出一个空寂缥缈之境。

第九首写与峨眉山相关的著名诗人李白和苏东坡。首句的"君"指下句的"诗人"，作者来到峨眉山，想起那些吟咏峨眉山的诗文，却不见写下这些诗文的人，这些人都已经离开了家乡，所以自己感到十分惆怅。于是作者在三四句用对仗，分别回忆了同是四川人而最后都去国远游的李白与苏东坡,这两位诗人都有写峨眉的诗文。"月落羌江"指李白的《峨眉山月歌》:"峨眉山月半轮秋,影入平羌江水流。夜发清溪向三峡,思君不见下渝州。"而"山流雪水"则出自苏东坡的《临皋闲题》:"临皋亭下八十数步,便是大江,其半是峨眉雪水,吾饮食沐浴皆取焉,何必归乡哉!"前面的诗表达的是李白离开四川时,通过峨眉山月表达对故乡的不舍,后面的文则是苏东坡身在异地他乡,通过峨眉雪水表达对故乡的眷念。此诗既表达了作者对李白、苏东坡的仰慕,同时也借李白、苏东坡表达了作者对峨眉山、对家乡的热爱,这种感情十分真挚,也十分深沉。

第十首写自己,总绾全篇。首句述自己痴爱名山,到老更是爱之成痴,看似自嘲,实则自豪,鲜明宣示自己痴爱名山的喜好和兴趣。次句承上而来,紧扣题面,忆峨眉,实际是爱之深,则永远铭记在心,常常想起。转句"连篇"照应前面,"风云句"即前面描写的峨眉山金顶各种奇观,同时也暗指自己写的这些诗具有风云的气势。结句"语不惊人"承接"风云句"而来,语出杜甫《江上值水如海势聊短述》诗:"为人性僻耽佳句,语不惊人死不休。"作者这里是说自己的这些诗即使语不惊人,但也自然非凡、佳妙、神奇、奇异,同时也说即使自己的这些诗不怎么样,但峨眉山却永远是那样的非凡、佳妙、神奇、奇异,既表达了对自己诗篇的自信,同时也表达了对峨眉山的赞美。

在这十绝句中,作者通过对金顶各种奇观的描写,展示了峨眉山的壮美与神奇,表达了对峨眉山的赞美和热爱。作者没有着眼于"峨眉天下秀"的"秀",而是突出了峨眉山的"奇",这与这十首绝句围绕金顶来写有关,因金顶的特殊位置和奇特风光,使得作者的心绪与笔墨也随之脉动,雷雨、方壶、瑶台、雪山、云海、日出、佛光、神灯交相辉映,苍龙、玉皇、王母、天公、山灵、普贤、白象王、云中君、李白、苏东坡纷至沓来,奇幻的想象,大胆的比喻,夸张的渲染,营造出一个恢宏壮丽的仙境。

京汉道中

洛阳行尽又安阳,落日中原看太行。
渐近甋棱天色暝,万灯红出石家庄。

【简析】

　　此诗选自《北上诗稿》,作者自注:"己亥秋,与内子从成都乘火车经宝成——陇海——京汉铁路至北京。"此诗即作于行进在京汉铁路的火车上。一二句叙行程,作者连用四个地名,既依次叙述火车经过之地,也暗喻火车速度之快。"洛阳行尽又安阳"这种表达方式还会让人与杜甫的"便下襄阳向洛阳"诗句产生联想,杜甫的《闻官军收河南河北》被人称其为生平第一首快诗,那么这里也应当有作者暗喻自己心情愉悦畅快之意。"落日"交代时间,"落日中原看太行"给人以雄浑苍茫之感,让人产生很多想象,境界十分阔大。转句"渐近"既是对行程的交代,更是对下句的开启,是一种视觉上的拉近和聚焦,而一"渐"字则将镜头的转换速度和读者的心理速度放慢放缓,便于镜头的逐渐对焦和目光的逐渐锁定,"甋棱"原指宫阙上转角处的瓦脊成方角棱瓣之形,亦借指宫阙,这里借指京城,秦观《赴杭倅至汴上作》诗:"俯仰甋棱十载间,扁舟江海得身闲。""甋棱"承接一二句的行程而来,"天色暝"既是对"落日"照应,也是对下句的铺垫。结句"万灯红出石家庄"是视觉上的一种定格,这里的"石家庄"虽是行程中的一个点,但由于前面的层层铺垫,在诗中就自然成为视觉上的一个焦点。"万灯"照应上句的"天色暝",同时也让人想象到石家庄这座城市面积之大、人口之多,眼前所见唯有"万灯",也符合身在火车上这一观察距离和观察位置,而灯光也是夜晚时最能抓住人们视觉的事物。"万灯红出石家庄"可理解为万灯之红自石家庄散出,重点在灯,但似乎也可理解为万灯之红将石家庄映衬了出来,重点在城，两种理解中的"红"都作动词解，这样就更富有诗意，也更具气势。此诗音韵铿锵，节奏晓畅，境界阔大，气势如虹，诗味浓厚，在短短四句二十八字中连续出现六个地名而让人不觉滞碍，非高手不办。

归次潼关作

锋车如箭出燕山，万里蚕丛指日还。
过尽中原天又白，河声岳色满潼关。

【简析】

选自《北上诗稿》。此诗为作者由京返川途中经过潼关所作。一二句概叙行程，其中"锋车"即追锋车，古代常指朝廷用以征召的疾驰之车，这里借指火车，"出燕山"即从燕山而出，"蚕丛"相传为蜀王的先祖，亦泛指蜀地、蜀道，"指日"犹不日，谓为期不远，这里的"燕山"与"蚕丛"分别代表出发地和目的地，中间以"万里"表示二者之间距离的遥远，但由于"锋车如箭"，所以能"指日还"。这两句可参看李白"朝辞白帝彩云间，千里江陵一日还"写法。转句"中原"指华北平原，作者于傍晚从北京出发，华北平原在夜晚即睡梦中经过，所以直接用"过尽"一笔带过，"天又白"既写时间的推移，同时也标志着行程的不断推进，为结句铺垫，中原既然已经过尽，自然就进入崇山峻岭之中了。结句中的"河声"指黄河之声，"岳色"即华岳之色，"潼关"则位于关中平原东部，雄踞秦、晋、豫三省要冲之地，南邻华山群峰，东望豫西平原，扼长安至洛阳驿道的要冲，是进出三秦之锁钥，所以成为汉末以来东入中原和西进关中、西域的必经之地及关防要隘，历来为兵家必争之地，素有"畿内首险""四镇咽喉""百二重关"之誉。"河声岳色满潼关"是天亮后作者于火车上所见所闻之景，这里把黄河、西岳华山和潼关这三个本身具有丰富内涵、已经成为历史文化符号的意象组合在一起，构成了一幅雄浑苍凉、古朴厚重的壮丽画卷，给人以无穷想象，同时声与色在这里的交织碰撞，使得这一画面更加饱满生动，更加具有直击灵魂深处的力量。

边城始见花开喜赋一绝

似防春色到天涯，万壑千岩抵死遮。
昨夜东风勤远略，前锋一帜是桃花。

【简析】

选自《康行杂诗》。边城指康定城。这首诗为作者在康定城看见桃花开放而作。起句"天涯"极言康定城的边远，着一"防"字则表明虽然边远，但春色依然会来到这里；此春色显然是主动的，与欧阳修"春风疑不到天涯"及王之涣"春风不度玉门关"的春风是不愿或没能力不同，此诗的春色是愿意且有能力来到这边远之城的；而"防"则表示有着不允许春色到这里来的意思，在"防"字前用一"似"字，则表达猜度，引发悬念。承句揭开谜底，直言"防"这一动作的主体是"万壑千岩"，康定城坐落在群山层叠的峡谷之中，东傍跑马山，北邻郭达山，西靠子耳坡九连山，地处邛崃山脉和大雪山脉的夹缝之中，所以在春色与康定城之间有着万壑千岩的阻隔；"抵死遮"照应"防"，"抵死"一词，既是对万壑千岩包围康定城的地理特征和自然态势的客观描写，也是在对万壑千岩想要遮住康定城、阻挡春色到来的决绝态度和超强力度的竭力渲染，同时也是在暗示既然需要做出"抵死"之态，那么基本可以判定是在做最后的挣扎，已经是摇摇欲坠，快要支撑不住，即将到达崩溃的边缘了。转句的"勤远略"，意即扩展疆域，《左传·僖公九年》："齐侯不务德，而勤远略，故北伐山戎，南伐楚。"此句以昨夜一路攻城掠地的东风转折。结句紧承上句而来，"前锋"是"东风"的前锋，"一帜"是前锋的旗帜，而这面旗帜就是"桃花"，桃花先于百花盛开，所以作者将其喻为东风前锋的一面旗帜，作者在这里把春色—东风—桃花三者通过东风这个桥梁联系了起来，桃花作为东风前锋的旗帜，到此就成了春色的形象标志，成了春天的象征。强大而冷硬的万壑千岩与娇弱而温润的一枝桃花，二者的体量和力量都形成了鲜明的对比，由此可以想象这个冲破强大阻碍的过程自是千难万险，所以当作者在此看见桃花开放时，其喜悦之情可想而知。全诗采用比兴手法，将描写对象写得生机勃勃，趣味浓厚，诗意盎然，在构思上十分巧妙，善于抓住地域特征加以铺陈渲染，在情绪上先抑后扬，极富张力，在章法结构上起得有味，承得有趣，转得有力，结得有神，节奏感强，深得绝句之法。

咏少城

一

解道少城花满烟，诗中独有少陵贤。
我生远在少陵后，却爱少城如少年。

二

城内纵横列万家，五楼十阁竞相夸。
浓遮屋角多为柳，红出檐牙半是花。

【简析】

选自《康行杂诗》。"少城"位于成都老城区西部，最早是战国时期张仪修建的，少城和成都大城一样，也是屡经战乱，屡遭毁败，清政府于1718年在成都城西部修建满城，由于处在原少城遗址上，故人称"少城"。第一首诗起句引杜甫《江畔独步寻花七绝句·其四》"东望少城花满烟，百花高楼更可怜"。起句描写少城风景，"解道"即会咏，李白《金陵城西楼月下吟》："解道澄江净如练，令人长忆谢玄晖。"承句由杜甫诗句引出杜甫并表达对杜甫的赞誉。转句由杜甫转叙到自己，言自己远比杜甫晚生，此为事实陈述。结句谓自己虽比杜甫晚生，对少城的爱却如少年一般浓烈，也就是说在这一点上并不比杜甫差。此诗巧妙之处一是由少城到少陵、由少陵到少年，以"少"字勾连，层层递进，有一唱三叹之妙；二是转结处由时间先后的比较，通过"少"字暗度陈仓，自然转入程度深浅的比较，在不经意间完成了对少城的赞美。第二首诗起句以"纵横列万家"形容少城之大，承句以"五楼十阁"描写少城之繁华，此两句为远景、全景。转结以浓柳遮屋、红花出檐写近景、小景，极力刻画少城的美景，写景如画，而且两句对仗，以"浓遮""红出"化实为虚，突出其秾丽，可谓浓墨重彩。

题潇湘八景图

辜云迂为陈鸿文将军绘《潇湘八景》，蜀中诸大老题诗殆遍，将军征咏及余，缀以八绝句。

潇湘夜雨

湘妃泪眼不曾晴，迸作潇潇夜雨声。
大好木兰舟上客，卧听渐沥到天明。

洞庭秋月

潇潇落木洞庭秋，一点青螺水上浮。
夜半潮平新月上，何人来倚岳阳楼。

烟寺晚钟

捣破黄昏几杵钟，模糊不辨妙高峰。
世人欲问僧消息，知在寒烟最上重。

渔村夕照

生长江乡爱水村，渔家乐事最堪论。
烟波钓罢还家去，一路斜阳直到门。

平沙落雁

一行整整复斜斜，飞度遥空落浅沙。
大好湘江归宿处，今宵下榻在芦花。

远浦归帆

轻烟漠漠水潾潾，天际归帆认得真。
不定谁家夫婿返，一时猜煞倚楼人。

山市晴岚

鳞鳞屋瓦簇山腰，树色岚光满碧霄。
日暮趁墟人欲散，贩夫横担度溪桥。

江天暮雪

江上青峰失翠微，漫天六出万花飞。
渔翁唱罢沧浪曲，一舸凌波载雪归。

【简析】

选自《红棠翠筱轩杂稿》。潇湘八景,据宋沈括《梦溪笔谈》记载,潇湘八景原是宋代宋迪创作的八幅山水画题目,即《潇湘夜雨》《洞庭秋月》《烟寺晚钟》《渔村夕照》《平沙落雁》《远浦帆归》《山市晴岚》《江天暮雪》,后来依此为潇湘八景之名。辜云迁即辜云若,江苏苏州人,又名培原公,号云迁,清朝廷命官,派四川成都就任,擅画山水。桐城派古文家、"成都五老"之一的方鹤斋《辜云若为达贯之画扇曰必鹤叟书乃称,为书二绝句》称赞其人:"人称三绝画书诗,自喜倪迂与顾痴。付与良朋莫捐弃,秋藏尚有夏行时。"陈鸿文:漳州籍抗日名将。此组绝句分题辜云迁为陈鸿文所绘《潇湘八景图》。题画诗,诗的内容一般来说或借题发挥以抒发感情,或借此表达自己观点,或将画作意境进行诗意的诠释,这八首绝句即为后者。读这八首或清新明快、或冲淡萧疏、或典雅含蓄的绝句,就可以通过文字感知辜云迁画的意境,此所谓诗中有画。

《潇湘夜雨》一诗围绕潇湘这一特定地点、夜雨这一特定情景,通过与这一场景有关的"湘妃",以"不曾晴"的湘妃之泪喻"淅沥到天明"的夜雨,可谓十分贴切,也使全诗含有不尽之意。

《洞庭秋月》前三句写洞庭秋,"潇潇落木洞庭秋",语出骆宾王《久客临海有怀》:"草湿姑苏夕,叶下洞庭秋。"李邕《秋夜泊江渚》:"夜闻木叶落,疑是洞庭秋。""一点青螺水上浮"语本刘禹锡《望洞庭》:"遥望洞庭山水翠,白银盘里一青螺。"最后一句写月,有张若虚《春江花月夜》"谁家今夜扁舟子,何处相思明月楼"和白居易《长相思》"思悠悠,恨悠悠,恨到归时方始休。月明人倚楼"之意。

《烟寺晚钟》一诗以"捣破黄昏几杵钟,模糊不辨妙高峰"写晚钟,以"世人欲问僧消息,知在寒烟最上重"写烟寺,因有对晚钟的渲染,加之世人虽知而不得见,故烟寺及其僧人就显得更加超尘脱俗、高深莫测。

《渔村夕照》前三句写渔村，最后一句写夕照，"一路斜阳直到门"以拟人手法写斜阳随人，犹如电影里的长镜头，从江边至家门，一路跟拍，一镜到底，感觉斜阳的一路陪伴或一路相送，很是温馨，也可从中感知回家后的温暖场景。有了这些细节描写，前面一句里的"爱"和二句里的"乐事"就有了着落，这一结尾可谓韵味深长。

《平沙落雁》前两句已经写完题意，后两句则作延伸。"湘江"扣潇湘，"下榻"扣落，"芦花"扣平沙，照应浅沙。从"一行整整复斜斜"可知是雁阵而不是孤雁，从"飞度遥空"可知其是远道而来，在湘江边只是暂时歇脚，准备明日的远征。因归宿处既有浅沙又有芦花，故称"大好"。

《远浦归帆》"天际归帆认得真"，取意于谢朓《之宣城郡出新林浦向板桥》诗："天际识归舟。云中辨江树。""不定谁家夫婿返，一时猜煞倚楼人"取意于温庭筠《望江南》："梳洗罢，独倚望江楼。过尽千帆皆不是，斜晖脉脉水悠悠。"这种语典的运用，丰富了诗句的内涵，激发了读者的联想，扩大了读者的想象。

《山市晴岚》起句写山市，承句写晴岚，转句以日暮人散为转折，引出横担而度溪桥的贩夫，以这一特写镜头，让整个画面鲜活了起来，而富有生活情趣。

《江天暮雪》前两句写江天之雪，转结句以渔翁唱曲和"一舸凌波"扣江天，"载雪归"形容雪之大和日将暮，这里的渔翁出场时已经唱完《沧浪曲》，此曲即《孟子·离娄上》所记"有孺子歌曰：'沧浪之水清兮，可以濯我缨；沧浪之水浊兮，可以濯我足'"之曲，从中可看出此渔翁潇洒出尘的风采，此时他正划着满载着积雪的小船悠然而归，对捕没捕到鱼完全不在意，这一形象，与柳宗元《江雪》"孤舟蓑笠翁，独钓寒江雪"里钓翁的坚守、孤傲等风格完全不同，因而显得逍遥自在，因其点缀其间，整个画面被衬托得十分灵动。

答杨承丕二绝句

杨生承丕，随怡荪至拉萨，来书言去时自兰州出河西，横绕昆仑入藏，行九千余里。又言拉萨形胜，恨不能为诗以记之，答以二绝。

西去长安万里多，行人转毂上嵯峨。
谁知一滴昆仑水，流出中原是大河。

【简析】

选自《越翠宦诗稿》，是二绝句中的第一首。题注中的怡荪，即张怡荪（1893—1983），四川省南充市蓬安县人，著名藏学家、语言文字学家，《藏汉大辞典》主编，杨承丕为此辞典编辑人员，他们此次进藏，就是为了《藏汉大辞典》的编辑工作。此诗为二绝句中的一首，主要描写杨承丕一行人进藏之途。起句从空间距离入手，"西去长安"是离开长安向西而去，从题注可知，他们这是走的青藏线，横绕昆仑，翻越唐古拉山，然后进入西藏，一路崇山峻岭，整个行程万余里，可谓道阻且长。承句交代进藏的交通方式及路况，"转毂"指陆路的运输工具，指车子，"嵯峨"即山势高峻的样子，这里形容词作名词用，指巍峨高峻之山，"上"表示他们出河西后，随着海拔的不断升高，所以一路都在向上。起句极言路远，承句极言山高。转句用转折连词"谁知"来表达惊讶、错愕。前面两句描写路之远和山之高已经让人感觉震撼了，而这里还有更加让人没有想到的事，那就是昆仑山上融化的一滴雪水，流到中原就成了一条大河！这里的大河指黄河。此诗转结二句之所以让人印象深刻，一是因为一小滴水与一条大河，体量上相差实在太过悬殊，而由小到大的变化，引人好奇，启人深思；二是因为这一滴水从那么远、那么高的地方流来，自然引发李白"黄河之水天上来"和王之涣"黄河远上白云间"那样的联想，让人顿生豪迈之情，也使此诗境界阔大、气势雄伟；三是因为这一滴水最终成为一条大河，是李斯《谏逐客书》所说的"是以泰山不让土壤，故能成其大；河海不择细流，故能就其深；王者不却众庶，故能明其德"的一种诗意表达，从而使此诗富有哲理。

平羌渡茶楼

柴立水边楼，凭栏对远洲。
山从邛筰出，江绕汉嘉流。
蓬转悲生事，花封感旧游。
津梁吾已倦，竖坐看行舟。

【简析】

选自《寸铁堪诗稿》。平羌渡，雅安古八景之一，是原雅州南来北往的重要渡口。本诗乃作者在平羌渡茶楼上所见所感。首联写站在茶楼上凭栏远眺。柴立，如枯木般独立。从这个造型可以想象作者寂寥落寞的心情。颔联正写凭栏所见。邛筰，汉时西南夷邛都、筰都两名的并称，约在今四川西昌、汉源一带；汉嘉，古代行政区划名，因苏轼《送张嘉州》"少年不愿万户侯，亦不愿识韩荆州。颇愿身为汉嘉守，载酒时作凌云游"而著名。这里模山范水，切合历史沿革和地理特征，同时也暗指作者身处边远，低沉黯淡的情绪与首联一脉相承，此所谓"有我之境"。颈联直抒胸臆，将自己比作随风飞转的蓬草，流离转徙，四处飘零，因而为自己的生计而悲；看见眼前的繁花，则不由想起昔日的游历或昔日交游的友人，而感怀不已。生事，犹生计。封，同"丰"，杜甫《风疾舟中伏枕书怀三十六韵奉呈湖南亲友》："春草封归恨，源花费独寻。"（仇兆鳌注：封，犹增也）释宗泐《送澜法师归云门》："石床流水绕，萝径落花封。"为生计而悲，皆因此身如蓬；为旧游而感，皆因彼花之丰。

蓬越转，则今日甚至往后的生计越堪悲；花越丰，则昔日的旧游越感觉不堪回首。作者此时的寂寥落寞心情溢于言表。尾联承接上面情绪而来，表示自己对济度众生、造福一方已经倦了，这里的倦，不只是指身子，也指心理，可谓身心俱疲。津梁，原意桥梁，这里比喻济度众生，南朝刘义庆《世说新语·言语》："庾公偿入佛图，见卧佛，曰：'此子疲于津梁。'"所以前面动作是站，结尾就是坐了。"看行舟"，不仅照应题面和前面所写之景，同时从前面的由景入情，转为由情入景，含不尽之情见于言外，富有余味。

与湄村临北城楼上观江涨

暗暗阴云合，冥冥暮雨繁。
登危凌睥睨，观涨骇飞翻。
泡影涵群动，涛声镇万喧。
来朝江水落，粉堞半沙痕。

【简析】

选自《寸铁堪诗稿》。湄村，曾缄好友，即刘芦隐（1894—1969），字湄村，江西永丰人，同盟会会员，美国加利福尼亚大学毕业，国民党中央执行委员、宣传部部长、考试院副院长。复旦大学、上海大学教授，1953年前后入四川省文史研究馆，当选为四川省政协委员，第二、三届全国政协委员。本诗写与友人湄村登城楼看城下江里涨水情况。首联以对仗句写远景，渲染气氛，以暗暗和冥冥渲染云雨幽隐晦暗之色，以合和繁形容云雨的聚集与盛大。因为阴云合，所以暮雨繁。黑云压城楼，暮雨洒江天，此为江涨之因，由此也可感知江涨的迅猛与浩大。颔联切题，写登与凌，写观及骇。睥睨，古代城墙上的矮墙，卢纶《九日奉陪侍郎登白楼》诗："睥睨三层连步障，茱萸一朵映华簪。"此为观涨之处。飞翻，飞翔翻腾，形容江涨之势。以观涨之人所处之危，已然令人心惊，而江水飞翻之势，则更加令人胆寒。颈联正面写江涨，出句乃江涨作用于视觉，写江水飞翔翻腾的状态。群动，各种动作活动，司马光《不寐》："四远寂然群动收，只余严鼓度坊楼。"对句乃江涨作用于听觉，写涛声之大，以至于除了涛声，其他什么声音都听不到了。此联极写江涨的迅猛与浩大。尾联想象洪水消退后留下的痕迹。粉堞，用白垩涂刷的女墙，杜甫《秋兴》之二："画省香炉违伏枕，山楼粉堞隐悲笳。"来朝洪水退却之后，留下的沙痕达到女墙的一半，可见洪水水位之高。本诗从不同角度描写江涨，手法多样，特别是"涛声镇万喧"，真有大音希声之妙。

离愁

还家不半年，仓卒复临边。
辟地天仍漏，怀人月乍圆。
老妻征药物，稚子索书笺。
向晚苍坪客，离愁欲化烟。

【简析】

　　选自《寸铁堪诗稿》。此为思念家人之作。首联通过时空转换，点明引发离愁之因。作者回到成都家里不到半年，而今在仓促之间又来到工作之地雅安。从还家到临边，不足半年，所以仓促。仓卒，犹仓促，急促匆忙的样子。临边，来到边远之地。崔颢《送单于裴都护赴西河》："单于莫近塞，都护欲临边。"因雅安特殊的地理位置，所以作者称之为"边"。此行估计是临时受命或身负紧急任务，事起仓促，加之又是再次来到这边远之地，所以离愁陡生。颔联写引发离愁之境。辟地，开垦土地。天漏，谓雨量过多。"辟地天仍漏，"开垦土地之时，偏偏遇到雨下个不停，预示干事诸多不顺，没什么进展或成效，委实教人恼火与郁闷。而正当怀人之时，月亮偏偏又忽然圆了。李白《静夜思》："举头望明月，低头思故乡。"崔致远《沙汀》："别恨满怀吟到夜，那堪又值月圆时。"古人往往望月思乡怀人，本来作者就在因怀人而伤感，而月亮却好像有意与作者作对，有意作弄作者，早不圆，晚不圆，偏偏在作者怀人之时忽然圆，这不是欺负人吗？这让作者情何以堪？一"乍"字，形象地表达了月亮的故意而为，同时也表达出作者对月亮的责怪，看似无理，实则合情，此处无理而妙。颈联写引发离愁之人，老妻需要药物，说明其身体不好，稚子需要书笺，说明其学习正紧，这些都是作者牵挂之事，想起这些，更添离愁。尾联点题，在前面铺垫的基础上更进一步，写傍晚时分的自己（苍坪之客），离愁浓到、大到将要化作冷落荒烟弥漫开去，以至于充塞于天地之间，连天地都充满作者离愁的色彩和气氛。陈三立《一雨代闺人》："深烛宁为艳，啼魂欲化烟。"二者在表达情感的方式和手法上比较类似。全诗紧扣诗题层层递进，笔触细腻而生动，语言简洁而形象，感情真挚而强烈，以攫取日常生活中的典型场景来表达心理活动，富有极强的表达力和感染力。

山亭纵目

长啸出山村，危亭四望尊。
岩疆千翠涌，城郭万家屯。
关著飞仙迹，江留禹凿痕。
古来天险地，斩绝控羌浑。

【简析】

　　选自《寸铁堪诗稿》。本诗为登览之作。纵目，极目远望。首联点题，写登亭四望。长啸，即大声呼叫、发出高而长的声音之意，用以表达作者兴致的高昂。危亭，即耸立于高处的亭子，作者登览四望之所在。尊，高的意思，《易·系辞》："天尊地卑，乾坤定矣。"因山亭危、尊，故能四望纵目，视野开阔，为后面所写景物铺垫。颔联写四望纵目所见，岩疆，犹岩边，千翠涌，形容无边无际的森林像碧波一样汹涌澎湃，而远方的城郭，则有万家聚集，形容城市规模庞大、市容繁盛。颈联继续写四望纵目所见，"关著飞仙迹，"此关乃飞仙关，其地处芦山、天全、雅安三地交界处，是西出成都，茶马古道上第一关，被誉为川藏线"第一咽喉"。"江留禹凿痕"，当地百姓世代相传大禹曾于此地治水，历史上有"神禹漏阁"。飞仙迹，禹凿痕，皆当地历史遗迹或民间传说，以此写关、写江，就使眼中的关和江从空间的景象过渡为时间的影像，时间与空间在这里交织，现实与历史在眼中转换，增加了诗的厚度和广度，也增加了表达的张力和劲力。尾联承上联而来，作者的目光仍然停留在历史的深处，点明这一天险在历史上的地位和作用。全诗气象阔大，庄重典雅，并且将登览与怀古熔铸一炉，其颈联尤为精妙。

和湄村

　　与子坐山亭，千峰簇画屏。
　　消忧茶有味，逃暑客忘形。
　　雷罢微闻雨，云移稍见星。
　　暝归苔径熟，不杖亦能经。

【简析】

　　选自《寸铁堪诗稿》。此诗写与好友湄村于山亭品茶逃暑情景。首联出句交代人物和地点，对句描写环境，这应该是律诗通常起法。颔联写人，"消忧茶有味，"因茶有味，所以可以消忧，或者因为忧已消，故觉茶有味；"逃暑客忘形"，"忘形"指超然物外，忘了自己的形体，也指朋友相处不拘形迹。因消暑，所以忘形，或者可以借忘形来逃暑。无论如何，我们从这里没有看到忧和暑，只看到了有味的茶和忘形的客，读到的是闲适和旷放，是恬淡和自适。颈联写景，出句重点在"闻"，对句重点在"见"，一听觉一视觉。而用"微"和"稍"分别修饰"闻"和"见"，可以想象雨不大、星不多。而且这种程度副词的精心选用，既是客观景象需要，同时也是有意通过这种轻描淡写的笔触，反映出作者这两个动作的不经意，并且这种情调与整首诗的基调和风格是契合的。从尾联"暝归苔径熟"看出，山亭乃两人常来之地，作者与好友在山亭相坐，从白天一直到晚上，方才不得不归；从"不杖亦能经"可见二人于此地乃熟门熟路，也可见二人兴致之高，相处甚欢。全诗笔触细腻入微，风格清新淡雅，给人以美的体验和享受。

雅安寄内

惜此春三月，想君天一涯。
怀归怨芳草，忍冻到桐花。
食少无人劝，衣单只自加。
枕边应见我，昨夜梦还家。

【简析】

选自《寸铁堪诗稿》。民国时，作者曾任雅安县长，此诗应为这一时期作品。这是身处雅安的作者寄给家乡妻子的一首诗。首联由时间到空间，点明作者在这"暮春三月，江南草长，杂花生树，群莺乱飞"的"春三月"，更加思念远在"天一涯"的君，同时由景及人，对春越"惜"，故对君越"想"，景越美，而思越深。颔联承接首联而来，芳草桐花，春天之景也，怀归忍冻，想君之状也。芳草萋萋，每惹远道之思；桐花已开，则时光荏苒，春将暮矣。把"怀归"归咎于都是芳草惹的祸，貌似无理，实则情深；忍冻直到桐花开落，经冬及春而春又将暮，可见思念之长、思念之苦。颈联撷取孤身在外生活的两个日常，深化"怀归""忍冻"之状。伉俪情深，往往体现在油盐柴米这些日常生活中，"无人劝""只自加"，写出客居之不便、亲情之重要，由此可见作者此时心情的落寞、思念的强烈。尾联由此及彼，以虚为实，忽然想落天外，想象妻子应该在枕边见到我，因为我昨夜梦到我回家了！把梦境当实境，把虚幻当现实，既见作者之痴，又见思念之切。作者情感经前三联层层蓄势，在尾联猛烈爆发。这种以假当真，与杜甫的"夜阑更秉烛，相对如梦寐"的疑真为假相比，真假虚实之间，我们既感受到杜甫的极度喜悦，也感受到曾缄的深沉无奈。

苍坪消夏

别馆青峦上，高门绿树边。
晴翻三径蝶，午闹一林蝉。
对客时挥扇，怀人懒擘笺。
微云不成雨，空缀远山巅。

【简析】

　　选自《寸铁堪诗稿》。苍坪，即苍坪山，山在雅安。首联对仗，摹写消夏环境。别馆之别，可见其僻，高门之高，以显其敞，这种建筑，正适合避暑。况且馆处青峦上，气温自然较平地为低，门开绿树边，正方便纳凉。青、绿，以冷色调点染环境，烘托气氛。颔联转折，写本欲在这消夏之地避暑，却仍然不得清静，侧面写热。三径，本是清幽隐逸所在，却因天晴，而蝶翻；树林，本是静谧闲适之地，却因午时，而蝉闹。蝶翻蝉闹，叠加作用于视觉听觉，让人目迷耳乱，直至心浮气躁，所谓心静自然凉的境界自然就土崩瓦解了。翻、闹，用在此处准确而生动，可称诗眼。颈联承上而来，正面写热。因为热，所以与客相对时唯有频频挥扇，即使思念某人，也懒得擘笺。除了挥扇，其他多余的动作包括思维都会消耗体力、增添热量。以此写夏天之热，入情入理，生动形象。尾联由近及远，既然微云不能成雨，那么缀在远山之巅干吗呢？写云而实则写热。一"空"字，则责怪之意自现。责怪云不成雨，无理而妙。

重登与点楼

　　为爱斯楼好，登临不厌重。
　　槛前金盏菊，天外玉梳峰。
　　水草堪游牧，山畲可力农。
　　此间客隐逸，何必忆巴賨。

【简析】

　　选自《寸铁堪诗稿》。与点楼，楼在康定。楼名应取自《论语》，因其雅，而颇受文人雅士喜爱，作者就曾多次登临此楼。本诗即写重登之所见所感。首联点题，写自己不厌重登的原因，即因为斯楼好，让人非常喜爱。颔联具体写登楼所见，回答斯楼究竟好在哪里。"槛前""天外"，一近景一远景。近景纤巧秀美，远景阔大壮美，写景如画。金盏菊，草本花卉；玉梳峰，属大雪山脉，作者《望大雪山琼台玉梳二峰》："朝来王母新妆罢，挂出天边白玉梳。"本联为自然景观。颈联写人文景观，仍然为登楼所见。望中水草丰盛，故可以游牧，山中田地，可以至于力于农事。这里是游牧文明和农耕文明的结合部，有适宜游牧和农耕的自然条件，故农牧两宜，是各族人民安居乐业的共同家园。从作者登楼所见，就可以知道这里自然条件优越、人民生活富足。尾联抒发感慨，既然此间风景这么美丽、生活这么美好，自然引发作者在此隐逸之思，使之不再想念巴寰故乡了，也从侧面表现此间之好。"客"或是"容"字形讹。此诗词简义深，所涉之景看似随手拈来，而实际颇具匠心，非有极强的洞察力和概括力不可。

无遮馆晚坐

好此无遮馆，清虚四望通。
雨余山泼黛，日落树摇红。
花影欹苔砌，茶香度竹风。
兴来成隐几，一鹤下前空。

【简析】

选自《寸铁堪诗稿》。无遮馆，馆在雅安。馆名或取自《楞严经》。首联点明无遮馆周围环境与馆名相合，这是作者喜欢这里的原因。颔联写晚坐所见，雨后馆周之山犹如泼了青黑色的颜料，日落时分馆周的树摇漾着绯红的晚霞。一般情况下，黄昏的景物是比较黯淡孤寂的，但着一

"泼"一"摇",则境界全出,给傍晚的景色增添了无限生机,充满诗情画意。"雨余"为"山泼黛"之因,"山泼黛"为"雨余"之果,"日落"为"树摇红"之因,"树摇红"为"日落"之果,营造出一种既意象密集又气韵流转的效果。本联抓住"雨余""日落"之景的特点加以精细刻画,契合物理,所以贴切生动,在色彩瑰丽中,给人以赏心悦目之感。颈联由上联的远景转而写近景,花之影依苔砌而欹,茶之香借竹风而度,花、苔、茶、竹,共同营造出一片清虚之境,而影与香的介入,是依砌而欹,凭风而度,则更给人闲适淡雅之感。尾联以鹤作结,与刘禹锡"晴空一鹤排云上,便引诗情到碧霄"异曲同工,余味不尽。

溃江楼却暑

一

避暑愁无地,登楼乐有余。
蝉声在高柳,人影落清渠。
静躁因人异,凉喧到此殊。
槛前瞻鹭鸟,一下爪河鱼。

【简析】

选自《寸铁堪诗稿》。溃江,青衣江支流,楼因江得名。此诗写作者登楼所见所感。首联对仗,叙登楼的缘起。大热天,作者正愁没有地方避暑,此地却刚好有一楼可登,这就好像避暑是瞌睡,楼是枕头,正需要的时候,就恰好递了过来,其乐自然超出意料。正愁无地,登楼即乐,由愁转乐,可见此楼乃避暑胜地,同时也表达了作者愉悦的心情。颔联写在楼上纳凉时的情景,耳中是高柳上传来的蝉声,眼中是倒映在清渠里的人影,在这里,柳是高的,渠是清的,纵使有蝉声人影,但也不失为清凉之地,正是因为如此,就自然引出颈联的议论。"静躁因人异",安静和急躁因人而异,也理解为由于人的秉性、性情等的不同,甚至此时此地的心境、情绪等的不同,即使身处同样的环境,有的感受到的是安静,有的感受到的是喧闹。王维"鸟鸣山更幽",是从鸟鸣中感受到幽静,而王安石"一鸟不鸣山更幽",感受则恰恰相反。"凉喧到此殊"喧是声音杂乱之意,这里与凉相对,应该代指温度。出句写听觉,对句写体感。到此殊,写楼上楼下,凉喧各异,依然有个体感受在里面。作者这里的感触细腻而生动,富有哲理。

二

偶然逢水木,便尔却埃嚣。
溪涨牛浮鼻,林深鸟蜕毛。
望中江汉远,天外蔡蒙高。
漂泊干戈际,幽寻未惮劳。

【简析】

　　选自《寸铁堪诗稿》。首联点题。"水木"指池沼园林,语本谢混《游西池》诗:"景昃鸣禽集,水木湛清华。"这里指溃江楼。"便尔",竟然。盛夏酷暑之时,不经意间遇到溃江楼,没想到这里却是避暑的好地方。两句对仗。颔联写登楼所见,选取牛和鸟这两种动物在酷暑中的表现,来反衬天气的炎热。牛泡在溪里只露出鼻子,鸟藏在林之深处,仍嫌不够,把自己身上的毛也蜕去,动物避暑,也像人一样,既会选择适合避暑的地方,也善于采取有利于避暑的方法和措施。此处不直接说天热,而通过对这些动物的表现的描写,让读者自然能够感受到作者想要表达的意思,达到了"状难写之景如在目前,含不尽之意见于言外"的效果。相比颔联写近景而言,颈联则是写的远景甚至是想象之景。"江汉"

这里指长江与汉水之间及其附近的一些地区，即古巴蜀之地，这里指代作者的家乡。蔡即蔡山（蜀汉时名为周公山），山在雅安周公河畔；蒙即蒙山，与蔡山对峙，以产茶名于世。江汉之远，遥不可及；蔡蒙之高，仰不可攀。山川阻隔，关河迢递，看似写景，实际暗喻有家难回。尾联在上联的基础上，作者的目光投向更远处，在战火纷飞的乱世，作者漂泊在外，只有超然物外、寄情山水，这既是避暑，又当逃世，还以解忧。作者貌似洒脱悠闲，而实际上这里流露出的是，虽然自己心忧家国，但身处乱世，个人对此无能为力，与杜甫《丹青引赠曹将军霸》"即今飘泊干戈际，屡貌寻常行路人"所表达的意思同出一辙，既有不甘，又有无奈。

寄妹

与汝不相见，蹉跎已十年。
在家常念佛，劝我早归田。
丧乱文章贱，行藏骨肉怜。
老兄今惫矣，聊寄大雷笺。

【简析】

　　选自《寸铁堪诗稿》。民国时期，作者在军界和政界谋生，曾先后任乐至、什邡、江北、雅安四县县长，西康省临时参议会秘书长，早期蒙藏委员会委员，四处奔波，席不暇暖，难以安定，与家人聚少离多。本诗是作者写给他妹妹的一首五言律诗，既表达对妹妹的想念，同时也表达自己的身世之感。首联感叹与妹暌违时间之长。虽然在外打拼十年，却一事无成，终成蹉跎，更是让人伤感和愧疚。颔联角度转换，写妹妹在家常念佛，这里的念佛不是说作者的妹妹在修身养性，而是妹妹常常通过念佛来祈求佛祖保佑自己在外的亲人。作者的妹妹不但常常念佛祈祷，而且还"劝我早归田"。"归田"指辞官回乡务农，在妹妹心中，事业、前程、物质什么的都不重要，重要的还是兄长的安全、健康，是兄长过得是否快乐、幸福，这里我们可以看出妹妹对作者真挚的感情和真正的牵挂。颈联抒发感慨。"丧乱"形容时势或政局动乱，是"文章贱"之因。"丧乱文章贱"照应首联，是"蹉跎"之因。"行藏骨肉怜"照应颔联，写自己常年漂泊在外，更能感受到骨肉亲情，更能引起亲人的挂念。此联抒发的感情极为沉痛。尾联回归主题，对自己的妹妹表达自己奔波多年，身心俱惫，姑且写诗相寄。"大雷笺"用南北朝鲍照《登大雷岸与妹书》典故，两位诗人同样是离家远行，同样是寄妹，表达的是同样的感情，作者与鲍照"去亲为客，如何如何"的凄怆心境完全契合，可见作者用典的出神入化。此诗语言朴实而内涵丰富，感情激烈而张弛有度，手法高妙而不见雕琢，关键就是得益于感情的真挚深沉。

立秋

垂老客诸侯，年光滚滚流。
景纯犹愿夏，宋玉忽悲秋。
频岁烦戎马，前宵会女牛。
南游吾已倦，更拟向边州。

【简析】

　　选自《寸铁堪诗稿》。曾缄不但做过乐至、什邡、江北、雅安四县县长，还曾先后任刘禹九师部秘书、李家钰秘书、田颂尧秘书，当过西康省主席刘文辉秘书。西康省是以川边特别区为基础设立的，省府驻康定。此诗应为作者即将赴康定之时所作。立秋，意味着岁已过半，万物由盛转衰，所以秋这个季节往往容易引发人们黯然的情绪，特别是敏感的作者更容易多愁善感，对于垂老的作者来说，尤其如此，况且这个垂老之人正为客他乡，四方辗转，这教人情何以堪！首联即表达了这种情感。颔联用景纯愿夏、宋玉悲秋两个典故，承接"年光滚滚流"，一"犹"一"忽"，表达时光消逝之迅速，季节变换之突然，一"愿"一"悲"，表达作者对好景不再的惋惜，对时光易逝的悲伤。颈联之"频岁""前宵"继续就时间着墨，而更进一步抒发身世之感。"烦"，这里既可以理解为战乱频繁，也可以理解为对战乱感到烦恶。"女牛"即织女星和牵牛星，指牛郎织女。"前宵会女牛"既有时间节点上的七夕之意，也有男女相会之意，所以这里应该是指刚刚与妻子的相聚，从而引出尾联。"南游吾已倦"之南游，指自己在成都西南边的雅安工作，因为常年在那边，本来已经感到疲惫和厌倦，更何况又要启程去边州呢？其中的无奈和悲辛从"已"到"更"这样的递进表述便能深切体会。"边州"指康定。全诗情感低沉，风格沉郁，虽同宋玉之悲秋，而其中的家国之忧、身世之叹，读来让人备感沉痛。

康定七夕

山城凌斗极，寒水应星河。
乞巧谁家得，相思此夜多。
有心求片石，无语托微波。
一觉牛郎梦，分飞奈晓何。

【简析】

　　选自《寸铁堪诗稿》。诗题点明本诗涉及的时间地点，全诗即围绕这两个方面来写，而重点通过写七夕，表达作者与妻子分隔两地、相思却不得相会的无奈和悲哀。首联对仗扣题，"山城凌斗极"，"山城"即康定城，"斗极"指北斗星和北极星，开篇就极言康定城海拔高；"寒水应星河"，"寒水"指穿城而过的雅拉河，"星河"即银河；"山城""寒水"照应康定，"斗极""星河"既将读者的目光从眼前的"山城""寒水"引向星空，暗扣诗题，同时也为后面正写七夕做铺垫。颔联"乞巧谁家得，相思此夜多"，"乞巧""相思"绾合七夕，"谁家得"不是作者关注的，故此问显得有些漫不经心，而"此夜多"的"相思"却是肯定的，因为此时的"相思"既是牛郎织女的，更是作者自己的，所以真正刻骨铭心。颈联顺承上联而来，却意有转折，"有心求片石，无语托微波"，既"有心"又"无语"，细致刻画此时内心活动，这里既有"情到深处人孤独"的真挚，也有"此去经年，应是良辰好景虚设。便纵有千种风情，更与何人说"的深沉。"片石"照应"山城"，"微波"照应"寒水""星河"。尾联转说牛郎织女在七夕之夜相会，但到天明不得不再次分飞，回首又是恍然一梦，正所谓欢愉时短、离别恨长，只是徒增怅触而已。作者此时漂泊康定，值此牛女团聚之时，却身在异乡，其感受就更加深刻了。此诗借七夕抒发感情，深得比兴之旨，通篇感情深沉而真挚，语言精简而含蓄，章法上草蛇灰线，环环紧扣，步步推进，自有脉络可寻。

至西康仍寓充庄赋呈东府伯灵

千嶂拥孤城，双溪日夜鸣。
云来山改貌，风过树遗声。
访旧余知己，筹边念老成。
将军桥畔宅，去住总关情。

【简析】

　　选自《寸铁堪诗稿》。东府、伯灵，即陈东府、宋伯灵，皆作者西康工作时同事。充庄，在康定城将军桥边。本诗写景抒情，表达对这座城及这座城里的人的眷念。首联"千嶂拥孤城"写康定这座城所处环境，乃远景静景；"双溪日夜鸣"写穿城而过的雅拉河和折多河，乃近景动景。"千嶂拥孤城"让人想起范仲淹"千嶂里，长烟落日孤城闭"的孤寂肃杀，但这里以"双溪日夜鸣"承接陪衬，景物一下子就活了起来，色彩也一下子亮了起来。颔联依然写所见所闻，依然是一远景一近景，但比首联更生动，更细腻，更富有诗的意境。山因云来而改貌，树因风过而遗声；山的貌本来不会因云而改，但因云之来去聚散，让人感觉山之貌随时在改动；树本无声，只因风之穿过，使树叶发出声音，风即使已经吹过了，但声音仍留树间，让人感觉是树还在发声。此联真写景状物妙句。颈联记事写人，因作者是再次来到康定，故曰"访旧"；因康定地处边地，在此地工作即所谓"筹边"。故地重游，所余唯有知己之人；筹边之任关涉重大，故需老成之士。这里不仅把陈东府、宋伯灵等故旧当作知己，而且将他们推许为老成筹边之人，或者同时含有叮嘱这些老朋友在筹边大事上要老成谨慎之意。尾联"将军桥畔宅，去住总关情。"康定城里的将军桥，一说与被乾隆皇帝称为"三朝武臣巨擘"的岳钟琪有关，一说与川军旅长、曾任川边镇守使的陈遐龄有关，不过这二人都称得上是筹边老成之将，所以这句是承继上联而来，同时也绾合题面，说自己不论去住，这里总是牵动自己的心、搅动自己的情，以此来表达自己对这座城和这座城里的人的深情。

答诸公见和

高举入增城，天风聒耳鸣。
千峰唯雪色，十月有雷声。
知旧经过数，珠玑咳唾成。
莫辞征戍苦，关塞足诗情。

【简析】

选自《寸铁堪诗稿》。这首诗是作者在写了《至西康仍寓充庄赋呈东府伯灵》后，陈东府、宋伯灵等纷纷步韵相和，于是作者以此诗相答，仍用原韵。首联从自己进入增城写起，"高举"，这里是高飞、远去之意，作者选用此词来写自己入城的状态，从中可以读出作者故地重游那勃发的兴致、高昂的情绪；"天风聒耳鸣"，既是写实，也是以此来为出句衬托气氛的。此次入城，不仅高调，而且连天风都来造势、助兴，阵仗和排场都很大。颔联描写康定特有景象，因地处雪域高原，所以"千峰唯雪色"，因为海拔高，所以"十月有雷声"。十里不同天，一山有四季，这种异常气候对于平原丘陵地带来说十分罕见，而在高原却习以为常。可见作者写景绝非泛泛，而是切合所写对象的特征，故移易不得。颈联回到诗题，出句表达老友之间友情的珍贵和作者对友情的珍惜，对句用《庄子·秋水》"子不见夫唾者乎？喷则大者如珠，小者如雾"典来推许老友们和诗的不凡与优美。尾联抒情，表达作者虽身处关塞、从事征戍，但仍然体验到其中的诗情画意，这也是对老友们的劝慰和鼓励，从而也表现出作者不畏艰险的气概、担当任事的豪情、乐观豁达的激情，这就有唐代边塞诗那种豪迈的味道和境界了。

望月仍前韵

匹马向边城，愁听鼓角鸣。
书生投笔意，思妇捣衣声。
岁晏裘先敝，家贫宦未成。
今宵眉样月，钩起故乡情。

【简析】

　　选自《寸铁堪诗稿》。本诗虽用前韵，但以望月为题，则其主题就大致可知。在古代诗歌中，"月"这一意象，大都与故国（李煜"故国不堪回首月明中"）、故乡（李白"举头望明月，低头思故乡"）、家人（杜甫"今夜鄜州月，闺中只独看"）之思有关。本诗依然沿用这一传统。首联写作者向边城而去，这就不是"高举"而入，而是"匹马"而向，即孤身一人，显得形单影只，无比落寞，更何况在这样的月夜，耳边传来鼓角之声，这怎么不教人愁上加愁呢？"匹马""边城""鼓角"，勾勒出一幅凄凉衰飒之景，同时为后面做气氛上的渲染、情绪上的铺垫。颔联出句写自己投笔从戎，此乃书生报国建功立业之意，对句写妻子在家操持，让人联想起李白《子夜吴歌·秋歌》："长安一片月，万户捣衣声。秋风吹不尽，总是玉关情。"这里表达的同样是妻子对远方戍边丈夫的思念。颈联叙"岁晏"道"家贫"，以此时此际的"裘先敝""宦未成"，描写自己不但事业无成，并且家道贫困，以至于潦倒不堪，由此我们可以读出作者流露出来的追悔之意和对家人的愧疚之情。尾联扣题，从眉样月自然联想到月样眉，以此作结，借月抒情。

离垢山庄对月

片月破空飞，千山夜有辉。
欹斜凌石壁，迤逦度岩扉。
汉徼旄牛古，仙家顾兔肥。
万方犹鼓角，舍此竟安归。

【简析】

　　选自《寸铁堪诗稿》。离垢山庄在康定。此诗写月。首联扣题，"片月"即弦月，陆游《渔父》诗："片月又生红蓼岸，孤舟常占白鸥波。"此句写天上；次句对应写地上，"千山"扣康定地理特征，也表示月光照耀范围的广大。颔联承接第二句而来，"欹斜""迤逦"形容月光越过、度过石壁和岩扉的样子，上联远景，此联近景。颈联出句写地上，"汉徼"指汉地的边界，"旄牛"即牦牛，此句扣康定地理位置和风物特征；出句写天上，"顾兔"亦作顾菟，古代中国神话传说月中阴精积成兔形，后因以为月的别名；"古"喻旄牛的悠久，"肥"喻月亮的明亮。尾联抒发感慨，"万方"指万邦，引申指天下各地，"鼓角"即战鼓和号角，乃两种乐器，军队亦用以报时、警众或发出号令，杜甫《阁夜》诗："五更鼓角声悲壮，三峡星河影动摇。"时值二战，到处战火纷飞，所以作者发出了"舍此竟安归"的感叹。全诗写月，营造出一片静谧祥和之景，在"万方犹鼓角"的大背景下，这种安宁尤其难得。

晓发打箭炉

拂晓下炉关，行行乱石间。
峰危先受日，云浅不遮山。

水助滩声壮，霜催树色殷。
老夫轻险阻，含笑又东还。

【简析】

选自《寸铁堪诗稿》。打箭炉，康定的古称。本诗写作者离别康定、早晨出发时所见。首联"拂晓下炉关"点题，交代时间地点，"行行乱石间"扣此地地貌特征，"行行"犹言慢步行走，通常形容走走停停、徘徊不进的样子。颔联"峰危先受日"，峰因其高，所以先被日光照到，故高原多有"日照金山"的壮丽景象；"云浅不遮山"，云因其浅，所以无法将山遮掩住。这二者既是自然景象，也是一般规律，故有"近水楼台先得月，向阳花木易为春"的理趣。颈联"水助滩声壮，霜催树色殷"，滩声因水势之助而更壮，树色因霜威之催而更殷，手法与上联相似。尾联表达作者即将归家的喜悦心情。此诗写景善于抓住当地特征，撷取几个典型场景进行刻画，下字精准有力，画面鲜明生动，从景物描写中显露出浓浓的理趣。

过邛崃山

同刘公乘车还过邛崃山，时云气弥满，连峰积雪。

谈笑轻天险，英雄属使君。
行看千嶂雪，归载一车云。
地僻人烟少，林深鸟语闻。
上方风过处，霜叶堕纷纷。

【简析】

选自《寸铁堪诗稿》。邛崃山脉，位于横断山脉最东缘，海拔4000

米左右,是岷江和大渡河的分水岭,是四川盆地与青藏高原的地理界线。诗中所言邛崃山,应该是指邛崃山脉的二郎山,因为此山是往来康定与成都的必经之地。首联抒发面对"天险"的态度,表达对"使君"的夸赞。"天险"即天然险要之地;"谈笑"犹说笑,苏轼《念奴娇·赤壁怀古》:"谈笑间,樯橹灰飞烟灭";着一"轻"字,表达了作者对天险的藐视。"英雄属使君"里的"使君",是对官吏、长官的尊称,这里指题注中的"刘公",即时任西康省长的刘文辉。《三国志·蜀书·先主备传》:"曹公从容谓先主曰:'今天下英雄,唯使君与操耳。'"作者借此典故以示推崇,从夸人这一角度,侧面写此地的险峻。若此地不险,则对人的夸赞就没有着落,反成笑话。这一手法十分高妙。颔联"行看千嶂雪,归载一车云"照应题注中"云气弥满,连峰积雪",而对句想象奇特,极富诗意,是典型的诗家语。颈联紧扣此地地理特征,从视觉听觉两个方面展开描写,使人如临其境。尾联以景作结,既点明时令,又似乎含有不尽之意,故韵味悠长。

李其相上将挽诗

八载斗中东,将军百战功。
裹尸须马革,归骨向蚕丛。
史策名长在,泉台鬼亦雄。
河山还我日,饮水合思公。

【简析】

选自《寸铁堪诗稿》。李家钰,字其相,四川省蒲江县人,曾任四川边防军总司令,国民革命军第四十七军中将军长。抗日战争时期,先后出任第四集团军副总司令、第三十六集团军总司令等职，抗战爆发后率军出川抗日，转战山西、河南抗日前线，其间作诗曰："男儿仗剑出四川，不灭倭寇誓不还。埋骨何须桑梓地，人间到处是青山。"以明为国报效之心，1944年于河南陕县秦家坡壮烈殉国，1984年，经四川省人民政府批准，追认李家钰将军为革命烈士，2014年，李家钰将军被民政部公布为第一批在抗日战争中顽强奋战、为国捐躯的著名抗日英烈。民国二十年（1931年），作者曾任李其相将军秘书，此诗即作者追悼所作。首联"八载"叙将军从抗战爆发即于1937年率军出川抗日至1944年壮烈殉国的历程，以时间跨度之长，来颂扬将军历经艰苦卓绝而死战不退的精神；"百战"，以将军亲历沙场、身经百战，来颂扬其赫赫战功。前句从时间着眼，后句从数量着眼。颔联"裹尸须马革"，语出《后汉书·马援传》："方今匈奴、乌桓尚扰北边，欲自请击之。男儿要当死于边野，以马革裹尸还葬耳，何能卧床上在儿女子手中邪？""归骨向蚕丛"中"归骨"指死后归葬，《左传·成公三年》："以君之灵，累臣得归骨于晋。""蚕丛"，相传为蜀王先祖，这里借指蜀地。将军殉国后，民国政府追赠他为陆军上将，准入祀忠烈祠，并颁布对他的褒扬令。嗣后，李家钰的遗体国葬出殡式在成都举行，其遗体安葬于成都红牌楼，在北门还树立李家钰骑马抗日造型铜像一座。出句表达了将军"男儿欲报国恩重，死到沙场是善终"的报国之志，对句则写将军魂归故里，亦为桑梓争得荣光。颈联正面歌颂，谓将军将名留青史，为后人永远铭记，即使死后成鬼，也将是鬼中之雄，此即李清照所谓"生当作人杰，死亦为鬼雄"。尾联表达作者对山河重光的信心和中国必胜的信念，就是因为有众多像李其相将军这样以身许国的爱国志士，中国必将最终战胜强大而凶残的侵略者，待到那时，人们饮水思源，必然回想起为国捐躯的李其相将军的。全诗语言简练但张力十足，内涵丰富而情感激越，力透纸背故感染力强。

虹波小榭晚坐

平羌临古渡，倚槛鉴清深。
桥锁千寻铁，碑生几字金。
避人成独坐，得句复孤吟。
知我机心尽，翩然下水禽。

【简析】

　　选自《寸铁堪诗稿》。根据诗意，诗题中的虹波小榭当在平羌渡上。平羌渡，在流经雅安城的青衣江上，得名于蜀汉，属雅安古八景之一，是原雅州南来北往的重要渡口。首联点明晚坐之地，"鉴清深"述作者依靠在栏杆上观察清静幽深的江水，以此描绘出一副宁静悠闲的画面。颔联写倚槛所见。"桥锁千寻铁"写平羌渡铁索桥，此桥是西康时期雅安城区青衣江上唯一的一座桥梁，于1942年动工建造，1944年竣工通行，为三跨两墩的人行铁索桥，当时叫"文辉桥"。"碑生几字金"写铁索桥附近南岸石壁上书有"带砺山河"四字。颈联作者自述因"避人"，所以"得句"，因其"独坐"，所以是"孤吟"。一避一得，可知作者的价值取舍，一独一孤，可知作者的尘外之思。尾联中"机心"，典出《庄子·天地》；"有机械者必有机事，有机事者必有机心。"成玄英注疏："有机动之务者，必有机变之心。"后遂以"机心"指巧诈之心、机巧功利之心。作者在这种幽静安闲的环境和氛围中，自己已经与之融为一体，超然物外，物我两忘，真正表里俱澄澈，水禽此时成了作者的知己，所以翩然而下，对作者完全不做防范。作者不直接说自己此时机心全无，而是从第三者水禽的角度来表达，则更有说服力。

吟四十字奉谢

黄隼高、周殿华设馔,以虫草烹鸡,侑以蕨苔,食之而甘。

多谢先生馔,新尝虫草鸡。
盘中有微蕨,座上即夷齐。
一饱愁应散,长吟句更题。
不知鸿在野,何事向人啼。

【简析】

　　选自《寸铁堪诗稿》。黄隼高(1888—1956),四川江安人,同盟会会员,曾任四川督军署秘书、江安县中学校长、西康省粮政局长、西康省政府顾问,1953年入四川省文史研究馆。周殿华,情况不详。此二人"设馔,以虫草烹鸡,侑以蕨苔",款待作者,作者作诗奉谢。首联"多谢先生馔"点明题意,表达谢忱;"新尝虫草鸡",特别将虫草鸡这道菜提出来,并且表明自己是"新尝",足见这道菜的稀有及珍贵,也足见主人待客的盛情以及对客人的足够重视。颈联"盘中有微蕨,座上即夷齐"中的"微蕨"疑为薇蕨之形误,此联用夷齐采薇典,"夷齐"即伯夷、叔齐,司马迁《史记·伯夷列传》:"武王已平殷乱,天下宗周,而伯夷、叔齐耻之,义不食周粟,隐于首阳山,采薇而食之。"元好问《箕山》:"鲁连蹈东海,夷齐采薇蕨。"作者在席间见"盘中有微蕨",自然联想到采薇蕨的夷齐,并顺势把主人比作如夷齐一样恪守节操的高洁之士。颈联由席间而发,"一饱愁应散,长吟句更题"谓人一旦吃饱了饭,那么就万事不愁,而且还有闲情逸致吟诗作赋了,说明饱腹的重要性,也再次对友人设宴款待之谊委婉表达感谢。尾联生发出去,画风却陡然一转,作者以

"不知鸿在野，何事向人啼"设问，虽然没有回答，但根据这里用的《诗经·小雅·鸿雁》这个典故，应能明白作者要表达的意思。诗曰："鸿雁于飞，哀鸣嗷嗷。维此哲人，谓我劬劳。"言使臣行于四方，见流民如鸿雁飞集于野，流民喜使者到来，皆合词倾诉，如鸿雁哀鸣之声不绝，后来以鸿雁在野、哀鸿遍野喻指百姓流离失所，查慎行《淳安谒海忠介祠》："此日流离意，谁怜在野鸿。"作者以此典设问，其意实则不答自明，由此可知作者此时心中的愧疚与忐忑，也说明作者本性良善、宅心仁厚。

圈牛坪

干海子望雪山下圈牛坪，时杜鹃花盛开，林壑奇丽，记以小诗。

玉气满西南，诸天接蔚蓝。
云中走车马，杖外列松杉。
山鬼依萝壁，人家住石龛。
杜鹃花发处，万壑斗红酣。

【简析】

选自《寸铁堪诗稿》。此诗写高原景象。首联从大处着眼，乃望中之景。"玉气满西南"写辽远之景，"诸天接蔚蓝"写高远之景，前者白，后者蓝，色彩鲜艳。颔联为眼前之景，"云中走车马"承"玉气满西南"，言车马在云中行走，极言地势之高；"杖外列松杉"中的"杖外"即杖屦之外，明末清初彭孙贻《惠山和壁间陈静斋开府韵》："青山踏月喜重登，杖外云峰更几层。"颈联写圈牛坪所见，"山鬼依萝壁，人家住石龛"所写之景及写作手法与杜甫《祠南夕望》："山鬼迷春竹，湘娥倚暮花"相似，虽然"山鬼依萝壁"似是幻境，而"人家住石龛"却是实景，二者组合，显得迷离恍惚，亦真亦幻，"使实事妙在幻，使幻事妙在实"（明代钟惺、谭元春《唐诗归》）。尾联特写杜鹃花，"万壑"言杜鹃花数量之多、范围之广，"红酣"突出其色彩，"斗"状其怒放盛开之态。此诗通篇写景，却不是对景物做简单的罗列堆砌，而是能抓住重点，突出特点，采取虚实结合、远近兼顾的手法，巧妙嫁接，合理安排，从而在读者面前展示出一幅高原的瑰丽画卷。

人外庐初夏

万绿萃吾庐，榴花媚夏初。
熏风动庭树，芳气溢阶除。
隐几真忘我，鸣禽忽起予。
新来甘寂寞，真作闭门居。

【简析】

　　选自《寸铁堪诗稿》。人外庐，作者当时于成都西二道街42号的居所。首联扣题，点明时间地点。"万绿萃吾庐"表明草木茂盛，环境清幽；"榴花媚夏初"即初夏时节，石榴花开得格外娇媚，装点得此地更加美丽。从这两句中，读者不仅感受到人外庐美好的环境，同时也感受到了此中蓬勃的生气和活力。颔联继续描写初夏时节的人外庐，"熏风动庭树"承"万绿萃吾庐"而来，"熏风"指东南风或和风，可以想象当熏风吹过庭中之树，不但可以仿佛听到树叶沙沙的响声，同时也能够感受到风轻轻吹拂过皮肤那种清爽舒适的感觉，这种感觉别提有多么的美妙；"芳气溢阶除"承"榴花媚夏初"而来，

"榴花媚"作用于视觉,"芳气溢"则作用于嗅觉,加之"熏风动"之作用于听觉及触觉,作者调动所有感官,感受着此地的美好,同时也把这种美好通过生动的诗句表现了出来,让读者同样感受到了这种美好,也体会到了作者悠然闲适而自得其乐的心境。颈联抒怀,"隐几真忘我"中的"隐几"指靠着几案,伏在几案上,语出《孟子·公孙丑》:"有欲为王留行者,坐而言,不应,隐几而卧。"在《庄子·齐物论》中对此有生动描述:"南郭子綦隐机而坐,仰天而嘘。"成玄英注疏:"隐,凭也。子綦凭几坐忘,凝神遐想。""忘我"乃以之形容超然尘俗、与自然融为一体的境界。此句即表达作者在这个环境中,真的达到了这种境界。作者既有这种本性,同时身处这种环境,二者天然亲近,自然融为一体。"鸣禽忽起予"谓作者正处于"凭几坐忘,凝神遐想"状态中时,却被"鸣禽"将此中状态唤醒,"起予"语出《论语·八佾》:"子曰:'起予者,商也,始可与言《诗》已矣。'"何晏《论语集解》引包咸曰:"孔子言子夏能发明我意,可与共言《诗》。"后因用为启发自己之意,可见"鸣禽"也是作者的知己,能够给予自己很多启发。尾联表达心愿。"新来甘寂寞,真作闭门居"中"甘寂寞"即作者此时想法,但从"新来"二字推测,以前是不甘于寂寞的,更不用说"作闭门居"了,那么是什么让作者心意转变且心甘情愿了呢?读了前面就很容易知道,正是人外庐这个地方,让作者愿意、乐意甘于寂寞,闭门而居。这既是作者"躲进小楼成一统,管他冬夏与春秋"情感的一种表达,同时也从侧面表达了作者对人外庐这一居所的心满意足。

成都大雪

甲午冬,成都连日大雪,百年来所未有也,赋诗记异。

    天花落玉盘,一望白漫漫。
    鹤讶今年雪,龟言此地寒。
    解衣虚范叔,高枕自袁安。
    新领冰霜味,先生是冷官。

【简析】

  选自《寒斋诗稿》。因成都的地理位置,所以在成都很难见到下雪,更不要说连日大雪了。作者既然遇到这百年来未有之景,自然赋诗以记其异。首联直接描写下雪的情景,"天花"即雪花,"玉盘"在这里形容积雪的大地;天上雪花在纷纷飘落,地上积雪覆盖,所以作者所见唯有白茫茫一片,除此之外,诸如城市的街道、楼房等等都隐藏在这茫茫的雪白之中了。颔联语出庾信《小园赋》:"龟言此地之寒,鹤讶今年之雪。"倪璠注:"'龟言此地之寒'者,此己时在西魏,如客龟也。""鹤讶今年之雪",典出刘敬叔《异苑》:"晋太康二年冬,大雪,南洲人见二鹤言于桥下曰,今寒不减尧崩年也。"庾信《小园赋》的这两句表达的是庾信身在异国对故国的怀念,而作者将这两句借用到这里,只是对雪和寒的描写。颈联一句一典,"解衣虚范叔"用范雎绨袍典,《史记·范雎蔡泽列传》记载:范雎先事魏中大夫须贾,因辞谢齐襄王的邀请,反受须贾怀疑,被魏相舍人毒打,几死,后贿赂看守而逃出。于是改名张禄,入秦为相。须贾出使秦国,范雎装扮成穷人会见他。"须贾意哀之,留与坐饮食,曰:'范叔一寒如此哉!'乃取其一绨袍以赐之。迨后知雎即秦相张禄,乃惶恐请罪。雎以贾尚有赠袍念旧之情,终宽释之。"后多用为眷念故旧之典。"高枕自袁安"用袁安卧雪典，《后汉书·袁安传》李贤注引《汝南先贤传》载："汉时袁安未达时，洛阳大雪，人多出乞食，安独僵卧不起，洛阳令按行至安门，见而贤之，举为孝廉，除阴平长、任城令。"作者在此用典继续写雪和寒，同时也是以范叔和袁安自况，抒发抱负。尾联承接上面的雪和寒而来，"新领"表示乃自己亲身感受，"先生"指作者自己，"冷官"即清闲之官，作者将"冷官"与"冰霜味"通过温度的切身体验而联系起来，这二者既是严寒的天气给人的感受，更是人世冷暖给人的感受；既然是"冷官"，那么想要像范雎和袁安那样施展抱负就不可能了，作者此诗不但写出了天气的寒，更写出了心中的寒。

题赵香宋先生诗集

昔闻广陵散，今见昆吾刀。
不有江山助，安知湖海豪。
一官牛马走，五色凤凰毛。
年少轻前辈，卑之不敢高。

【简析】

　　选自《寒斋诗稿》。赵香宋即赵熙（1867—1948），字尧生，晚年自号香宋老人，四川荣县人，于清光绪十八年（公元1892年）中进士，次年殿试名列一等。曾任翰林院庶吉士、翰林院国史馆编修、江西道监察御史等职，先后任荣县凤鸣书院山长、重庆东川书院山长、泸州经纬学堂监督（校长），尤以诗、词、书、画、戏五绝闻名于世，有《香宋诗前集》《香宋诗抄》《香宋词》等流传，后世推为"清末第一词人""四川古代最后一名大诗人"。本诗就是作者题赵香宋诗集之作。首联对仗，作者将赵香宋诗集比作广陵散、昆吾刀。"广陵散"乃琴曲名，《晋书·嵇康传》载："嵇康善弹此曲，秘不授人，后遭谗被害，临刑索琴弹之，曰：'《广陵散》于今绝矣！'后亦称事无后继、已成绝响者为《广陵散》；""昆吾刀"即用昆吾石冶炼成铁制作的刀，《海内十洲记·凤麟洲》："昔周穆王时，西胡献昆吾割玉刀及夜光常满杯，刀长一尺，杯受三升。刀切玉如切泥。"颔联继续对赵香宋诗集及其诗歌水平表达赞誉，"江山助"意思为得到江河山川的帮助才能写出好的诗文，《新唐书·张说传》载："张说善于写文章，尤长于碑志，既谪官岳州，诗多凄婉，较前为进，人谓'得江山助'"。陆游《偶读旧稿有感》："挥毫当得江山助，不到潇湘岂有诗。""湖海豪"即豪放高迈的意气，黄庭坚《送张天觉得登字》诗："湖海尚豪气，有人议陈登。"作者借张说与陈登的典故赞誉赵香宋的诗因得江山之助，而具湖海豪气。颈联写赵香宋为官时像牛马般奔波劳碌，但在艺术上则如五色凤凰般光彩夺目，在诗、词、书、画、戏等五个方面都具有极高的造诣，都取得了极大的成就。作者以"牛马走""凤凰毛"取喻，很是贴切奇妙。尾联"年少轻前辈"，语出刘禹锡《与歌者米嘉荣》："唱得凉州意外声，旧人唯数米嘉荣。近来时世轻前辈，好染髭须事后生。"作者用此典是说像赵香宋这样的前辈理应受到敬重，但如今社会上流行的风气是轻前辈重后生；"卑之不敢高"语出《汉书·张释之传》："释之既朝毕，因前言便宜事。文帝曰：'卑之，毋甚高论，令今可施行也。'"此典原意是汉文帝要张释之讲当前的实际问题，不要发空议论，现指见解很一般，没有什么高明的见解，作者用此典对轻前辈的社会风气做了有力反击，具有辛辣的反讽意味。

水仙花

闭门不复出，对此每欣然。
春满盆盂里，花开几案前。
凌波浑欲步，得水便成仙。
后日相思意，泠泠在七弦。

【简析】

选自《寒斋诗稿》。水仙别名凌波仙子、金盏银台、洛神香妃、玉玲珑、金银台等，在中国已有一千多年栽培历史，为传统观赏花卉，是中国十大名花之一。《本草纲目》记载："冬月生叶，似薤及蒜。春初抽茎，如葱头。茎头开花数朵，大如簪头，状如酒杯，五尖上承，黄心，宛然盏样，其花莹韵，其香清幽。"此诗即专咏水仙花。首联出句写作者的生活状态，对句写在悠闲而安静的宅居生活中，面对水仙花就感觉喜悦愉快，可见作者对水仙花的情有独钟。颔联写水仙花的生长环境，点明水仙花开的季节，同时通过"盆盂里""几案前"的交代，将花与人联系了起来。颈联正面描写水仙花，出句将花拟人化，写出了水仙花的神韵和风采。将此花比作凌波仙子，古已有之，黄庭坚《王充道送水仙五十枝》："凌波仙子生尘袜，水上轻盈步微月。"所以有凌波仙子的别称；对句借名敷衍，杨万里《水仙花》："韵绝香仍绝，花清月未清。天仙不行地，且借水为名。"都是在水和仙这二者上作文章，抓住了水仙花的外部特征和精神内涵。尾联借刘长卿的《听弹琴》"泠泠七弦上，静听松风寒。古调虽自爱，今人多不弹"诗意，表达即使水仙花今后谢了但自己依旧相思之意，可见其悠然神会，似别有寄托。全诗清空一气，淡雅蕴藉，特别是结尾处的化用，更增余味。

青城山望成都戏作

一碑分鬼界,九室隐仙家。
地僻疑无路,林深偶见花。
夜飞青嶂月,朝涌赤城霞。
下指人间世,真怜井底蛙。

【简析】

　　选自《青城记游诗》。青城山,一名丈人山,一名赤城山,西岳佐命之山,位于四川省都江堰市西南,为中国道教名山及道教发源地之一,因其群峰环绕起伏、林木葱茏幽翠,故享有"青城天下幽"的美誉。首联对仗,写青城山的古老与神奇,因其留有鬼城山、鬼界古碑等遗迹和文物,所以作者说"一碑分鬼界",认为青城山以碑为标志,将青城山划为"鬼界",这是因为在汉晋的历史文献中,多称张陵之道教为"鬼道",称其道徒名为"鬼卒",所谓"鬼道",亦即"鬼巫",实即巴蜀地区的古代巫教;"九室隐仙家",据宋张君房撰《云笈七签》引用唐杜光庭《洞天福地记》将青城山列为道教十大洞天中第五,名曰"宝仙九室之洞天";从这开篇两句可知青城山不但有教派,而且还有如仙家一样的高人,是名副其实的洞天福地,不论是在教中,还是在俗世,其地位和影响可想而知。颔联写景,以凸显其幽。颈联以"青嶂月""赤城霞"既写山间昼夜变幻之景,又喻其夺天地之造化、侵日月之玄机。尾联回归诗题,以"下指""真怜"表达自己置身此山,随之精骛八极,心游万仞,似乎也飘飘欲仙,对人间世事已然是一种俯视,这种写法是作者的"戏作",是作者的一种自我调侃,同时以此从侧面表现了青城山超凡脱俗的神韵对人的情绪、心境的影响。

曾缄诗 选评　ZENG JIAN SHI XUAN PING

湄公穆老见过

久住忘为客，长贫买得闲。
夕阳红处屋，春树绿中山。
花带金银气，苔凝翡翠斑。
故人幽径熟，时复欸柴关。

【简析】

　　选自《凿空集》。此诗作于雅安苍坪山作者赁居之蒙西草堂。湄公即刘湄村，穆老即程木雁，二人皆作者好友。"见过"犹来访，谦辞。首联对仗，述说此刻生活状态和心境，"久住忘为客"他乡赁居生活，时间久了，就习以为常，而忘了自己还是漂泊异乡之客，这种人生体验和生活感受与李煜的"梦里不知身是客"相似，不过李煜是亡国之痛，作者是久滞他乡之感；"长贫买得闲"是说因长久的贫困，自然无法得到什么物质上的享受，更无法去施展自己的什么抱负，只能买到一身的清闲和一大把空闲的时间，反而万事不烦心。此联说得看似云淡风轻，其实这是作者的自我调侃，抒发的是久客、长贫的无奈和苦闷。颔联写居所环境，"夕阳红处屋，春树绿中山"即所居之屋在夕阳红处，所处之山在春树绿中，用倒装手法重组语序，以增强陌生感，加深印象；同时点明季节为春天，时间为傍晚；夕阳与屋的呼应，春树与山的掩映，红与绿的搭配，构成了一幅色彩瑰丽的山居春夕图；由于清闲，自然有时间对这些景物做仔细的观察，从而对这些日常见惯的风景做出这样生动的描绘。如果说颔联写的是大景，那么颈联写的就是小景，"花带金银气"，作者于此句下自注："时山上金银花盛开"，说明此句为写实，如果只从字面理解，作者用"金银"来形容花气，也可以让人直观地感知到花气的浓烈，使缥缈的花香充满了质感；"苔凝翡翠斑"则以翡翠之色来形容苔斑，此联景虽小，却色彩浓艳，香气馥郁。尾联绾合诗题，"故人"指湄公穆老，"欤"：叹词，表示应声。"柴门"犹寒舍，正因为是经常到访的故人，所以他们到这里来串门自然是熟门熟路，以至于作者不得不经常应接他们的叩门，从这里自然可以得知他们之间关系的亲密。此诗设色秾丽，遣词典雅，写景如画，同时语带戏谑，在调侃中化凝重为生动。

月心亭附近林景幽绝记以小诗

山边一楼阁，山上几家村。
深树绿成巷，数峰青到门。
日长生夏意，花落褪春痕。
欲识此中趣，还同静者论。

【简析】

选自《凿空集》。此诗为写景之作。首联对仗，所写之景由近及远，照应诗题上的"月心亭"，重点在建筑及其与山的关系。颔联照应诗题中的林景，承接首联而来，突出其幽绝；深树因绿成巷，可见树之密、绿之浓，数峰送青到门，可见峰之近、青之显；言峰青，虽是写峰，实际上也是在写树林的覆盖及茂盛；绿与青，在这里形容词做动词用，使树和峰有了情感，绿与青不只是人的视觉感知，更是树和峰的主动行为，以此来凸显自然与人的和谐关系。颈联写于林中对季节变迁的感知，因白天变长，所以生出些许夏天的意味，因林花的凋落，所以春天的痕迹渐渐消退，由此可以看出诗人感知的敏锐和观察的细致，此所谓"一叶知秋"也。尾联议论，言此中之趣，唯静者能识，"静者"犹深得清静之道、超然恬静的人，多指隐士、僧侣和道徒。此诗以幽绝之词，写幽绝之景，成幽绝之境，达到了刘勰《文心雕龙·物色》所说"是以诗人感物，联类不穷；流连万象之际，沉吟视听之区。写气图貌，既随物以宛转，属采附声，亦与心而徘徊"的状态。

楼夜

山楼夜气澄，孤客睡薋腾。
喧枕溪如雨，窥窗月代灯。
林乌栖不动，邻犬吠相应。
寒重羁衾薄，吴绵透几层。

【简析】

　　选自《凿空集》。此诗写异乡为客的孤独。首联交代时间（夜）、地点（山楼）、人物（孤客）、事件（睡薋腾），"山楼"指山间的楼房，"夜气"即夜间的清凉之气，"薋腾"形容模模糊糊、神志不清的样子，全诗即作者在这种半醒半梦之间、欲睡未睡之间的感知与感受。颔联写如下雨一样的溪声在枕边喧响，月亮代替灯在窗前窥探，前者照应第二句，后者照应第一句，溪声如雨，可知其声之喧，而在夜里听来更是明显，山月代灯，可见其光之明，而在幽暗的室内看来尤其如此。颈联继续写躺在床上的作者的感知，"林乌栖不动"既是禽类特性，也是作者的猜想，而"邻犬吠相应"则写相邻人家的狗叫声互相呼应，此联一静一动，愈静则更显动，而愈动也更衬静，这也证明了人在夜间，其听觉相对更敏锐，对动静的感知就容易。尾联写体感，同时也是写心境。此诗写景细腻，着色冷清，用字贴切，对仗工稳，首尾呼应，借景抒情，情融景中，完成度非常高。

过二郎山宿圕牛坪

一

西得观汶岭，吾应胜右军。
大荒惟积雪，下界有重云。
石古苔俱老，松枯火自焚。
如何头半白，犹说是郎君。

【简析】

　　选自《凿空集》。圕牛坪又名团牛坪，是以前攀越二郎山途中一歇息处。这两首诗都是写行旅。此诗主要写过二郎山所见。首联将自己与王羲之做比较，认为自己比王羲之幸运，因为自己在过二郎山时得以看见了汶岭，王羲之在其《蜀都帖》说："想足下镇彼土未有动理耳，要欲及卿在彼，登汶岭、峨眉而旋，实不朽之盛事。但言此，心以驰于彼矣。"逝世那年写的《七十帖》还在说："以尔要欲一游目汶领（岭），非复常言。足下但当保护，以俟此期，勿谓虚言。"登汶岭、峨眉是王羲之晚年的一大愿望，但因其五十九岁在会稽去世，这一愿望最终没能实现；"汶岭"即岷岭，指岷山，张说《再使蜀道》诗："青春客岷岭，白露摇江服。"卢纶《送从舅成都县丞广归蜀》诗："褒谷通岷岭，青冥此路深。"颔联通过"大荒惟积雪"言其荒寒，通过"下界有重云"状其高峻，前者"大荒"为横向视野，后者"下界"为纵向视角，都是远景、大景。颈联写石与苔、松与火的内在联系，石古苔老是并列关系，松枯火焚是因果关系，"俱""自"下得精准，此联突出此山的原始与荒凉，同上联相比，这是近景、小景。尾联写二郎山，作者对其发问：怎么头都白了一半，还说是郎君呢？"头半白"本来是指因积雪而白的山峰，这里借指人因年老而白

063

发,"郎君"本来是妻对夫的称呼或对青年男子的尊称,这里借指以二郎为名的山(即二郎山),这是戏谑之语,是作者跟二郎山开玩笑。

二

足迹遍诸蛮,匆匆往复还。
五经九折坂,三上二郎山。
霜叶红随步,晴峰玉炼颜。
今宵眠板屋,梦冷白云间。

【简析】

　　选自《凿空集》。此诗主要写过二郎山之行。首联概述近年行迹,"遍"言足迹范围之广,"匆匆"状风尘仆仆之态。颔联承接上联而来,是对上联的具体说明,"九折坂"亦称"邛崃坂""邛道",今四川荥经西南大相岭山南坡山道七十四盘,《旧唐书·地理志》:"荥经,汉严道县地。武德三年,置荥经县。县界有邛崃山、九折坂、铜山也。"作者先后曾在当时西康的雅安和康定等地工作,九折坂和二郎山是往返两地的必经之地,所以有"五经""三上"这样"往复还"的经历。颈联写路上之景,"霜叶"句点明季节,同时也是对一路上"霜叶红于二月花"之景的描写,"晴峰"句点明地点,"玉"指雪,这里借代白色,与上句的"红"相对,"炼颜"指经过修炼而常葆青春的容颜,李白《桂殿秋》:"河汉女,玉炼颜,云軿往往在人间。"尾联照应诗题,以"梦冷白云间"作结,点出住宿地之高,作者由此也想象到其地夜间之冷,同时因为感受深刻,作者认为白天所见所历一定会在今夜的梦中重现。

游龙洞庵同谭创之作

偶动登临兴，同寻缥缈峰。
岩扉藏白石，山径转青松。
花落禅房静，云深佛殿重。
下方成隔世，时送一声钟。

【简析】

　　选自《红棠翠筱轩杂稿》。龙洞庵，在雅安蔡山（周公山）上，为雅安古八景之首。谭创之，荥经人，曾任《国民公报》主笔，四川教育界名士。此诗记龙洞庵之游。首联叙此游为偶然动兴而为，是一次说走就走的旅行，"缥缈"：高远隐忽而不明之意，白居易《长恨歌》："忽闻海上有仙山，山在虚无缥缈间。"诗中的缥缈峰指周公山，因其隐隐约约，若有若无，故用"寻"字，"同"字扣题，指明是与谭创之同游。颔联描写龙洞庵环境，"岩扉"指岩洞的门，孟浩然《夜归鹿门歌》："岩扉松径长寂寥，惟有幽人夜来去。""白石"指传说中的神仙的粮食，刘向《列仙传·白石生》："白石生，中黄丈人弟子，彭祖时已二千余岁……尝煮白石为粮。"韦应物《寄全椒山中道士》诗："涧底束荆薪，归来煮白石。"苏东坡《独酌试药玉滑盏有怀诸君子明日望夜月庭佳景》诗："镕铅煮白石，作玉真自欺。""山径转青松"有"曲径通幽处"的意味。颈联正面描写龙洞庵，"花落禅房静"以花的凋落衬托禅房的幽静，与"禅房花木深"描写禅房的幽深相比，各臻其妙，但在表达上似乎比常建的直接陈述要更加深曲；"云深佛殿重"则以迷蒙邈远的云烘托重重叠叠的佛殿，使其更显神秘莫测。尾联写自己身处庵中，感觉山下与这里已经不在同一时空，唯庵中偶尔传出一声钟声，正是这一记钟声，使此诗也更加余音袅袅。全诗将一些典型的意象巧妙地组合在一起，运用衬托、渲染等手法，营造了一座深山禅寺幽寂而超然的境界，语言精练，情蕴景中，意境幽深，韵味悠长。

巡视雅富公路工程深悯民劳作三首

一

为图周道直，万斧伐丘山。
西接三危地，南通六诏蛮。
泪丝悬绝壁，汗雨落层峦。
怊怅工棚客，有家何日还。

二

嗟尔亦人子，胡为身独劳。
胼胝四肢裂，邪许万声嚣。
月露浸衣袂，秋霜点鬓毛。
兵戈兼力役，不信死能逃。

三

几见人间妇，开山代女红。
轻躯缒鸟道，纤手劈鸿蒙。
雾鬓峰螺外，霜容水镜中。
征求今到汝，体国愧公忠。

【简析】

选自《骢马集》。1939年1月1日西康省正式建省后，雅富公路开始筹修，即由雅安经荥经泗坪翻越泥巴山，过清溪、九襄到达富林，全长

158公里。1940年秋，西康省交通局设立"雅富、汉泸公路工程处"于雅安，11月，征调雅安县民工10000人，先在雅荥段动工，荥经、汉源两县共征调8000人，于次年3月陆续上路，年底路基形成。1942年5月，雅荥间44公里勉强修通，但不能通车。1943年，西康省政府征调雅安民工5000人、荥经2500人，于当年11月动工铺整路面。在此期间，作者任雅安县长，这组五言律诗即作者巡视雅富公路工程时所作。

第一首诗首联即叙修路的缘起及动用人力的众多，"周道直"，语出《诗经·小雅·大东》："周道如砥，其直如矢。"颔联写此路修通后将带来的交通便利，"三危"：古代西部边疆山名，《尚书·禹贡》："三危既宅。"孔传："三危为西裔之山也。"《尚书·舜典》："舜流共工于幽州，放欢兜于崇山，窜三苗于三危，殛鲧于羽山，四罪而天下咸服，诛不仁也。""六诏"指唐代西南夷六个部落的总称，在今四川及云南二省交界地，即蒙巂、越析、浪穹、邆睒、施浪、蒙舍（蒙舍处最南，也称为"南诏"）陆游《晚登横溪阁》诗："瘴雾不开连六诏，俚歌相答带三巴。"颈联写民工既流汗又流泪的艰苦与辛酸，"绝壁""层峦"见施工难度。尾联写民工想家的怅惘心情，"工棚客"如实表现民工当时状态，新词入旧体。

第二首诗首联以"嗟尔亦人子，胡为身独劳"发表感慨。颔联出句写劳动状态，"胼胝"即厚茧，"四肢裂"，见劳动强度；对句写工地场景，"邪许"，众人共同致力时的呼声，俗称"号子"，语出《淮南子·道应训》："今夫举大木者，前呼邪许，后亦应之，此举重劝力之歌也。""万声嚣"，见民工之众多，进而可知工程的浩大和难度。颈联以"月露浸衣袂，秋霜点鬓毛"描写民工披星戴月、历暑经寒的劳动状态，从中可见民工的艰苦。在前面铺垫下，尾联议论，说这些人不但遭遇战乱还须服劳役，兵戈与力役这两者叠加，最终注定难逃一死。

第三首诗写女民工。首联以"几见人间妇，开山代女红"设问，"几见"：何曾见之意，按传统的社会分工，妇女一般都负责在家相夫教子，操持家务，承担的是针线、纺织、刺绣、缝纫等工作，何曾看见有妇女从事开山这一艰巨繁重体力活的呢？"女红"也作"女工""女功"，刘启《景帝令二千石修职诏》："农事伤则饥之本也，女红害则寒之原也。"颔联用"轻躯缒鸟道，纤手劈鸿蒙"描写妇女劳动时情景，"鸟道"：只有飞鸟能经过的小路，比喻险绝的狭隘山道，李白《蜀道难》："西当太白有鸟道，可以横绝峨眉巅。""鸿蒙"：古人认为天地开辟之前是一团混沌的元气，这种自然的元气叫作鸿蒙，此联谓妇女以轻躯缒挂于鸟道，用纤手开天辟地，轻躯之于鸟道，纤手之于鸿蒙，二者形成强烈对比，二者的较劲，胜负结果不言而喻，但前者仍然不自量力地与后者死磕，欲将不可能变成可能，可见其惨烈。由此作者于尾联感叹，征用劳力都到了你们女流之辈，这是我们这些官员有愧于公平忠实啊！

　　这组诗围绕"深悯"二字，从正面和侧面，对"民劳"做了细致而真实的反映和表现，于字里行间表达了对劳动人民的深深同情，也表达了自己深深的愧疚。

再至雅安酬木雁前次叠韵见怀之作

小别苍坪已十年，重来景物尚依然。
千金敢望昭王市，一饭虚邀漂母怜。
率土分崩沧战伐，故人高卧在林泉。
知君老恨山河改，回首长安在日边。

【简析】

　　选自《寸铁堪诗稿》。此诗是曾缄与好友木雁叠韵酬答之作。木雁，即程木雁（程穆庵），是清末湖北汉阳令、武昌通判、著名书家顾印伯门弟子，南京大学教授、著名学者、诗人程千帆之父。曾缄重至雅安，游故地，怀故人，不禁感慨万千。首联即兴物是人非之叹。苍坪即雅安的苍坪山，乃作者与好友木雁昔日盘桓之地。小别：暂别。作者感觉上次离开这里，中间只隔一瞬，而今日故地重游，才猛然惊觉时间已经过去十年了。虽逝者如斯，但景物依然，那么，与友人同游此地的情景当然历历在目。而今独游此地，怀友之情油然而生，且更加浓郁。颔联连用两个典故，表达自己难为世用、有负所望之意。"千金敢望昭王市"，指燕昭王千金购千里马骨以求贤的故事。敢，这里是谦辞，不敢、岂敢的简称，因而敢望在这里是不敢奢望的意思。此句意为自己不是千里马，所以不敢奢望被昭王所用，当然这是作者自谦之辞。"一饭虚邀漂母怜"，指韩信落难时受漂母一饭之恩，封王后以千金为报的故事。虚邀，白白获得之意。此句意为自己不能像韩信那样建功立业，所以愧对好友的支持、鼓励及厚望。颈联分写沉沦于战伐而分崩离析的时局与高卧于林泉的故人，前者令人忧虑甚至痛心疾首，后者则让人悠然神往。尾联用东晋明帝"举目见日，不见长安"的典故，推己及人，设身处地地体会到好友身处乱世，欲回故乡而不得之恨，照应题面，怀友之情溢于言表。全诗运用时空的阻隔、人事的变迁、现实与理想的对立，运用这些尖锐的冲突，表达作者面对现实的那种无力感，以及自己对时局深沉的忧虑，同时也表达了对好友的怀念之情。

久旱不雨而官府催科甚急感赋此诗

帝女行云不下来，一时荒旱忽成灾。
狂泉岂救苍生渴，焦土犹扬战地灰。
国以兵戎致凶岁，天将号令付喑雷。
诸公征敛开奇绩，直到偕亡未竟才。

【简析】

　　选自《寸铁堪诗稿》。本诗作于1949年前，诗题有三层意思，一是久旱不雨，二是官府催科甚急，三是作者对此拍案而起，感而赋诗。催科，催索赋税，《宋史·卷一六三·职官志三》："狱讼无冤、催科不扰，为治事之最。"陈继辂《催科》诗："催科沿陋习，县官利赢余。"首联用宋玉《高唐赋》有关巫山神女之典，但仅仅用其字面意思。荒旱成灾，照应诗题之久旱不雨。颔联出句写天灾，对句写人祸。狂泉，传说中使人饮后发狂的泉水，《宋书·袁粲传》："昔有一国，国中一水，号曰狂泉。国人饮此水，无不狂。"因天灾而造成苍生渴；焦土，被烈火烧焦的土地，常用以形容因战争而受到彻底破坏的景象。一"岂"字，反诘，透露出作者强烈感情。一"犹"字,可见战事还在持续,没有结束,表达战祸之深重。此联写苍生不仅遭遇天灾,而且更遭遇人祸,其惨状可知。颈联分承上联。兵戎给国家带来的是凶岁,此为人祸之因。凶岁,即凶年、荒年,《孟子·告子上》:"富岁,子弟多赖;凶岁,子弟多暴。"天只将号令授予哑雷故而无雨,此为天灾之因。尾联照应诗题,更进一步揭露人祸,点明作者感而赋诗的原因,表达作者悲愤之情。本来苍生在天灾人祸之下已经苦不堪言,而各位官吏不但不体恤民情,救民于水火,反而横征暴敛,甚至还在催科上创造出不平凡的业绩,使苍生雪上加霜,并且这种不顾苍生死活的竭泽而渔,不到一起灭亡那天不会停止!偕亡,即同归于尽,《尚书·汤誓》:"夏王率遏众力,率割夏邑。有众率怠弗协,曰'时日曷丧,予及汝偕亡。'"全诗感情激越,力透纸背,对天下苍生饱含深情,对天灾特别是人祸进行了无情的揭露与批判,表现出作者的正直与善良。

将过木雁山居先之以诗

寄语北郊程处士,速开三径待高朋。
芦山绿菜何妨煮,丙穴嘉鱼好自烹。
红日任从花外落,白云应傍酒边生。
雅州城畔空千户,只有君家不世情。

【简析】

选自《寸铁堪诗稿》。本诗写与好友程木雁之间深厚而率真的友谊。将过,将要前往拜访、探望之意。山居,山上的居所。作者即将去木雁的山居拜访,身未动,而诗先行。首联及颔联皆作者给北郊程处士的"寄语"，即告诉你程处士，请马上将三径打开，好招待、接待我这个高朋。三径，典出汉·赵岐《三辅决录·卷一》，说汉代蒋诩辞官不仕，隐于杜陵，闭门不出，舍中竹下三径，只有羊仲与求仲出入，后以三径比喻隐士居处。正因为我是你的高朋，所以必须将三径打开，并且还要把芦山的绿菜煮好，把丙穴的嘉鱼烹好。作者这样大呼小叫地吩咐友人盛情款待自己，在朋友面前，作者一点没客气，没把自己当外人，说话很随便，不客套拘礼，从这里可以看出作者与木雁感情非同一般，也可感受到作者率真直爽、天真浪漫的性格。颈联乃想象二人见面后的场景。红日与白云，切山居之境；对花把酒，自然好心情。红日映花，显心情愉悦，白云傍酒，显情趣高雅。通过一落一生，作者想象二人美好的相聚将不会在意时间的流逝。尾联直接表达对好友的赞誉，与李白《赠汪伦》"桃花潭水深千尺，不及汪伦送我情"类似，都是用比较的手法，来突出友人那世所罕有之情。李白将汪伦之情与深达千尺的潭水作比，妙在"不及"二字；曾缄将君家与雅州千户相比，以突出好友热情好客的性情和深厚诚挚的友情，妙在"只有"二字。"只有"在气势上斩钉截铁，具有强烈的排他性，表示独一无二，李白《独坐敬亭山》："相看两不厌，只有敬亭山"就是如此。

偶成

濩落生涯漏阁东，干戈满地一诗翁。
和愁白水流荒裔，攒恨苍山塞远空。
小雨有情苏渴稻，狂飙何意转枯蓬。
步兵枉作回车想，自古长途未易穷。

【简析】

　　选自《寸铁堪诗稿》。本诗作于1949年前,《偶成》这类标题一般表示是作者偶有所感、发而为诗,本诗亦然。首联交代时代背景及作者所处之境,即一诗翁(指作者自己)在干戈满地的时候,于漏阁之东过着濩落的生活。濩落,原谓廓落,这里引申谓沦落失意。漏阁,即神禹漏阁,在今芦山飞仙关境内,唐宋时建,世传为大禹治水遗迹,《四川通志》《雅州府志》《芦山县志》等典籍均有记述。颔联用白水和苍山两个意象,极写作者的愁和恨的深重,以至于充塞天地。荒裔,指边远的地方,左思《魏都赋》:"列宿分其野,荒裔带其隅。"颈联以渴稻和枯蓬自喻,虽然有情的小雨可以稍稍让渴稻回缓过来,但毕竟太小,不能从根本上完全解决问题;而狂飙到底是什么意思,偏要将枯蓬四处迁徙呢?蓬本来就轻巧纤弱,何况是干枯之蓬,而飙本来就是暴风,何况是发狂的暴风?小雨之于渴稻,无异杯水车薪;狂飙之于枯蓬,当真摧枯拉朽。作者之无奈、无助及无力,可见一斑。尾联用阮籍穷途之哭典,《晋书·阮籍传》:籍"时率意独驾,不由径路。车迹所穷,辄恸哭而反。"阮籍驾车出游,路不通时就痛哭而返,而曾缄在这里更进一步说不要妄想能像阮籍那样途穷而返,因为自古以来长途是不容易走到头的。由此可知,曾缄的愁和恨,比起阮籍的穷途之哭,就更加让人沉痛,更加让人绝望。

山寺

郁郁云松护法幢,鳞鳞雪岭映轩窗。
阶前天色三千界,夜半钟声八百撞。
蜀相纶巾祠别馆,夏王羽葆对西江。
近来逭暑思登陟,拟办游山屐一双。

【简析】

选自《寸铁堪诗稿》。此诗写山寺，此山应为雅安的周公山。首联以一对仗句，先从山寺环境写起，山寺的法幢有云松相护，轩窗有雪岭相映。郁郁，茂盛的样子；鳞鳞，形容像鱼鳞一样层层排列。山寺周围环列掩映的是云松和雪岭，可见其位置高、堂奥深、环境幽。颔联特别选写山寺阶前之天色、夜半之钟声，表现山寺与俗世的对应和联系。山寺虽小，但包罗万象，反照的是大千世界，其夜半钟声，每一声响都是对世人的警醒。此联结构与黄山谷"桃李春风一杯酒，江湖夜雨十年灯"相同，纯粹几个名词的组合，却构成极其开阔而宏大的意境，包涵极其深厚和广博的含义，产生出极其强大的张力。颈联将与本地有关联的两个历史上著名的人物拉来，一是蜀相诸葛亮，一是夏王大禹。相传诸葛亮南征经过雅安的蔡山时，于山麓夜梦周公授计，从而征战获胜，因此将蔡山更名周公山，后人更建祠以祀。相传夏王大禹在巴蜀治水，足迹广泛，主要集中在涪江、岷江（主要是青衣江）、川江流域，而大禹在青衣江流域治水最为深入执着，功绩卓绝，古人称之为"与导岷同功"，"而微神禹疏凿之功，则天、荥、芦三县，其不为鱼蛤也者几希矣。"现今青衣江飞仙关下侧一段天堑称多功峡，是当地百姓为纪念大禹治水功多而取。青衣江支流周公河与周公山有关，《尚书·禹贡》记载："蔡蒙旅平，和夷厎绩。"蔡即蔡山，蜀汉时易名周公山，蒙即蒙山，与蔡山相峙，而据《尚书·禹贡》记载，周公山为大禹所祭之地。如果说前面两联主要是写寺的话，那么颈联主要就是通过历史故事和民间传说来写山，突出其历史文化的深远与厚重。在这里，山与寺都自有其深刻内涵，从而交相辉映，相得益彰。也正因为如此，尾联自然水到渠成，顺势表达出作者"思登陟"的愿望。全诗内涵丰富，结构严谨，气势宏大，用险韵却不觉局促，实为佳作。

赴康定

雪山高处唤登临，关塞苍茫驿路深。
严武幕中容杜甫，本初弦上著陈琳。
輶轩西域三通绝，羽扇南征七纵擒。
我亦虎头堪食肉，可怜投笔负初心。

【简析】

选自《寸铁堪诗稿》。康定是西康省省会，作者曾经做过西康省长刘文辉的秘书，自然应该跟随在长官身边，其工作地点当然就在康定。此诗写赴康定途中的心情。首联写此次赴康定之因及沿途所见。"雪山高处唤登临"，作者赴康定乃是应雪山高处之唤，暗示此行是上峰的命令，也表示此行的目的地——康定，就在雪山的高处；"关塞苍茫驿路深"，既描写旅途的艰险，也表达作者心情的沉郁。颔联以杜甫和陈琳自比，用杜甫在安史之乱中逃难到成都，受剑南节度使严武接济、推荐的故实，同时用"建安七子"之一的陈琳受袁绍（字本初）接纳入幕、使典文章的故实，既表达自己的感激之情，同时也表达自己将奋发作为以报知遇之恩的决心。颈联仍然用典，"輶轩"指使臣的轻车，这里代指班超父子，"西域三通绝"指东汉时期西域经与内地的"三绝三通"，最终归入祖国怀抱的曲折历程。"羽扇"这里代指诸葛亮，陈寿《三国志·蜀志·诸葛亮传》："亮率众南征，其秋悉平。"裴松之注引《汉晋春秋》："亮笑，纵使更战，七纵七擒，而亮犹遣获。"作者用班超和诸葛亮自比，表达建功立业的心情。尾联依然用典，"我亦虎头堪食肉"用班超典，《后汉书·班超传》："（超）行诣相者……相者指曰：'生燕颔虎颈，飞而食肉，此万里封侯相也。'"此言自己也是能像班超那样万里封侯的；"可怜投笔负初心"，仍然用班超典，《后汉·班超传》载：（班）尝辍业投笔叹曰："大丈夫无它志略，犹当效傅介子、张骞立功异域，以取封侯，安能久事笔砚间乎？"此言投笔从戎并非自己初心，作为一介书生，自己最初对自己的期许最多也就是像杜甫、陈琳那样就不错了，还没有班超的志向那么高远宏大，而这次却有了万里封侯的机会，所以心里不免有些惴惴。诗题"赴康定"，却对一路的风景着墨甚少，全诗重点抒写自己一路的所思所感，重在抒情言志，同时用典贴切，对仗工稳，境界开阔，气象庄严，而风格沉郁顿挫，是一首经典的七言律诗。

陪湄公雅郊散步

东郊结侣恣幽寻，十里平芜入望深。
桃李连村铺画锦，芸台匝地冶春金。
群飞野鹭明如雪，新筑江桥卧似琴。
今日严邮饶胜概，不堪应接忆山阴。

【简析】

　　选自《寸铁堪诗稿》。湄公，即刘芦隐（1894—1969），字湄村，江西永丰人。"雅郊"即雅安郊外。起句点题，"东郊"，地点，"结侣"，人物，"恣幽寻"，事件，几个要素全部具备。次句承接起句，同时引领后面，此为七律一般作法。"十里平芜"，东郊地貌特征，后面的景物即紧扣此特征而加以描写刻画。中间两联写景，承接"入望深"而来。"桃李连村铺画锦，芸台匝地冶春金。""桃李""芸台（油菜）"，点明季节；"连村""匝地"照应"入望深"，渲染桃李和芸台的规模；"铺画锦""冶春金"，描绘其色彩。"群飞野鹭明如雪，新筑江桥卧似琴。"以野鹭群飞，暗示生态好；江桥新筑，说明人力勤；一动景一静景。尾联将此地与东晋时的山阴比较，认为此地的风景或环境同样美好，让人应接不暇，同时也应有将自己此次与湄公在雅郊的散步与当年的山阴人物活动相媲美之意，典出刘义庆《世说新语·言语》："王子敬云'从山阴道上行，山川自相映发，使人应接不暇。若秋冬之际，尤难为怀'。"

始过平羌渡铁索桥

平羌江水碧潾潾，瘦铁清环照眼新。
绳系秋千摇渡口，梭穿机杼送行人。
高盘鸟道摩霜翮，倒射龙宫晕黑鳞。
能令飞琼通一顾，步虚何惜梦中身。

【简析】

选自《寸铁堪诗稿》。平羌渡，在流经雅安城的青衣江上，得名于蜀汉，属雅安八景之一，是原雅州南来北往的重要渡口。平羌渡铁索桥，是西康时期雅安城区青衣江上唯一的一座桥梁，于1942年动工建造，1944年竣工通行，为三跨两墩的人行铁索桥，当时叫"文辉桥"。此诗写作者过桥时的所见所感。首句"平羌江水碧潾潾"写江中之水，次句"瘦铁清环照眼新"写江上之桥，而且用"瘦铁清环"点明是铁索桥。三四句正面写桥，"绳系秋千摇渡口"，以"绳系秋千"紧扣铁索桥的特点，状其形与貌，而"摇"则是人行在铁索桥上的感觉。四句"梭穿机杼送行人"，以"梭穿机杼"形容桥的繁忙，明其功与效。五六句侧面写桥，以"高盘鸟道摩霜翮"言其高，以"倒射龙宫晕黑鳞"状其摇，仍然紧扣铁索桥的特征，用"摩霜翮""晕黑鳞"来极力渲染，同时这也是作者过桥时的感受。正是因为这种强烈的感受，所以作者非常肯定地认为此桥"能令飞琼通一顾，步虚何惜梦中身。"能够引得飞琼（仙女名，后泛指仙女）大驾光临，不惜梦中身而凌空在桥上走一走，从而把对这座铁索桥的赞美推向了极致。全诗写铁索桥这一新生事物，使用了多种艺术手法，既有正面刻画，也有侧面描写，既有现实，也有想象，既有实写，也有夸张，让全诗风姿摇曳，多彩多姿。

喜霁

漏天收雨放春晴，豁眼关河气象更。
一道穿云通绝域，千岩拥树薄孤城。
不趋幕府疏人事，久住山庄习鸟声。
自笑此生闲未彻，小亭凭槛又诗成。

【简析】

选自《寸铁堪诗稿》。诗题《喜霁》，即因霁而喜，全诗围绕"喜"字着墨。起句"漏天收雨放春晴"即照应诗题上的"霁"，同时点明时令。"漏天"，地名，在今雅安县境，其地多雨，故称。杜甫《陪章留后侍御宴南楼得风字》诗："朝廷烧栈北，鼓角漏天东。"杨伦笺注："《梁益记》：'雅州西北有大、小漏天，以其西北阴盛常雨，如天之漏也'。"次句"豁眼关河气象更"写雨后初晴，关河如洗，气象一新，让人视野开阔。三四句写豁眼所见，穿云之道远通绝域（隔绝难通的边远地方），拥树之岩紧薄（通迫）孤城。通往绝域之道唯一，可见山崇岭峻，故域能称绝；紧迫孤城之岩上千，可见岩多峰密，故愈显城孤。道穿云，既见道之险，也可见道之顽强决绝；岩拥树，则又于一片孤绝之景中显出不尽生气。五六句转而写人，因不趋幕府，所以人事就疏远了，因为久住山庄，所以鸟声也熟悉了。幕府人事，是生活所需，山庄鸟声,是心之所向。一"不趋"一"久住",则作者的态度和喜好就一清二楚了。七八句写作者因又有诗成,所以责怪自己闲得还不彻底,故而自笑,实际上也是作者另一种方式的自矜,从这里我们同样可以感受到作者此时悠然自得、轻松自适的情绪和心境。

与穆老及湄公父子、梁氏兄弟游金凤寺四首

一

漂泊西南君莫哀,且寻胜赏上崔嵬。
深山佛在龙长绕,故国台空凤不回。
桑海人间俄已变,林花方外暮还开。
梁家兄弟真能事,捷取飞亭作画材。

【简析】

　　选自《寸铁堪诗稿》。本诗作于1949年前,穆老,即程木雁(程穆庵),湖南宁乡人;湄公,即刘芦隐(字湄村),江西永丰人;梁家兄弟,指梁鼎铭、梁中铭、梁又铭,广东顺德人,是国民党军中三位著名画家,被称为"梁氏三兄弟",他们主要从事油画战史画创作。金凤寺位于雅安金凤山,始建于唐,盛于宋,寺重建于明。首联"漂泊西南君莫哀,且寻胜赏上崔嵬","君"指同游的穆老等人,他们都不是四川人,所以说"漂泊西南"。因有胜赏可寻,有崔嵬可上,所以作者劝大家不要因漂泊西南而自哀。颔联写金凤寺,"深山佛在龙长绕"之深山,承接上联之崔嵬,寺处深山,佛亦随之,因佛在,故此地"龙长绕",这不是凭空而说,是有根据的,因为金凤寺原名石龙寺,取寺前"以石龙山为案"而名,后因山形似凤翥,故有"金凤"之称,石龙更名金凤,始有金凤寺之

称。"故国台空凤不回"仍然写"胜赏"之所见,"故国"指旧地,这里如今是台已空、凤不回,令人顿生今昔之感。颈联"桑海人间俄已变,林花方外暮还开"将人间与方外对比,人间是顷刻间已经沧海桑田,而方外则是林花在黄昏的时候都依然开放,人间易变,方外永恒。尾联挽回诗题,照应首联,既赞梁家兄弟之才,同时也是对美景的侧面赞美。全诗内涵丰富,既有对朋友的宽慰和赞许,也有对美景的欣赏和感悟,特别是中间两联,善于抓住景物的特点进行描写,既不空洞,又发人深思。

二

刘侯爱画有儿郎,挟策亦登溪上堂。
八十随形图古佛,两行怒目写金刚。
嗣君墨戏自潇洒,乃父诗篇皆老苍。
流窜严邮多暇日,频来山寺礼空王。

【简析】

　　选自《寸铁堪诗稿》。本诗写同游的刘芦隐父子。诗中的刘侯,即刘芦隐,因反蒋,先后被关在武汉、成都。1938年日本飞机滥炸成都,他得到西康省主席刘文辉的关照,又被送到雅安。在雅安,刘芦隐诵经作诗、绘画写字,并将卖字得来的钱用于修缮古刹金凤寺,至今寺内还存有他的不少墨宝。1948年,他回到成都,蒋介石下野时,李宗仁邀请他任国策顾问,他婉言拒绝,来到雅安仍然过着诗酒书画的日子。首联直接交代要写之人,即刘侯的儿子,说他"挟策(手拿书本)"也随大家一起来游览金凤寺。这里特别突出了他"爱画"和"挟策"两个特点,"爱画"为已知,"挟策"是这次同游所见,就此可知湄公之子也是一个手不释卷之人。颔联正面写湄公之子在绘画上的造诣,"八十随形图古佛",此处用佛教典故,"八十随形",佛教认为,佛陀庄严色身中显而易见、一目了然的特征称为"相",约略可分为三十二种,叫作"三十二相";细微难见,不易察觉,而能使人生起欣喜爱乐之心的,就称为"好",共有八十种,叫作"八十种好",由于这八十种好是随三十二相而有,所以又称为"八十随形好"。"两行怒目写金刚",据《太平广记》卷一七四引《谈薮》:"金刚怒目,所以降伏四魔;菩萨低眉,所以慈悲六道。"怒目金刚,乃金刚惯常形象。这两句紧扣金凤寺和湄公之子的爱画、善画,以其画出了古佛的八十随形好和金刚的两行怒目,赞扬其绘画技艺的高超。颈联分写湄公及其儿子。"嗣君墨戏自潇洒"中的"嗣君"即湄公之子,"墨戏"指随兴而成的写意画,作者以"潇洒"评价其画。"乃父诗篇皆老苍"中的"乃父"指湄公,这里称许其诗篇为"老苍"。年轻人的画"潇洒",老年人的诗"老苍",皆各符其年龄身份,也都是赞誉之辞。尾联交代这次出游的原因。"流窜严邮多暇日,频来山寺礼空王"中的"流窜",意思是四处流亡逃窜,"严邮"指雅安,"空王"即佛。此诗化用佛典,以画为中介,既扣寺,又赞人,可谓恰如其分,相得益彰。

三

恶僧真空据此寺,多为不法,穆老有诗哀之。今真空已为邦人逐去,寺复振。

为问头陀空不空,周妻何肉乃相同。
诸君攘臂双林肃,开士发心三宝崇。
万鸟树间鸣佛法,一铃塔顶语天风。
昔时叹息今欢抃,忙煞题诗十七翁。

【简析】

选自《寸铁堪诗稿》。这首诗写发生在金凤寺的一段故事。首句劈头发问"为问头陀空不空?""头陀"指曾经占据金凤寺多为不法的恶僧真空,问"空不空",既点出恶僧之名,又是用佛家语反讽真空的不空。"周妻何肉乃相同"用典,"周妻何肉"语出《南齐书·周颙传》:"(颙)清贫寡欲,终日长蔬食,虽有妻子,独处山舍……时何胤亦精信佛法,无妻妾。太子又问颙:'卿精进何如何胤?'颙曰:'三涂八难,共所未免。然各有其累。'太子曰:'所累伊何?'对曰:'周妻何肉。'"后因以喻食色之欲。这里指出真空像周妻何肉一样,是不空的。颔联"诸君攘臂双林肃"中的"诸君"指邦人,"攘臂"即捋起袖子、伸出胳膊,形容激动奋起的样子,"双林"借指寺院,此句叙邦人将恶僧逐去之后,寺院重新恢复庄重严肃。"开士发心三宝崇"中的"开士"乃僧人的敬称,"发心"亦佛教语,谓发愿求无上菩提之心,亦泛指许下向善的心愿,"三宝"指佛、法、僧,后以指佛教。上句从邦人角度写的,而这句则是从僧人的角度写的,二者齐心合力,使这里重新恢复秩序,让佛家更加尊崇,两句意思相近但角度不同。颈联描写"双林肃""三宝崇"的景象,"万鸟树间鸣佛法,一铃塔顶语天风。"既是眼前景,也是心中悟。这种比兴手法的运用,巧妙地将景物与禅意和谐地融为一体,使景物显得更加生动、灵动、飞动。尾联今昔对比,表达作者喜悦之情。

四

村中刘翁致腌鸡新茶二事,梁君为湄公穆老及余画像,唯余像耗墨最多。

甚矣吾衰济胜难,强随公等历层峦。
山僧不识曾来客,野老犹怀旧长官。
消渴有人分绿荈,写真到我费乌丸。
风情直效黄观察,金凤留连意未阑。

【简析】

　　选自《寸铁堪诗稿》。这是这组诗的最后一首，主要写这次出游所历所感。首联即发感慨："甚矣吾衰济胜难"，直接借用孔夫子"甚矣，吾衰也"原话，不过孔夫子感叹的是不复梦见周公，作者感叹的是"济胜难"。"济胜"犹取胜，也有攀登胜境之意。在这种情况下，自己仍然"强随公等历层峦"。颔联"山僧不识曾来客，野老犹怀旧长官"写所历，山僧因斩断红尘，所以见到这一行曾经到访过的客人，却已经不认得了，可见其悠然物外；而野老还记得作者这个曾经任过雅安县长的旧长官，所以有村中刘翁送来腌鸡新茶相待之举，可见其淳朴厚道。颈联继续写所历，"消渴有人分绿荈"，"消渴"在这里不是指消渴病，而是解渴之意，"荈"指茶的老叶，即粗茶。此句可以看出野老刘翁的真性情，也可看出作者的好人缘。"写真到我费乌丸"转而写同行之人，他们不止看山看水看风景，还一路绘画，尽显文人雅趣。"写真"指画像，"乌丸"是墨的别名。因作者胡须多，所以画像时费墨就多。此联对仗极为工稳。尾联绾合诗题，表达自己也想像黄观察一样，对金凤寺流连不舍。黄观察即黄云鹄（字翔云，湖北省蕲春人，近代国学大师黄侃之父，清咸丰三年进士出身，官至清廷二品大员，历任四川雅州太守、四川盐茶道、成都知府、四川按察使等职，清咸丰、同治、光绪年间著名学者、经学家、文学家、书法家），据说，黄云鹄出差雅安，趁便到当地名胜金凤寺一游。他到金凤寺，就和一位能诗的和尚酬唱甚欢，以至于流连多日。上司和幕僚将黄云鹄耽误公干的事，归结为"流连金凤"。而朝廷更是误解，将寺名金凤解为"妓女金凤"，对黄云鹄大加申斥。黄云鹄对此极为不满，辞官不做而举家迁回了湖北。黄云鹄与金凤寺的这段纠葛，以及其潇洒不羁的风情，作为黄侃弟子的作者，自然十分向往，所以也想效法。

孰为

孰为为之孰致之，民穷国敝已如斯。
士艰糊口仍佣力，我愧心闲尚赋诗。
泽涸蛟龙皆委顿，室空鼷鼠亦饥疲。
人间何世伤今日，直到西山薇尽时。

【简析】

　　选自《寸铁堪诗稿》。本诗作于1949年前，这是一首时事诗。首联"孰为为之孰致之，民穷国敝已如斯。"以一倒装进行设问，但作者没有直接作答。民穷国敝，是现实、现状，而造成这种现实、现状的原因，作者则留给读者自己去思考和探究。开篇引而不发，既有天风海雨逼人之势，也有势大力沉的效果。颔联具体写在民穷国敝的状态下士人的状况，士为糊口而仍佣力，所以艰；我因心闲而尚赋诗，所以愧。"佣力"，谓受雇出卖劳力。颈联用比拟手法，继续写民穷国敝之态。泽涸了，即使如神气高傲的蛟龙也不免委顿；室空了，至于像鼷鼠这类家鼠，更是陷入饥疲之境。到了民穷国敝的地步，无人能够幸免，无人能置身事外。尾联用西山采薇典故，抒发作者之伤，表达对家国的深深忧虑，对国事不可为的深沉无奈。因作者认为这是人间最不堪的时期，因而作者伤心欲绝，甚至流露出与尔偕亡之意。全诗先后用设问、对比、比拟、典故等手法，使对现实的描写和作者情绪的表达更生动、更具体，从而使全诗更有感染力，可谓力透纸背。

龙洞庵作

一峰凝碧傍丘陵,楼观凌虚喜再凭。
远水旧劳秦守凿,好山先有夏王登。
深湫白昼潜神物,怪壁中宵走佛灯。
我到此间疑世外,不知朝市有亡兴。

【简析】

　　选自《寸铁堪诗稿》。龙洞庵始建于明朝嘉靖年间,位于雅安市雨城区南郊乡,距城2公里左右,背靠周公山。此诗为作者游览龙洞庵所作。首联"一峰凝碧傍丘陵"描绘龙洞庵环境,为作者所见。"凝碧",见峰峦之葱郁,正可赏心悦目。"楼观凌虚喜再凭"交代这次游览龙洞庵是重游,而且心情是愉悦的。"凌虚",见楼观之高拔,故堪凭借。颔联写登览所见之"远水""好山",从眼前的山与水,作者联想到历史上在青衣江流域治过水的秦蜀郡守李冰和曾经祭祀过蔡山的夏王大禹。作者此时面对此景,遥襟俯畅,逸兴遄飞,浮想联翩,将历史和现实贯穿起来,让读者体验了一次神奇的时空穿越。颈联将目光收回来,聚焦于近景。"深湫白昼潜神物",写白昼时的深湫,《雅安县志》载"治南周公山龙洞溪中有龙爪麟角形迹,喧则涛雨亦验";"怪壁中宵走佛灯",写中宵时的怪壁,作者此时自注"寺后蔡山夜常有佛灯"。"神物""佛灯"皆紧扣寺庵这一特定对象而写,即增加了神秘感,也充满了神奇性。尾联顺势而下,写作者之"疑"及"不知"。"疑"的产生是因为前面所见所思,即所见之凝碧峰峦、凌虚楼观、深湫神物、怪壁佛灯,所思之秦守夏王,所以作者怀疑此间即是世外。正因为身处世外,所以此时就不知此处之外朝市的亡兴了,这也是作者一再到此流连的原因。此诗色彩瑰丽,想象奇特,意境迷离恍惚,有李长吉诗风。

曾缄诗选评

雨夜有感

更鼓沉沉烛半消,牦牛徼外可怜宵。
雨倾败瓦和愁滴,风撼危楼带梦摇。
乘传几回探月窟,思家千里隔星桥。
卧闻鸿雁天边度,怊怅闺人锦字遥。

【简析】

　　选自《寸铁堪诗稿》。此诗应为在康定时所作,这点从诗中的"牦牛"二字即可见出端倪。开篇点题,烘托气氛,为后面打下色彩和情感的基调。"更鼓沉沉烛半消,牦牛徼外可怜宵"交代时间地点,"沉沉""半消"可见夜已深,"徼外"即域外、塞外,泛指边远之地,这里指作者所在的康定城。这两句透露出环境气氛的沉郁,作者心境的凄楚。颔联正面描写夜雨,写雨用"倾",写风用"撼",可见雨之大、风之猛,写瓦用"败",写楼用"危",既见作者居所之陋,也更显雨大风猛之势;"雨倾败瓦"已经教人不堪,而"和愁滴"则使人愁上加愁,"风撼危楼"已经教人窘迫,而"带梦摇"则更让人梦中也不安稳,这种手法就是人们所说的"加倍法",即通过意象的不断叠加,使读者的感受和情感持续受到冲击,有效地扩大了诗句的内涵和力量,收到了令人震撼的效果。颈联直抒"有感",表达"思家"却犹如牛郎织女一样隔着一道宽至千里的星桥,虽有驿车却有家难回的无奈和惆怅。尾联用鸿雁传书典,感叹虽闻鸿雁天边度,但闺人(这里特指妻子)的书信却是那么的遥遥无期,这怎不教人怊怅呢!本诗写景抒情,景中有情,情从景出,哀感顽艳,真切感人。

将去康定

故人陈东府、刘衡如、陈蓉峰、宋伯灵祖饯于与点楼。黄君隼高亦来会，皆赋诗志别。东府拈玉溪生无题为韵，勉和一首，用酬群公雅意。

高阁临流聚二难，深宵絮语烛花残。
山中雨过溪声壮，塞外秋深树色干。
东望蚕丛缠别思，南来雁阵避新寒。
诸公投赠多佳句，它日怀人取次看。

【简析】

选自《寸铁堪诗稿》。酬唱之诗不好写，更不容易写好，主要原因就在于容易写得泛泛，没有什么内容，没有什么真情实感。此诗则自具其面目，有其独特处。诗题《将去康定》，可知是作者将要离开康定所作。作者常年漂泊在外，此时终于能够回家与家人团聚，得偿所愿，自然很是喜悦。当此之时，友人祖饯于与点楼，并赋诗志别，作者有感于友人之情谊，同样依依不舍。首联"高阁临流聚二难，深宵絮语烛花残"写祖饯于与点楼时的情景，出句的"高阁"即与点楼，"二难"谓贤主与嘉宾，因两者难兼得，故称为"二难"，见王勃《滕王阁序》："四美具，二难并。穷睇眄于中天，极娱游于暇日。"本句用此典表达对友人的赞许与感激；对句通过对"深宵""絮语""烛花残"几个情景的描写，表达出作者与友人间深厚的感情和难舍难分的离别之情，正所谓情到深处别更难。颔联绾合题面，将笔触转向对康定景物的描写，以表达对康定的眷念之情。"山中雨过溪声壮，塞外秋深树色干。"抓住康定特有的地域特征加以描写，写景如画。"塞外"，康定所处位置，"山中"，康定所处地貌；"雨过溪声壮"写声，重在听觉，"秋深树色干"写色，重在视觉。

各种意象，交叉重叠，信息含量很大。颈联"东望蚕丛缠别思，南来雁阵避新寒。"情景交融，以表达离情别绪。出句"东望"，见作者思乡之情，"缠别思"，则显留念之意，两种情感交相纠缠，难以排解，可见其情深情真；对句"雁阵"，既扣深秋时令，又喻作者在家与谋生地直接辗转往复，作者用这一意象，形象地描写自己即将启程往蚕丛路而去。尾联照应首联，又写此离别之际，友人们以佳句相赠，而自己一定不负好友们的深情，在往后余生中想起好友之时，定当将这些诗篇依次好好重温，或者是当今后再次读到这些诗篇时，将一一回忆起今日的这些好友。全诗境界开阔，言浅意深，特别是表达的感情十分真挚真诚，故感人至深，从而有别于一般的酬唱之作。

乘活竿出康定

承东府、蓉峰、伯灵、怡庵相送东郊，别后题寄。

小住边城别亦难，辞君一路逐奔湍。
迎人秋色枫千树，载我清风竹两竿。
西顾雪峰疑地老，东临陆海喜天宽。
还家不负看花约，梅蕊初开菊未残。

【简析】

　　选自《寸铁堪诗稿》。这是作者离开康定、与友人作别之后所作。"活竿"即滑竿，一种用竹片或绳索横绑在两根长竹竿中间、形似轿子而无盖顶、由两个人抬着走的旧式交通工具。首联"小住边城别亦难"，叙离别之情。"小住"，暂时居住；"边城"，康定；一般情况下，人在一个地方住久了，即使不是自己的故乡，也难免有感情，一旦离开，也会感觉依依不舍，这是人之常情，而作者在康定的时间并不长，却依然感觉"别亦难"，主要还是因为当日"相送东郊"的一帮朋友。"辞君一路逐奔湍"承接上句"别亦难"而来，故有"辞君"之说，而辞君之后，不论是心情还是词意出现转折，开始轻快愉悦起来。"逐奔湍"，顺着河走，这里既表示行进速度快，同时也暗喻还家心切。颔联近景，"迎人秋色枫千树"点明季节，"载我清风竹两竿"点明交通工具，照应题面。迎人之秋色，载我之清风，皆给人极度舒适的感觉，以此衬托自己愉悦的心情。以"载我清风竹两竿"写乘滑竿，贴切而形象，饶有趣味，高雅而生动，极富诗意，得其神韵，可称神来之笔。颈联远景，西顾皆雪峰，故疑（猜度）其地之老，东临即陆海（物产富饶之地），则因其天宽而喜。离开的是雪峰，所以称"顾"，前往的是陆海，所以称"临"，下字非常精准，而一疑一喜，则是对地老和天宽的两种不同情绪表达。尾联梅初开、菊未残，正是还家时的情景，这既是对季节景物的描写，同时也是对与家人约定的一个遵守，以景作结，富有余味。本诗情节脉络清晰，层次分明，结构完整，善于抓住时间和空间的特征来加以描摹刻画，特别善于抓住事物的特征来表情达意，以景衬情，情景交融，显示出高超的艺术手法。

人日过草堂寺

杜甫草堂时为某军校所据，花木少有存者。昔时名流题榜略尽，唯某军官新题楹联独耀堂前，感成一律。

人日西郊上冢回，草堂深处复登台。
干戈丛里风骚尽，钟磬声中鼓角哀。
横槊赋诗偏有客，巡檐索笑已无梅。
周颙杜甫空千古，我独寻僧话劫灰。

【简析】

　　选自《寸铁堪诗稿》。人日，即正月初七，因传说女娲创造苍生时，初一造鸡，初二造狗，初三造猪，初四造羊，初五造牛，初六造马，初七造人，初八造谷，初九造豆，初十造棉，故此初七称为人日。草堂寺在杜甫草堂。本诗写作者拜访草堂时所见。首联叙自己于初七那天在西郊上冢之后，回来的路上又去了草堂，简述到草堂之由，时间地点交代清楚，西郊上冢，草堂登台，事件脉络明晰，虽显平直，但概括力强，特别是像蒙太奇一样的场景转换过渡，自然妥帖，为后面做了铺垫。颔联描写寺中景象，"干戈丛里"，寺外大背景；"钟磬声中"，寺内小环境。前者应时，为虚，后者切寺，为实。干戈与风骚，钟磬与鼓角，都是相互排斥、对立之物，碰撞在一起，必然彼长此消，所以面对干戈和鼓角，风骚自然没有容身之地了。颈联具体写寺中所见，"横槊赋诗"用曹孟德典，既切"客"的军人身份，又切新题楹联之事，但曹孟德之横槊赋诗，自有其水平和底气，而用在这个客身上，两相对比，则凸显其滑稽搞笑，从而富有讽刺意味；对句的"巡檐索笑"，则用拟人手法写梅，此句既扣时令，又扣"花木少有存者"。尾联"周颙杜甫空千古"承上而来，发表议论，感叹风骚不再，花木无存，也暗扣"昔时名流题榜略尽"，所以作者在无奈之下，只好"寻僧话劫灰"了。僧照应寺，劫灰照应干戈、鼓角。本诗章法谨严，用典灵动，既有深慨，又饶有意味。

上谢无量先生

　　数行斜草见天真，信手题诗字字新。
　　初日芙蓉谢康乐，美人香草屈灵均。

蜀山颇恨归来晚，蜗国犹怜战斗频。

回首江南旧游处，乌衣残燕不胜春。

【简析】

选自《寸铁堪诗稿》。谢无量（1884—1964），四川乐至人，近代著名学者、诗人、书法家。这首诗就是送呈谢无量的。首联高度评价谢无量的书法和诗作，用"天真"赞美其书法，用"字字新"称誉其诗作，可见谢无量书法和诗作水平之高，因为在中国古典艺术理论和评价体系中，"天真"和"新"都是非常高的艺术特色概念和艺术风格范畴。何况作者看到的这些书法作品和诗作还是谢无量随随便便写的，如果认真写来，可以想见其水平无疑将会更高。颔联以谢灵运和屈原比谢无量。"初日芙蓉"，叶梦得《石林诗话》："汤惠休称谢灵运诗为初日芙蓉，非人力所能为，而精彩华妙之意，自然见于造化之外。""美人香草"意象则是屈原抒发自我情感的基础意象，屈原的《离骚》最引人注目的是它的两类意象：美人和香草，开创了"香草美人"的象征手法，并对后人的创作产生了深远的影响。此联用大家历来公认的、熟悉的人物来与读者不熟悉的人进行比较，通过"初日芙蓉""美人香草"这样具体的、看得见摸得着的意象，让读者认识到被写对象在某些艺术特征上与大家熟悉的人物之间的相似甚至相同，而且也容易让人在艺术上的水平、成就等方面在二者间产生联想。此联的写作手法，与杜甫的"清新庾开府，俊逸鲍参军"相同，杜甫就是用这一手法来具体形容"白也诗无敌，飘然思不群"的，让人对李白的诗及其诗的风格、特色的认知，有了一个具体的参照物。本诗中谢灵运、屈原就是谢无量的参照物。颈联出句写蜀山之归晚，所以恨，对句写蜗国犹战频，所以怜：蜀山，谢无量家乡，蜗国，用《庄子》蜗角之争典，写时局。以此来表达作者对谢无量的关心和对时局的关注和担忧。尾联用刘禹锡《乌衣巷》典故，回首旧游，不尽人事沧桑之感。

广汉吊房琯

广汉城头日色沉，游人吊古复伤今。
从戎叹我虚投笔，罢相怜君尚听琴。
片石不随陵谷改，一湖终被水田侵。
三台五马俱萧瑟，独向遥空送暝禽。

【简析】

　　选自《寸铁堪诗稿》。这是一首怀古诗。房琯（697—763），字次律，河南洛阳人，唐玄宗、肃宗时先后任宰相，760年任汉州（今四川省广汉市）刺史。本诗首联点明地点——广汉城头，时间——日色沉（黄昏），人物——游人，事件——吊古复伤今。颔联发表感慨，出句写"我"投笔从戎，但是"虚"的。所以作"叹"；对句写"君"罢相听琴，因为是"尚"，所以为"怜"，作者将自己与房琯对比，对房琯在宦海失意、人生处于低谷时，仍然能坦然面对，表示敬意和赞许。相传有七弦琴为房琯所遗，现仍保存于房湖公园留琴馆中。颈联出句写片石，即房公石，相传为房琯开凿西湖发现的一块红沙石，形状如心，两尺多高，现亦置留琴馆中。这一片石没有随着社会、人事或自然界发生巨大变迁而发生变化，却成了这些变迁的见证者。对句写一湖，据《绳乡纪略·古迹》中载："房公次律罢相后，为汉州刺史，凿巨浸，人号为房湖。"此联言石虽未改，但湖却被侵，以此感叹世事无常。尾联承续上句意思而来，"三台五马"，《晋书·天文志上》："在人曰三公，在天曰三台。"《陌上桑》："使君从南来，五马立踟蹰。"古人以"三台五马"比喻达官贵人，表达"万里长城今犹在，不见当年秦始皇"之意，最后作者将目光转向遥空，给人留下许多想象空间。

乙酉秋成都大雨十日感赋

门临穷巷是泥途，积水侵街直到厨。
旧雨何曾枉车马，此身真个在江湖。
篱穿虑盗精心补，花倒呼童跣足扶。
欲借石犀防汛滥，九原能起李冰无。

【简析】

　　选自《寸铁堪诗稿》。诗题中的乙酉，即1945年。城市内涝，不只是今日城市之患，亦是当年市民之痛。70多年后读此诗，依然感同身受。首联写大雨十日，整个街巷成为泥途，积水从街上漫进屋里，直达厨房，不仅影响出行，而且影响正常生活，正写十日大雨的严重后果及内涝造成的满目疮痍。颔联延伸出去，由惨状写到自己的窘况。出句写昔日老友或自顾不暇，或不肯稍施援手，无一在这期间上门探望，作者感叹不能像杜甫那样"漫劳车马驻江干"；对句写作者于此时此境，感慨"此身真个在江湖"，"在江湖"，即身处泽国也，此一层意思，同时还有更深一层意思，即陶潜"良才不隐世，江湖多贱贫"之意。颈联写在灾难面前，既然外力不可凭，就只有自救，不如此，则灾后不但生活难以维持，甚至恐有盗贼为祸，以至于屋漏偏逢连夜雨。"篱穿""花倒"，见雨猛水急，照应首联；"精心补"，描摹虑盗之心切，"跣足扶"，暗合首联泥途积水之状，"呼童"，抗灾自救，唯全家总动员，老少齐上阵。尾联抒发感慨，"石犀"，镇水神兽也，常璩《华阳国志·蜀志》："秦孝文王以李冰为蜀守……作石犀五头，以厌水精。"作者欲借李冰的石犀以防汛滥，可是"伯禹亦不如"（岑参《石犀》）的李冰还能死而复生吗？此问既有绝望，又含希冀。全诗语言质朴，结构严谨，对仗工稳，特别是新颖的题材，让人兴今昔之叹。

曾缄诗选评

寿向仙乔先生七十

怀人几度过江楼，国子先生屋似舟。
诗思峨眉天下秀，乡心巴字水东流。
十千斗酒休辞醉，五百冥灵恰到秋。
昔日侯芭最年少，丹山如梦话前游。

【简析】

选自《寸铁堪诗稿》。此诗为贺寿诗。向仙乔（1877—1961），名楚，字仙乔（亦作仙樵），号皈公，四川巴县（今重庆市巴南区）人，光绪二十八年（1902年）举人。首联出句写作者因对向仙乔的思念，所以多次去向仙乔居住的江楼拜访，对句具体描绘江楼的状态。"国子先生"语出韩愈《进学解》，指国子监的教书先生，这里指向仙乔，因为向仙乔在护国战争后，曾先后任四川省政务厅长、代省长、教育厅长和南京高等学校国文部教授、成都高等师范学校国文系教授兼系主任、公立四川大学中国文学院院长、国立四川大学文学院院长兼中文系教授等职。因为所居为江楼，所以"屋似舟"。"几度"，可见作者对向仙乔的倾慕。颔联攫取"诗思""乡心"两个方面对人物做正面刻画，"诗思"代指文学学术，并借"峨眉天下秀"这一熟语极力推崇其造诣；"巴字"谓巴江或巴峡，曲折似"巴"字，因以喻水流曲折，以此写其家乡情结。向仙乔的事业文章虽名满天下，但依然心系桑梓，不忘给家乡做贡献。颈联挽回到贺寿主题上来，"十千斗酒"虽多，但不必推辞，因为当得起；"五百冥灵"，《庄子·逍遥游》："楚之南有冥灵者，以五百岁为春，五百岁为秋。"作者用此典祝其高寿。尾联里的侯芭，西汉巨鹿人，从扬子云习《太玄》《法言》。"丹山"用李商隐"桐花万里丹山路，雏凤清于老凤声"典。以此二典故作结，进一步表达对向仙乔的极力推崇和衷心祝福。

与张夷伯弈罢夜归充庄作

纹楸玉子罢相麖，归路茸裘敌劲飙。
小市黄昏灯影乱，荒桥白练水声高。
营门寂寂收行马，夷落狺狺吼巨獒。
老作筹边楼上客，夜阑一枕息千劳。

【简析】

　　选自《寸铁堪诗稿》。首联点题。"麖"，可见适才手谈之酣；以"茸裘"相"敌"，则知归路上"飙"之劲。中二联摹写黄昏时的边城，实际上这些景象都是作者夜归充庄时一路所见所闻。一般情况，黄昏时分的特色就体现在首联的"罢"和"归"二字上，"罢"表示人们结束一天的劳作，"归"表示飞鸟投林、人各落屋，所以这时是一天中最繁杂、最忙乱的时候，"小市""灯影乱"即是这一景象的生动写照。而"水声高"，从侧面烘托黄昏时的嘈杂气氛。"小市""荒桥"，紧扣边城特征。"营门寂寂收行马，夷落狺狺吼巨獒"中的"营门"指军营之门，"行马"指拦阻人马通行的木架。一木横中，两木互穿以成四角，施之于官署前，以为路障，俗亦称鹿角，古谓梐枑，"夷落"指少数民族聚居地，此二句既扣黄昏之时，又扣边城之景。上联为近景，下联为远景，其出句皆为所见，对句皆为所闻。在这里，远景为近景的延伸，听觉为视觉的补充，从不同的角度进行刻画描摹，增强了表现力。尾联感慨，言自己老来筹边，劳心劳力，唯有夜阑付之一枕，方可"息千劳"。本诗以赋行文，却能抓住事物的特征或有特征的事物片段描写，调用了一些有效的艺术手法，所以显得具体如画，而又十分生动。

与点楼晓望

行人欲去又迟迟,却倚危栏立少时。
头上天如春水绿,眼前峰比夏云奇。
早知福地推边地,更爱汤池似习池。
黄宋陈刘俱好我,去年赠别此题诗。

【简析】

　　选自《寸铁堪诗稿》。与点楼,楼在康定。本诗写作者又将离别康定时的心情。首联状将行前的情景,"行人"指作者自己,"欲去又迟迟",用这种微妙的动作神态,表达自己那种欲行又止的矛盾心态。"却倚危栏立少时"紧扣题面"晓望",同时更进一步表达依依不舍的心情。颔联写倚栏所见,作者用春水之绿状头上之天,用夏云之奇状眼前之峰,连用两个比喻描写了高原的蓝天和雪峰,非常传神,这也是作者"欲行又迟迟"的原因。颈联议论,直接表达对边地的推崇。在作者心目中,如果要对"福地"进行投票,那么非"边地"莫属,一"早"字将作者的推崇表达得迫不及待、争先恐后。"汤池"即温泉,康定多温泉;"习池"即习家池,一名高阳池,在湖北襄阳岘山南,《晋书·山简传》:"简镇襄阳,诸习氏荆土豪族,有佳园池,简每出游嬉,多之池上,置酒辄醉,名之曰高阳池。"后多借指园池名胜。作者将"汤池"比作"习池",取此地一典型景观为代表,表达了对此地的喜爱,一"更"字将作者的态度和心情表露无遗,这也是作者"欲去又迟迟"的原因。尾联从前面所写之景之物延伸下来,写此地之人,这更是作者"欲去又迟迟"的原因。本诗层次分明,结构严谨,将"欲去又迟迟"的状态心态表达得淋漓尽致、惟妙惟肖。

乙酉九日半随尘居主人招饮半亭

九日登高倚半亭，一时放眼入空冥。
羌江铁锁凝深黑，严道铜山郁古青。
鸿雁声中秋渐老，蜗牛角上战初停。
人间此会应难遇，满座文星集将星。

【简析】

　　选自《寸铁堪诗稿》。乙酉，即1945年。九日，指农历九月九日重阳节，《艺文类聚》卷四引南朝梁吴均《续齐谐记》："今世人每至九日，登山饮菊酒。"招饮，招人宴饮。半亭，一种中式古典建筑，其形为亭的一半，故名。首联前句扣题，概述时间地点，后句承接前句，写干什么，即"放眼"；"空冥"指天空，这里写因登得高，故望得远，为后面的描写作铺垫。颔联写登高放眼所见，映入作者眼帘的是"羌江铁锁""严道铜山"，羌江即平羌江，位于乐山和眉山之间，严道即秦时荥经郡，后来的荥经县，铁锁指平羌江上于1944年建成通行的铁索桥，铜山指西汉时邓通铸钱的铜矿。此联既有现代的产物，也有历史的遗迹，并都是通过厚重浓郁的色彩来加以描摹，给人十分压抑凝重之感。颈联荡开一层，从时令写到时局，闻雁声而知秋老，瞄蜗角而喜战停，一为自然界的季节变换，一为人世间的时事变迁。尾联表达作者的担忧，以"人间此会"照应标题上的主人重九招饮。"此会应难遇"，这是为何？下句给出答案："满座文星集将星"。作者写到这里戛然而止，给人留下无限想象空间。

曾缄诗 选评 ZENG JIAN SHI XUAN PING

同湄村上步虚台因登怀禹亭

出游欣与故人俱，百尺台高步碧虚。
亭对名山思大禹，江通丙穴爱嘉鱼。
斜阳影里垂虹直，流水光中落木疏。
今日登临还得句，诵君商榷定何如。

【简析】

　　选自《寸铁堪诗稿》。湄村即刘芦隐。步虚台与怀禹亭，皆在雅安。此诗是作者与友人刘芦隐同游步虚台和怀禹亭所作。首联点明题旨，因"与故人俱"，所以"欣"，因"台高"，所以仿佛"步碧虚"，这也应该是步虚台得名的由来。颔联写登高望远所见，"亭对名山思大禹"具体写怀禹亭，"名山"即雅安名山区，"思大禹"，大禹曾经在此地治水，所以后人在此建亭以作纪念；"江通丙穴爱嘉鱼"中的"丙穴"在雅安之南，"嘉鱼"又名丙穴鱼、雅鱼、丙穴嘉鱼，原产于雅安周公河，杜甫《将赴成都草堂途中有作》诗之一："鱼知丙穴由来美，酒忆郫筒不用酤。"此联既抒怀古之幽情，又慕此地著名的风物，时空交错，情景交融。颈联"斜阳影里垂虹直，流水光中落木疏"虽写"斜阳""落木"，但不见衰飒气，只因为作者在这里突出了"影"和"光"。斜阳之影与流水之光，既是绚烂璀璨的，又是流动变幻的，在这样的光影之中，不论是垂虹还是落木，都打上了一层亮丽的色彩，所以这样的风景如诗如画。尾联再次点题，作者既登临还得句，欣喜之情不言而喻。

白衣庵同湄村作

青衣江绕白衣庵,岁晚偕君拭一探。
只有斜阳照僧舍,更无香火炷神龛。
虚堂偶放钟声出,废苑犹闻鸟语喃。
枯木髑髅成道用,不妨禅向此中参。

【简析】

　　选自《寸铁堪诗稿》。白衣庵在今雅安雨城区周公山镇,此诗即写此庵。首联前句"青衣江绕白衣庵"交代点题,交代地点,两个地名很有画面感,烘托气氛,以此为基调笼罩全篇;后句交代时间、人物,补足题义。中间两联正面描写刻画,"只有斜阳照僧舍,更无香火炷神龛。"僧舍只有斜阳相照,神龛却无香火供奉,可见此庵香火不旺,人烟罕至,此为抑,但从另一角度来看,这里何尝不是清净无尘、颇宜静修之地;"虚堂偶放钟声出,废苑犹闻鸟语喃"堂虽虚,却偶放钟声出,苑虽废,却犹闻鸟语喃,这些偶尔的声音,既给此庵增加了生气,同时也越发衬托出此间的幽静,增加了些许神秘感,此为扬。作者运用先抑后扬的手法,同时动静结合,从而产生虚实相生之妙。尾联"枯木髑髅成道用,不妨禅向此中参",作者认为即使枯木髑髅也能成道用,那么禅自然能够在这里面参得,这是作者对参禅的环境、路径及方法的认识,表达了作者豁达乐观、无可无不可的人生态度。

过黄伯均村居

买得江村十亩平,豆棚瓜架锐经营。
少时策马曾轻敌,老去弯弓尚射生。

只为添薪樵四野，偶缘卖药如孤城。
他年归隐知何处，一过君家忽自惊。

【简析】

　　选自《寸铁堪诗稿》。首联直接切入，绕开"过"，径直写黄伯均及其村居。"买得"写村居之来历，"江村"点明村居位置环境，"十亩平"概述村居面积，"豆棚瓜架"切村居，同时也是环境描写，"锐经营"见主人心无旁骛，安心村居。短短两句，然而信息量很大，代入感很强。颔联述主人生平，"轻敌"这里的意思是以敌人为轻，可见主人少时之意气；"射生"即射猎禽兽，这里指打猎，可见主人老来身手，依然宝刀不老。颈联写主人村居日常，即只为"添薪"所需，才出门到四野砍柴，偶尔"卖药"才离家进城一趟。作者的这一描述，就将一深居简出、不屑凡尘的隐者形象在读者面前典型地展现了出来。尾联绕回诗题中的"过"，表达自己在拜访了村居的黄伯均后，两相对比，不免自失的心情。全诗写景写人抒情，浑然一体，且善于抓住典型的场景和情节来加以刻画，非常传神。

自叹

自叹狂生那不狂，当前世路莽茫茫。
人犹中岁书先老，官本闲曹事转忙。
八口无归参幕府，一钱不值卖文章。
虚名枉挂诸君口，浪说愚公是智囊。

【简析】

　　选自《寸铁堪诗稿》。本诗乃作者感事抒怀。首联之"狂生"是作者自谓,既然自称狂生,当然不能不狂,但"当前世路莽茫茫",所以就狂不起来,只有"自叹"了。那么"当前世路"是怎么个"莽茫茫"呢?于是开启接下来的描述。颔联述自己年龄上虽然才人到中年,但书已先老,官场中虽然是一个闲散的官职,却事务繁忙。此联每句句中转折,以"中岁"而"书先老",以"闲曹"而"事转忙",这种拧巴倒错,实际上是"当前世路"对作者的一种嘲弄,但作者又无可奈何,所以唯有"自叹"。颈联"八口无归参幕府"中的"八口"指作者家眷数,"幕府"指旧时将帅办公的地方,后也泛指衙署。作者述自家参与幕府工作,是因为自家八口人生活无着、没有归宿,而卖文以为生计,自己唯一自矜的文章却一钱不值,其中的辛酸委屈可想而知。尾联以议作结,说自己在众人口中是智囊,有才有能,但这不过是虚名,自己实际上就是一愚公。作者这一表述,是顺承前面两联所述而来,是自谦,也是自嘲,更是自叹。通观全诗,作者确有真才实学,且自视甚高,但在现实面前,不但怀才不遇,反而困顿不堪,所以作者对"当前世路"的感觉是"莽茫茫",对此,作者既无力,也无奈。

岁暮

岁暮天寒吹北风,苍坪栖老一诗翁。
严平与世相交厌,阮籍于途独易穷。
蓬鬓拟从今日白,梅花知傍故园红。
归期屡被家书问,犹在沉吟不定中。

【简析】

选自《寸铁堪诗稿》。诗题《岁暮》与《自叹》一样,都是截取诗的第一句的前两字为题,这种标题,基本可归为无题一类。这类诗,内容大多感事抒怀，本诗亦是如此。首联"岁暮天寒吹北风"点明时间，以"暮""寒"烘托气氛；"苍坪栖老一诗翁"点明地点人物，"苍坪"在雅安，"诗翁"即作者自己，"栖老"状栖迟时间之长。颔联"严平与世相交厌"中的"严平"即严君平，此人为蜀郡邛州（今四川邛崃）人，是西汉末年思想家、易学家，是辞赋家扬雄师傅，他爱好黄老，终身不仕，隐居成都井中（今成都君平街），以卜筮为业；"阮籍于途独易穷"中的"阮籍"为陈留尉氏（今河南开封）人，三国时期魏国诗人、竹林七贤之一，相传他常常驾着牛车出门，直到无路可走了，才痛哭回来，这就是流传千古的"穷途之哭"。作者用这两个人物自况，表达自己像严君平那样"与世相交厌"，但现实中却像阮籍那样"于途独易穷"，读来让人备感沉痛。颈联"蓬鬓拟从今日白"照应首句，不但感叹岁月的流逝，也感叹人生之易老；"梅花知傍故园红"以拟人手法写梅花，"知傍"二字赋予梅花感情色彩，这也是作者在岁暮栖老苍坪时的心里安慰，以此引出尾联。"归期屡被家书问，犹在沉吟不定中"即"君问归期未有期"之意，着一"屡"字，见家人挂念之切，而"沉吟不定"，则见作者实有左右为难之处。

戏答宋伯灵炉城

伯灵驰书湄村，谓湄村诗如大将军出征，鼓吹八座，戈甲森严，咸仪具足。缄诗如孙行者，临阵身带八万四千毫毛，变化无穷，神通自在。缄函伯灵当学杨朱一毛不拔，后传诗筒，伯灵开视，乃无一字，有诗见问，戏答一首。

一身八万四千毛，修到猢狲亦自豪。
不落言诠真法性，本无文字是风骚。

昔嘲饭颗吟诗苦,今见炉关觅句劳。
我已寻牛不可得,怪君犹索解牛刀。

【简析】

　　选自《寸铁堪诗稿》。宋伯灵评曾缄诗"如孙行者,临阵身带八万四千毫毛,变化无穷,神通自在。"故有此诗。首联回应宋伯灵之评,直接引用宋伯灵原话"一身八万四千毛"开篇,"修到猢狲亦自豪"以能获评如孙行者而自豪,孙行者虽然神通广大,但毕竟是猢狲,所以作者着一"亦"字,而没有用诸如"当""堪""独"等字,此即朋友间的戏谑。颔联"不落言诠""本无文字"既是对题注中所言"缄函伯灵当学杨朱一毛不拔,后传诗筒,伯灵开视,乃无一字,有诗见问"的戏答,同时这也是作者崇尚的诗学主张。"不落言诠"这一思想源自庄子,严羽在《沧浪诗话》做了进一步阐述:"诗有别材,非关书也;诗有别趣,非关理也。然非多读书,多穷理,则不能极其至。所谓不涉理路,不落言筌者,上也。"作者认为这是写诗的真实不变、无所不在的体性;"本无文字"在司空图《诗品·含蓄》中有形象描绘:"不著一字,尽得风流。语不涉己,若不堪忧。是有真宰,与之沉浮。浅深聚散,万取一收。"作者认为达到这种境界,才是风骚。颈联"昔嘲饭颗吟诗苦",借李白《戏赠杜甫》"饭颗山头逢杜甫,头戴笠子日卓午。借问何来太瘦生,总为从前作诗苦"来说以前自己曾嘲笑那些苦吟诗人;"今见炉关觅句劳"则写自己如今在康定为"觅句"而一样地劳心费神、殚精竭虑。这是作者表达自己对待写诗的态度,从漫不经心到认真对待以至精益求精的转变。尾联用庖丁解牛典故,说自己已经找不到牛了,你还来向我索要解牛刀,一语双关,这是作者自谦,也是作者给朋友开玩笑。此诗生动活泼,诙谐幽默,既见与朋友的亲密关系,又在与朋友的戏谑中阐明自己的诗学主张,手法非常高超。

万佛寺

　　寺在成都城西一里所，中有六朝所造佛像。民国初，有盗售异域人者，今陈某国博物院中。予曾见其拓片，往尝诣寺，观佛像一区，犹题隋年号。今岁春，重至其地，则寺已为某将军籍没。旧存佛像近百区，皆不知毁作何用。颓垣破屋，触目增凄，为之悯然。归数日，犹往来于怀，因作长句以记。

　　　　竟闻籍没到伽蓝，坏殿重经思不堪。
　　　　何处更寻诸佛骨，此中曾睹六朝龛。
　　　　车传片石逾沧海，犹胜虚檐矗翠岚。
　　　　翌日将军起西第，朱门谁识旧僧庵。

【简析】

　　选自《寸铁堪诗稿》。本诗为作者访万佛寺后作，表达对寺中佛像被盗售被毁坏的痛惜。起句即直陈此事，"籍没"指登录财产或家口，以没收充公。"伽蓝"是梵语僧加蓝摩的略称，意译"众园"或"僧院"，为佛教寺院的通称。"籍没到伽蓝"，连寺院都没收充公了，可见当时横征暴敛到何种程度。"闻"即听说，但从题注中我们知道确有其事。着一"竟"字，可见在作者看来这是何等荒唐之事！作者之愤怒可想而知，所以"坏殿重经思不堪"。颔联"何处更寻诸佛骨"承"坏殿重经"而来，"更"在这里是"再""复"之意，写当前景；"此中曾睹六朝龛"忆往日事。今昔对比，怎不教人"触目生凄""往来于怀"呢？颈联进一步就此事发表议论。"车传片石逾沧海"乃题注中"民国初，有盗售异域人者，今陈某国博物院中"之意，"片石"指石碑，这里指佛像，"逾沧海"漂洋过海被盗售到异国；"犹胜虚檐矗翠岚"：也胜过空空的殿堂矗立在翠岚间。作者认为这些佛像与其被毁而踪迹全无，还不如遭盗售被陈

104

列在外国的博物馆中,这样还能得以保存下去。这是作者激愤之语。根据诗意,"车"疑似"幸"之形误。尾联照应首句之"籍没",籍没万佛寺的是谁?作者直接点明就是将军,而将军翌日起西第,那么"朱门谁识旧僧庵"?"西第",《后汉书·梁统列传》:"冀又起别第于城西,以纳奸亡。"作者这次重访万佛寺,不但没有看到六朝和隋时的佛像,同时据此担忧以后连这座寺庙恐怕也会湮没无闻,消逝在历史的尘埃之中。此诗写寺庙,却没有按一般黄卷青灯、暮鼓晨钟这类路数来写,而是即景抒情,别开生面。

草堂感赋

丙戌人日,偕内子携森儿过草堂,求何蝯叟"锦水春风公占却,草堂人日我归来"楹联不得,池台荒圮,昔时鱼鳖皆尽。

锦水春风非我春,草堂人日更愁人。
题诗昔有高长侍,酬对今亡何子贞。
故事乌皮成隐几,旧游赪尾忆劳鳞。
将军传令开三径,遗像清高偶得亲。

【简析】

选自《寸铁堪诗稿》。丙戌即1946年,人日为农历正月初七。何蝯叟即何绍基(1799—1873),字子贞,号东洲,别号东洲居士,晚号蝯叟,湖南道州人,晚清诗人、画家、书法家,道光十六年进士,咸丰初任四川学政。成都杜甫草堂里的楹联"锦水春风公占却,草堂人日我归来"即为何绍基撰书,因其实在太著名,随后多有诗人墨客在人日于草堂吟诗作对的雅集。本诗也是作者偕妻子携儿子访草堂所作。首联借何绍基草堂联,只是后面三字做了变化,但意思和情调却与何绍基联大有不同,作者从"锦水春风"中拈出一"春",却说"非我春",从"草堂人日"中拈出一"人"字,却说"更愁人",处处跟何绍基拧着来,正是借他人酒杯,浇自己块垒。颔联"题诗昔有高长侍"中的高长侍即唐代诗人高适,他晚年在任蜀州刺史时有《人日寄杜二拾遗》诗寄好友杜甫,开篇即有"人日题诗寄草堂,遥怜故人思故乡"。杜甫随后有《追酬故高蜀州人日见寄》诗相酬。对句"酬对今亡何子贞"却说今日没有像何绍基那样的人撰写楹联了。今昔对比,怎不教人慨叹呢?颈联"故事乌皮成隐几"中的"乌皮"指乌皮几,乌羔皮裹饰的小几案,古人坐时用以靠身,杜甫《将赴成都草堂途中有作》诗之五:"锦官城西生事微,乌皮几在还思归。""隐几"即靠着几案、伏在几案上之意。对句"旧游赪尾忆劳鳞"中的"赪尾"即赤色的尾,借指鱼,《诗经·汝坟》:"鲂鱼赪尾,王室如毁。"毛传:"赪,赤也,鱼劳则尾赤。"后亦以"赪尾"指忧劳、劳苦,代指奔波劳苦之人。此联的正常语序似乎应该是"隐乌皮几成故事,劳赪尾鳞忆旧游",是对题注中的"池台荒圮,昔时鱼鳖皆尽"的形象描写,表达作者对往日的追忆,对现实的怅叹。而语序上的刻意变化,既是陌生化的表达需要,使读者目夺神骇,同时也增强了沉郁顿挫之感。尾联"将军传令开三径",作者在前一年所写《人日过草堂寺》题注中记载:"杜甫草堂时为某军校所据,花木少有存者。昔时名流题榜略尽,唯某军官新题楹联独耀堂前。""开三径",宋朝杨万里有《三三径》诗:"三径初开自蒋卿,再开三径是渊明。诚斋奄有三三径,一径花开一径行。"自序曰:"东园新开九径,江梅、海棠、桃、李、橘、杏、红梅、碧桃、芙蓉九种花木,各植一径,命曰三三径。"据此我们可知作者在这里表达的是能够于人日造访草堂,是因为"将军传令",但只开了九径中的三径,就是将草堂很少一部分区域或只是容许很少一部分时间段供游人游览,所以"遗像清高偶得亲"中用一"偶"字一"得"字,揭示了若非将军传令，否则连杜甫清高的遗像也不可能得以亲近，表达了作者强烈的不满。这里将杜甫《咏怀古迹》赞颂诸葛亮的诗句"宗臣遗像肃清高"用到杜甫身上，表达了作者对杜甫的推崇。"清高"即清雅高洁，汉代王充《论衡·定贤》："鸿卓之义，发于颠沛之朝；清高之行，显于衰乱之世。"

和王灵凡咏乌孙柳花

王郎磊落负才华，万里乌孙咏柳花。
开傍天山飞作雪，落当戈壁细如沙。
轻盈去逐宫人辇，迢递来随使者车。
好倩樵青携妙质，从君竹里助煎茶。

【简析】

　　选自《寸铁堪诗稿》。这是一首咏物诗。诗题上的"乌孙"，为古代西域国名，地在今伊犁河谷；"柳花"即柳絮。首联申明题意，"王郎"即诗题上的王灵凡，"磊落"，容仪俊伟的样子，"负"即恃也。颔联连用两个比喻正面描写柳花，可分三层意思做分析理解：一层即开时飞作雪，落时细如沙，既写状态，也写形态；二层以"傍天山""当戈壁"，紧扣乌孙的地理与地貌特征；三层由天山联想到雪，由戈壁联想到沙，就近取喻，颠倒不得，故十分自然贴切。颈联仍然正面描写柳花，但更进一步，"轻盈"从上联的雪与沙而来，"迢递"从首联"万里乌孙"而来，"使者车"，据《后汉书·郭丹传》载："郭丹，字少卿，南阳穰郡人也。丹七岁而孤，小心孝顺，后母哀怜之，为鬻衣装，买产业。后从师长安，买符入函谷关，乃慨然叹曰：'丹不乘使者车，终不出关。'更始二年，三公举丹贤能，征为谏议大夫，持节使归南阳安集受降，丹自去家十有二年，果乘高车出关，如其志焉。"岑参《函谷关歌送刘评事使关西》："故人方乘使者车，吾知郭丹却不如。"此联通过拟人手法，将柳花写得生动活泼，富于灵性，这就从简单的咏物得以升华。尾联"樵青"典出《全唐文》卷三百四十《颜真卿五·浪迹先生玄真子张志和碑铭》："肃宗尝赐奴婢各一，玄真配为夫妻，名夫曰渔僮，妻曰樵青。"后因以指女婢。作者自注"闻此花可以侑茶。"尾联以柳花侑茶作结，虽言及其功用，却也属雅士之好。本诗咏柳花，中间两联体物铺陈，即景取喻，虚实交错，富于想象，可称咏物佳句。

漫题

载酒寻春处处过，蜀中名胜近如何。
校书门巷花笺少，工部祠堂恶札多。
题柱已无车马客，当垆难遇远山蛾。
不如迳入坊间去，听取盲翁击竹歌。

【简析】

选自《寸铁堪诗稿》。标题虽署《漫题》，诗却是有的放矢、有感而发。首联前句写作者载酒寻春，且处处皆过，"过"访也。可见作者乘兴而来；后句就所拜访的蜀中名胜设问，作者特意突出"近"，专指现在以前不久的时间的情况。首联设问，颔联拈出蜀中名胜中的"校书门巷"和"工部祠堂"作答。"校书"即薛涛，唐长安人，字洪度，幼随父入蜀，沦为乐妓，工诗，韦皋镇蜀，召令侍酒赋诗，称为女校书，暮年屏居浣花溪，着女冠服，创制松花小笺，人称薛涛笺。"工部"即杜甫，"工部祠堂"即杜甫草堂。"恶札"指拙劣的书法或文笔。一"少"一"多"，可知粗俗当道，斯文扫地，作者在其《人日过草堂寺》诗题注中记载："杜甫草堂时为某军校所据，花木少有存者。昔时名流题榜略尽，唯某军官新题楹联独耀堂前。"颈联以蜀中人物作答，出句用司马相如典，晋常璩《华阳国志·蜀志》载，司马相如初离蜀赴长安，曾于成都城北升仙桥题句于桥柱，自述致身通显之志，曰："不乘赤车驷马，不过汝下也！""车马客"代指司马相如。"当垆"用文君当垆典，司马迁《史记·司马相如列传》"相如与俱之临邛，尽卖其车骑，买一酒舍酤酒，而令文君当垆。""远山蛾"代指卓文君。前一典为励志故事，后一典为风流韵事。作者虽然于蜀中名胜处处过，但用"已无""难遇"，表示这些都已经不复可见了，作者愤怒和惆怅的心情由此可知。尾联"不如迳入坊间去，听取盲翁击竹歌"作者于此句下自注："贾瞎子竹琴清唱甚佳，时往听。"这既是作者面对"花笺少""恶札多"现实的一种生活选择，也是作者的一种人生态度。

李铁夫新居在城南小天竺街

筑室好依天竺佛，为楼下瞰锦江波。
盈门有客犹嫌少，辟地栽花不厌多。
莲舌翻澜君独绝，竹筒引水事如何。
从今我识城南杜，斜日驱车数数过。

【简析】

选自《寸铁堪诗稿》。李铁夫（1883—1978），男，四川叙永人，曾任国民党24军少将副官长，四川省参议员，成都自来水厂常务董事兼总经理，成都市市长，国大代表，1949年新中国成立后任四川省政协委员。小天竺街地处成都城南锦江以南，与锦江平行，得名于早年曾有的小

曾缄诗选评 ZENG JIAN SHI XUAN PING

天竺古刹。此诗为李铁夫新居而写。首联交代新居的环境。颔联通过新居主人的爱好,表现其性情,宾客盈门仍然嫌少,言其好客,也暗示其人缘好;居已有花,仍然辟地以栽花,仍不厌其多,言其雅趣,暗示其居不但有楼,而且有园;此联仍然紧扣新居。颈联写新居之人,作者在此联下自注:"时君方为省参议员兼主成都自来水公司。""莲舌翻澜君独绝"紧扣其身为省参议员的职业职责,形容其履职能力超群;"竹筒引水事如何"则扣其成都自来水公司常务董事兼总经理身份职责,但这件事究竟怎样呢?城市能通自来水,自是惠民、便民之举,此问不答可知。此联写新居之人的职司及才干,可谓赞誉有加。尾联通过作者自己的感受和行为,侧面表达对李铁夫的认可乃至倾慕。"城南杜",唐代韦氏、杜氏并称,韦氏居韦曲,杜氏居杜曲,皆在长安城南,世为望族,时称"韦杜",亦指长安城南的韦曲、杜曲,唐望族韦氏、杜氏世居于此,山清水秀,林木繁茂,为当时游览胜地,后亦借指风景秀丽之地,苏东坡《予少年颇知种松,手植数万株,皆中梁柱矣。都梁山中见杜舆秀才,求学其法,戏赠二首》:"如今尺五城南杜,欲问东坡学种松。"作者此句以城南杜借指李铁夫或李铁夫新居,正因"从今我识",所以心向往之,才有"斜日驱车数数过"的举动。全诗通过写新居来写人,从室依佛,到楼瞰波,从客犹嫌少,到花不厌多,既写居,又写人,虚实相间,相辅相成,进而以莲舌翻澜状其雄辩之才,以竹筒引水喻其输水之功,都生动而形象。

过华西坝

东风吹我到华西,蹴鞠场宽嫩草齐。
几座楼台高过树,两行花柳密陇堤。

家家夷字题门榜，处处胡靴印路泥。

回首城中十万户，可怜枊比类鸡栖。

【简析】

　　选自《寸铁堪诗稿》。华西坝，对于今天的大多数人来说，是比较陌生的，但在当年这里因文人荟萃、大师云集而名闻中外。华西坝是在成都南门外二里、锦江之滨、南台寺之西的一片风景清幽之地，古名"中园"，曾是三国时期刘备游幸之地。五代时，这里成为前蜀皇帝王建的蜀宫别苑，园内有百年老梅状如苍龙，故又称"梅龙""梅苑"。1909年，美、英、加三国五个基督教会在此建起了一所华西协和中学，被成都人称名为"五洋学堂"，1910年，华西协合大学正式成立。1937年，全面抗战爆发，华大迎接友校和逃难的师生，到1941年秋，华西坝共汇聚了同属教会学堂的华西协合大学、金陵大学、金陵女子文理学院、齐鲁大学、燕京大学等五所高校，构建了辉煌的学术地标。当时五大学共有文、法、理、医、农等5个学院六七十个学系，算是战时中国规模最大、学科设置最完整的大学。陈寅恪、顾颉刚、钱穆、徐中舒、蒙文通、冯友兰、吕叔湘、董作宾、林山腴、许寿裳、吴宓、罗念苏、梁漱溟、潘光旦、朱光潜、朱自清、孙伏园、童第周、张恨水等一大批国内名流、名教授，都在坝上任过教或做过演讲。当时受聘于成都燕京大学的陈寅恪有一首《咏成都华西坝》："浅草方场广陌通，小渠高柳思无穷。雷奔乍过浮香雾，电笑微闻送远风。酒困不妨胡舞乱，花羞翻讶汉妆红。谁知万国同欢地，却在山河破碎中。"至1949年，南起一环路，北抵锦江河，东起红星路，西止浆洗街，这方圆近5平方公里的面积，都是华西协合大学的校区，统称为华西坝。本诗即作者对华西坝的描写。首联"东风吹我到华西"点题，交代季节和地点。"蹴鞠场宽嫩草齐"写作者过此地所见，"蹴鞠场"即足球场，华西坝曾经拥有亚洲最大的草皮足球场，华西足球队亦曾风靡国内，这在当时属于新鲜事物，自然吸引作者眼球，所以作者特地拈出来加以描写，"嫩草齐"照应上句的"东风"。颔联继续写所见，"几座楼台高过树"写的是这里的建筑，伴随着华西协合大学的开学，陆续有40余栋风格迥异的建筑横空出世，其中怀德堂、懋德堂、万德堂尤以精致完美、崇宏壮丽闻名，堪称近代成都建筑的典范之作，被当时的建筑师们视为样板，并被中国其他大学模仿。"两行花柳密陇堤"写的是这里的环境，全面抗战期间有27所大学内迁，他们中流传有"三坝"的说法：陕西汉中鼓楼坝因条件较差而被戏谑为"地狱"，中央大学所在的重庆沙坪坝，被称为"人间"，成都华西坝因环境优美被誉为"天堂"。颈联突出这里的人文特征，"家家夷字题门榜，处处胡靴印路泥"中的夷和胡，在这里代指外国，因这五所大学都是教会学校，加之李约瑟、海明威、斯坦贝克、费德林、文幼章等外国名人都在这里讲过学，也就是陈寅恪诗中所说的"万国同欢地"。尾联写作者在华西坝回望城中所见，"十万户"，唐代李景让有句"成都十万户，抛若一鸿毛"，正因为人口众多，所以城中民居像梳齿那样密密地排列着，犹如鸡窝一般。作者在这首诗中，通过对这里一些典型的场景和景物的描写，在读者面前展现了华西坝及成都当年的一些情景，可谓状难写之景如在目前。

湄村次余步虚台韵作春感诗即韵奉和

春至人间愁与俱，知君咄咄又书虚。
即令赋笔高鹦鹉，可要移文到鳄鱼。
残照转添颜色好，东风偏撼鬓毛疏。
重翻旧恨抒新句，寄托遥深愧不如。

【简析】

　　选自《寸铁堪诗稿》。作者曾作《同湄村上步虚台因登怀禹亭》诗，湄村次其韵作了一首春感诗，这首诗是作者即韵奉和之作，内容亦为春感。首联即点题，扣春感。"咄咄又书虚"语本刘义庆《世说新语·黜免》："殷中军被废，在信安，终日恒书空作字。扬州吏民寻义逐之，窃视，唯作'咄咄怪事'四字而已。"后因以"书空咄咄"为叹息、愤慨、惊诧典实。此联言春至人间，而愁亦随春一起到来，但此愁虽随春而来，因春而起，却不是春愁，也不是闲愁，而是"别有幽愁暗恨生"。颔联抒发志向。"赋笔"即写诗之笔，"鹦鹉"指汉祢衡所作《鹦鹉赋》，杜甫《奉赠太常张卿垍二十韵》："健笔凌《鹦鹉》，铦锋莹鹭鹈。"仇兆鳌注："《后汉书》：祢衡在黄祖座，作《鹦鹉赋》，笔不停辍，文不加点。""移文"指行于不相统属的官署间的公文，"鳄鱼"指韩愈所作《鳄鱼文》，韩愈因鳄鱼为害，作此文劝诫鳄鱼搬迁，实则鞭笞当时祸国殃民的藩镇大帅、贪官污吏。此联言即便写诗的水平高于写《鹦鹉赋》的祢衡，也将要作文以声讨那些祸国殃民之人，从而抒写才智之士生于乱世的愤懑心情，反映出作者对政治黑暗的强烈不满。颈联借景抒情，"残照转添颜色好"既是写景，也是抒情，即"天意怜幽草，人间重晚晴"之意，虽是残照，但"落日熔金"，"满目青山夕照明"，却是一天中色彩最为绚丽辉煌之时。出句的情绪是振作的，带有劝慰和自我安慰的意味。对句"东风偏撼鬓毛疏"依然句中转折，"东风"照应前面的"春至人间"，本应让人联想到盎然的春意，但作者却说东风偏偏将鬓毛吹动得稀疏了，人间春至，却也表示着时间的流逝，人也在不知不觉中慢慢变老了，这里包含不尽的喟叹和惆怅。尾联绾合诗题，表达自己即韵奉和、用新句来抒发旧恨，但在"寄托遥深"上却不及湄村，由此可知不但湄村的春感诗有遥深的寄托，而且作者此诗也是有遥深的寄托的。

曾缄诗选评

次韵和湄村咏金凤寺素心辛夷

珍重春风莫浪开，动人怜处是初胎。
奇花梦入文通笔，明月邀归太白杯。
难得寺如金凤好，不须曲奏玉龙哀。
玄都观里桃应妒，悔放刘郎异地来。

【简析】

选自《寸铁堪诗稿》。湄村有诗咏金凤寺素心辛夷，本诗次其韵而和之，内容同样是咏金凤寺的素心辛夷。金凤寺，位于雅安金凤山，始建于唐，盛于宋，寺重建于明，作者与友人曾多次游览并留下不少诗作。辛夷指辛夷树或它的花，今多以"辛夷"为木兰的别称，《楚辞·九歌·湘夫人》："桂栋兮兰橑，辛夷楣兮药房。"洪兴祖补注："《本草》云：辛夷，树大连合抱，高数仞。此花初发如笔，北人呼为木笔。其花最早，南人呼为迎春。"杜甫《逼仄行赠毕曜》诗："辛夷始花亦已落，况我与子非壮年。"王安石《乌塘》诗之二："试问春风何处好？辛夷如雪柘冈西。"素心辛夷即白玉兰。首联"珍重春风莫浪开"为作者叮嘱之语，让辛夷花不要随便开放，因为"动人怜处是初胎"，辛夷花在花蕾时最是惹人怜爱，一旦完全盛开则不那么动人怜了。此联看似无理，却也多情。颔联"奇花梦入文通笔"，辛夷花初出枝头，苞长半寸，而尖锐俨如笔头因而俗称木笔，作者见辛夷花而联想到南北朝时的江淹（字文通），江淹少有文才，以诗名显于天下，相传晚年时曾梦见郭璞索回寄放其处的五色笔，自此江淹作诗绝无佳句，后以江淹梦笔比喻文思泉涌，擅作诗文。这里将"奇花"（即辛夷花）形状因与笔相似，故作者产生如此联想。在手法上将"奇花"拟人化，因而有梦，在这个梦中，花即是笔，笔即是花，有江淹这个典故加持，这辛夷花不但形状神奇，而且还有了灵性，故作者称之为"奇花"。"明月邀归太白杯"依然用出句手法，将"明月"拟人化，由明月发出邀请，让"太白杯"归来，不由让人想起李白的《月下独酌》："花间一壶酒，独酌无相亲。举杯邀明月，对影成三人。"李白是人邀月，而这里是月邀人。由奇花梦笔，再由梦联想明月，由明月联想到李白，由李白联想到酒，可谓浮想联翩，将辛夷花的形态和环境、辛夷花的品格和精神刻画得神情并茂，超凡脱俗。颈联"难得寺如金凤好，不须曲奏玉龙哀。"金凤寺好，所以难得，玉龙曲哀，所以不须奏。以寺和曲，烘托辛夷花的环境。尾联"玄都观里桃应妒，悔放刘郎异地来"其中的"刘郎"既指刘禹锡，也指湄村，因为湄村是刘芦隐的字。此句化用刘禹锡《元和十年自朗州召至京戏赠看花诸君子》："紫陌红尘拂面来，无人不道看花回。玄都观里桃千树，尽是刘郎去后栽。"刘芦隐（湄村）于1894年出生在江西永丰的一个知识分子家庭，他还在小学读书的时候，由他的老师介绍，参加了同盟会。1912年在江西南昌就读于省立第一中学时，听了孙中山先生的讲演，便主动去拜谒中山先生。从此他就一直追随中山先生，从事革命活动，先后担任过旧金山《少年中国晨报》总编辑，中国国民党旧金山总支部总干事和驻加拿大总支部总干事。刘芦隐在美期间曾于1918年考入美国加利福尼亚大学，1922年毕业。1924年参加了中山先生在广州召开的中国国民党第一次全国代表大会，并担任国民党中宣部的秘书。1929年国民党召开第三次全国代表大会时，刘芦隐当选为中央执行委员兼中宣部副部长，继任部长。1931年以后，因为反对蒋政权，被诬为谋杀杨永泰事件主谋而遭到非法监禁。抗战期间，管押地点一再转移，由南昌而武汉，由武汉而重庆，由重庆而成都，1938年日本飞机滥炸成都，他得到西康省主席刘文辉的关照，又被送到雅安。在雅安期间，刘芦隐敬佛诵经、作诗写字，过着隐士一般的生活。所以作者用"玄都观里桃应妒，悔放刘郎异地来"来表达当朝权贵和政敌对湄村鞭长莫及、无可奈何的妒忌和悔恨。整首诗既是写花，也是写人，花即是人，人即是花，把花写活了，同时也把人写活了。

康雅道中

匆匆叱驭上邛崃，半壁关河画本开。
一道蛇蟠通积雪，千峰鹤立迓轻雷。
西征漫拟安仁赋，凿空真惊博望才。
今到八方无事日，边城鼓角不须哀。

【简析】

　　选自《寸铁堪诗稿》。此诗为作者于雅安至康定途中所作。首联扣题，"匆匆叱驭上邛崃"中的"邛崃"指邛崃山脉，为四川盆地灌县至天全一线以西山地的总称，其中的二郎山海拔3437米，是雅安至康定的必经之地；"叱驭"见《汉书·王尊传》：汉琅邪王阳为益州刺史，行至邛崃九折阪，叹曰："奉先人遗体，奈何数乘此险！"因折返。及王尊为刺史，"至其阪……尊叱其驭曰：'驱之！王阳为孝子，王尊为忠臣'"。后因以"叱驭"为报效国家、不畏艰险之典，作者以此表达自己此行非游山玩水，而是因公务在身，即使艰险如邛崃，也是不得不上，"匆匆"见公务之紧迫。"半壁关河画本开"中的"半壁"这里指朝东的半面山崖，唐李白、高霁《改九子山为九华山》联句："层标遏迟日，半壁明朝霞。""半壁"也作"半山腰"解，那么此句也可以理解为站在半山腰，眼前的"关河"犹如画册一样在作者眼前展开（或像展开的画册一样），此句以比喻概述关河之壮美，为下面的描写做铺垫，而"半壁"可知作者行程是由东至西，见作者笔触之细腻。颔联承接上联而来，写康雅道中所见。"一道蛇蟠"状道路如蛇之盘曲蜿蜒,"千峰鹤立"状雪山若鹤之高峙耸立;道用"一"修饰,可知雪山中道路之孤绝,峰以"千"形容,可知高原上雪山之众多,一少一多,反差强烈,从中也可以读出作者此次西行的艰险,上联的"叱驭"在此也有了落脚处和印证;道通积雪,照应"上邛崃"之"上",峰迓轻雷,极言群峰向上耸峙之势,皆切合高原地理特征,其境自然阔大,其势自是非凡。颈联用潘岳和张骞典故抒发志向。"安仁"即潘岳,西晋文学家,著有《西征赋》;"博望"即西汉张骞,因出使西域有"凿空"之功,被封为博望侯。此联表达自己此次西行赴康定,能像潘岳那样笔下生花,能像张骞那样建功立业。尾联以"八方无事"安慰和鼓励自己,"边城鼓角不须哀",自己也不须哀之意也在其中了。此诗结构严谨,层次分明,情景交融,用典浑成,写景抒情皆切合自然环境的特征和作者自身的实际。

冷竹关梨花

去秋经此,红树临流可爱,不无今昔之感,长句记之。

冷竹关前细细风,数家篱落面鱼通。
今来雪压梨花白,昔去霜催柿叶红。
拔地寒峰争向上,背人春水尽流东。
长途物色多堪玩,第一低徊是此中。

【简析】

选自《寸铁堪诗稿》。冷竹关在康定,位于烹坝乡和瓦斯沟之间,今318国道K2810处,是往返成都和康定的必经之地。作者曾多次经过这里,上次经过这里时是上年的秋天,曾有诗咏临流之红树,这次经过这里则是春天，作者看到的是雪白的梨花，故生今昔之感。首联交代所临之地、所处之境，"细细风"加上"数家篱落"，寥寥几笔，勾勒出一幅闲散安逸的画面。颔联写当前景，忆昔日景，两相比对，抒发今昔之感。"今来"指这次是到康定来，"昔去"表明是离康定而去。今来看到的是梨花白得像雪一样压满枝头，着一"压"，可知梨花之繁盛。根据对句"霜催柿叶红"，这里也可以理解为因雪之压，所以梨花白，白是压的结果，春天下雪在高原是常见景象，所以完全可以做此理解。颈联紧扣所临之地的地理特征，撷取所写之地最典型的景物加以描写，这就是"拔地""争向上"的"寒峰"和"背人""尽流东"的"春水"，"背人"照应"今来"，因这里的水"尽流东"，所以作者往康定是溯流而上，而水皆"背人"而去，从这里可见作者细腻处。尾联直接表达观点和感受，"低徊"即留恋徘徊的意思。人既然身在旅途，那么不管美景娱目也好，还是流光惊心也罢，就看抱有何种心态了，其他都是无可奈何的。

炉城三月大雪次韵尖叉

一

漫天飞絮影纤纤，春尽寒多气更严。
满路细铺云母石，乱山浓抹水精盐。
余光泛白来虚室，微溜无声滴画檐。
镇日闭门无个事，小炉煨火试茶尖。

【简析】

选自《寸铁堪诗稿》。这是作者步韵苏东坡《雪后书北台壁二首》而写的诗。苏东坡这两首诗在用韵上很值得品味，因为"尖""叉"二韵属险韵、窄韵，而苏东坡运用自如，韵与意会，语皆浑成，自然高妙，毫无牵强拼凑之迹，具有很高的艺术水平，曾缄即步其韵来写炉城三月大雪，虽难免有游戏成分，但也不失为对功力和水平的一种挑战和检验。为更好地品味曾缄之诗，特将苏东坡的原诗抄录于此，以供比较和体会，苏东坡《雪后书北台壁二首》其一："黄昏犹作雨纤纤，夜静无风势转严。但觉衾裯如泼水，不知庭院已堆盐。五更晓色来书幌，半夜寒声落画檐。试扫北台看马耳，未随埋没有双尖。"其二："城头初日始翻鸦，陌上晴泥已没车。冻合玉楼寒起粟，光摇银海眩生花。遗蝗入地应千尺，宿麦连云有几家。老病自嗟诗力退，空吟冰柱忆刘叉。"曾缄此诗首联即进入正题，"漫天飞絮影纤纤"以"絮"状雪，"漫天"喻其势大，"纤纤"状其细微。"春尽寒多气更严"，时至暮春三月，故曰"春尽"，与江南的暮春三月那"杂花生树，群莺乱飞"的旖旎风光相比，炉城（康定）这里却是"寒多气更严"，突出高原气候特征。颔联在首联用"絮"喻雪后，继续使用比喻手法，"满路细铺云母石，乱山浓抹水精盐"连用两个比喻，将雪比作"云母石""水精盐"，这里既说絮，也说盐，就涉及东晋时的一段佳话，刘义庆《世说新语·言语》："谢太傅寒雪日内集，与儿女讲论文义。俄而雪骤，公欣然曰：'白雪纷纷何所似？'兄子胡儿曰：'撒盐空中差可拟。'兄女曰：'未若柳絮因风起。'公大笑乐。"这就是"咏絮才"这一典故的来源，而将雪比作盐，也未尝就不好，黄庭坚《春雪呈张仲谋》："暮雪霏霏若撒盐，须知千陇麦纤纤。"其中也是用"撒盐"来比喻下雪。此联写的是远景，且有如摄影镜头由近及远的过程，所以有雪如"云母石""水精盐"的错觉或幻觉。颈联近景，"余光泛白来虚室"写雪之光，虚室生白，语出《庄子·人间世》："瞻彼阕者，虚室生白，吉祥止止。"司马彪注："室比喻心，心能空虚，则纯白独生也。"谓人能清虚无欲，则道心自生，这里就不只是对雪光的描写了；"微溜无声滴画檐"写雪之融而形成的檐溜，"微"与"无声"表明因"寒多气更严"故积雪的融化则较为缓慢细微。尾联写因大雪,作者不得不整日闭门在室,无所事事,唯以"小炉煨火试茶尖",由此表达出一种闲情逸致。

二

千林冻合暗栖鸦,万里同云蔽日车。
西塞易飞三月雪,东风别放一番花。
云间滴博将军戍,月下瑶台阿母家。
百战鏖诗夸健者,可能神速似温叉。

【简析】

选自《寸铁堪诗稿》。此诗仍然咏雪。首联"千林冻合暗栖鸦"中"冻合"犹言冰封,李益《盐州过胡儿饮马泉》诗:"从来冻合关山路,今日分流汉使前。"苏轼《雪诗》之一:"石泉冻合竹无风,夜色沉沉万境空。""万里同云蔽日车"中的"同云"语出《诗·小雅·信南山》:"上天同云,雨雪雰雰。"朱熹集传:"同云,云一色也,将雪之候如此。"因以为降雪之典。"千林冻合""万里同云"与千里冰封、万里雪飘相似。雪在林,则"暗栖鸦";雪当空,则"蔽日车"。"日车"即太阳,太阳每天运行不息,故以"日车"喻之,亦指神话中太阳所乘的六龙驾的车,《庄子·徐无鬼》:"有长者教予曰:'若乘日之车而游于襄城之野。'"此联境界开阔,极尽夸张。颔联继续写雪,暗扣诗题,富于地方特征。"西塞易飞三月雪"中"西塞"即西方的边塞,这里指炉城,"易飞三月雪"可见三月雪于此地乃司空见惯,不足为奇。"东风别放一番花"中"东风"扣季节,即使暮春三月,却看不到草长莺飞的景象,于此高寒之地开放的只有雪花,故曰"别放一番花",正所谓作者笔下雪花也是花。颈联"云间滴博将军戍"中的"滴博"乃地名,指滴博岭,杜甫《奉和严公<军城早秋>》:"秋风袅袅动高旌,玉帐分弓射虏营。已收滴博云间戍，欲夺蓬婆雪外城。""月下瑶台阿母家"中"阿母"即西王母，"月下瑶台"，可参看李白《清平调》"若非群玉山头见，会向瑶台月下逢"。作者在此联写的内容并非实写，而是通过这两个意象，以此来进一步写雪，"云间滴博将军戍"取其苍凉肃杀，"月下瑶台阿母家"取其洁白晶莹，可谓以貌取神，殊有言外风致。尾联回到现实，写这次与朋友"百战麈诗"的情景。因为"次韵尖叉"难度很大，所以众人各逞才学与手段，那么其中的"健者"，其神速可能跟温庭筠差不多。"温叉"即温庭筠，孙光宪《北梦琐言》："温庭筠才思艳丽，工为小赋。每入试，押官韵作赋，凡八叉手而八韵成，时人号'温八叉'。"作者本诗中没有局限于对描写对象的形状、动作等做精雕细刻，而是跳脱出来，对其神韵、气质等做渲染，从而丰富了人们对描写对象的认识，扩展了人们想象的空间。

东府、衡如、伯灵、静轩先后和余咏雪之作仍次韵奉答

一

险韵重拈斗巧纤，诗家号令苦森严。
补天有愿难为石，调鼎无功柱似盐。
却转土阶成玉砌，暂教茅屋化银檐。
前山更作横陈想，故挺奇峰学乳尖。

【简析】

选自《寸铁堪诗稿》。东府、衡如、伯灵、静轩都是作者在康定时的

好友，经常在一起以诗唱和。作者步苏东坡《雪后书北台壁二首》用"尖叉"作韵咏雪后，这几人都先后相和，于是作者"仍次韵奉答"。这种相互间的次韵相和，实际上就是前面诗中提到的几人之间的"百战鏖诗"，本诗首联即形象生动地展现了这种情形。颔联转而回到主题，开始写雪。"补天有愿难为石"将雪比作补天石，雪在空中飞舞，有意去填补已经漏了的天，但最终毕竟不是石头，还是会融化，或者掉落下来，所以说"难为石"；"调鼎无功枉似盐"将雪比作调鼎之盐，这是因为雪与盐在形状和色彩上很相似，故做此类比，但雪却没有盐之味，所以调鼎无功，对烹调食物没有作用和效果，虽然作者将雪当作盐，但也由此辜负了作者的这种期许，所以说"枉似盐"。颈联继续写雪，虽然补天不成、调鼎无功，但雪却有能力将土阶转变成玉砌，把茅屋暂化作银檐，以此来形容雪之大和积雪之厚。尾联写雪之白，"前山更作横陈想，故挺奇峰学乳尖"，这里将"前山"拟人化，说前山也有横卧的想法和愿望，所以故意将山峰挺起当作是乳头一样。前山的这种想法，其实来源于作者的奇思妙想，作者将被大雪覆盖的前山想象成一个玉体横陈的美人，其突起的奇峰就是她的乳头，以此来形容雪之白，这种想象既生动形象，又风趣幽默，可谓想落天外，出人意表。

二

一色皑皑点暮鸦，关山欲断使臣车。
人间岁旱空搜粟，天上春残也落花。
月窟清寒淹客子，玉楼安稳住仙家。
乘风我亦思归去，却恐杨朱路有叉。

【简析】

选自《寸铁堪诗稿》。本诗写雪，用叉韵。首联取景旷远，为全诗之笼罩。"一色皑皑点暮鸦"用反衬法，在天地一片白茫茫之中，唯有一只黑色的暮鸦点缀其中，这就让雪之白在视觉上显得更加无边无际，更加耀眼夺目；"关山欲断使臣车"写因雪下得太大，雪积得太厚，造成道路中断，关山阻隔，以至于连"使臣车"几乎都中断了。颔联"人间岁旱空搜粟，天上春残也落花"依然反衬，这里是将人间和天上做比较。"搜粟"为征收粮谷之意，据《汉书》记载，汉武帝时设置搜粟都尉，专事军粮征集。在人间，遇到干旱，则无粟可搜，但在天上，即使春已残（暮春三月），却有花可落，这里的花当然指的是雪花，炉城因其特殊地理位置，在这方面也可谓得天独厚。颈联承前"天上"而来，作者继续展开想象。"月窟清寒淹客子，玉楼安稳住仙家"中的"月窟"即月宫，也就是广寒宫，"玉楼"为传说中神仙居住的地方，这些地方都是清寒安稳之地，都是远离红尘的仙家居所，也是客子欲盘桓久留之处。作者将炉城想象成神仙居住的月窟与玉楼，是因为雪才触发了这种联想，同时反过来也可说是作者以月窟和玉楼来写雪之冰清玉洁，彼此可谓相得益彰。尾联"乘风我亦思归去，却恐杨朱路有叉"用苏轼《水调歌头·明月几时有》"我欲乘风归去，又恐琼楼玉宇，高处不胜寒"句意，不过苏轼担心的是"高处不胜寒"，作者担心的是"杨朱路有叉"，此处用的是杨朱泣岐典，《荀子·王霸》："杨朱哭衢途曰：'此夫过举跬步而觉跌千里者夫！'哀哭之。"谓在十字路口错走半步，到觉悟后就已经差之千里了，杨朱为此而哭泣，后常引作典故，用来表达对世道崎岖，担心误入歧途的感伤忧虑，或在歧路的离情别绪，阮籍《咏怀》："杨朱泣岐路，墨子悲染丝。"本诗境界阔大，想象丰富，层层推进，用典抒发感情并借此脱离一般咏物诗格局，足见其功力。

听阿王师讲经少城公园

> 片心从不为人降，忽遇高僧折慢幢。
> 直令此身如槁木，却疑师口挂长江。
> 跏趺说法风生座，顶礼收经日在窗。
> 大好绿荫蒙密处，杖藜时听一钟撞。

【简析】

选自《寸铁堪诗稿》。少城公园即今成都人民公园，位于成都市区祠堂街少城路。阿王师即诗中所写之高僧，具体情况不详。首联出句表明自己内心从来丝毫不服人，"降"在这里做折服解，反映出作者孤傲自恃、桀骜不驯的本性；对句转折，在"忽遇高僧"时，作者的片心即立刻为之所降，可见这位高僧讲经不但水平高，而且说服力强，宋程公许《挽顺庆使君宝章李十三丈二首》："金相玉质素心降，每见令人折幔幢。"明代张萱《海丰何学实明府以善下子余斋心功过册见投赋此却赠》："才如白锦笔如杠，独步文坛折幔幢。"颔联出句以"身如槁木"形容自己听讲经时的感觉，其目瞪口呆、呆若木鸡之状，如五雷轰顶，如遭电击，惟妙惟肖地表达出阿王师讲经的直击灵魂；对句则以"口挂长江"形容阿王师讲经时给人的感觉，其口若悬河之状，表现出阿王师滔滔不绝的口才。颈联出句写阿王师讲经说法时的情景，"跏趺"是佛教中修禅者的坐法，据佛经说，跏趺可以减少妄念，集中思想，白居易《在家出家》诗："中宵入定跏趺坐，女唤妻呼多不应。""风生座"则形容气氛活跃，杜光庭《虬髯客传》："俄而文皇到来，精彩惊人，揖而坐。神气清朗，满坐风生，顾盼炜如也。"对句则写听众听经后的情景，"顶礼"即五体投地，指以头顶礼佛足，为佛家的最敬礼，这里指听众对阿王师课后所留经书的虔诚礼敬，"日在窗"即日已西斜，表示讲经说法的时间较长，暗喻阿王师的讲经很吸引人，让人不觉时间的流逝。尾联出句描写少城公园景色，对句以钟声结尾，如果从景物描写角度理解，则有余音袅袅之味，如果从佛家警世醒人角度理解，则有当头棒喝之感。

湄村诗来，言与梵众同游金凤寺，远怀林壑，倚韵成吟

俯瞰羌江挹蔡岑，寺门掩映万松深。
愚公竟有移山志，元亮乃无出岫心。
晓起穿花寻古塔，夜暝和月伴幽禽。
城居我亦思林壑，息影何时就树荫。

【简析】

选自《寸铁堪诗稿》。作者曾多次游览金凤寺并多有题咏，此诗是因友人湄村（刘芦隐）与江梵众同游金凤寺后有诗寄来，引发作者心生艳羡，遂"远怀林壑"而"倚韵成吟"。首联写金凤寺，该寺位于雅安金凤山，始建于唐，盛于宋，重建于明。"俯瞰羌江挹蔡岑"交代金凤寺的位置及其地势，"羌江"即李白《峨眉山月歌》"峨眉山月半轮秋，影入平羌江水流"中的平羌江，"蔡岑"即蔡山，在雅州严道县（今四川雅安荥经），因诸葛亮征蛮至此而梦周公，更名周公山。"寺门掩映万松深"写寺庙环境之清幽。两句写景由远及近、由大到小，写出了该寺巍峨的气势、肃穆的气象。颔联"愚公竟有移山志"的愚公移山，典出《列子·汤问》，"竟"表达难以置信，却更见愚公信念之坚定、毅力之顽强；"元亮乃无出岫心"用陶渊明典，其《归去来兮辞》"云无心以出岫，鸟倦飞

而知还。"用"云"和"鸟"作比,表达其由出仕而归隐的心路历程,而作者在这里表达的意思与陶渊明有所不同,陶渊明的出岫是无心的,但毕竟有"出岫"之行,这也是陶渊明后来"悟已往之不谏,知来者之可追。实迷途其未远,觉今是而昨非。"然后"奚惆怅而独悲",最后毅然归去的原因,而作者在此诗中表达的比陶渊明更彻底、更决绝,他说纵然胸有移山之志,但自己从来就没有出岫之心,没有出岫,何来归去?作者借此表达题注中"远怀林壑"之意。颈联承首联,写游金凤寺的情景,这也许是作者想象友人们游览时的情景,也许是作者追忆自己以前游览时的情景:白天,穿花寻古塔;晚上,和月伴幽禽。无论如何,这既是优雅闲适之景,也是优雅闲适之事,从而引出尾联。"城居我亦思林壑,息影何时就树荫"中的"息影",语本《庄子·渔父》:"不知处阴以休影,处静以息迹,愚亦甚矣!"后以"息影"谓归隐闲居,白居易《重题》诗:"喜入山林初息影,厌趋朝市久劳生。"尾联中的"城居"与"林壑""树荫"相对,是两种不同的生活态度和生活状态,而作者的选择是明确的。

咏涉趣园

堂前隙地弥亩广,为园,名之曰涉趣。

小园涉趣本泉明,饭后携邛自在行。
冐树深嫌蛛网密,鸣枝长爱鸟声清。
乘闲诵佛原无事,随分吟诗岂为名。
比似扬雄吾未可,免劳奇字问先生。

【简析】

选自《寸铁堪诗稿》。涉趣园,根据题注和诗意,应在作者于成都的居所人外庐,为其堂前一园。首联从小园中清澈的泉水切入,"小园涉趣本泉明"中"涉趣"谓有意趣的,多指景色,钱起《仲春晚寻覆釜山》诗:"况我爱青山,涉趣皆游践。"此为小园得名之由来;"饭后携邛自在行"述作者饭后在园中悠闲地散步,能够拄着拐杖"自在行",说明这个小园其实不小,按题注中所说的"弥亩",那么作者在园中随便行走就一点也没有夸张,《晋书·隐逸传·索袭》:"宅不弥亩而志忽九州,形居尘俗而栖心天外。"既有住宅,还有园子,这在城市里面是很难得的。颔联具体描写园中之景,"冒树深嫌蛛网密"写密密的蛛网网住树间,自己很是厌恶,其实这是从另一角度在夸耀园中的树木很茂盛;"鸣枝长爱鸟声清"则写清脆的鸟鸣声从枝头传来,自己很是喜欢,恰如所谓"鸟鸣山更幽",这其实在写园子的清幽及其良好的生态。颈联写自己在园中的活动,一是"乘闲诵佛",这是因为自己本来无事,二是"随分吟诗",但吟诗不是为了出名,因为吟诗乃"随分"之举,"随分"即依据本性,按照本分,刘勰《文心雕龙·镕裁》:"谓繁与略,随分所好。"周振甫注:"随分所好,跟着作者性分的爱好。分,性分,天性,个性。"可见作者在园中的活动是"乘闲""随分"的,是无拘无束、自由自在的,是安逸舒适、清雅有趣的。尾联用扬雄典故,言自己与扬雄相比当然还不行,但也不用因问字去劳烦扬雄老先生。扬雄,西汉蜀郡人,字子云,少好学,博览群书,长于辞赋,年四十余,始游京师,以文见召,奏《甘泉》《河东》《羽猎》《长杨》等赋。成帝时任给事黄门郎,后仕于王莽,为大夫,校书天禄阁,著有《太玄》《法言》《方言》《训纂篇》,据《汉书·扬雄传》载,扬雄多识古文奇字,刘棻曾向扬雄学奇字,后来称从人受学或向人请教为"问字",赵翼《稚存见题贱照》诗:"乞书币涌李邕门,问字酒填扬子宅。"从"比似扬雄吾未可",可见其谦逊,从末句的"免劳奇字问先生",可见作者的自信和自负。

曾缄诗 选评 ZENG JIAN SHI XUAN PING

湄村木雁恰庵见和尖叉诗三叠赋答

一

斗韵麈诗莫厌纤，每从奇险幻庄严。
霜飞寒食来青女，山刺高天仰白盐。
晓起寒风惊拂面，夜吟冷月静窥檐。
诸君肯和巴人曲，不断挥斤到鼻尖。

【简析】

　　选自《寸铁堪诗稿》。这是作者三叠尖叉韵赋答友人见和。首联述友人间"斗韵麈诗"的激烈情状及各显神通的高超手段。尖叉韵当属险韵，作者及其友人们能至三叠并且能不凑韵还能写出不俗的诗来，由此就能管窥他们的功力和水平。在这里"纤"作纤弱、纤巧、纤柔、纤细解，那么说明他们为了将"雪"这一历来吟咏众多、佳作迭出的题材写好写出彩，在斗韵麈诗中不得不别出心裁、争奇斗艳，各种风格无不尝试，可谓无所不用其极，所以下句"每从奇险幻庄严"即道出这样苦心孤诣、不懈追求而收获的效果，"奇险"与"庄严"本是两个相对的风格，如奇险，就得剑走偏锋，则很难庄严，如庄严，就得堂堂正正，则很难奇险，但他们就偏偏能做到这点，或者也可以将"奇险"从技术层面加以理解为：一是韵险且一叠二叠连三叠，二是"雪"这一主题，好的构思、好的意境、好的句子等都被前人写尽写透，再要写好这一题材，难度不是一般的大，所以称为"奇险"，但他们也总能突围而出，获得好的效果。从"莫厌"二字看，他们对"纤"这种风格是不喜欢的，甚至是排斥、嫌弃的，但为了出奇制胜，也不妨尝试。从此联可以看出他们的诗观，也可以看出他们对待诗的态度。颔联转入对雪的描写，"霜飞寒食"仍紧扣高原气候，虽然寒食节已经是农历四月初了,但霜雪还是照飞不误,"青女"乃传说中掌管霜雪的女神,借指霜雪,《淮南子·天文》:"青女乃出,以降霜雪。""山刺高天"言山之高,"白盐"仍喻雪。颈联写雪中之景,用"寒风""冷月"这两个意象,渲染从早到晚人们感受到的寒和冷,展现出一幅天寒地冻的清冷画卷。尾联照应首联并点题。"巴人曲"与阳春曲相对,泛指民间通俗歌曲,这是作者自谦之词;"挥斤"即挥动斧头,《庄子·徐无鬼》:"郢人垩慢其鼻端,若蝇翼,使匠石斫之。匠石运斤成风,听而斫之,尽垩而鼻不伤,郢人立不失容。"后用为发挥高超技艺的典故,这是作者对友人们的和诗水平的高度评价。

二

自惭小技解涂鸦,磨盾年年托后车。
颇讶连山多玉树,犹疑糁径是杨花。
边关寒色兼春色,比屋蛮家集汉家。
遥羡故人羌水上,江清鱼好正堪叉。

【简析】

　　选自《寸铁堪诗稿》。本诗主题依然是雪,但首联先说这次"斗韵鏖诗"事,"自惭小技解涂鸦"中的"小技"即雕虫小技,比喻微不足道的技能,"涂鸦"语本唐代卢仝《示添丁》:"忽来案上翻墨汁,涂抹诗书如老鸦。"形容毛笔字的拙劣,亦用以谦称自己的吟诗作文、绘画或书法方面的拙劣,作者对自己写诗的能力和水平感到惭愧,当然这是谦辞;正因为自己的能力和水平不怎么样,所以"磨盾年年托后车",即能在盾牌把手上磨墨草檄这种人只有寄希望于后车,曹寅《一日休沐歌》:"程君磨盾亦奇才,一挥万汇驱风埃。"顾炎武《重过代州赠李处士因笃在陈君上年署中》诗:"穷愁那得一篇书?幸有心期托后车。"颔联转入对雪的描写，"颇讶连山多玉树"中的"连山"即满山，"玉树"指白雪覆盖的树，韦庄《夜雪泛舟游南溪》："两岸严风吹玉树，一滩明月晒银砂。""犹疑糁径是杨花"，将纷纷洒落于路上的雪疑为漫天飞舞的杨花（柳絮），这里用谢道韫"未若柳絮因风起"典，刘义庆《世说新语》载：谢太傅寒雪日内集，与儿女讲论文义，俄而雪骤，公欣然曰："白雪纷纷何所似？"兄子胡儿曰："撒盐空中差可拟。"兄女曰："未若柳絮因风起。"颈联写雪中之景，"边关"扣炉城，"寒色"扣雪，"春色"扣三月，特殊的地域，所以才有这种同时既有寒色又有春色的奇异景观，"比屋蛮家集汉家"写炉城之中"蛮家"与"汉家"混杂而居、和谐相处的情景。作者于尾联展开想象，身处炉城三月大雪之中的作者，不由遥想此时"江清鱼好"的平羌江上，正是故人们叉鱼的好时节呢，作者在结尾给我们展示了一幅春江叉鱼图，这一想象中的画面是如此的旖旎明媚，与仍然天寒地冻的炉城景象是如此的不同。这不是脱离主题的游离之笔，而是作者通过这样的反衬，从另一角度依然在写雪，在进一步强化其雄浑苍凉的壮美。

苍坪喜雨

赫赫骄阳剧火攻，陡闻霹雳下虚空。
数峰起伏烟云际，万绿动摇风雨中。
美睡今宵应化蝶，丰年此地不啼鸿。
果然消夏苍坪好，褉被时来作寓公。

【简析】

选自《寸铁堪诗稿》。苍坪即苍坪山，山在雅安。首联"赫赫骄阳剧火攻"写酷热之状,"赫赫"即显盛的样子,同时也指炎旱,《庄子·田子方》:"至阴肃肃,至阳赫赫。""剧火"即猛火。骄阳犹如火攻,极言其热。下句陡转,忽闻霹雳从天而降,此为下雨的前兆,为下面写雨做铺垫。颔联正面写雨。因云遮雾罩,山峰在其间若隐若现,犹如山峰在起伏一样;因雨横风狂,树木随之摇动,其碧如洗。雷电交加,暴雨倾盆,可以想象暑气也随之消散,这番景象与首联的"赫赫骄阳剧火攻"迥然不同,这也是作者在诗题中所说"喜雨"之"喜"的缘由。颈联继续深化对"喜雨"的描写。"美睡今宵应化蝶"以能美美地睡上一觉,并有可能像庄子一样在梦中化蝶来表达自己对这场及时雨的欣喜之情,"化蝶"指庄子梦化为蝴蝶的故事,《庄子·齐物论》:"昔者庄周梦为蝴蝶,栩栩然蝴蝶也。自喻适志与!不知周也。俄然觉,则蘧蘧然周也。不知周之梦为蝴蝶与?蝴蝶之梦为周与?"后因借指睡梦;"丰年此地不啼鸿,"这里用的《诗经·小雅·鸿雁》这个典故,诗曰:"鸿雁于飞,哀鸣嗷嗷。维此哲人,谓我劬劳。"后来以啼鸿、哀鸿喻指饥寒交迫、流离失所的百姓。因为这次降雨,消除了旱灾,今年此地注定是一个丰收之年,老百姓也将因此而丰衣足食。前者是从个人角度写此次降雨的好处,后者则是从老百姓的角度出发写此次降雨的好处,这才是作者为何而喜的真正原因。"美睡"也好,"丰年"也罢,都得益于这场如甘霖一样的及时雨,此联两句由小到大,推己及人,有了后面这句,此诗的格局就大了,境界就高了,主题也因此得到了升华。尾联"果然消夏苍坪好,襆被时来作寓公"中的"襆被"即用袱子包扎衣被、准备行装,"寓公"这里指客居或寄寓他乡之人,作者因这场雨,感受到苍坪是一个消夏的好去处,所以自己打算时不时地来住一住,作者在最后还通过这个愿望,来进一步表达对苍坪和这场雨的赞美和喜爱。

答湄村

湄村复诗，谓术士言其骨相似东坡，真有夺我眉山之意，再次前韵答之。

苏刘异代偶同栖，面目庐山岂自迷。
论政心雄万夫上，谭诗首为古人低。
我因救赵先围魏，君莫升楼更去梯。
一笑争墩成底事，人生到处本鸿泥。

【简析】

选自《寸铁堪诗稿》。湄村即作者好友刘芦隐，他所居住的地方以前名四经楼，是苏洵、苏轼、苏辙他们留下来的旧居。作者在其《<三山雅集>图记》中说："缄与永丰刘湄村、宁乡程木雁同客雅安，时有唱酬之作。湄村诗略似王半山，木雁专拟陈后山，缄则有慕于眉山苏氏，因号其诗曰《三山雅集》。"湄村不但住在三苏遗寓，而且还"谓术士言其骨相似东坡"，作者以为"真有夺我眉山之意"，遂"戏次其韵""再次前韵答之，"以此作为朋友间游戏。本诗即回复湄村之作。首联"苏刘异代偶同栖"谓湄村（刘芦隐）与三苏先后居住过同一寓所，不过纯属偶然而已；"面目庐山岂自迷"用苏东坡《题西林壁》："不识庐山真面目，只缘身在此山中"典，谓与湄村彼此间十分熟识，不会搞不清楚，这是针对"谓术士言其骨相似东坡"说的。颔联从"论政""谭诗"两个方面对湄村做出评价。"论政"是"心雄万夫上"，可谓眼中无余子，志向极大，"谭诗"则"首为古人低，"可谓除却巫山不是云，只服古人，不论是为政还是作诗，湄村都出类拔萃。颈联"我因救赵先围魏"用围魏救赵典，"君莫升楼更去梯"用上楼去梯典，《三国志·蜀志·诸葛亮传》："琦乃将亮游观后园，共上高楼。饮宴之间，令人去梯，因谓亮曰：'今日上不至天，下不至地，言出子口，入于吾耳，可以言示？'"比喻进行极其秘密的谋划，也比喻诱人上当。作者通过两个典故，告诫湄村不要既占了三苏旧寓，又生"夺我眉山之意"，因为我已经避其锋芒，早有出奇制胜的胜算。这些看起来煞有介事，其实是作者与友人之间的戏谑。尾联"一笑争墩成底事"用王安石（半山）典，"墩"指谢公墩（又名谢安墩），谢安字安石，其字与王安石之名相同，后来王安石退居金陵，买的宅院正好在谢安的府邸旧址，宅内有以谢安命名的"谢公墩"，王安石于是戏作诗道："我名公字偶相同，我屋公墩在眼中。公去我来墩属我，不应墩姓尚随公。"作者《安石榴花盛开题一绝》诗："点点猩红卧绿云，花时况值好风薰。莫教栽近王安石，一例争墩恐到君。"作者将湄村与王安石等同，因为湄村既是"三山雅集"中的半山，同时他的"争墩"行为也与王安石类似，可谓用典巧妙。作者以这个"争墩"典故用来比拟湄村与三苏的异代同栖，或者比拟湄村与作者之间的眉山之争，接着笔底一转，自己从这件事中超脱出来，觉得"争墩"之事简直有些莫名其妙，不由付之一笑，因为"人生到处本鸿泥"。这里用苏东坡典，其《和子由渑池怀旧》："人生到处知何似，应似飞鸿踏雪泥，泥上偶然留爪印，鸿飞那复计东西。"后用"鸿爪""鸿泥"比喻往事留下的痕迹，尾句充分体现了苏东坡"菊花开处乃重阳，凉天佳月即中秋"所表达的那种虽百折千回却能发自内心的豁达乐观、虽遇各种环境都能随遇而安的安心自在，从而将整首诗的境界上升到了一个新的高度。

硐门

十里平畴绕郭开，硐门深处问楼台。
梅龙已逐狂飙去，石燕还催暴雨来。

市井少年多佩犊，风尘过客趄衔杯。

河阳花满翻成祸，奇绝官家百里才。

【简析】

　　选自《寸铁堪诗稿》。本诗作于1949年前，碉门，即碉门寨，在天全县，清初顾祖禹《读史方舆纪要》记载："县西北百五十里，即和川镇、雅州西通蛮路也。元至元初，置碉门等处安抚司于此。二年，安抚司高保四言，碉门旧有城邑。中统初，为宋所废，众依山为栅，去碉门半舍，欲复戍故城，便于守佃，敕秦蜀行省相度行止。明初，亦设碉门百户所，有石城足以控御，盖州之灵关、碉门、始阳，皆通番之道，而碉门最为要害。两山壁立，一水中通，特设禁门以限中外。碉门以外，即天全境，所谓万里乾河，直达碉门者也。"此诗写碉门，开篇"十里平畴绕郭开"即对碉门外部景色进行描写，随后将笔触转入碉门内部，让读者知道碉门外围为郭（城外围着城的墙），郭之外则是十里平畴，而碉门之内则是楼台，由外而内，由远及近，层次分明。颔联"梅龙已逐狂飙去"，从作者在此句下自注"县署老梅一株，数百年物也，前日被大风拔去"可知，此处"梅龙"即偃卧如龙形的老梅树，下句的"石燕"指似燕之石，二者皆碉门内所见之物，而"狂飙""暴雨"既是实况，也是一种氛围渲染。颈联"市井少年多佩犊"中的"佩犊"即带牛佩犊，《汉书·循吏传·龚遂》："遂见齐俗奢侈，好末技，不田作，乃躬率以俭约，劝民务农桑……民有带持刀剑者，使卖剑买牛，卖刀买犊，曰：'何为带牛佩犊！'"后世因以为农民被迫弃农暴乱之典，宋·徐钧《龚遂》诗："带牛佩犊俗难平，喜得公来便息兵。"后句"风尘过客趄衔杯"中的"风尘过客"指作者自己，"趄衔杯"即折身转去饮酒，此联写当时世道的混乱，而作者对此虽深感忧郁，却无能为力，无可奈何，唯有借酒浇愁。尾联"河阳花满翻成祸"用潘岳典，《白氏六帖》卷二十一载："潘岳为河阳令，种桃李花，人号曰：河阳一县花。"" 奇绝官家百里才"用庞统典，《三国志·蜀志·庞统传》："先主领荆州，统以从事守耒阳令，在县不治，免官。吴将鲁肃遣先主书曰：'庞士元非百里才也，使处治中、别驾之任，始当展其骥足耳。'"故"百里才"后来指能治理一县的人才。此联下作者自注"县中多种罂粟。"所以诗中谓"河阳花满"反而成了祸害，最后将此地的官家与潘岳、庞统作比，虽称"奇绝，"讥讽之意却十分明显。此诗表达了作者对已经百病丛生的世道的忧虑，对胡作非为或无所作为的官家的不满，用典灵活，运笔深曲，寄慨遥深。

二郎山上作

昔从元戎将大车，今携佳侣走肩舆。
好峰欢若觌知己，长路熟于温旧书。
雪岭岂容他处见，峨眉犹是此山余。
层城县圃穷登陟，更拟乘风上碧虚。

【简析】

　　选自《寸铁堪诗稿》。"千里川藏线，天堑二郎山"，位于天全县的二郎山是川藏线从成都平原到青藏高原的第一座高山。此诗写作者登览二郎山的情景。首联今昔对比，昔日是跟随长官驾车而过，今日则是与友朋乘坐轿子而来。一紧迫，一悠闲，今昔心境不同。颔联写故地重游，因为此前多次经过此地，所以美丽的山峰看见自己就像见到知己一样兴高采烈，不说自己欢喜，而是说山峰欢喜，则自己之欢喜已在不言中，此即王国维所谓"以我观物，故物皆着我之色彩"的"有我之境"；漫长的道路于作者熟悉得就像重温以前多次读过的旧书一样，因熟悉，故亲切。颈联由近及远，极言二郎山之高之大。"雪岭岂容他处见"，大有"一览众山小"之慨，就连横亘成都平原西部的峨眉山也只是此山的余脉而已。尾联极尽想象，"层城""县圃"都是指古代神话中昆仑山上神仙居住的地方，此处喻二郎山，"穷登陟"，表示游览已尽，但作者到此地步仍不罢休，任随兴之所至，便欲更进一步，乘风直上青天，去看看天上的景象，于此将写景与抒情推向极致。全诗境界阔大，气象恢宏，与所写之景和所抒之情相一致。

金凤寺戏赠湄村

时君方卖字醵金培修寺殿，有句云："不须长技为檀越，唯卖南官书画船。"黄祥人先生守雅州，常经营此寺，怨家以"留连金凤"劾之。上官以金凤名艳，疑其狎妓，几不免。今君踵黄故事，吾窃为之惧。

邃谷深山作道场，迷阳却是楚歌狂。
不趋青琐陪鸳鹭，独聚黄金铸凤凰。
千树桃花刘梦得，一船书画米元璋。
留连获罪君知否，莫遣招提化女郎。

【简析】

选自《寸铁堪诗稿》。此诗写湄村卖字以筹集资金为培修金凤寺之事。题注中作者述黄祥人守雅州时，常经营金凤寺，被怨家举报弹劾，罪名是"留连金凤"，上官看见"金凤"这样香艳的名字，遂怀疑黄祥人狎妓，因此差点被处理，现在湄村也像黄祥人那样"留连金凤"，由于殷鉴不远，作者担心湄村也遭此不白之冤，所以写此诗相戏，同时也提醒好友不要重蹈覆辙。湄村（刘芦隐）于1929年当选为国民党中央执行委员兼中宣部副部长，继任部长，1931年以后，因为反对蒋政权，被诬为谋杀杨永泰事件主谋而遭到非法监禁，抗战期间，管押地点一再转移，由南昌而武汉，由武汉而重庆，由重庆而成都，1938年日本飞机滥炸成都，他得到西康省主席刘文辉的关照，又被送到雅安。在雅安期间，刘芦隐敬佛诵经、作诗写字，过着隐士一般的生活。此诗前四句即写湄村在雅安的生活，特别是培修金凤寺这件事。"邃谷深山作道场"述其隐居在"邃谷深山"，整日敬佛诵经，但湄村毕竟不是一般人物，所以"迷阳却是楚歌狂"，这里作者将湄村比作佯狂避世的接舆，《论语·微子》："楚狂接舆歌而过孔子曰：'凤兮凤兮，何德之衰！'"邢昺疏："接舆，楚人，姓陆名通，字接舆也。昭王时，政令无常，乃披发佯狂不仕，时人谓之楚狂也。""不趋青琐陪鸳鹭"承"迷阳却是楚歌狂"，"青琐"借指宫廷，杜甫《秋兴八首》："一卧沧江惊岁晚，几回青琐点朝班。""鸳鹭"比喻朝官行列整齐有序，杜甫《暮春题瀼西新赁草屋》："未息豺虎斗，空惭鸳鹭行。"此句写湄村远离官场和同僚，"独聚黄金铸凤凰"写湄村卖字醵金培修金凤寺，"凤凰"借指金凤寺。五六句分别以刘禹锡和米芾比附湄村，"千树桃花刘梦得"承"不趋青琐陪鸳鹭"，借刘禹锡"玄都观里花千树，尽是刘郎去后栽"比附湄村遭遇诬陷管押，那千树桃花是这之后才栽的，以此借题发挥，讽刺那些政治暴发户，从而表达内心极大的鄙视和无情的讽刺；"一船书画米元璋"，写北宋书法家、画家、书画理论家米芾富于收藏，宦游外出时，往往随其所往，在座船上大书一旗"米家书画船"，作者将湄村比作以书画名世的米芾，此句承"独聚黄金铸凤凰"，以此写湄村卖字以筹集资金为培修金凤寺之事。七八两句提醒湄村有关黄祥人因"留连金凤"而差点获罪之事，"招提"原为四方僧的住处，后泛指寺院或僧房，"莫遣招提化女郎"既是戏谑，也是对好友的关心。全诗语言既典雅又诙谐，用典既准确又生动，既表达了对好友高洁人品的推崇，也表达了对好友修庙善行的赞许，在戏谑中体现了对"踵黄故事"的警示,也饱含着"窃为之惧"的真情。

西南

天将形胜付西南,万壑千岩秀色含。
蒙顶石花春第一,峨眉山月夜初三。
得闲便拟携邛杖,所到皆思结草庵。
管领汉嘉谁最好,风流太守忆岑参。

【简析】

　　选自《寸铁堪诗稿》。西南,指我国西南地区,包括四川、重庆、云南、贵州、西藏等省区,从本诗诗意理解,全诗不是写整个西南秀美的山川,而主要是写汉嘉风光。首联"天将形胜付西南"中的"形胜"指山川秀美之地,这是作者给出的判断或得出的结论,"万壑千岩秀色含"即上句判断或结论的具体支撑或依据,这是一个大的或总的描写,以"秀色含"总领全篇。颔联承上而来,写具体之景。这里拈出了两个代表,一是"蒙顶",二是"峨眉"。前者即位于四川省雅安市的蒙顶山,古人形容这里"仰则天风高畅,万象萧瑟;俯则羌水环流,众山罗绕,茶畦杉径,异石奇花,足称名胜"。"石花"乃茶名,突出了蒙顶山春茶天下第一的名气。后者则描写初三夜的峨眉山月。不论是蒙顶春茶还是峨眉山月,都是蜀中著名风物。不论是"春第一"还是"夜初三",体现的都是一个"秀"字。此联的构思、结构及用语与丘逢甲《绮疏》"倾国名花春第一,新年眉月夜初三"相似。颈联"得闲便拟携邛杖,所到皆思结草庵"表达作者只要有空闲时间就想出游、每到一个地方都想住下来的心情和愿望,作者之所以产生这种想法,当然是受上面所描写的景物的吸引和诱惑，这两句从这个角度进一步渲染此地山川之秀美。尾联从景物写到人，"管领汉嘉谁最好，风流太守忆岑参"中"汉嘉"本汉青衣县，后改曰汉嘉，三国蜀置汉嘉郡，晋并废，故城在今四川彭水县东（见《中国古今地名大词典》），苏东坡《送张嘉州》："少年不愿万户侯，亦不愿识韩荆州。颇愿身为汉嘉守，载酒时作凌云游"。"岑参"，唐代著名诗人，荆州江陵人，曾任嘉州刺史，后人因称"岑嘉州"。岑参《上嘉州青衣山中峰题惠净上人幽居寄兵部杨郎中》："青衣谁开凿，独在水中央。浮舟一跻攀，侧径缘穹苍。绝顶诣老僧，豁然登上方。诸岭一何小，三江奔茫茫。"《登嘉州凌云寺作》："搏壁跻半空，喜得登上头。始知宇宙阔，下看三江流。天晴见峨眉，如向波上浮。"皆写汉嘉名篇，作者因眼前汉嘉风物而遥想当年岑参风流，不禁悠然神往，将写景上升到对汉嘉风神的追慕。

湄公遇赦赋寄

一纸书来散万愁，赐环消息至刀州。
贾生它夜虚前席，小白何时相射钩。
稍喜诗传三雅集，更无人伴四经楼。
知君了却乌台案，先写新篇报子由。

【简析】

选自《寸铁堪诗稿》。湄村即刘芦隐，于1894年出生在江西永丰的一个知识分子家庭，他还在小学读书的时候，由他的老师介绍，参加了同盟会。1912年在江西南昌就读于省立第一中学时，听了孙中山先生的讲演，便主动去拜谒中山先生。从此他就一直追随中山先生从事革命活动，先后担任过旧金山《少年中国晨报》总编辑，中国国民党旧金山总支部总干事和驻加拿大总支部总干事。刘芦隐在美期间曾于1918年考入美国加利福尼亚大学，1922年毕业。1923年回国后，1924年参加了中山先生在广州召开的中国国民党第一次全国代表大会，并担任国民党中宣部的秘书。1929年国民党召开第三次全国代表大会时，刘芦隐当选为中央执行委员兼中宣部副部长，继任部长。1931年以后，因为反对蒋政权，被诬为谋杀杨永泰事件主谋而遭到非法监禁。抗战期间，管押地点一再转移，由南昌而武汉，由武汉而重庆，由重庆而成都，1938年日本飞机滥炸成都，他得到西康省主席刘文辉的关照，又被送到雅安。此诗为刘芦隐被赦后所作。首联"一纸书来散万愁"的"书"代指赦免的通知或文件，多年冤案一朝遇赦，自然万愁皆散，"赐环消息至刀州"中的"赐环"亦作"赐圜"，旧时放逐之臣，遇赦召还谓"赐环"，语本《荀子·大略》："绝人以玦，反绝以环。"杨倞注："古者臣有罪待放於境，三年不敢去，与之环则还，与之玦则绝，皆所以见意也。""刀州"即益州，王维《送崔五太守》："剑门忽断蜀川开，万井双流满眼来。雾中远树刀州出，天际澄江巴字回。"此句的意思即遇赦召还的消息传到了四川，当然刘芦隐和作者都得到这个消息了，喜悦之情不言自明。颈联用典，"贾生它夜虚前席"中"贾生"指贾谊，"前席"谓欲更接近而移坐向前，《汉书·贾谊传》："文帝思贾谊，徵之。至，入见，上方受釐，坐宣室，上因感鬼神事而问鬼神之本。谊具道所以然之故。至夜半，文帝前席。"作者认为刘芦隐从此也将像贾谊一样受到重视或重用。"小白何时相射钩"中的"小白"指齐桓公，"射钩"指管仲射齐桓公事，春秋时齐襄公昏乱，其弟纠奔鲁，以管仲、召忽为师；小白奔莒，以鲍叔牙为师。襄公死，纠与小白争归齐国为君。管仲将兵遮莒道阻小白，射中其衣带钩。小白佯死，得先入为君，是为桓公。桓公即位后不记旧仇，任管仲为相，终成霸业。《左传·僖公二十四年》：

"齐桓公置射钩而使管仲相。"作者用齐桓公不计旧仇,仍然任用管仲为相的典故,希望刘芦隐能够像管仲一样,虽然得罪高层,但依然能获得重用。颈联叙述刘芦隐被软禁在雅安期间,与作者自己往来交往的那些温馨片段。"稍喜诗传三雅集"中的"三雅集"指《三山雅集》,当时作者任雅安县长,与避寇来蜀的程穆庵和被"流放"的刘芦隐交往过从,时有诗词唱和,后结集为《三山雅集》,谢无量作序,四川著名画家江梵众为制"三山雅集图"。这是他们在雅安度过的一段快乐时光,也是他们十分在意也十分得意的一件雅事。"更无人伴四经楼"的"四经楼"是刘芦隐在雅安时所居,旧名"四经楼",是苏洵、苏轼、苏辙遗寓,作者曾为此与其以诗相戏相争,现在刘芦隐遇赦召还,当真是人去楼空,作者自不免生物是人非之感。尾联用苏东坡典,"知君了却乌台案"的"乌台"亦称"柏台",据《汉书·薛宣朱博传》记载,御史台中有柏树,野乌鸦数千栖居其上,故称御史台为"乌台。""乌台案"即乌台诗案,该案发生于元丰二年(1079年),时御史何正臣等上表弹劾苏轼,奏苏轼移知湖州到任后谢恩的上表中,用语暗藏讥刺朝政,随后又牵连出大量苏轼诗文为证,这案件先由监察御史告发,后在御史台狱受审,"乌台诗案"由此得名。作者以此典是为了说明刘芦隐的案子是一桩冤案。"先写新篇报子由"的"子由"即苏东坡(字子瞻)的弟弟苏辙(字子由),那么今日遇赦,这一消息肯定第一时间是告诉自己的兄弟,由此可见作者与刘芦隐之间深厚的感情。

川陕铁路将通喜而有作

一道长烟比墨浓,连车奋迅似神龙。
惊心白昼行千里,回首青山失万重。

才向蜀中辞汉柏，已从岭上对秦松。
终南积翠君休顾，火急褰帷望华峰。

【简析】

　　选自《寒斋诗稿》。川陕铁路，即宝成线，南起四川成都，北至陕西宝鸡与陇海线相接，可直达西安，1956年建成通车，是第一条沟通中国西南和西北的铁路交通大动脉，改变了"蜀道难"的局面。此诗即为此而作，表达了作者的喜悦之情。"将通"，说明写此诗时，这条铁路还没有正式开通，所以诗中所写全是作者想象及展望之辞。以前出川难，而一旦川陕铁路开通，则变得不仅易，而且快，此诗即从这个角度展开想象和抒写。首联连用两个比喻，即烟比墨浓，说明火车力量大，因为当时火车的动力几乎都是蒸汽机；车似神龙，形容火车速度快。力量大，故速度快。而一道长烟，也给人一种快得像一溜烟似的感觉。颔联承接首联"奋迅"而来，火车昼行千里让人心惊，而一回头，万重青山已经抛在身后，远得都看不见了，不由让人想起李白的"轻舟已过万重山"。此联极言其快。颈联流水对，具体写火车怎么个快法，即刚告别蜀中的汉柏，就马上面对秦岭上的青松了。这种写法，与杜甫的"即从巴峡穿巫峡，便下襄阳向洛阳"相似。尾联继续写火车之快，作者煞有介事地提醒乘车之人，不要回头留恋终南山上的积翠，赶紧撩起窗帘往前看，因为华山已经在望中了。"火急"，形容时间紧迫，刻不容缓，仍然着眼在快。全诗从成都写到西安，一片神行，略无阻碍，给人以"千里江陵一日还"之感，读来甚觉畅快。

种菜三首

一

平生早被诗书误，投老方知稼穑难。
今日闭门初种菜，异时举室得加餐。
阶前隙地堪锄否，屋后残砖试伐看。
垦植全凭儿女力，衰翁倚杖但旁观。

【简析】

　　选自《青松馆诗稿》。诗题种菜，首联借题发挥，抒发感慨，因早年耽于诗书，到老从事稼穑，才悔早年之"误"，方知今日之"难"；诗书解决精神上的需要，稼穑解决生活上的需要，二者本来没有高下之分，古来读书人就有耕读传统，但对于一个人来说，一般情况是早年边耕边读，后来考取功名，就只读不耕了，即使偶尔耕作一下，那也只是一种闲情逸致，已经与解决温饱无关，而诗里叙述的人生轨迹与一般情况不同，作者是年轻时诗书，年老时稼穑，虽然作者今日已有被误知难之叹，但其中的无奈与失落也可略窥一二，从中也可感知作者的遭际。颔联出句写实，时间地点事件具备，人物自然已在其中，"初"照应上面的"方知"；对句乃想象之辞，"初种菜"即希望"举室得加餐"，从这里可以看出作者对自己辛勤劳动的成果的期待，对"举室得加餐"这一现实目标的向往。颈联具体描写劳动场面，"阶前隙地""屋后残砖"照应上联的"闭门"，"堪锄否""试伐看"照应"初种菜"，全联都是对"稼穑难"的生动写照。尾联照应"投老"，而"儿女力"则照应"举室"。全诗虚实相间，叙事与抒情有机结合，既有辛酸，也饱含希冀。

二

种蔬随地逐高低，冬荬夏菘杂一畦。
翻动土膏惊蚁穴，安排篱栅避邻鸡。
嫩芽初出银钩烂，新叶微抽翠毯齐。
不止菜根供膳食，兼看秀色媚幽栖。

【简析】

选自《青松馆诗稿》。首联点题，总领全篇，后面三联依次铺陈。作者种菜不分地势高低，既见作者的随意，也见所种蔬菜的错落有致，并且一畦之中，四季皆宜。从空间变化带来的层次感，到季节变换带来的丰富性，时空交织，形成了一幅闲适安逸的田园生活图景。颔联具体写劳作，剪裁"翻动土膏""安排篱栅"两个劳动场面，前者见其力勤以及对耕耘技术的熟悉，后者见其心细以及对劳动成果的珍惜。颈联用初出嫩芽如银钩一样绚烂，微抽新叶如翠毯一样整齐，形象描绘蔬菜的喜人长势，从而也可从中感受到作者在劳动中的愉悦心情以及对收获的展望。尾联写这种劳动给作者带来的收获，不仅是物质上的，同时也是精神上的。全诗通体白描，写景如画，叙事入微，语言清新质朴，画面感极强，富有生活情趣。

三

豆棚瓜架作烟萝，居市何曾异涧阿。
食肉虎头惭定远，刮毛龟背似东坡。
衰年尚有移山志，盛世能为击壤歌。
自笑诗中多菜气，他生定可作头陀。

【简析】

选自《青松馆诗稿》。这是这组诗的最后一首，如果说第一首主要叙述"初种菜"及自己的感触，第二首主要描写种菜情形和蔬菜的喜人长势，那么此诗则既展示种菜的成果，同时通过种菜此事抒发感情。首联即是对种菜成果的展示，种菜后，作者的家从以前的"阶前隙地""屋后残砖"变成了"豆棚瓜架"，草树茂密，烟聚萝缠，即使地处城市之中，却与涧阿无异，作者喜悦与自满之情溢于言表。颈联"食肉虎头惭定远"语出《后汉书·班超传》："生燕颔虎颈，飞而食肉，此万里侯相也。"形容班超相貌堂堂，为富贵之相，"惭"表达自己的相貌在班超面前还只有惭愧的份儿；"刮毛龟背似东坡"语出苏轼《东坡》："刮毛龟背上，何晨得成毡？"意思是想从乌龟的背上刮下毛来，比喻事情难以办到，在这点上作者自认与东坡相似。颈联出句用愚公移山典，典出《列子·汤问》，许浑《送岭南卢判官罢职归华阴山居》诗："东堂旧屈移山志，南国新留煮海功。"陆游《杂感》诗："蹈海言犹在，移山志未衰。"对句"击壤歌"为古歌名，相传唐尧时有老人击壤而唱此歌，王充《论衡·艺增》："传曰：有年五十击壤於路者，观者曰：'大哉，尧德乎！'击壤者曰：'吾日出而作，日入而息，凿井而饮，耕田而食；尧何等力！'"作者于此联抒发虽年老身衰但尚有移山之志、处盛世而为劳动而歌的豪情。尾联反用"菜气"典，陆游《老学庵笔记》记载，有一个和尚叫大觉怀琏，诗写得不错，欧阳修很喜欢。有一次王安石拿怀琏的诗给欧阳修看，欧阳修说了一句："此人诗是肝脏馒头。"王安石不明白，问啥意思。欧阳修说："其中没一点菜气啊。"作者于此用此典，既切合种菜主题，又借此表明自己的诗不但富有生活气息，富有烟火味，而且因不沾油腻俗气，显得素净清淡，所以来世一定会成为一位僧人，这也算是种菜的更深的意义吧。诗中表现的作者种菜，作者不但不以为苦，反而种出了好的家居环境，种出了举室生活的改善，同时还种出了人生的感悟，可见作者达观的生活态度和乐观的处世心态。

曾缄诗选评

九日江楼登高次杜公《九日蓝田崔氏庄》韵

登楼四望蜀天宽，士有悲秋我独欢。
未怕西风吹客帽，早将高阁束儒冠。
修篁正觉清阴好，丛菊焉知玉露寒。
此地频游鱼鸟熟，江鸥须作故人看。

【简析】

　　选自《青松馆诗稿》。"九日"即重阳节，古人有此日登高的习俗。作者亦于此日登江楼，并次杜甫《九日蓝田崔氏庄》韵作诗一首。首联出句写登楼四望，因站得高，所以望得远，但看天地宽阔，不觉眼界也随之一宽，心胸自然也随之敞亮，所以对句作者表明即使有人于此时悲秋，而自己却感到开心快乐。作者将一般情况下人们逢秋必悲的传统与自己逢秋"独欢"的特例做对比，表达自己与众不同的豁达心胸。"独欢"为全诗的情感基调。颔联出句用孟嘉落帽典，王隐《晋书》："孟嘉为桓温参军，九日游龙山，风至，吹嘉帽落，温命孙盛为文嘲之。"杜甫《九日蓝田崔氏庄》此联："羞将短发还吹帽，笑倩旁人为正冠。"是担心帽被吹落，而作者这里却是"未怕"，表达出作者的率性与随意，也可看出作者因为心情好，所以帽吹落与否并不足以在意；对句以早把儒冠束之高阁来表达自己早已摆脱束缚，不受身份或礼教的桎梏了，这也是"未怕西风吹客帽"的原因与底气。颈联写望中之景，杜甫此联"蓝水远从千涧落，玉山高并两峰寒"笔势陡起，以壮语唤起一篇精神，而作者此联顺承上两联而来，描绘了一幅淡雅的清秋图，"焉知"在这里应作不知解，作者以此来描写丛菊竞相盛开，根本不把"玉露寒"当回事，体现出丛菊冲寒而开的精神。尾联写自己与鱼鸟已熟，江鸥也把自己当作故人一样看待，这是因为他多次到此地游览，所以这些鱼鸟都当自己为老朋友，已能和谐相处并高兴自己的到来。此诗既次杜甫《九日蓝田崔氏庄》韵，且从章法结构、用典造语等处能看出杜甫此诗的影子，但二者却有较大不同：杜诗跌宕腾挪，酣畅淋漓，诗人满腹忧情，却以壮语写出，诗句显得慷慨旷放，凄楚悲凉。而曾诗则没有杜诗那种强颜欢笑，没有杜诗中流露出的伤离、悲秋、叹老，曾诗表达的是一种洒脱的、欢快的心情和情绪，这可能与二人不同的遭际、阅历等有关吧。

读秦本纪

先人牧马事西周，岂意儿孙着冕旒。
嬴政不知胡在近，李斯翻与古为仇。
纷纭典籍燃灰烬，迢递神仙入海求。
却有风流唐杜牧，阿房一赋为君愁。

【简析】

选自《越翠宧诗稿》。此诗乃作者读《史记·秦本纪》所作。首联写秦之所自，概述秦自夏至周这一阶段，经过很多代人的努力，由牧马人变成一方诸侯，最终威加四海、一统天下的历史。"岂意"，怎么想到、没有想到。虽然让人感觉不可思议，但最终的结果既然如此，那么可以想象其实并非侥幸。颔联转折，以嬴政不明白亡秦的不是胡人而是胡亥（暗讽其穷尽国力民力修筑长城以拒胡，而招致国衰民弊，民众揭竿而起），李斯则废封建、置郡县，与古为仇，写秦朝灭亡之因。颈联承接上联而来，分写焚书坑儒和入海求仙，皆秦政取死之道。尾联以杜牧《阿房宫赋》作结，意在警醒后人引以为戒。本诗对秦起自微末而建万世基业，却二世而亡的历史，既做全景式的鸟瞰，又以具体故实为支撑，词略旨远，寄慨遥深，同时结构严谨而流转，堂奥阔大而精深，不失为咏史诗中的佳作。

闲居

横经讲舍愧无能,息影今同退院僧。
门外鸡栖余恶木,墙头虎爪失苍藤。
卧龙敢望嵇中散,瘦马终伤杜少陵。
若问何方娱晚景,仍钻故纸作痴蝇。

【简析】

　　选自《寒斋诗稿》。此诗写闲居。首联"横经讲舍愧无能"中的"横经"即横陈经籍,指受业或读书,李白《上安州裴长史书》:"常横经籍书,制作不倦,迄于今三十春矣。""讲舍"为讲学、传经的堂舍,王闿运《〈衡阳县志〉序》:"郑李相望,名世之期,俱开讲舍,蔚为儒师。"作者此句表达自己作为一名教师,感觉没有传道授业的本事,所以很是惭愧,当然这是作者自谦之辞;对句"息影今同退院僧"中的"息影"语本《庄子·渔父》:"不知处阴以休影,处静以息迹,愚亦甚矣!"因以"息影"谓归隐闲居,"退院僧"指脱离寺院的僧人,陆游《初夜》诗:"身似游边客,心如退院僧。"本联点题,交代闲居的原因及闲居的状态。颔联描写闲居之所环境景物,作者在此联下自注:"所居门前有皂荚两株,甚茂。墙上虎帘已为伧夫斫去,大煞风景。"在其所作《过薛涛井登吟诗楼》诗自注:"皂荚者,所谓鸡栖恶木。"颈联以典抒情,出句用嵇康典,《晋书·嵇康传》中说,嵇康得罪钟会,钟会就在晋文帝司马昭面前进谗道:"嵇康,卧龙也,不可起。公无忧天下,顾以康为虑耳。"嵇康终遭杀身之祸,所以作者曰"敢望",也就是不敢望之意;对句用杜甫《瘦马行》典,将自己比作杜甫笔下的那匹瘦马,以此寄托身世之感,故曰"终伤"。尾联出句设问,对句自答,陆游《示子聿》:"我钻故纸似痴蝇,汝复孳孳不少惩。"在作者看来,娱晚景的最好方式依然是做学问。

谒子美草堂作

千古声名岂浪垂,一廛茅屋故堪思。
人居林壑最深处,门外江源无尽时。
当代并称惟白也,后来推重有微之。
今日万间开广厦,不须更乞草堂赀。

【简析】

　　选自《寒斋诗稿》。此诗写杜甫草堂。首联议论,引出草堂,草堂虽是一廛茅屋,却"堪思",那是因为杜甫的"千古声名",正如杜甫《偶题》诗所说:"文章千古事,得失寸心知。作者皆殊列,名声岂浪垂。"颔联正面写草堂,出句写草堂内,对句写草堂外,前者状其堂奥之深,后者喻其源远流长,既是写景,同时寓情于景,使其有着丰富的寓意,这是写景的极高境界。颈联议论,作者认为只有李白可与之并称,但杜甫生前,文名寂寥,声不显赫,后来为什么声名远播、影响广泛呢?毋庸置疑,必须功归元稹这个伯乐,元稹作《唐故工部员外郎杜君墓系铭》:"至于子美,盖所谓上薄风骚,下该沈宋,古傍苏李,气夺曹刘,掩颜谢之孤高,杂徐庾之流丽,尽得古今之体势,而兼人人之所独专矣。使仲尼考锻其旨要,尚不知贵其多乎哉。苟以为能所不能,无可不可,则诗人以来,未有如子美者。"作者借此表达了对杜甫的极高评价。尾联今昔对比,杜甫《王录事许修草堂赀不到聊小诘》:"为嗔王录事,不寄草堂赀。昨属愁春雨,能忘欲漏时。"杜甫寄居成都,全靠友人接济,草堂漏雨,没钱维修,只好向友人求助,还写了《茅屋为秋风所破歌》,发出了"安得广厦千万间,大庇天下寒士俱欢颜"的呼喊,而现在的情况是"万间开广厦",杜甫当年的愿望已经变成了现实,如果杜甫在世,当然不须再去乞求维修草堂的钱了。此诗虽写草堂,实则写杜甫,将杜甫在世时的遭际及身后的千古声名，通过写景、抒情、议论的相融互动，非常概括地展示了出来。

寄儿子令森

森与其妻同在北京，妻在广安门中医研究所，而森在西郊海淀中国科学院地球物理研究所，相去颇远，每星期周末仅会一次，如女、牛也。

妇在城东汝在西，几时牛女定双栖。
莫教首似飞蓬样，差喜眉犹举案齐。
寄妹书传大雷岸，思亲梦绕浣花溪。
明年就养携阿母，迟我驱车向宝鸡。

【简析】

选自《寒斋诗稿》。这是一首写亲情的诗。题注交代写作背景。首联叙儿子与儿媳犹如牛女一样各在东西，表达希望他们能双栖的愿望。颔联出句用《诗经》典，《诗经·伯兮》："自伯之东，首如飞蓬。岂无膏沐？谁适为容！"写自从丈夫出征，妻子在家就不再打扮自己了，任由头发零乱得像一蓬草，因为不知打扮给谁看，而作者在这里言"莫教"，则是要求儿子、儿媳虽然长期分离，但在生活上还是要振作，形象上还是要注意，从这里也可看出儿子与儿媳感情的深厚；对句则用梁鸿典，《后汉书·梁鸿传》："为人赁舂，每归，妻为具食，不敢于鸿前仰视，举案齐眉。"夫妻间举案齐眉，表示相互尊重，从"差喜"可知儿子儿媳二人在这方面做得很好，作者对此是相当满意的。颈联用鲍照《登大雷岸与妹书》典表达对亲人的思念，由于儿子儿媳在北京工作，而自己身在成都，"书传"表示亲人间唯有书信互通讯息，"梦绕"表示只能在梦中相见,其间的思念与惆怅可想而知。尾联给儿子谈出行计划,以能在北京相见,"就养"指父母到儿子工作的住所,受其供养,苏轼《刘夫人墓志铭》:"已而涓守襄阳,澥复按本道刑狱,夫人皆就养焉。""迟我"即等待我,"向宝鸡"是告诉儿子自己将通过铁路宝成线乘火车去北京。全诗基本都是作者的絮絮叨叨,不厌其烦的叮嘱、看到儿子家庭和睦的欣喜、传书绕梦的牵挂、亲人相聚的计划等等,一个慈祥父亲的形象跃然纸上。

寄次女令仪之松州

　　仪常赴边区,为土地改革工作,出入松理茂万山中。曾骑匹马上汶岭,路径险绝,不以为苦。余望西山不得一至,而仪独遍观焉,胜乃翁多矣。

　　　　天外西山早拄颐,何时蜡屐得登危。
　　　　空吟子美三城戍,未遂羲之一段奇。
　　　　走马悬崖惊汝健,回车绝坂念吾衰。
　　　　遥知黑水经过处,应忆爷娘唤女时。

【简析】

　　选自《寒斋诗稿》。此诗寄远赴松州工作的女儿。松州即今四川省阿坝松潘。题注中的松理茂指今天的松潘、理县、茂县。首联出句写早已拄颐的天外西山,西山,泛指成都平原以西高山,包括成都西部的松州(今松潘)、茂州(今茂县)、保州(今理县境)、维州(今理县)等地一带的高山;对句表达自己一直想去登览的愿望,"危"照应题注中的"路径险绝"。颔联出句用杜甫诗典,杜甫《野望》:"西山白雪三城戍,南浦清江万里桥。"三城指松(今四川松潘县)、维(故城在今四川理县西）、保（故城在理县新保关西北）三州，戍为防守，因三城为蜀边要镇，吐蕃时相侵犯，故驻军守之，"空吟"指自己没到三城去，所以杜甫此诗算是白读了；对句用王羲之典，《晋书·王羲之传》："羲之既去官，与东土人士尽山水之游，弋钓为娱。又与道士许迈共修服食，采药石不远千里，遍游东中诸郡，穷诸名山，泛沧海，叹曰：'我卒当以乐死。'""未遂"即没有实现和达到；作者此联表达未能实现去三城游览、以尽山水之游的愿望。颈联出句写次女令仪，表达对其"走马悬崖"的赞叹和羡慕；对句写自己"回车绝坂"而惋惜，以此叹息自己的衰老。尾联表达对女儿的牵挂，"黑水"即今阿坝州黑水县，所谓"遥知""应忆"，前者为想象，后者则是叮嘱，女儿出入松理茂万山中，曾骑匹马上汶岭，虽路径险绝，不以为苦，但父亲依然希望她注意安全，多加保重，结尾处照应题面。

展重阳

九月十九日佛名展重阳，余同内子至蜀雍看菊，小坐荷池，望崇丽阁作。

今我闲携老孟光，蜀雍来作展重阳。
丛荷凋尽池愈碧，落木飘残菊正黄。
照影秋波怜我瘦，掉头花径笑人忙。
临风忽起凭栏想，一角江楼出花墙。

【简析】

选自《寒斋诗稿》。夏历九月十九日别称展重阳，此诗即此日所作。首联交代时间、地点、人物和事情，孟光是梁鸿的妻子，据《后汉书·梁鸿传》记载，孟光长得很肥胖，肤色黝黑，容貌欠佳，但力气极大，能力举石臼,二人相互倾慕,非对方不嫁、非对方不娶,婚后虽生活清苦,但二人琴瑟和鸣,举案齐眉,日子过得非常幸福;作者这里以孟光比妻子,既是自谦,又是自矜;"蜀雍"指四川大学。颔联写夫妻二人在蜀雍作展重阳时所见,丛荷虽已凋尽,但池愈碧,落木虽已飘残,但菊正黄;此深秋之景,但感觉不到衰飒之气,反而因池水碧、菊花黄更具有秋的韵味。颈联出句照应第三句,池中的秋波映照我的身影,也怜惜我的瘦;对句照应第四句,转弯的花径上人来人往,连菊花似乎也在笑人们的忙忙碌碌;此联通过拟人手法,借景抒情,从而情景交融。尾联出句作者写秋风乍起,于是忽然产生凭栏的欲望和冲动,"凭栏"这一意象在古典诗词中常常出现,以表达各种不同的情绪和情感;对句的"江楼"即题注中所说的崇丽阁"花墙"的"花"与第六句的"花径"的"花"重复,而且也出律,此处疑是音讹,应为"画墙","一角江楼出花墙"为远景,乃望中所见,此句写景如画。全诗以景作结,余味悠长。

江干晓步望长松山张飞营

卧闻钟鼓报新晴,晓起江干负手行。
天外乱鸦争泼墨,滩头群鸭自呼名。
打鱼舟过微波皱,卖菜人归小担轻。
回首长松山色好,翠微遥指汉家营。

【简析】

选自《寒斋诗稿》。长松山是龙泉山脉的主峰,龙泉山脉位于四川盆地西部,是成都平原的东缘山脉,是岷江与沱江两大水系的分水岭,是成都平原与川东丘陵的自然分界线,长松山得名于山上的长松寺,三国时张飞曾屯兵于此。此诗写作者江干晓步所望之景。首联扣题,"卧闻""晓起"叙述作者早晨的一系列动作,"钟鼓报新晴"语出杜甫《院中晚晴怀西郭茅舍》:"复有楼台衔暮景,不劳钟鼓报新晴。"颔联描写自然景观,"天外"句为远景,照应第一句,"乱鸦争泼墨"是将乱鸦拟人化,正因为鸦乱,其飞动之影在天空中随意挥洒,犹如一道道墨痕,将天空这块画布描绘成了一幅水墨画;"滩头"句为近景,照应第二句,"群鸭自呼名"仍用拟人法,描写群鸭的喧嚣闹腾,其声此起彼伏,犹如互呼姓名一样。此联选取乱鸦和群鸭为代表,描写万物从睡梦中醒来开始一天新的生活的欣欣向荣的景象,充满了生机。颈联写人文景观,打鱼的小舟在早晨出发,划破了平静的江水,卖菜的农民已经将菜卖完了,回家的路上其小担自然就轻了。此联选取打鱼者和卖菜人为代表,描写像他们这样的劳动者的勤劳。尾联再次点题,以所望结束全篇。全诗清新明快,透露着一种轻松愉悦的情绪,特别是中间两联描写风景十分生动,描写生活富有生趣,让人不由感叹风景的怡人,生活的美好。

同杨啸谷过草堂因观某氏园海棠作二首

一

百花潭北百花香,绝代销魂见海棠。
玉树交枝酣绮梦,碧池开镜照红妆。
多情尚倚王家竹,含笑先窥杜甫墙。
以此倾城君不顾,枉寻江上说癫狂。

【简析】

　　选自《寒斋诗稿》。此诗写海棠。首联的百花潭，位于成都市西郊，潭北即杜甫草堂，杜甫《狂夫》诗："万里桥西一草堂，百花潭水即沧浪。"既然名为百花潭，自然有很多芬芳的鲜花，但其中最让作者销魂的还是海棠花，此联由面及点，通过比较，特别突出其中的海棠，为后面的描写做铺垫。"绝代销魂"已经起到先声夺人的效果。颔联正面描写海棠，出句"交枝"状其连理，由连理枝作者顺势联想到海棠的"酣绮梦"，苏东坡也曾有过这样的联想，其《海棠》诗："东风袅袅泛崇光，香雾空蒙月转廊。只恐夜深花睡去，故烧高烛照红妆。"对句描写犹如镜子一样的一池碧水，倒映着犹如佳人一样的海棠，这里作者将海棠比作盛装的佳人，同时通过"碧"与"红"的渲染衬托，给人们描绘了一幅秾丽香艳的仕女图。正因为把海棠比作佳人，所以颈联作者继续沿着这一思路进行更加深入的描写，出句以"多情"写"尚倚"之状，或正因其"尚倚"，所以可见其"多情"，"王家竹"典出《晋书·王徽之传》："（徽之）尝寄居空宅中，便令种竹。或问其故，徽之但啸咏指竹曰：'何可一日无此君邪！'"这里的倚竹，虽是一个动作，其实也是一种人生态度和价值取向，如杜甫《佳人》："天寒翠袖薄，日暮倚修竹"；对句中的"含笑"既是表情也是心情，"先窥"则状其既倾慕但又羞于正眼相看之态，"杜甫墙"这里指杜甫草堂，与倚竹相对应，这里的窥墙犹窥宋，典出宋玉《登徒子好色赋》，指女子对意中人的爱慕，作者用此典写海棠向着草堂而开，仿佛含情脉脉的佳人在向诗圣杜甫暗送秋波；此联用拟人手法，借用典故，描写了海棠的神态和神韵，表现了海棠不但"绝代销魂"，而且还有高洁的品质和高雅的气质。尾联承接第六句，这里的"君"指杜甫，结尾以杜甫一生没写过海棠来表达遗憾，唐代郑谷《蜀中赏海棠》："浓淡芳春满蜀乡，半随风雨断莺肠。浣花溪上堪惆怅，子美无心为发扬。"并且他还加了一条注释："杜工部居西蜀，诗集中无海棠之题。"北宋王禹偁《送冯学士入蜀》："莫学当初杜工部，因循不赋海棠诗。"杜甫面对这有倾城之色的海棠，却完全不顾，写了那么多不朽的诗篇，没有一首写到海棠，那么当年在江上为寻花而癫狂就是白费力气的了，杜甫在成都时曾写下《江畔独步寻花七绝句》，其中第一首就是："江上被花恼不彻，无处告诉只颠狂。"作者在这里写杜甫因寻花而癫狂，唯独面对海棠却不置一词，不但辜负了海棠的"绝代销魂"，更辜负了海棠的"含笑先窥"，如果杜甫写海棠，说不定就能为后世留下一首千古绝唱呢，作者因此既为海棠感到遗憾，也为杜甫感到遗憾。

二

昔年池上共传杯，今日主人安在哉。
桑海乍迁春自好，草堂无恙客重来。
青鞋绕树须千匝，皓首看花得几回。
归遇平桥谋一醉，当垆休笑玉山颓。

【简析】

选自《寒斋诗稿》。此首诗扣诗题上的草堂及某氏园而作。首联忆当年、叹今日，有物是人非之感。颔联承接上联而来，言桑海变迁之大，也不过是一瞬间的事，但春天年年按时到来，并且依然美好如初，丝毫不受人世巨变的影响，草堂虽历千年也依然平安无事，让如今的游客得以重游而瞻仰其风采，既伤逝，又感今，其手法与意境与何绍基的草堂联"锦水春风公占却，草堂人日我归来"略似。颈联承接上联，"青鞋"即草鞋，"绕树须千匝"，是因为春正好、花也正好，而更重要的原因是"皓首看花得几回"，这里表达的意思与汉代《古诗十九首》"生年不满百，常怀千岁忧。昼短苦夜长，何不秉烛游"的意思差不多，表达的都是珍惜眼前、看花及时、莫留遗憾等等想法。尾联"当垆"这里指卖酒之人，辛延年《羽林郎》诗："胡姬年十五，春日独当垆。""玉山颓"，《幼学琼林·卷二·身体类》："醉倒曰玉山颓。"王绩《辛司法宅观妓》诗："到愁金谷晚，不怪玉山颓。"司马光《送酒与邵尧夫》诗："莫作林间独醒客，任从花笑玉山颓。"此诗以谋醉作结，所表达的情感仍然承上而来，时光易逝，美景当惜，忘却烦恼，何妨一醉，作者惜春之情由此可知。

宿仙峰寺

宿仙峰寺，次日经九十九道拐至洪椿坪，饮杖锡泉，观坪上椿树烧痕，听山僧话遇蟒得脱事。

乱山深处得仙峰，洞里还求九老踪。
朝下九十九盘路，夜听一百八声钟。
几时锡杖叩泉出，千岁大椿逢火攻。
唤起雄心烟寺里，怪僧箕踞话降龙。

【简析】

选自《峨眉记游诗》。仙峰寺在峨眉山，古名慈延寺、仙峰禅院，因旁靠仙峰岩而得名，宋、元时为小庙，明万历年间本炯和尚扩建并改名仙峰寺，后毁于火，现建筑物为清乾隆时由泰安和尚重建。首联出句写仙峰岩或仙峰寺环境，状其险僻；对句选取其环境中众多名胜中的九老洞来凸显其古老与神奇，此寺后面竹林中有一古洞，相传轩辕黄帝曾在此遇见九皇仙人，故名九老洞，寺中有联曰："问九老何处飞来，一片碧云天影静；悟三乘遥空望去，四山明月佛光多。"颔联既写行程又写景，"朝下"指早晨下山,"夜听"写昨夜住在寺里所听,"九十九盘路"指从九老洞下到洪椿坪途中,要经过全山坡道最长、最陡、石磴最高、拐弯最大的一段路,号称"九十九道拐","一百八声钟"乃寺中钟声,元代释英《径山夜坐闻钟》:"二三十年事,一百八声钟。"此联出句描写山路的艰险,对句描写寺钟的警醒。颈联写下山途中所见,锡杖泉,位于洪椿坪观音殿外,因此地山高缺水,德心禅师遂与众僧挖山凿崖,终将寺后天池峰之水引来寺中,后人为纪念禅师功德,谓之"锡杖泉";"大椿",《庄子·逍遥游》:"上古有大椿者,以八千岁为春,八千岁为秋。"此联叙下山途中作者饮锡杖泉、观坪上椿树烧痕之事。尾联因听"怪僧箕踞话降龙",所以作者不免也被"唤起雄心"。全诗紧扣山寺特点,围绕作者山行所见所闻,一路写来,既绘声绘色、活灵活现,又光怪陆离、惊心动魄,具有很强的可读性。

灌口感事

千岩万壑自西来,陆海苍茫到此开。
江水初分伏龙观,山城斜枕斗鸡台。
偏安自爱蚕丛险,潦暑犹闻杜宇哀。
漫说先秦无好政,李冰血食在离堆。

【简析】

选自《青城记游诗》。灌口即宝瓶口,在玉垒山与离堆间,是指起"节制闸"作用的河口,是在湔山(今名灌口山、玉垒山)伸向岷江的长脊上凿开的一个口子,人工凿成控制内江进水的咽喉,因它形似瓶口而功能奇特,故名宝瓶口。据《永康军志》载:"春耕之际,需之如金,号曰

'金灌口'",《史记·河渠书》《汉书·沟洫志》都有李冰"凿离堆"的记载,凿离堆就是凿开宝瓶口。此诗写于灌口所生发的感慨。首联从灌口的西边写到灌口的东边,西边是"千岩万壑",岷江之水即从这个方向滚滚奔来,东边则是苍茫的陆海。"陆海"指高平而物产丰饶的陆地,这里指富饶的成都平原。《汉书·地理志下》:"有鄠、杜竹林,南山檀柘,号称陆海,为九州膏腴。""苍茫"即广阔无边的样子,潘岳《哀永逝文》:"视天日兮苍茫,面邑里兮萧散。"颔联由前联的远景转而描写近景,"伏龙观"又名老王庙、李公祠、李公庙等,建在离堆之上,三面悬绝,因李冰降伏岷江孽龙的传说而得名,是纪念李冰的庙宇,"斗鸡台"在宝瓶口上游的虎头山上;"江水初分""山城斜枕"既是眼前景,也是灌口的神奇功效以及水患消除后人口聚集的写照。颈联抒发感慨,出句"蚕丛"相传为蜀王的先祖,也泛指蜀地、蜀道,李白《送友人入蜀》诗:"见说蚕丛路,崎岖不易行。"此句言蜀地因山川险阻、内外隔绝的地理特征,历史上一些人却喜欢这里,以为可以借此偏安一隅;对句"杜宇"又名杜鹃、子规,相传为古蜀王杜宇之魂所化,鲍照《拟行路难》诗:"中有一鸟名杜鹃,言是古时蜀帝魂。其声哀苦鸣不息,羽毛憔悴似人髡。"此鸟每于春末夏初,常昼夜啼鸣,其声哀切,而作者在"溽暑"时还听到杜宇哀切的鸣叫,可见其心情。尾联议论,作者说不要随便说秦国没有好的政绩,因为李冰享受牺牢祭祀的庙宇就在离堆,在作者的心中,凡为国为民建功立业的人,都是值得人们永远铭记的。此诗前半部分写景,大气磅礴,境界雄阔,后半部分借景抒情,低沉曲折,含蓄蕴藉。

曾缄诗 选评　ZENG JIAN SHI XUAN PING

灌口即目

满城山色幂烟萝，片石离堆遏怒波。
我辈从容观喷薄，古来辛苦凿嵯峨。
马茶互市通商旅，水旱从人足稻禾。
今日输将盈道路，不劳官府更催科。

【简析】

　　选自《青城记游诗》。此诗写灌口所见。首联出句描写远景，山色满城且草树茂密，烟聚萝缠，一派安宁祥和；对句描写近景，画风为之一转，波虽怒却被遏，但依然惊心动魄，场面壮观，这是两千多年前于生产力和科技水平不高的情况下创造出来的奇迹，不得不叫人叹为观止。"离堆"亦作"离碓"，《史记·河渠书》："蜀守冰凿离碓，辟沫水之害，穿二江成都之中。"范成大《怀古亭》诗题注："离堆分岷江水，一派溉彭蜀，而支流道郫县以入于府江。"颔联今昔对比，今日我辈能够从容地观赏从远方汹涌激荡、猛烈迸发而来的江水，是因为古人辛苦地开凿高峻的大山，让桀骜不驯的江水在这里完全驯服。"喷薄""嵯峨"乃以形容词作名词用，这里比用单纯的名词"江水""高山"更加生动，从而增强了诗歌的表达力。颈联的出句中的"茶马互市"起源于唐宋时期，是中国西部历史上汉藏民族间一种传统的以茶易马或以马换茶为中心内容的贸易往来，是内地与边疆地区商业贸易的主要形式，随之产生的交易通道即茶马古道，其中重要的一条即川藏茶马古道，始于唐代，从四川西至西藏拉萨，最后通到不丹、尼泊尔和印度，全长近四千余公里，已有一千三百多年历史；此句写商业。对句"水旱从人"是说因为都江堰水利工程的建成，不但消除了成都平原的水患，而且还能满足整个平原的灌溉，实现旱涝保收，稻禾丰足，使成都平原成了天府之国；此句写农业。尾联承接上联而来,"输将"即运送,也指缴纳赋税,"催科"即催索赋税,《宋史·职官志》:"狱讼无冤、催科不扰,为治事之最。"由于水利之功,使商业和农业都非常繁荣和发达,百姓经济宽裕,生活富裕,自然缴纳皇粮国税之人不绝于途,根本用不着官府去催索。全诗从不同角度,通过远近、今昔等的对比,从自然景观到人间奇迹,从历史的回溯到现实的感受,层层递进,表达了对都江堰水利工程的赞颂。

回望青城

归途见原田宿稻如云,回望青城诸峰,历历可数,车中口占。

今岁寻幽来灌口,去年避暑在峨眉。
逢迎西道非无主,酬对名山但有诗。
归路恣看黄罢亚,回头犹见碧参差。
虽然乘传匆匆去,不是山阴兴尽时。

【简析】

选自《青城记游诗》。此诗为离开青城山时所作。首联看似平铺直叙,却别有玄奥,虽清晰交代时间、地点、事件,但这里将两个时间、两个地点对举,而所发生的"避暑""寻幽"就大异其趣,避暑是不得已而为之,是为了身体的舒适,故功利性很强。寻幽则是兴之所至,是为了心情的愉悦,所以作者即使在离开的时候依然恋恋不舍,不停回头张望。因青城山被誉为"青城天下幽",所以这里用"寻幽"二字非常恰当,同时"寻幽"这事比"避暑"显得更悠闲、更超脱,司空图《诗品·清奇》:"可人如玉,步屧寻幽。"颔联出句的"西道"指西边的路,因为青城山在成都的西边,"非无主"意为不是没有主人,此句写在西边路上迎接招待作者这位宾客的自然是青城山这位主人,这里将青城山比作好客的主人；既然青城山亲自出迎，对我这么热情和重视，那么我应当用什么来作为酬谢呢？那么就只有诗了。在作者心中，也只有诗才配得上、够得上作为青城山的酬谢。颈联写回程路上所见，"恣看"指任意地看、尽情地看，"罢亚"形容稻多的样子，苏东坡《登玲珑山》诗："翠浪舞翻红罢亚，白云穿破碧玲珑。"作者题注里记载"归途见原田宿稻如云"，"原田"即原野上的田地；对句描写回望中的青城三十六峰，"参差"即不齐的样子，郦道元《水经注·江水注》："其间远望，势交岭表，有五六峰，参差互出。"此句照应作者题注里记载的"回望青城诸峰，历历可数"。尾联"乘传"指乘坐驿车，这里应该是指乘坐公交车，虽一路上风景优美，但匆匆而去，作者感到完全没有尽兴，所以非常遗憾。"山阴"，旧县名，在今绍兴市，这里以景物美而多著称，刘义庆《世说新语·言语》："从山阴道上行，山川自相映发，使人应接不暇。"此诗运用时空的转换，调动拟人的手法，通过远景近景的调度以及色彩的搭配，把乘车的归途写出了如行山阴道上的感觉。

井研龚熙台先生煦春

熙熙长日在春台，衣袖龙钟气度恢。
此老独蒙稽古力，狂生几度和诗来。
青羊市里花千树，玉带桥边酒一杯。
醉后论文堪绝倒，之乎也者矣焉哉。

【简析】

选自《越翠宦诗稿》，是《感旧十首》中的一首。龚煦春，字熙台，号几山，四川省乐山市井研县人，清光绪时廪生，精于古文，擅长史学，光绪二十六年（1900年），与井研县人吴嘉谟（蜀尤）合力修纂《井研光绪志》，民国二十四年（1935年），参加《四川通志》重修工作，负责编纂地理门，历三年修成《四川郡县志》，而且精于金石考古之学，酷爱收藏古器古钱，凡贵重古器皿之疑难争议，一经其辨析，即能真伪立定，平息众论。作者在题注中说："余既作怀人诗，因念平生师友先后下世者颇不乏人，于是复成感旧之诗。"此诗为其中之一。首联出句"熙熙长日在春台"，嵌龚熙台之名，表明写景，其实是写人的精神气质，《老子·道德经·二十章》："众人熙熙，如享太牢，如登春台。"对句写其状态气度，"龙钟"即年老体衰、行动不便的样子，作者在这里描写其外表虽显龙钟之态，但气度却十分宏大张扬。颔联写其才，出句叙其在金石考古方面的才学，作者此句下自注"先生精鉴古物"；对句写其诗才，作者此句下自注："曾与余同咏永光造像三叠前韵"。作者以一"独"字状其在稽古的水平和地位，以一"狂"字状其狂放不羁、恃才自傲的神态，作者虽只举其"稽古""和诗"这两个方面，但可以想象其学识之广博、涉猎之广泛。颈联化实为虚，重在意境的营造，"青羊市里""玉带桥边"为龚熙台生活之地，"花千树"乃其生活之境，"酒一杯"乃其生活之态，这些意象组合在一起，构成了一个风雅的意境和诗意的人生，景如此，人亦如此。尾联承接"酒一杯"而来，状其"醉后"之态，其醉后与人谈论文章，居然满嘴都是"之乎也者矣焉哉"，不由人想起"多乎哉，不多也"，其单纯与迂阔之态顿时如在目前，令人大笑而倾倒。一句七字全用语助词，这是一个大胆的尝试，十分新颖，在这里用作表现人物形象，确实起到了传神的效果，这也表现出作者信手拈来、便成妙谛的手段和水平，也展现出作者诗风幽默诙谐的一面。

曾缄诗选评 ZENG JIAN SHI XUAN PING

次戊戌见怀韵

人生难免白头翁，尺半依然取未穷。
君托长镵犹杜甫，我怀寸铁亦卢仝。
自知冷暖无如水，不辨雌雄总是风。
若问此身何处着，枕头驴背酒杯中。

【简析】

　　选自《越翠宦诗稿》，是《次韵答木雁翁武昌远送三首》中的一首。首联劝慰好友程木雁，也是自勉。"人生难免白头翁"说的是每个人都要老去，无人可免，这是自然规律，必须面对；"尺半依然取未穷"，典出《庄子·杂篇·天下》："一尺之棰，日取其半，万世不竭。"作者以此劝慰好友来日方长，因而不必伤逝嗟老，意气消沉。颔联言志，"君托长镵犹杜甫"借杜甫《乾元中寓居同谷县作歌七首》其二"长镵长镵白木柄，我生托子以为命"将木雁比作杜甫，托长镵以为命，"长镵"：元代王祯《农书》卷十三："长镵，踏田器也。""我怀寸铁亦卢仝"，借卢仝《月蚀诗》"臣心有铁一寸，可刲妖蟆痴肠"以卢仝自比。颈联说理，"自知冷暖无如水"言气温的冷暖只有水最能感受，菩提达摩《血脉论》："道本圆成，不用修证。道非声色，微妙难见。如人饮水，冷暖自知，不可向人说也。""不辨雌雄总是风"典出苏辙的《黄州快哉亭记》："昔楚襄王从宋玉、景差于兰台之宫，有风飒然至者，王披襟当之，曰：'快哉此风！寡人所与庶人共者耶？'宋玉曰：'此独大王之雄风耳，庶人安得共之！'玉之言盖有讽焉。夫风无雌雄之异，而人有遇、不遇之变；楚王之所以为乐，与庶人之所以为忧，此则人之变也，而风何与焉？"尾联"若问"为假想之辞，代木雁设问，最后作者自己作答，"枕头"意味高卧，"驴背"表示寻诗，"酒杯"则意味醉酒，这就是作者目前生活状况的写照，以让好友勿多挂念、尽放宽心。

岁不尽十日草堂探梅

老夫晚岁怯风霜，犹自探梅过草堂。
准拟巡檐同老杜，岂期飘瓦到空王。
依然何叟留楹帖，绝倒潘郎拒孔方。
架上缥缃人不顾，相逢只道看花忙。

【简析】

　　选自《越翠宦诗稿》。此诗写岁暮草堂探梅。首联扣题，时间、地点、人物、事件等要素都具备了，因岁晚，自有风霜，因人老，所以对风霜就感到畏惧，但为探梅，仍然冒着风霜去草堂探访。颔联出句写探梅，杜甫《舍弟观赴蓝田取妻子到江陵喜寄三首》其二："巡檐索共梅花笑，冷蕊疏枝半不禁"，作者也准备像杜甫那样步绕檐楹，索梅花共笑；对句写草堂，"空王"为佛的别称，作者此句下自注："草堂寺大雄宝殿上瓦无故自坠。""岂期"指没有想到。颈联通过一些掌故继续写草堂，"何叟"即何绍基，他为草堂写的对联"锦水春风公占却，草堂人日我归来"是唯一保存下来的旧时草堂联，"潘郎"指潘伯鹰，作者此句下自注："解放后培修草堂，请海内诸名流题字，各致润笔之赀。潘伯鹰签谢云'何人有此狂妄，敢向杜工部伸手要钱。'"尾联以对比抒发感慨，"缥缃"指书卷，作者自注："东殿所陈列元明刻本甚多，观者极少。"人们只忙于看花，对书卷却不顾，这一现象其实也是现实，作者虽十分不满，却也无可奈何。此诗大量运用对比手法，如首联的"怯"与"犹自"，凸显自己的喜好与自然的较量，颔联的"准拟"与"岂期"，这是愿望与意外的冲突，颈联的"留"与"拒"，可见文人的不同风格，尾联的"不顾"与"忙"，突出观念与现实的不同选择，这种手法的使用，既让人认识事物的各个方面，同时也让人的读诗体验随之起落转折，从而达到"文似看山不喜平"的审美效果。

大慈寺作

双林深处隐重楼，说戒曾逢大比丘。
坐见金身沦壤劫，空期蜀眼镇狂流。
高僧在昔临天竺，名画从前重益州。
我过招提感兴废，只应怀古思悠悠。

【简析】

选自《越翠宧诗稿》。大慈寺也叫古大圣慈寺，位于四川省成都市锦江区，始建于魏晋，极盛于唐宋，历史悠久，文化深厚，规模宏大，高僧辈出，被誉为"震旦第一丛林"。首联出句即状其规模，"双林"借指寺院，"深处"言其纵深，"隐重楼"形容其建筑物很多，根本无法做到一览无余。据记载在唐代鼎盛时，这里规模宏大壮观，寺内有96个院子，楼、阁、殿、塔、厅、堂、房、廊共8524间；对句叙自己曾在此受戒，"大比丘"即大和尚，作者在此句下自注："往于此从大勇法师受五戒。"颔联写寺中所见及其传说，据传大慈寺佛像下面就是"海眼"，把耳朵贴在佛像莲花座边听，还可以听见海潮音，佛像背身有篆书"永镇蜀眼"几个大字，"坐见"即徒然看着，"金身沦壤劫"指佛像金身已经毁坏，所以作者用"空期"以表达遗憾。颈联写大慈寺曾经的辉煌，"高僧"指曾在这里受戒的唐代高僧玄奘，"名画"句是写宋代黄休复《益州名画录》多记此寺画壁，据此书及范成大《成都古寺名笔记》等史料记载，该寺壁上有各种如来佛像1215幅，天王、明王、大神将像262幅，佛经变像114幅，苏轼曾誉之为"精妙冠世"，宋李之纯《大圣慈寺画记》称："举天下之言唐画者，莫如大圣慈寺之盛。"尾联发表感慨以抒发思古之幽情。

故人

故人寥落今余几，数到晨星涕泪俱。
意外知君犹健在，众中见我忽惊呼。
百年大抵如春梦，此日相看岂故吾。
毋将大车尘漠漠，世间七圣有迷途。

【简析】

选自《越翠宧诗稿》。此诗为感叹故人寥落之作。人到了一定的年纪，以前交好的朋友逐渐离去，以至于越来越少，虽为客观规律，但仍然会让人伤感，此亦为人之常情。首联以"今余几"设问，然后以"晨星"自答，"晨星"即晨见之星，常以喻人或物之稀少，作者以"数到晨星"表示故人已屈指可数，所以很是伤心，以至于鼻涕眼泪都往下流。颔联描写仅存故人获知彼此讯息或相见时的情景，不论是"我"知道"君犹健在"的意外，还是"君"忽然在人群中发现"我"时的惊呼，都出自彼此意外，并都感觉很忽然，从这里的描写，可见"我"与"君"在彼此的印象中，应该已经不在了，这种印象是由故人寥落的速度和数量而形成的，但一旦得知或发现对方还健在，自然觉得很意外、很忽然，既然是意外与忽然，自然也是喜出望外，这种惊喜从"惊呼"中可以感觉出来。颈联承接上联抒发感慨，作者由故人的寥落，自然产生人生如梦的感悟，既然产生了这样的感悟，自然此日的"我"与"故吾"肯定不一样了，因为年轻的"故吾"肯定也曾雄姿英发、志存高远，现在看来这些就"大抵如春梦"了。尾联自我宽解，"毋将大车尘漠漠"典出《诗经·小雅》，其《无将大车》："无将大车，只自尘兮。无思百忧，只自疧兮。"此诗以推车起兴，说人帮着推车前进，只会让扬起的灰尘洒满一身，辨不清天地四方，诗人由此兴起了"无思百忧"的感叹：心里老是想着世上的种种烦恼，只会使自己百病缠身，不得安宁；"世间七圣有迷途"典出《庄子·徐无鬼》："黄帝将见大隗乎具茨之山，方明为御，昌寓骖乘，张若、謵朋前马，昆阍、滑稽后车，至于襄城之野，七圣皆迷，无所问涂。"此言即说如七圣这样的人物都有迷路的时候，何况一般的人呢？作者于结尾处引用这两个典故，言外之意就是，人生在世不必劳思焦虑、忧怀百事，聊且旷达逍遥可矣。此诗的颔联运用通俗的语言、普通的场景，描写世态人生，抒发人生感慨，言浅而意深，生动又形象，给人以极其深刻的感受，同时还能做到对仗工稳、摹写传神，既质朴又雅致，所以可以称得上是佳联。

饮骆氏宅

是日匆过骆氏宅，会饮座上，客有谈诗者，饮罢与主人围一局棋。骆之先人名成骧，清代状元也。

僻地幽居斗室宽，重阳杯酒尽清欢。
我持九节仙人杖，君戴方山处士冠。
老去雄心消博弈，古来秀句出饥寒。
状元家世分明记，今作寻常百姓看。

【简析】

　　选自《青松馆诗稿》。此诗步杜甫《九日蓝田崔氏庄》韵，写饮于骆氏宅情况。骆氏宅位于成都市文庙西街，是清代四川籍状元骆成骧留下的居所，骆成骧（1865—1926），字公骕，四川资中人，光绪二十一年状元，官至山西提学使，民国元年（1911年），任四川省议会议长，先后出任四川高等学校、四川公立国学专门学校校长，四川大学筹备处处长等职。首联扣题，交代时间、地点、人物、事件，出句描写骆氏宅的样貌，对句叙重阳节主客尽欢的情景，虽地偏僻居幽，但好在斗室宽，可以之待客，而适逢佳节，又得贤主嘉宾，真可谓"四美具，二难并"，所以大家一尽清雅恬适之欢。颔联以所持之杖喻指自己是一四方闲游之人，语出杜甫《望岳》："安得仙人九节杖，拄到玉女洗头盆。"以所戴之冠喻指主人为一有才学而隐居不做官之人。颈联抒发感慨，言人老了，曾经的雄心自然于博弈之中消失了，而古来真正的秀句却是从饥寒之中产生的，韩愈《荆潭唱和诗序》："欢愉之辞难工，穷苦之音易好"，欧阳修《梅圣俞诗集序》也说："予闻世谓诗人少达而多穷。盖愈穷愈工，然则非诗之能穷人，殆穷而后工也。"尾联发今昔之慨，"状元家世"虽然大家都还没忘，但世易时移，人们如今已经将其作寻常百姓那样看待和对待了。此诗借一次会饮抒发感慨，发表议论，从中可略窥其生活态度和诗学观点。

秀才坟

　　张献忠屠应试秀才，丛葬一处，名曰秀才坟，又曰酸冢。偶过其下戏作一诗。

　　　　想是张王爱鬼才，故将措大付蒿莱。
　　　　千秋怨气冲霄汉，一片书声出夜台。

汉殿儒冠成溺器，秦庭经籍化寒灰。
人间不少攒眉事，唱彻秋坟君莫哀。

【简析】

　　选自《青松馆诗稿》。此诗写张献忠杀秀才事。据记载，崇祯十七年（1644年）秋，张献忠发诏举办"特科"，征集四川各地举人、贡士、监生、民间才俊、医卜僧道、隐士应试，有不愿意参加考试的，就被"军法严催上路，不至者杀，比坐邻里教官"，然后将所有考生集中在成都青羊宫，一个不留，全部坑杀。首联叙张献忠杀秀才的原因，"张王"指张献忠，"鬼才"这里双关，主要是指已经死去的秀才。"措大"是以前对贫寒读书人的贬称。在张献忠眼里，这些读书人就是措大，他都看不起，只有把他们都杀了，变成了"鬼才"，他才满意，从"想是"这一措语看，"张王爱鬼才"是作者的一种揣测和猜想，因为作者实在找不到张献忠这样做的理由和原因，只能这样解释了。颔联描写此事的结果，"千秋怨气冲霄汉"是作者路过秀才坟所见，"一片书声出夜台"是作者路过秀才坟所闻，"夜台"即坟墓，这里的冲天怨气和森森鬼气，千秋不消，至今仿佛还能感受到，其怨之深之大，实在难以想象。颈联列举历史上对知识分子和读书人的杀戮与蔑视的事例，"汉殿儒冠成溺器"用汉高祖刘邦典，《史记·郦生陆贾列传》："诸客冠儒冠来者，沛公辄解其冠，溲溺其中。""秦庭经籍化寒灰"则说的是秦始皇焚书坑儒事，王禹偁《四皓庙》其一："秦皇焚旧典，汉祖溺儒冠。"尾联承上，说人间这种"儒冠成溺器""经籍化寒灰"的攒眉事不少，所以秀才坟里的鬼才们不要感到悲哀，此话看似劝解，其实沉痛至极，"唱彻秋坟"语出李贺，其《秋来》诗："秋坟鬼唱鲍家诗，恨血千年土中碧。"此诗虽是戏作，内容却很严肃。

王建墓

石椁犹存骨已枯，骈宫能比惠陵无。
平生自诩椎埋手，今日偏逢伐冢儒。
哀策凄凉余玉简，墓门寥落散金铺。
侍臣刻意书天瑞，谁见当时三足乌。

【简析】

　　选自《青松馆诗稿》。王建墓即永陵，坐落于成都市，是中国五代十国时期（907—960）前蜀开国皇帝王建的陵墓，1961年国务院正式公布为第一批全国重点文物保护单位。王建（847—918），河南舞阳县人，早年为唐朝将领，唐末战乱时随唐僖宗逃亡到四川，后任利州（今广元市）刺史，公元907年唐朝灭亡，王建遂占据成都称帝，国号大蜀，历史上称前蜀。首联写王建墓发掘后所见，并将其与刘备的惠陵做比较，作者的提问不答自明，王建和刘备先后在蜀建立政权称帝，但二人不论生前还是死后的影响和受到的对待是有很大区别的，人们一直把王建墓误传是诸葛亮的抚琴台，如此才得以保存下来，直到1942年发掘时才确知是王建的陵墓，而刘备的墓位于四川成都市武侯祠诸葛亮殿之西南侧，与主体建筑相平行，是三国时期唯一保存着的帝陵。作者的这种比较，其实也是一种对王建的评价。颔联写王建的生前与死后，其建政称帝的过程，就是一个不断杀人的过程，王建自己对此也不避讳，还自诩为椎埋手，但今日恰恰就遇到了伐冢儒，《庄子·外物》："儒以诗礼发冢。"庄子的这个故事是说儒生按照《诗经》《礼记》中的行为规范去盗掘坟墓，偷窃随葬品，作者用这个典故来讽刺像王建那样的伪君子的道貌岸然。颈联借景抒情，"玉简""金铺"为墓中墓前所见，书写着帝王生前功德的玉简还在，墓门前用金子做的铺首却已散落一地，司马相如《长门赋》："挤玉户以撼金铺兮，声噌吰而似钟音。"李善注："金铺，以金为铺首也。"前蜀政权存在不足20年就二世而亡，不论当时多么辉煌，于今只剩下"凄凉"与"寥落"了。尾联写王建称帝期间屡现"天瑞（即祥瑞）"之象，据记载，907年九月，王建称帝，同年正月，巨人见青城山，六月，凤凰见万岁县，黄龙见嘉阳江，而诸州皆言甘露、白鹿、白雀、龟、龙之瑞；908年七月，驺虞见武定；909年，广都嘉禾合穗；910年八月，有龙五十见洵阳水中，十月，麟见壁州；912年六月，麟见文州；十二月，黄龙见富义江；913年正月，麟见永泰，五月，驺虞见壁山，有二鹿随之；914年八月，麟见昌州；916年八月，黄龙见大昌池；918年六月，王建卒；欧阳修在《新五代史》中这样讲："予读《蜀书》，至于龟、龙、麟、凤、驺虞之类世所谓王者之瑞，莫不毕出于其国，异哉！然考王氏之所以兴亡成败者，可以知之矣……麟、凤、龟、龙，王者之瑞，而出于五代之际，又皆萃于蜀，此虽好为祥瑞之说者亦可疑也。"作者在诗中也认为这些所谓"天瑞"都是那些阿谀奉承的侍臣刻意为之，以迎合帝王的喜好，是很荒诞无稽的，因为至今谁见过当时所谓出现过的"三足乌"呢？"三足乌"指传说中太阳里的神鸟，《淮南子·精神训》："日中有踆乌。"高诱注："踆，犹蹲也，谓三足乌。"作者以反问结尾，对那些别有用心的祥瑞之说给予了辛辣的讽刺。

司马相如琴台

上追屈宋启渊云，旷世相如独秀群。
一赋凌云惊武帝，千金取酒为文君。
化成西鲁曾敷教，威定南夷更策勋。
指点琴台今在目，朱弦三叹恨无闻。

【简析】

　　选自《青松馆诗稿》，这是其中《成都览古四首》之一。司马相如（约前179年—前118年），字长卿，汉族，蜀郡成都人，西汉辞赋家。琴台，在四川成都浣花溪畔，相传为司马相如弹琴之所。此诗写司马相如。首联写司马相如在文学史上的地位及影响，"屈宋"指屈原和宋玉，"渊云"指王褒和扬雄，此句将司马相如与这四人相提并论，而且上追下启，无论是地位还是作用都非常关键和重要，所以作者称赞其不仅"旷世"而且"独秀"，这两句不但高度概括，而又具体到人，让人们对司马相如的认识有了一个形象的坐标。颔联出句以司马相如凭一篇《子虚赋》惊动了汉武帝并获得赏识来写其文才，他在文学特别是辞赋上的成就历来被大家公认，他被班固、刘勰称为"辞宗"，被林文轩、王应麟、王世贞等学者称为"赋圣"，在整个《史记》中，专为文学家立的传只有两篇：一篇是《屈原贾生列传》，另一篇就是《司马相如列传》，并且在《司马相如列传》中，司马迁全文收录了他的三篇赋、四篇散文，以至于《司马相如列传》的篇幅大约相当于《屈原贾生列传》的六倍；对句借其与卓文君相爱的故事来写其爱情，以展示司马相如情感生活的一面。颈联则以其传布教化于西鲁和张大汉之威以定南夷的功勋，来展示司马相如在政治上的成就。尾联绾合标题，以台犹在而琴已无法得闻抒发感慨，有物是人非之意。

严君平卜肆

　　　　　　君平浑迹在闾阎，大似神龙井底潜。
　　　　　　七夕占星知犯斗，百钱卖卜惯垂帘。

依稀旧肆今犹在，想象先生清且廉。
过客何心问龟策，此生自断不须占。

【简析】

　　选自《青松馆诗稿》，这是其中《成都览古四首》之二。严君平（前86年—10年），本名庄遵，字君平，西汉末年思想家、易学家，辞赋家扬雄师傅。卜肆，卖卜的铺子。此诗写严君平。首联以神龙潜井底来形容君平的混迹于市井里巷，这就是所谓"大隐隐于市"，抓住了人物的特征。颔联出句照应第二句，以显其能，张华《博物志》载："旧说云：天河与海通。近世有人居海渚者，年年八月有浮槎去来，不失期。人有奇志，立飞阁于槎上，多赍粮，乘槎而去。十余日中，犹观星月日辰，自后茫茫忽忽，亦不觉昼夜。去十余日，奄至一处，有城郭状，屋舍甚严，遥望宫中多织妇。见一丈夫牵牛渚次饮之，牵牛人乃惊问曰：'何由至此？'此人具说来意，并问：'此是何处？'答曰：'君还，至蜀郡访严君平则知之。'竟不上岸，因还如期。后至蜀，问君平，曰：'某年月日，有客星犯牵牛宿。'计年月，正是此人到天河时也。"这是一个非常美丽而神奇的故事，通过对这一事件的描述，严君平那通天彻地之能就显现出来了；对句照应第一句，以写其隐，班固《汉书》卷七十二载："君平卜筮于成都市，裁日阅数人，得百钱足自养，则闭肆下帘而授《老子》。"颈联承上"百钱卖卜"而来，写作者所见及其想象，人虽已逝而旧肆犹在，让人遥想其清廉之风。尾联发表议论，"龟策"即龟甲和蓍草，乃古代占卜之具，亦指占卜之人，作者于结尾处表达的就是屈原在《卜居》所表达的"用君之心，行君之意，龟策诚不能知事"之意，用现在的话来说就是"自己的命运自己主宰"。

扬子云墨池

扬子家无百金产，成都城有四隅铭。
坐中客为谈玄至，门外车因问字停。
投阁幸逃新莽祸，反骚难作屈原醒。
墨池故宅今犹在，老点雕虫拟易经。

【简析】

　　选自《青松馆诗稿》，这是其中《成都览古四首》之三。此诗写扬雄。扬雄（前53—18）字子云，西汉官吏、学者，西汉蜀郡成都（今四川成都市郫都区）人，少好学，博览群书，长于辞赋，年四十余，始游京师，以文见召，奏《甘泉》《河东》等赋，成帝时任给事黄门郎，王莽时任大夫，校书天禄阁，是继司马相如之后西汉最著名的辞赋家。首联以古籍记载和其自述来写扬雄甘于贫贱，却给成都留下了美丽的文字，给成都这座城市增了光、添了彩。《汉书·扬雄传》："雄少而好学，博览无所不见，默而好深沉之思。清静亡为，少耆欲，家产不过十金，乏无儋石之储，晏如也。"所以作者称其"家无百金产"，扬雄《答刘歆书》说："雄始能草文，先作《县邸铭》《王佴颂》《阶闼铭》及《成都城四隅铭》，蜀人有杨庄者，为郎，诵之于成帝。成帝好之，以为似相如，雄遂以此得见。"这些文章惊动了汉成帝，以至于汉成帝认为他的文章跟扬雄的偶像司马相如差不多。颔联作者以客至、车停来表达人们对扬雄的仰慕和钦佩，由此可以想象扬雄在哲学和文字学方面的成就，王充《论衡·超奇篇》："扬子云作《太玄》经，造于眇思，极窅冥之深，非庶几之才，不能成也。孔子作《春秋》，二子（扬雄、阳城子玄）作两经，所谓卓尔蹈孔子之迹，鸿茂参贰圣之才！"天文学家张衡说："吾观《太玄》，方知子云妙极道数，乃与五经相似，非徒传记之属，使人难论阴阳之事，汉家得天下二百岁之书也。复二百岁，殆将终乎？所以作者之数，必显一世，常然之符也。汉四百岁，《玄》其兴矣！"司马光比喻说，如果《周易》是天，《太玄》就是升天的阶梯，对扬雄这方面的造诣都极尽赞美之词，"问字"称从人受学或向人请教为"问字"，亦称"问奇字"，据《汉书·扬雄传》记载，扬雄校书天禄阁时，多识古文奇字，刘棻曾向扬雄学奇字。颈联以"投阁"和"反骚"二事对扬雄做出评价，表达作者的态度。"投阁"，据《汉书·扬雄传》记载："王莽时，刘歆、甄丰皆为上公，莽既以符命自立，即位之后，欲绝其原以神前事，而丰子寻、歆子棻复献之。莽诛丰父子，投棻四裔，辞所连及，便收不请。时，雄校书天禄阁上，治狱使者来，欲收雄，雄恐不能自免，乃从阁上自投下，几死。莽闻之曰：'雄素不与事，何故在此？'间请问其故，乃刘棻尝从雄学作奇字，雄不知情。有诏勿问。"因此侥幸得免；"反骚"，《汉书·扬雄传》："乃作书，往往摭离骚文而反之，自岷山投诸江流以吊屈原，名曰《反离骚》。"《反离骚》为凭吊屈原而作，这篇作品，既对屈原的不幸深表同情，又对屈原勇于斗争、坚贞不屈、身赴湘流的行为发出责难，表达了不同于屈原的人生态度，他希望屈原能留住有用之身，而不是投江自殉，同时用老、庄思想指责屈原，反映了作者明哲保身的思想，而未能正确地评价屈原，由此作者说扬雄"难作屈原醒"。尾联以扬雄思想的转变作结，扬雄后来认为辞赋为"雕虫篆刻"，"壮夫不为"，转而研究哲学，仿《论语》作《法言》，模仿《易经》作《太玄》。全诗写人物，自然不能回避对人物的评价，而对人物的评价，主要须从人物一生及其人生的几个关键点来进行综合分析考量，此诗即做到了这一点，所以所写人物就真实可信，这也看出作者犀利的眼光以及超卓的概括力和驾驭文字的功力。

杜子美草堂

漂泊西南杜拾遗，浣花溪上重栖迟。
许身稷契曾非忝，原本风骚更出奇。
元气淋漓真宰泣，高歌慷慨鬼神知。
从来入蜀多词客，此老声名万古垂。

【简析】

　　选自《青松馆诗稿》，这是其中《成都览古四首》之四。此诗写杜甫。首联点题，由远及近，叙杜甫栖迟于草堂的漂泊经历，开篇这种写法与杜甫《咏怀古迹五首》其三"群山万壑赴荆门，生长明妃尚有村"相似。颔联出句言其志，语出杜甫的《自京赴奉先县咏怀五百字》："许身一何愚，窃比稷与契。""稷契"为稷和契的并称，稷是后稷，传说他在舜时教人稼穑，契，传说是舜时掌管民治的大臣，"许身稷契"就是向稷契看齐，作稷契那样的贤臣，作者认为杜甫这样的期许并不有辱稷契，方回《生日再书》："许身稷契杜陵老，岂谓残生乃至斯。"这是作者对杜甫最高的赞颂；对句"风骚"：风指《诗经》里的《国风》，骚指屈原所作的《离骚》，后代用来泛称文学，在文坛居于领袖地位或在某方面领先叫领风骚，赵翼《论诗五首》其二："江山代有才人出，各领风骚数百年。"作者认为杜甫本来就已领风骚，而入蜀后则更加出奇，这是作者对杜甫在诗歌上成就的极大赞誉。颈联出句"元气淋漓真宰泣"，语出杜甫《奉先刘少府新画山水障歌》："元气淋漓障犹湿，真宰上诉天应泣"，对句"高歌慷慨鬼神知"，语出杜甫《醉时歌（赠广文馆博士郑虔）》："但觉高歌有鬼神，焉知饿死填沟壑。"作者于此联借杜甫的诗句来形容杜甫诗因充沛的元气和引吭高歌所形成的慷慨淋漓的气势，以至于让"真宰泣""鬼神知"。尾联将杜甫与其他入蜀的诗人词客比较,认为杜甫必将"声名万古垂"。此诗借所写之人的诗来描述所写之人,是其一大特点。

过武侯祠与骆翁茗饮作

太学庸书日日忙,城南今始得徜徉。
二千尺有祠堂柏,八百株空相府桑。
过客扪苔窥断碣,寒鸦上树唤残阳。
故人迟我阑干角,茗碗同倾话武乡。

【简析】

  选自《晚食斋诗稿》。武侯祠在成都市南门武侯祠大街。"过"即拜访、探望。首联写作者在四川大学任教,非常繁忙,直到今天才有时间自由自在地来这里游赏,交代此事之由。颔联出句对武侯祠和诸葛亮进行描写,"二千尺有祠堂柏"语出杜甫《古柏行》:"孔明庙前有老柏,柯如青铜根如石。霜皮溜雨四十围,黛色参天二千尺。"林则徐在其《虚白道人住持武侯祠三十年编词墓图志哀然成帙喜其用心之勤诗以赠之》也写道:"二千尺爱祠堂柏,三十年通宰相书。"此句看似写树,实则写人。作者将诸葛亮比作铁骨铮铮、虽屡经霜雪却依然挺拔的古柏;对句"八百株空相府桑",语出《三国志》:"初,亮自表后主曰'成都有桑八百株,薄田十五顷,子弟衣食,自有余饶。至于臣在外任,无别调度,随身衣食,悉仰于官,不别治生,以长尺寸。若臣死之日,不使内有余帛,外有赢财,以负陛下。'"作者用此典是对诸葛亮清廉自守、鞠躬尽瘁、死而后已的高尚精神的赞颂。颈联描写武侯祠的荒凉凄清,刻有诸葛亮丰功伟绩的石碣不但已经残断，而且上面长满了苔藓，想看上面的字须要把苔藓用手拂去才能略窥一二，而此时寒鸡正站在树上对着残阳凄厉地鸣叫，俗语有"鸭寒下水，鸡寒上树"之说，可见天气十分寒冷。这幅阴森恐怖之象与诸葛亮生前的功业比起来，完全是一个鲜明的对照。尾联回到诗题，写故人骆翁邀作者来到武侯祠的阑干角，一边喝茶一边谈论武乡侯诸葛亮，以此作结，既不离主题，又有余味。

寿晋三首

辛丑四月七日寿晋七十，张倩锡昆随令华长女携两外孙来小饮铮楼，旋过江楼茗话。是日，得儿子令森自北京来禀，请订期为西湖之游，作三首。

一

又见新红吐石榴，一杯自寿倚高楼。
二三豪俊为时出，七十老翁何所求。
浮世尽多沧海变，平身懒作杞人忧。
镜中应讶龙钟叟，看到河清未白头。

二

冰清玉润得同论，失喜张郎叩我门。
略治盘餐酬至戚，愧无梨栗馈诸孙。
携筇野径经行熟，斗茗江楼笑语温。
天与衰翁行乐地，移家步步近名园。

三

颇念吾家小佛奴,前年迎我入燕都。
新来北雁传消息,要使西湖识老夫。
便拟庐山寻五老,更从湘水访三闾。
乃翁济胜身犹健,到处登临不用扶。

【简析】

　　选自《晚食斋诗稿》。这组诗共三首,是作者七十岁生日所作。作者生日这天,他的女儿女婿携两外孙来作者居住的川大教师宿舍铮楼贺寿,饭后他们去江楼喝茶聊天。作者在北京工作的儿子令森当天来禀,请他安排时间去西湖游玩,于是作者写了这三首诗。第一首就生日抒发感慨。全诗从生日这天新开的石榴花写起,到倚楼自寿,面对"二三豪俊"出人头地的情况,表示自己已经年届七十,还有什么追求呢?虽然不断地沧桑巨变,但自己却懒得作杞人之忧,因为这不是自己能够考虑的,唯一值得高兴和骄傲的是,虽然自己已经是一个老态龙钟的老头子了,但直到看见黄河水清之时,头发也还没有白。此诗表达了进入古稀之年的作者,已经把一切都看得云淡风轻,只求身体健康就好。第二首写生日当天的情景,"失喜"即喜极不能自制,用以描写其女婿等人欢喜登门贺寿的心情及场景;颔联写自己虽然拮据,但仍然"略治盘餐"以招待他们,只是为没有"梨栗馈诸孙"而内心愧疚,通过这些生活细节的描写,一个和蔼可亲的长辈形象就生动地刻画了出来;颈联和尾联写寿宴后,一家人兴致勃勃地到野径散步,到江楼(即崇丽阁)喝茶,从中感觉到笑语的温存,由此可见晚辈们的孝心与体贴,长辈的慈祥与慈爱,一家人真是其乐融融,安享天伦之乐。第三首写旅游计划,从诗中可以看出作者对儿子令森的孝心和做出的安排非常满意,"要使西湖识老夫"其骄傲和自豪之情溢于言表,可谓神来之笔。此时作者按捺不住内心的喜悦和激动，表示除了要去西湖，今后还准备去"庐山寻五老"，去"湘水访三闾"，走遍祖国的大好河山，因为作者自诩身体还很强健，"到处登临不用扶"，所以不会给晚辈添麻烦。儿子的提议作者满口答应，而且还急不可耐地想走更多的地方，这既是作者对自己身体的自信，也是对晚辈孝心的积极回应。这组诗特别是后面两首生活气息浓郁，生活细节生动，表达口吻惟妙惟肖。语言质朴但趣味横生，节奏明快而韵味深长，读来让人感同身受，享受着作者之乐。

游新都桂湖

白露前四日，游新都桂湖。时荷花已谢，桂蕊未开。观杨升庵纪念馆后，绕湖一匝而返。

荷叶田田桂树稠，此中宜夏复宜秋。
更无人处湖逾碧，不是花时我独游。
故国依然见乔木，蜀人终古爱家丘。
怜君远有滇南谪，恰似东坡在惠州。

【简析】

选自《晚食斋诗稿》。新都桂湖位于四川省成都市新都区桂湖中路，是全国重点文物保护单位，因杨慎在此沿湖广植桂树并作诗《桂湖曲》而得名。杨慎，字用修，号升庵，生于明弘治元年（1488年），卒于嘉靖三十八年（1559年），四川新都人，官翰林院修撰，经院讲官，24岁中状元，因议大礼，流放云南，72岁死于云南戍所，是著名的学者、诗人和文学家，对哲学、史学、天文、地理、医学、生物、金石、书画、音乐、戏剧、宗教、语言、民俗、民族等学科都有极深的造诣，他一生博学多闻，著作达四百余种，《明史·杨慎传》称："明世记诵之博，著述之富，推慎第一。"此诗写桂湖，也写杨慎。首联"荷叶田田桂树稠"写游湖所见，抓住了桂湖最多荷、桂的特点，同时以叶之田田与树之稠说明作者没有看到花，暗示荷花已谢、桂花未开，以此点明时令；对句"此中宜夏复宜秋"依然紧扣桂湖多荷、桂的特点，有荷故宜夏，有桂故宜秋，夏秋两季到桂湖来游览，都有花可赏。颔联写这次作者之游，由于恰好处于"不是花时"，无花可赏，虽然遗憾，但因为恰是这个时间，游人很少，所以相当于是"我独游"，而且感觉"更无人处湖逾碧"，因而别有收获，别有会心。颈联写杨慎，"故国依然见乔木"指杨慎的故乡依然可以见到杨慎当年留下的"乔木"，杨慎曾在此沿湖广植桂树，桂湖因荷花和桂花独具特色而闻名全国，被誉为全国八大荷花观赏胜地和五大桂花观赏胜地之一，已经成为一座人文凝重、环境优雅的古典园林。园内亭台楼榭、清代古典建筑共20余处，有成都平原保存最为完好的850米明代古城墙，元好问《壬辰十二月车驾东狩后即事之四》："乔木他年怀故国，野烟何处望行人。"作者以此表达杨慎热爱家乡、留恋故土的情怀以及故乡人民对杨慎的纪念；"蜀人终古爱家丘"的"家丘"是"东家丘"的略称，即孔丘，陈琳《为曹洪与魏文帝书》："怪乃轻其家丘，谓为倩人。"张铣注："鲁人不识孔丘圣人，乃云：我东家丘者，吾知之矣。言轻孔丘也。"后常以比拟尚未为人所知的博识君子，作者这里借指杨慎，以此表达故乡人民对杨慎始终不渝的怀念和纪念。尾联将杨慎与苏东坡的遭际作比，认为他们同为蜀人，都学究天人，都在朝廷为官，却同样蒙冤遭贬，最终同样客死他乡的命运是一样的，表达了对杨慎最深的惋惜、同情和最高的赞誉。全诗虚实相间，借景抒情，结尾的感慨启人深思，因而余味绵长。

小隐园中秋宴集诗并序

　　壬午中秋，与诸君子会饮于康定将军桥南陈东府先生别业小隐园，酬令节也。于时秋雨乍晴，素月忽朗；净筵既启，佳客成围。酒杯湛湛，与明河而并流；肴核累累，共繁星而俱列。醴泉已厌，玉山其颓，拊缶仰天，脱帽露顶。笑姮娥不死之药，讵解忘忧；问吴刚所运之斤，可堪斫鼻。天下良辰美景，赏心乐事，古称难并，今实兼之，何其幸哉，信可述也。然而白驹过隙，适丁阳九之年；丛桂留人，暂藉牺牛之地。乃新亭之泣，不闻于处仲；南楼之兴，独深于元规者，岂不以身非肉食，难同曹刿之谋，志托庖羔，且为杨恽之适也耶。走也西川下士，穷塞流官，谬枉嘉招，欣陪末座。在元龙之楼上，预北海之樽中，虽不能饮一石而醉二参，亦庶几闻弦歌而知雅意。聊因胜会，敷赋短章。自附劳者之歌，有愧风人之旨。嘤既鸣矣，随者唱喁。举杯邀月，非无对影之人；搔首问天，定有惊人之句。

一

小筑亭台倚翠峦，中秋高会尽清欢。
临边更觉冰轮俊，把酒能胜玉宇寒。
八咏楼头催洒墨，澄心纸上试挥翰。
未愁扫地风骚尽，座上今多识字官。

二

沧海横流已六年，忍令赤县问桑田。
姮娥但有堪奔月，娲帝空留未补天。
国破犹闻说三户，陆沉应不到穷边。
安危衮衮诸公在，万一金瓯意外圆。

三

百蛮风土异三巴，寒燠频更节候差。
徼外中秋先有菊，去年九日尚无花。
胡中造化工千变，城内锅庄有百家。
怪底雕盘罗美馔，庖人烹出故侯瓜。

四

酒后凭栏望蔡蒙，草堂依约月明中。
原知辟地非吾土，纵得还家亦寓公。
遥想宁馨忆郎罢，近疑德曜怼梁鸿。
此身去住俱难至，愁对西来一夜风。

【简析】

　　选自《凿空集》。题注中交代作者在1942年中秋于康定将军桥南陈东府先生别业小隐园与朋友们会饮，因此写了这一组诗。

　　第一首诗叙会饮情形。首联交代事件、季节与地点，描写场景和气氛，"清欢"指清雅恬适之乐。颔联紧扣康定地理特征写中秋夜景，在高原上，由于空气清净，所以感觉月亮更加俊朗；即使中秋时气温比低海拔地区低，但因会饮喝酒，所以能战胜天气的寒冷。作者在颈联和尾联下自注："东府出清秘阁名笺八咏楼藏墨索题，座中诸子皆官秘书，能诗文。"既描写会饮场景，又渲染清欢气氛，同时也是对主客风雅才情的赞誉。

　　第二首由中秋会饮，自然联想到时局，作者通过此诗，表达了对沧海横流、赤县桑田（这里指日寇侵华、国土沦陷）的深忧，对国破但犹有可亡秦的三户充满信心，对边地应不陆沉的庆幸，对挽救国家危亡的衮衮诸公寄予希望，体现了作者心系国运、忧时爱国的情怀。"姮娥"扣中秋。

　　第三首写当地风土人情。首联出句总述风土之异，对句从寒暑的多变这一角度加以说明，颔联具体描写寒暑的多变带来的菊花盛开时间的变化,颈联重在地方特色的描写,尾联作者对当地美食特别是"故侯瓜"的出现表达了惊诧。"故侯瓜"语出《史记·萧相国世家》:"召平者,故秦东陵侯。秦破,为布衣,贫,种瓜于长安城东,瓜美,故世俗谓之'东陵瓜',从召平以为名也。"东陵瓜后又称故侯瓜,常用为失意隐居之典。

第四首感慨身世。首联的"蔡蒙"分指雅安的蔡山和蒙山,代指作者曾经工作生活过的地方,"草堂"指作者在雅安时的赁居之所"蒙西草堂",所谓"酒后""月明中"则扣题,康定与雅安,此时都笼罩在中秋月的辉光之中,而两地都是作者暂居之地,在这中秋佳节,作者酒后骋思,不由顿起漂泊之感。颔联出句"辟地"指开拓疆土,也谓迁地以避祸患,"原知"即原来就知道,对句"纵得"乃即使之意,"寓公"古指失其领地而寄居他国的贵族,后凡流亡寄居他乡或别国的官僚、士绅等都称"寓公";此联感叹自己不论是漂泊异乡还是回到家里,都是寄居而已,就像无根的浮萍一样。颈联"遥想"说明子女都没在身边,所以只能"忆","近疑"表明近来越来越怀疑妻子在责备自己,因为自己长年在外,所以作者感觉愧对妻子,心里不免忐忑不安,此处的"德曜"是梁鸿妻子的字。尾联叙自己去住两难的处境,以愁对西风,来表达自己的凄凉与无奈。

这组诗紧紧围绕主题,不但对会饮情景和当地风物做了形象生动的描写,并由此生发,联系国家命运及个人遭际发表议论,抒发感情,可谓借酒浇愁愁更愁。

鸦子口

断崖直上即荒丘,登陟还夸筋力遒。
远岫攒空多露骨,浮云向我尽低头。
霜风客路千黄叶,雪岭乾坤一白鸥。
今日临高乍回首,三危若水动边愁。

【简析】

　　选自《凿空集》。据《西康通志》记载："鸦子口，（荥经县）治北五十里，接天全界，连冈嶙峋，危径纤折，蓝逆陷荥即由此道。"此诗记行旅。首联既写鸦子口地势地形，同时也写作者的登陟，表达对自己身体还算强健的自满。颔联写登上鸦子口后所望之景，"远岫攒空多露骨"描写远岫的高且坚，以"露骨"形容山石暴露，显得很是嶙峋而耸峭，非常生动形象；"浮云向我尽低头"描写鸦子口地势之高，以至于浮云都在人之下，"低头"在这里表示臣服；此联将"远岫""浮云"拟人化，表达山的刚劲粗犷而攒空向上，但人却更胜一筹，以山高人为峰之豪气与实力，赢得浮云的俯首称臣。颈联重在意境的营造，两句无一动词，而是精心选择了几个相关的意象，巧妙地组合在一起，构成了一个苍茫雄浑的意境，刻画出作者天涯孤旅的形象，这种手法，与黄庭坚《寄黄几复》"桃李春风一杯酒，江湖夜雨十年灯"相似。尾联中的"三危"为古代西部边疆山名，《书·禹贡》："三危既宅。"孔传："三危为西裔之山也。""若水"乃古水名，即今雅砻江，其与金沙江合流后的一段，古时亦称若水，"边愁"指因边乱、边患引起的愁苦之情；作者今日登上鸦子口，眼前之景，不由勾起了不尽的忧愁，以此作结，余味深长。此诗措语新奇而对仗工稳，拟人手法的运用使诗的形象显得生动有趣，而意境的营造让全诗更具张力，更富有诗意。

弥牟镇怀古

　　卧龙已定三分鼎，水陆横陈八阵图。
　　北控弥牟思并魏，东盘鱼腹欲吞吴。

我来自向生门入，公去谁将后主扶。

却恨传车留不得，降王此路出成都。

【简析】

选自《凿空集》。弥牟镇，地处四川省成都市青白江区西北端，北与广汉交界，西南与新都区接壤，始建于后唐时期（923年—936年），距今有1000多年历史，闻名于世的三国旱"八阵图"遗址仅存于此，还有诸葛井、诸葛桥等三国遗址，据《八阵图碑记》云："诸葛武侯之八阵图，在蜀者二，一在夔州永安宫，一在新都弥牟镇（弥牟镇原属新都）。"此诗主要写诸葛亮。首联的"卧龙"即诸葛亮，"三分鼎"指魏蜀吴三国鼎立，此诗开篇就将诸葛亮的丰功伟绩摆出来，指出其三分天下的筹划已经实现，而且还在奉节摆下水陆八阵图以御敌，可谓深谋远虑、算无遗策。杜甫《八阵图》诗"功盖三分国，名成八阵图"即是对诸葛亮"三分国""八阵图"功绩和智慧的赞颂。颔联写其一统天下、匡扶汉室的雄心，他的计划是向北掌控弥牟镇以灭掉曹魏，向东则盘踞鱼腹浦以吞并孙吴，"鱼腹"即鱼腹浦，在夔门之西奉节城南一公里处，鱼腹浦沙碛上，有闻名遐迩的八阵图，《夔门府治》载："八阵图在治南二里的大江之滨，孔明入川时垒石为阵，纵横皆八，八八六十四垒……"《三国演义》中诸葛亮也曾说过："吾入川时，已伏下十万兵在鱼腹矣！"颈联出句叙自己游览弥牟镇时是从八阵图的生门进入的，"八阵图"是诸葛亮军事思想的最高体现，此阵依照奇门遁甲的道理，将其分为生、伤、休、杜、景、死、惊、开八门，变化万端，神鬼莫测，据说如果不从生门进出，则有死无生，作者以自己毫不犹豫"自向生门入"的选择，说明千余年后，诸葛亮的八阵图余威犹在，仍然让人心生忌惮；对句则又回到对诸葛亮的评价上来，"后主"就是人们所说的"扶不起的阿斗"，作者此处问：诸葛亮去世后，谁来扶持阿斗呢？作者通过这一问，诸葛亮的存在对于蜀汉的重要意义自然不答自明,从而表达了对诸葛亮的极度推崇。尾联抒发感慨,"传车"即驿车,"降王"指后主,作者于此叙述诸葛亮去世后,蜀汉就随即灭亡,载乘投降魏国的后主的驿车就是经过弥牟镇出成都向北而去的,从"却恨"二字可见作者惋惜与遗憾之情。此诗通过诸葛亮生前的辉煌与身后的巨变对比,歌颂了诸葛亮的功绩和智慧,指出了诸葛亮对于蜀汉的重要性,同时也表达了所谓王图霸业终归过眼云烟的感慨。

汉州周氏宅感旧

天汉犹横乌鹊桥,秦楼已断凤凰箫。
重来踽踽蓬双鬓,昔去依依柳万条。
往事如尘歌子夜,余香和梦语中宵。
华年锦瑟都能几,禁得人生一再消。

【简析】

选自《凿空集》。汉州即今四川省广汉市。作者于此诗自注:"余再娶周夫人,再殇。"周氏宅,即周夫人旧宅。此诗为作者凭吊妻子周夫人之作。首联以银河如今还横架着鹊桥,但秦楼上的凤箫声已经断绝了,抒发故宅犹在、而人去楼空的感慨;"天汉"句用牛郎织女典,"乌鹊桥"出自神话传说,旧历七月初七之夜,乌鹊填天河成桥,以渡牛郎、织女相会,李郢《七夕》诗:"乌鹊桥头双扇开,年年一度过河来。莫嫌天上稀相见,犹胜人间去不回。"后以喻指男女相会或相会处;"秦楼"句用弄玉吹箫典,刘向《列仙传·萧史》:"萧史者,秦穆公时人也,善吹箫,能致孔雀、白鹤于庭。穆公有女字弄玉好之,公遂以女妻焉。"后遂以"吹箫"为缔结婚姻的典实。颔联作今昔对比,出句的"踽踽"为孤单行走的样子，"蓬双鬓"取诗经《伯兮》"自伯之东，首如飞蓬"意，古人是因为丈夫出征去了，自己就没心思梳妆打扮了，因为丈夫不在身边，打扮给谁看呢；作者今日重来，夫人已逝，自己独自一人行走在这旧宅，形影相吊，即使首如飞蓬也不自知，可见作者心里的伤痛和悲哀。苏东坡《江城子·乙卯正月二十日夜记梦》："纵使相逢应不识，尘满面，鬓如霜。"如果从苏东坡词意来解读这句诗，则更令人悲恸；对句写作者睹物思人，不由想起昔日与妻子分别时的情景，那是一个春天，无数的柳条在春风中缱绻，仿佛倾诉着对离人的不舍，《诗经·小雅·采薇》："昔我往矣，杨柳依依。"因柳谐音留，所以自古就有折柳赠别的习俗。颈联回忆与妻子一起的往事，犹如以爱情生活为主要内容的南朝乐府诗中的《子夜歌》所吟唱的那样，而在梦中仿佛仍然与妻子中宵共话，醒来似乎还能嗅到妻子留下的芳香，此联措意与苏东坡《江城子·乙卯正月二十日夜记梦》"夜来幽梦忽还乡，小轩窗，正梳妆。相顾无言，惟有泪千行"相仿佛，但表达较含蓄内敛。尾联借李商隐《锦瑟》"锦瑟无端五十弦，一弦一柱思华年"意，表达自己像锦瑟那样美好的华年能够有多少，哪里经得起这样一次又一次的消逝呢？仍然对妻子的逝去表示深深的哀伤和痛惜。此诗从睹物思人而起物是人非之感开始，一个"悲"字贯穿始终，悲伤之情，重重叠叠，千回百转，在文字表达上却如静水深流，含蓄而深沉，自有一种感人的内在力量。

将去雅州移居成都留别湄公十七翁

西南郡是无晴地，大小山通有漏天。
旅食累累携八口，宦游忽忽过三年。
移居喜近扬雄宅，归去聊寻下溪田。
后日故人如见忆，题诗好寄锦江边。

曾缄诗选评 ZENG JIAN SHI XUAN PING

【简析】

　　选自《凿空集》。这是作者即将离开雅安移居成都时所作。首联写雅安的气候，"漏天"，地名，在今四川省雅安县境，其地多雨，故称，杜甫《陪章留后侍御宴南楼得风字》诗："朝廷烧栈北，鼓角漏天东。"杨伦笺注："《梁益记》：'雅州西北有大、小漏天，以其西北阴盛常雨，如天之漏也。'"晁说之《晁氏客语》："雅州蒙山常阴雨，谓之漏天。产茶极佳，味如建品。纯夫有诗云：'漏天常泄雨，蒙顶半藏云。'为此也。"看来作者对此地的多雨、久雨天气不但印象深刻，而且已经厌倦了。颔联叙自身目前状况，"旅食"即寄食他乡作客，有客处的意思，戴复古《秋夜旅中》诗："旅食思乡味，砧声起客愁。""累累"乃繁多、重积的样子，"宦游"指外出做官，王勃《杜少府之任蜀州》："与君离别意，同是宦游人。""忽忽"即匆匆，屈原《离骚》："欲少留此灵琐兮，日忽忽其将暮。"此联叙作者拖家带口在雅安工作，转眼间就是三年了，这是对在雅安期间的回顾，也是对生活之不易、时间之迅疾的感慨。颈联写"移居""归去"，一"喜"字可以看出作者此时因能归去而喜悦的心情，一"聊"字可以看出作者归去后仍然凑合生活的无奈；"扬雄宅"典出《汉书·扬雄传》，扬雄字子云，蜀郡人，家贫，少田产，门前冷落，后世以"扬雄宅"喻指文士的贫居，也借以咏蜀地，作者以此典既表达对扬雄的追慕，也描述自己清贫自适的状况，同时也是对诗题"移居成都"的照应；"下潩田"指低下多水的田，张廷璐《南归》诗："烹茶泉比中泠水，荷锸秧分下潩田。"作者借此透露即使回到成都，仍然将过着清贫的生活。尾联绾合诗题，以达留别之意。全诗围绕旅食、宦游、移居、归去，描述自己的工作生活，表达了其中的窘迫与无奈，以及对友情的珍惜，细腻委婉，真切感人。

简湄村

醒时同哭醉同歌，一日期君数数过。
邹衍谈天通海外，屈平说鬼在山阿。
修途总较相思短，春雨应输别泪多。
丙穴嘉鱼将尺素，几时西溯锦江波。

【简析】

选自《凿空集》。"简"即信札，这里名词作动词用。"湄村"即刘芦隐，其生平简介参见《与湄村临北城楼上观江涨》《湄公遇赦赋寄》等诗的简析。此诗描写与湄村的友情。首联以与湄村的醒时同哭、醉时同歌来表达两人之间的相契，二人在行为举止上、在情绪表达上高度一致，可见二人思想认识上的相通、交流交往上的相投和性情性格上的相合，正因为如此，作者感觉"一日不见如隔三秋"，每天都在期盼着湄村多来这里几次，以此表达对好友的思念。颔联中的邹衍，战国时齐国阴阳家，《史记·孟子荀卿列传》："驺衍之术迂大而闳辩；奭也文具难施……故齐人颂曰：'谈天衍，雕龙奭，炙毂过髡。'"裴骃《史记集解》引刘向《别录》："驺衍之所言，五德终始，天地广大，尽言天事，故曰'谈天。'"所谓"通海外"，据《史记·孟子荀卿列传》载：驺衍认为"中国名曰赤县神州。赤县神州内自有九州，禹之序九州是也，不得为州数。中国外如赤县神州者九，乃所谓九州也。于是有裨海环之，人民禽兽莫能相通者，如一区中者，乃为一州。如此者九，乃有大瀛海环其外，天地之际焉。""屈平"即屈原，所谓"说鬼在山阿"，其所作《九歌·山鬼》："若有人兮山之阿，被薜荔兮带女萝。"此联用典写二人在一起时谈天说鬼、胡吹海侃，略无禁忌。颈联用了两个比较，再长再远的路都比相思要短，再多再久的春雨也比不上离别的眼泪那么多，作者以此来写对友人的思念，言外之意仍然是期待好友不要因为路远雨多而不来相聚。尾联中的"丙穴嘉鱼"即雅鱼，左思在《蜀都赋》中就说"嘉鱼出于丙穴"，雅安曾为汉嘉郡的辖地，所以左思称"嘉鱼"，自唐以后多改称"丙穴鱼"了，杜甫《将赴成都草堂途中有作，先寄严郑公五首》诗赞"鱼知丙穴尤为美"。"尺素"指书信，汉乐府诗《饮马长城窟行》"呼儿烹鲤鱼，中有尺素书"，由此可知此时湄村在雅安，而作者在成都，诗于结尾处表达作者对好友的嘱咐：即使你一时来不了，至少你也要常寄书信到我居住的锦江边来。此诗写友情，不论是用典还是比较，都能很好地表达作者想要表达的意思，而且饱含作者的真情实意，由此也可知作者的交友之道。

还敝庐次杜公韵

自西康还成都敝庐，览杜公《得归茅屋赴成都》诗，次韵五首。

一

久滞穷边慕蜀都，归逢改岁换桃符。
锦江匝地流春色，陆海连天涨碧芜。
星汉偶容槎一犯，市桥应许酒频酤。
张仪楼下幽栖好，从此菟裘著老夫。

【简析】

选自《凿空集》。这组诗次韵杜甫《将赴成都草堂途中有作，先寄严郑公五首》，是作者从西康返回成都后所作。此诗表达回归成都的喜悦心情。首联即交代从何地返回，现在何处，点明返回时的时间节点，从"穷边"回"蜀都"，是一喜，回来时恰逢春节，是又一喜，可谓双喜临门。

颔联描写蜀都即成都风景，所谓春色匝地而流，碧芜连天而涨，可见春色的无边无际，春色如流，碧芜自涨，这二字下得新颖而有张力，勃勃生机扑面而来，可称画境，自是清新可喜。"陆海"指高平而物产丰饶的陆地，这里指川西平原，《汉书·地理志》："有鄠、杜竹林，南山檀柘，号称陆海，为九州膏腴。"颜师古注："言其地高陆而饶物产，如海之无所不出，故云陆海。"颈联出句用典，典出晋张华《博物志》卷三："旧说云天河与海通，近世有人居海渚者，年年八月有浮槎去来不失期，人有奇志，立飞阁于槎上，多赍粮，乘槎而去。十余日中，犹观星月日辰，自后芒芒忽忽，亦不觉昼夜，去十余日，奄至一处，有城郭状，屋舍甚严，遥望宫中多织妇，见一丈夫牵牛渚次饮之。牵牛人乃惊问曰：'何由至此？'此人见说来意，并问此是何处。答曰：'君还至蜀郡访严君平则知之。'竟不上岸，因还如期。后至蜀问君平，曰：'某年月日有客星犯牵牛宿。'计年月，正是此人到天河时也。"此诗作者借指自己先前去西康之事；对句乃作者想象中今后在成都的闲适生活。尾联以"张仪楼"代指成都，表达自己在此归隐的愿望。张仪楼位于四川成都，始建于战国晚期秦灭蜀后，与得贤楼、散花楼、西楼合称为成都四大名楼，作者在其《拟陆龟蒙〈夏日闲居〉四声诗步黄蕲春先生原韵》诗："登楼怀张仪，垂帘思君平"句下自注："吾近卜居张仪楼畔。""菟裘"乃地名，在今山东泗水，《左传·隐公十一年》："羽父请杀桓公，以求大宰。公曰：'为其少故也，吾将授之矣。'使营菟裘，吾将老焉。"后因以称告老退隐的居处，而这正是作者想要的生活，作者的心满意足可想而知。

二

朝日登堂荐藻蘋，归来细领一番春。
时时行乐携娇子，处处闲茶遇故人。

辇路东西尘扑面，吾庐左右竹为邻。
生还偶慰班超望，倍觉风光逆眼新。

【简析】

　　选自《凿空集》。此诗描写自己在成都的闲适生活。首联即叙自己归来后，可以细细地领略春天的美好了，其欣喜之情溢于言表。颔联具体写闲适生活，在这个明媚的春天里，自己经常携带孩子们一起去行乐，从中享受着天伦之乐，在成都这个熟悉的环境里，在喝茶时随处都能遇到故人，作者仿佛如鱼得水，乐在其中。颈联出句写自己出行时的情况，"尘扑面"说明街巷人来车往，很是热闹繁华，描绘出一番人间烟火的景象；对句则写自己所居之敝庐，庐虽敝，但"竹为邻"，苏东坡《于潜僧绿筠轩》："可使食无肉，不可居无竹。无肉令人瘦，无竹令人俗。人瘦尚可肥，士俗不可医。"作者以此来表达自己高雅的性情和追求。尾联借班超典抒发感慨，《后汉书·班超传》："超自以久在绝域，年老思土。十二年，上疏曰：'臣闻太公封齐，五世葬周。狐死首丘，代马依风。夫周齐同在中土千里之间，况于远处绝域，小臣能无依风首丘之思哉？蛮夷之俗，畏壮侮老。臣超犬马齿歼，常恐年衰，奄忽僵仆，孤魂弃捐。臣不敢望到酒泉郡，但愿生入玉门关。臣老病衰困，冒死瞽言，谨遣子勇随献物入塞。及臣生在，令勇目见中土。'书奏，帝感其言，及征超还。"意谓班超久在西域，年老思念故土，上疏请求放归，希望在未死前，能活着回到家乡，得到朝廷恩准，宋代徐钧《班超》诗："人生适意在家山，万里封侯老未还。燕颔虎头成底事，但求生入玉门关。"作者认为自己像班超那样最终得以回到家山，自己的愿望得到了实现，因而感觉明丽的风光都更加耀眼了。全诗清新明快，处处透露出喜悦之情。

三

濯锦波通解玉溪，千花万柳路人迷。
青春乍返黄尘外，白日仍倾碧落西。
三月江南莺满树，五年塞上马穿蹄。
未须游屐愁风雨，犹胜蛮靴踏雪泥。

【简析】

选自《凿空集》。此诗描写成都春天景色。首联描写成都的河水及两岸的千花万柳。"濯锦"即濯锦江，后又叫锦江（不是后称为府南河的锦江），"解玉溪"在成都，唐贞元元年（785年），由时任西川节度使的韦皋开凿；两水相通，概述市内河道纵横，千万并举，形容两岸花团锦簇，以至于路过的人都迷失其中。颔联写季节和昼夜的变换不受任何因素的影响，"黄尘"即黄色的尘土，亦指战尘，"碧落"指天空，虽然当时战争不断、世事多变，但春天依然如期而至，白日依然从西边落下，这种状况，亘古不变。颈联今昔对比，莺满树乃三月江南之景，马穿蹄乃五年塞上之状，以前此的艰辛映衬今日的美好。尾联进一步对比，言即使有风雨也不须愁，因为今日的游屐，总要胜过前此的蛮靴，毕竟游屐是穿来赏风景的，蛮靴是用来踏雪泥的，两相比较，环境、心情已经完全不同了。此诗用华丽的语言、工稳的对仗、鲜明的对比来写景抒情，即使"白日仍倾"，犹喜"青春乍返"，难忘"马穿蹄"，更爱"莺满树"，因曾"踏雪泥"，故不"愁风雨"，全诗境界开阔，逸兴遄飞，表达了珍惜时光、乐观向上的积极心态。

四

偶上高楼倚曲栏，更临略彴看奔湍。
无心更不嗔飘瓦，有手唯宜把钓竿。

郭外山为常见客，樽中酒是大还丹。
锦城终比还家乐，未要君歌蜀道难。

【简析】

　　选自《凿空集》。此诗写日常闲适生活。首联即对仗，"偶上高楼倚曲栏"写登高望远，"更临略彴看奔湍"写临流看水，"略彴"即小木桥。颔联写心态，"无心更不嗔飘瓦"语出《庄子·达生》："复仇者不折镆干，虽有忮心者不怨飘瓦，是以天下平均。"成玄英疏："飘落之瓦，偶尔伤人，虽忮逆褊心之夫，终不怨恨，为瓦是无心之物。"后遂以"飘瓦"比喻凭空加害于人而又无从追究的事物，司马光《酬王安之闻罢真率会》诗："虚舟非者意，飘瓦不须嗔。"也因此作者认为"有手唯宜把钓竿"，手的最好用途就是用来持钓鱼竿的，作者以此表达自己旷达的心胸。颈联"郭外山为常见客"照应首联，以山为常见之客，可知山水乃作者平日寄情之处，"樽中酒是大还丹"照应颔联，言即使遭逢飘瓦虚舟，通过樽中之酒这一起死回生之药，心中块垒自可消除。尾联借李白《蜀道难》"锦城虽云乐，不如早还家。"但意思刚好与李白相反，李白是劝人离开锦城，早点回家，而作者乐在其中，不想离开此地，甚至认为生活在这里比住在家里还好，所以因李白写下《蜀道难》而怪其多事。此诗借景抒情，表现出豁达开朗的人生态度，抒发了对成都的热爱。

五

垂老还嗟筋力微，远从徼外伴春归。
虫沙猿鹤无今古，城郭人民有是非。
晚听城头吹画角，晴看天际过飞机。
乱离渐觉儒冠贱，买布新裁短后衣。

【简析】

　　选自《凿空集》。此诗写现实。首联照应诗题,叙自己不但年老了,而且筋力也弱了,幸好在春天能从远方归来,"徼外"即塞外、边外,《史记·佞幸列传》:"人有告邓通盗出徼外铸钱。"诗里指西康。颔联议论,"虫沙猿鹤"出自《艺文类聚》引晋葛洪《抱朴子》:"周穆王南征,一军尽化,君子为猿为鹤,小人为虫为沙。"后因以"虫沙猿鹤"称战死的将卒,"无今古"犹古今都一样;"城郭人民有是非"语出陶潜《搜神后记》卷一:"有鸟有鸟丁令威,去家千年今始归。城郭如故人民非,何不学仙冢垒垒。"即城郭犹是人民已非之意,此联借用典故表达物是人非的感慨和"兴,百姓苦;亡,百姓苦"的历史现实。颈联写成都此时的情景,即晚上听得到军号声,晴天看得见飞机飞过,这是描写战争期间的情景。所以作者于尾联感叹在乱离之时,"渐觉儒冠贱",于是作者"买布新裁短后衣","短后衣"指后幅较短的上衣,便于活动,多为武士之衣,语出《庄子·说剑》:"吾王所见剑士,皆蓬头、突鬓、垂冠,曼胡之缨,短后之衣,瞋目而语难。"郭象注:"短后之衣,为便于事也。"岑参《北庭西郊候封大夫受降回军献上》诗:"自逐定远侯,亦著短后衣。"作者以对服装的选择来表达时事的变化和个人的态度。此诗既注重典故的运用,又大胆引入诸如"飞机"这样的新词,对于准确反映现实起到了很好的作用。

偶过青羊花市步城而归,赋二首

　　却忆风流杜少陵,春来游兴一何深。
　　城南伴已经旬出,江畔花仍独步寻。

浮世荣枯宁有准,繁英开落本无心。
郊坰胜赏年年在,只惜游人换古今。

【简析】

选自《涉趣园漫录之诗》。成都的花会起源于唐宋,于每年农历二月十五在青羊宫举行。它的举办为市民百姓游乐赏春提供了一个绝佳的场所。据文献记载,从每年春节开始直到四月,达官贵人、骚客墨士、淑女名媛纷纷西出笮桥门踏青赏花,正如陆游诗中所描述的"当年走马锦城西,曾为梅花醉似泥。二十里中香不断,青羊宫到浣花溪"。此诗即写作者路过青羊花市的情景。首联写作者身在花市,自然想起了杜甫,因为杜甫写了一组《江畔独步寻花七绝句》诗,这组诗首首都是写成都古代西郊浣花溪畔美丽春景的精品,表现了杜甫对花的惜爱、对美好生活的流连和对美好事物常在的希望,所以作者感慨其"春来游兴一何深"。颔联写自己状态,城南为作者居住地,但也只是经旬才出门一趟,照应诗题上的"偶过",而即使来到江畔,这里的花也只有自己独自寻看,作者以此表达一种寥落的心境。颈联议论,作者认为人世间的荣枯是没有规律的,是人无法预测、更无法掌控的,繁花的开落本来就不是繁花自己存心的、故意的,这里表达的是一种对世事无常的无奈感和无力感。尾联照应诗题,抒发感慨,说年年春天都要来,年年春天的花都要开,年年人们都在快意地观赏,遗憾的是游人却也年年在换,今年观花的人已经不是以前的人,更不是古时的人了,也就是说花从古到今每年照常盛开,但看花的人已经换了一批又一批了,这种情绪和感慨与张若虚《春江花月夜》"人生代代无穷已,江月年年只相似。不知江月待何人,但见长江送流水"相似。此诗开篇让人振奋,随着作者笔触的步步深入,情绪却转向低沉,思绪也随之深沉,逐渐引发人们对自然、社会、人生的思考。

招梵众游花市

此日郊游忽忆君,一家梦笔最清芬。
相期花市吟新句,未要芜城抒恨文。
烟寺楼台长在望,江天丝管正堪闻。
明朝不雨能来否,尚拟春光与子分。

【简析】

　　选自《涉趣园漫录之诗》。"梵众"即江梵众。此诗为作者向好友江梵众发出的共游花市的邀请。首联交代相招的缘起,是因为自己在此日郊游之时,忽然想起好友的生花妙笔最是清芬,如果好友没有看到,就辜负了眼前的美景,所以作者向好友发出邀请,"一家"即一人。颔联叙邀请好友共赏花市的目的,就是期待好友的清芬妙笔,写出新的诗篇,而不是像鲍照那样写出像《芜城赋》那样的郁愤之文。颈联向好友介绍今日所见之景,以激发好友同游的兴趣,在作者笔下,不论是在望的烟寺楼台,还是堪闻的江天丝管,都是那样迷人,都是那样的如诗如画,通过这样的描述,作者相信好友应该心动。于是作者在尾联直言,如果明天不下雨,你应该能来吧?我这里还准备将春光与你分享呢,人们说"平分秋色",作者却是想与好友"平分春色",这种诱惑是非常有吸引力和杀伤力的。此诗招友,动之以情(美誉),晓之以利(美景),诚意满满,可谓煞费苦心,由此可见作者与江梵众深厚的友情。白居易《问刘十九》:"绿蚁新醅酒,红泥小火炉。晚来天欲雪,能饮一杯无?"就是这样的路数,即在充分展示诱惑的基础上再发出邀请,谁能受得了这个?

曾缄诗选评 ZENG JIAN SHI XUAN PING

清明谒先君墓（丁丑）

丛竹阴阴绕墓门，荒烟漠漠过江村。
五年真抱无涯恸，一奠宁酬罔极恩。
小子罢官仍落拓，全家经乱尚生存。
九原一事堪相慰，解读遗书有嗣孙。

【简析】

　　选自《涉趣园漫录之诗》。"先君"，称已故的父亲。"丁丑"，1937年。此诗为清明祭奠父亲之作。首联对仗，描写清明时节谒墓所见，也是对墓周环境的描写，为全诗渲染黯淡的气氛，打下悲戚的感情基调。颔联表达感情，"五年"指其父辞世已经过去五年了，但在这五年中，作者一直都沉浸在无边的悲恸之中，而今天来祭奠，怎么能够回报父亲无尽的恩情呢？正因为有父亲昔日无尽的恩，所以就有作者今日无边的恸；这种恸，不是历经五年就能减轻的，这种恩，也不是每年一奠就能够报答的；此联道尽天下做儿女者的心情。颈联是作者在其父亲墓前的报告，作者将自己罢官依然不得意，但全家即使历经乱世仍然能够生存的近况告诉父亲。在大家的观念里，将人世间发生的事告诉逝去的亲人，逝去的亲人一定会知道，如果近况好，逝去的亲人知道后就可安心，如果不好，逝去的亲人得知后就可对家人进行保佑，所以作者就写下了这联的内容。但这些情况显然无法告慰父亲，于是作者在尾联又补充说有一件事是可以让人慰藉的，就是您的孙子现在能够"解读遗书"了，作者在此句下自注："弃养时佛奴（作者儿子）未一岁，今已初等小学就读。"此诗层次分明，语言朴实，看似家长里短，絮絮叨叨，却是人之常情，所以感人。

泸定道中

邛崃曾度羊肠径，泸定今过铁索桥。
思等流波常渺渺，心如悬斾正摇摇。
满城荒地花争发，夹岸寒峰雪未消。
平路沿江无十里，又随危磴绕山腰。

【简析】

　　选自《康行杂诗》。泸定即泸定县，隶属甘孜藏族自治州，位于四川省西部二郎山西麓、甘孜藏族自治州东南部，界于邛崃山脉与大雪山脉之间，川藏公路穿越东北部，是进藏出川的咽喉要道，素有甘孜州东大门之称，东距成都285公里，西距康定49公里，南距石棉县112公里，北距丹巴县125公里。此诗写作者赴康定路经泸定情形。首联对仗，出句以追叙先前来时走过邛崃的羊肠小道开篇，表示自己也算是历过艰险、见过世面的人，也表达自己为了生计而不得不远赴边州、履险蹈危的无奈心情。邛崃即邛崃山脉，在四川省西部，南北绵延约250公里，岷江和大渡河的分水岭，四川盆地和青藏高原的地理界线和农业界线，为四川盆地都江堰至天全一线以西山地的总称，自北向南主要有海拔5551米的霸王山、海拔5040米的巴朗山、海拔4930米的夹金山和海拔3437米的二郎山等山；对句叙这次行程，从过泸定的铁索桥开始，此桥在泸定县城西，人们常称之为大渡河铁索桥，是甘孜州的门户、康藏交通的咽喉，是四川内地通往康藏高原的重要通道。颔联比喻，将思绪比作大渡河的流波那样辽阔苍茫，把心情比作悬挂的旌旗那样摇曳摆动，以此表达过铁索桥时身与心的摇动惶惑，也暗示自己对前途的茫然。"摇摇"：心神不安，形容心神恍惚，难以自持，《诗经·王风·黍离》："彼黍离离，彼稷之苗。行迈靡靡，中心摇摇。知我者谓我心忧，不知我者谓我何求。"颈联描写在桥上所见之景，城虽荒，但花犹争发，峰夹岸，而雪仍未消，一"满"字见花之多，一"夹"字见峰之逼，而以"荒"衬"花"，更显"争发"的可贵与可喜，以"寒"衬"雪"，则显"未消"的必然，花与雪同框，这是高原独有之景。尾联叙过了泸定桥，沿大渡河不到十里，就只能随着高峻的石级山径绕着山腰而行，表示前方又是重峦叠嶂路难行了。此诗情景交融，写景能抓住对象的地理特征，抒情则情由景生，有感而发，全诗层次分明，结构严谨，对仗工稳，下字精妙，结有余韵。

四月

四月寒深打箭炉，倚楼人望日西徂。
欲知塞上山高下，但看天边雪有无。
收拾蓬心临广漠，扫空尘想对浮图。
此时忽忆成都好，满地榴花映绿芜。

【简析】

　　选自《康行杂诗》。此诗为作者在康定思念家乡之作。首联交代时间、地点、人物。"打箭炉"即康定，古为羌地，三国蜀汉称"打箭炉"，唐宋属吐蕃，元置宣抚司，明置宣慰司，清雍正七年（1729年）置打箭炉厅，清光绪三十四年（1908年）改为康定府，1939年建西康省，设省会于康定，1950年3月康定解放，为甘孜藏族自治州政府驻地至今。因康定地处高原，所以在江南早已草长莺飞的时候却寒意犹深，而作者正倚楼而望，目送夕阳西下，此时正所谓"霜风凄紧，关河冷落，残照当楼"（柳永《八声甘州》），人在此境，其心情的寂寥与落寞可知。颔联写倚楼所望，这里描述的是只有在高原才有的景象，即要判断城外群山谁高谁低，只需要看横亘天际的群山每座山峰上是否有雪，有雪的山峰自然比无雪的山峰要高，此联既写眼前荒寒之景，也叙此地的生活常识，同时也是对自身所处环境的暗示。颔联乃作者自励，"蓬心"比喻知识浅薄，不能通达事理，后亦常做自喻浅陋的谦辞，"广漠"指广大空旷，"尘想"即俗念，"浮图"为佛陀的别名，作者以此来表达要改变自己，振作起来。尾联表达对家乡的思念，在黄昏的此时，在寒深的此地，作者不由想起了家乡成都，那里此时正"满地榴花映绿芜"。把记忆中的成都描写得如此春意盎然、春色宜人，作者对家乡、对家人的深厚感情自然包含其中了，以景作结，饶有余味。

野眺

拄杖行游兴最浓，时来郊外对诸峰。
霜林掩映丹青合，雪岭参差粉黛重。
风急戍楼吹画角，日斜山寺转疏钟。
四围暝色催归去，时与牛羊狭路逢。

【简析】

选自《康行杂诗》。此诗写康定风景。首联述行游郊外，古诗中有很多拄杖而游的描写，人们之所以在行游时拄杖，并不是因为年老体衰，有过户外徒步经验的人都知道，在野外行走时拄杖，一是用以分担双脚的压力，节省体力，二是可以支撑身体，保持平衡，防止跌倒，三是在泥路上可以防滑，四是可以打草惊蛇，即可防身，明白此理，就不必为拄杖而游感到诧异了；此时作者兴致最浓，一因郊游，二因诸峰。颔联承接"诸峰"而来，以犹如图画环列四周来形容掩映的霜林，以重重的粉黛来形容高低错落的雪岭,"霜林"扣季节,"雪岭"扣地点,"掩映"状林之密,"参差"见山之多,霜染林即成丹青,雪覆岭如施粉黛,此联着重对色彩进行渲染。颈联照应"郊外",着重于声音的烘托,戍楼画角之声,因"风急"更增其肃杀凄厉,山寺疏钟之音,因"日斜"则愈显其苍凉悠远,戍楼山寺皆为当时此地特有之景,二者形成强烈对比。尾联写归去,但作者不是因游兴已尽而归,而是因暝色四围不得不归,见其意犹未尽;作者于结尾处将牛羊顺手牵来,既富生活气息,也突出了地域特色,可谓神来之笔。此诗中间两联通过对色彩和声音的渲染烘托,可谓有声有色,写景如画,且意境辽远,极富神韵,结尾则诙谐有趣,令人解颐。

和隼高寄呈堂上之作,不免有思亲之意

一

千里题诗寄所亲,开缄春动白头人。
边庭自有平安报,中夏犹多逋播民。
池水花开八功德,须弥日绕万由旬。
因君更起南陔怨,惭愧从前陟岵身。

【简析】

选自《康行杂诗》。"隼高"即黄隼高(1888—1956),四川江安人,同盟会会员,四川高等学堂毕业,曾任四川督军署秘书,江安县中学校长,西康省粮政局长,西康省政府顾问,1953年入四川省文史研究馆。"堂上":对父母的敬称。这两首诗是作者读了黄隼高寄呈其父母之诗后,触发了自己对父母的思念,于是和黄隼高诗韵而作。此诗首联叙隼高寄不远千里题诗呈堂上,"白头人"指黄隼高的父母,他们打开儿子寄来的信函，展读其诗，不禁春风满面，这虽然是想象之辞，却符合人之常情。颔联议论，"边庭"这里指康定，出句从隼高角度，指其向父母报平安，"中夏"指中原地区，"逋播"即逃亡，《书经·大诰》："予惟以尔庶邦，于伐殷逋播臣。"这里指日寇入侵，中原百姓流离失所。颈联用佛教典故写隼高一家勤勉侍佛，"八功德"即八功德水，为佛教语，谓西方极乐世界浴池中具有八种功德之水，"须弥"即须弥山，据佛教观念，它是诸山之王，世界的中心，"由旬"为佛学语，是古印度长度单位，指公牛挂轭行走一日之路程。尾联照应诗题，用诗经典故，表达因读隼高之诗，感到自己没有尽孝的惭愧心情，"南陔"为《诗·小雅》篇名，《仪礼·乡饮酒礼》："笙入堂下，磬南北面立，乐《南陔》《白华》《华黍》。"后用为奉养和孝敬双亲的典实，"陟岵"：《诗·魏风·陟岵》："陟彼岵兮，瞻望父兮。"后因以"陟岵"为思念父亲之典。此诗通过自己与友人对比，既对友人的孝心表示赞誉，对自己的不孝表示惭愧，同时也表达了对早已故去的父亲的怀念。

二

故山猿鸟尚堪亲，翻向穷边作戍人。
乱世真同丧家狗，几时曾做太平民。
飘蓬生事成孤注，逝水年华近五旬。
缺日总多圆日少，果然明月是前身。

【简析】

选自《康行杂诗》。此诗为感叹身世之作。首联以故山猿鸟映衬穷边戍人，表达有家难回之意，有"云横秦岭家何在"之慨。颔联将身处乱世的自己比作丧家之犬，发出"几时曾做太平民"的愤慨之问。颈联出句作者形容自己犹如飘蓬一样的生计和境遇现在成了一场豪赌，"孤注"即尽其所有，全部下注，以决胜负，比喻在危急时投入全部力量，做最后的冒险行动，《宋史·寇准传》："钦若曰：'陛下闻博乎？博者输钱欲尽，乃罄所有出之，谓之孤注。陛下，寇准之孤注也，斯亦危矣。'"对句将年华比作逝水，感慨自己蹉跎岁月。尾联由自己与家人团聚日少、离别日多而恍然大悟，发现自己的前身原来是明月，如此奇思妙想，既生动形象，又极富神韵，司空图《二十四诗品》："流水今日，明月前身。"此诗风格沉郁，情感强烈，取譬奇妙，特别是尾联的比喻，让人想象其人之风华，同时也能感受其内心的苦涩。

此日

曾居锦里倡春光，一角西城尽处庄。
起舞蝶为花眷属，放歌莺住柳家乡。
门前葱郁多佳气，院里氤氲有暗香。
此日边关愁作客，乱山残雪对斜阳。

【简析】

选自《康行杂诗》。此诗为作者身处康定怀想远在成都的家而作。首联叙自己的家在成都的具体位置，"锦里"即锦官城，常璩《华阳国志·蜀志》："州夺郡文学为州学，郡更于夷里桥南岸道东边起文学，有女墙。其道西城，故锦官也。锦工织锦濯其江中则鲜明，濯他江则不好。故命曰'锦里'也。"后即以锦里为成都之代称；颔联照应"倡春光"，描写曾经住过之所的风景，起舞之蝶是花的眷属，状蝶恋花，放歌之莺住在柳的家乡，谓莺藏柳。颈联承上联而来，因门前葱郁，故自多佳气，因院里氤氲，便知有暗香；或者，因多佳气，故门前葱郁，因有暗香，故院里氤氲;"佳气":美好的气象,储光羲《洛阳道五首献吕四郎中》诗之三:"大道直如发,春日佳气多。""暗香":形容清幽的花香,李清照《醉花阴》:"东篱把酒黄昏后,有暗香盈袖。"尾联挽回自身,既在边关又作客,何况在乱山残雪间独对斜阳,此情此景,如何不"愁"?此诗前三联写想象中此时的家乡春景,可谓春和景明、鸟语花香,一派旖旎春光,与现实中此时所见之乱山残雪斜阳,形成强烈的对比和反差,通篇情与景交相生发,抒发了作者对家的向往和热爱,表达了自身客居边关之愁。

咏海棠

县府海棠盛开,借杨诚斋《春晴怀故园海棠》诗韵作二首

一

山城今见海棠开,窗外红云绚作堆。
为恐风飘花万点,真须日绕树千回。
文禽失色还飞去,粉蝶寻香忽下来。
美酒成都君忆否,芳时共倒紫霞杯。

【简析】

选自《红棠翠筱轩杂稿》。本诗为作者任雅安县令时,见县府海棠盛开,因借杨万里《春晴怀故园海棠》诗韵而作。杨万里《春晴怀故园海棠二首》其一:"故园今日海棠开,梦入江西锦绣堆。万物皆春人独老,一年过社燕方回。似青似白天浓淡,欲堕还飞絮往来。无那风光餐不得,遣诗招入翠琼杯。"本诗首联出句叙写诗之由,"山城"这里指雅安;对句

正面描写海棠之状,以"红云"比喻海棠,突出其色,以"绚作堆"渲染其繁富华丽。颔联从作者角度写海棠,表达作者对海棠的爱惜,"为恐风飘花万点"表明自己的担忧,杜甫《曲江二首》:"一片花飞减却春,风飘万点正愁人。""真须日绕树千回"则表明自己惜花心情,苏东坡《海棠》:"只恐夜深花睡去,故烧高烛照红妆。"两相比较,作者似乎比东坡更痴,但也更显其情真意切,由此也从侧面表达了对海棠的推许。颈联从第三方角度写海棠,羽毛有文采的鸟见到海棠,两者一比较,鸟儿也顿时失去文采,只好飞去,即使身带香粉的蝴蝶闻到海棠的香气,也被吸引而来,这种手法,就像古人以羞花闭月、沉鱼落雁来分别形容四大美人的美丽一样。尾联照应杨万里之诗,写自己也像杨万里那样因海棠而怀念故园成都,但作者不直言是自己怀念,而是问海棠是否还记得成都的美酒,是否还记得盛开之时一起饮尽紫霞杯中酒的欢愉场景,委婉深曲地表达了对故园的怀想之情。

二

一官偶向花间住,两载曾为徼外行。
身世蛮烟兼瘴雨,风光寒食又清明。
繁英落后春无色,新句吟成昼有声。
寄语芳菲肯相伴,不将漂泊怨浮生。

【简析】

　　选自《红棠翠筱轩杂稿》。本诗步杨万里《春晴怀故园海棠二首》其二:"竹边台榭水边亭,不要人随只独行。乍暖柳条无气力,淡晴花影不分明。一番过雨来幽径,无数新禽有喜声。只欠翠纱红映肉,两年寒食负先生。"此诗首联对仗,出句扣海棠,对句承上"一官",叙自己在边外已达两年,由写花转为写人。颔联照应首联对句,"身世蛮烟兼瘴雨"写自己人生的境遇都离不开"蛮烟兼瘴雨","蛮烟"指南方少数民族地区山林中的瘴气,"瘴雨"指南方含有瘴气的雨,这里以蛮烟瘴雨代指自己曾经生活工作过的地方;"风光寒食又清明"既点明节令,又让人联想到寒食清明时风光的凄清冷寂。颔联"繁英落后春无色"扣题,呼应首联"花间",写海棠谢后,春亦随之归去,将海棠之色与春色等同,可见海棠对于春天的意义;"新句吟成昼有声"扣题,描述自己写海棠的诗值得昼夜吟咏,可见其对海棠用情之深。尾联"芳菲"指海棠,作者希望海棠能一直相伴自己,那么自己一生纵使天涯漂泊也不会抱怨,作者希望海棠能成为自己黯淡生命里的一束光,成为漫漫人生路上的一个始终不渝的同伴,作者寄望如此深厚,从而对海棠的赞美和推崇达到了无以复加的程度。

偶成

天灾人祸苦相寻,匏系孤城百感深。
已困戎旃犹力役,甫经旱魃更愁霖。
催科未满司农愿,抚字徒劳太守心。
尸位妨贤吾岂敢,挂冠东望有山林。

【简析】

　　选自《红棠翠筱轩杂稿》。此诗应为作者在雅安县长任上所作。首联叙此地为天灾人祸所苦,自己久滞此地却无能为力、无所作为,感触良多,"匏系"语出《论语·阳货》:"吾岂匏瓜也哉!焉能系而不食?"刘宝楠正义:"匏瓜以不食,得系滞一处。"后以"匏系"谓羁滞,或喻不为时用、赋闲,或喻指无用之物。"孤城"见作者的无助。颔联照应

"天灾人祸"，写老百姓所历，"戎旃"解释为军旗，借指战事，这里指日寇侵华，"力役"即劳役，《孟子·尽心下》："孟子曰：'有布缕之征、粟米之征、力役之征。'"出句叙人祸；"旱魃"乃传说中引起旱灾的怪物，比喻旱象，《诗经·大雅·云汉》："旱魃为虐，如惔如焚。""愁霖"指久雨使人发愁，高适《东平路作三首》其一："蝉鸣木叶落，兹夕更愁霖。"对句叙天灾。颈联承上而来，"催科"即催索赋税，《宋史·职官志三》："狱讼无冤、催科不扰，为治事之最。""司农"乃职官名，汉九卿之一，武帝时置大司农，主管钱粮，此句之意为无论如何横征暴敛，也无法满足官吏的愿望；"抚字"指良吏爱护人民，《后汉书·列女传·程文矩妻》："穆姜慈爱温仁，抚字益隆。""太守"这里指作者自己，其《周公山祈雨作》："老僧却喜太守至，安排供具山边楼。"此句之意为即使有我欲体恤老百姓，但在现实面前仍然是徒劳的。尾联表达自己欲挂冠而去的想法，作者面对天灾人祸的残酷现实，深感无奈和无力，但也不想尸位素餐，阻碍贤者，所以欲辞官归去，退隐于家乡，"尸位"指空居职位而不尽职守，《书经·五子之歌》："太康尸位，以逸豫灭厥德。"王充《论衡·量知》："无道艺之业，不晓政事，默坐朝廷，不能言事，与尸无异，故曰尸位。""妨贤"即阻碍贤者登进，《汉书·王尊传》："各自底厉，助太守为治。其不中用，趣自避退，毋久妨贤。"此诗表达了作者不但不能造福一方，反而在面对天灾人祸时无所作为和无能为力的苦闷与纠结，诗中可以看出作者对老百姓的疾苦有较深的感受，对官府的横征暴敛十分反感，所以最后产生辞官退隐的想法也就能够理解了。

寓庐漫兴借穆庵人日诗韵三首

一

苍坪佳处只供诗，日坐高斋把酒卮。
三径赏心容啸傲，群儿绕膝听娇痴。
阶前鼓吹烦莺舌，门外垂帘借柳丝。
为政风流愧山简，等闲犹恋习家池。

二

数家篱落聚成村，贪看林峦懒闭门。
十雉高城开远势，百年乔木长深根。
云山尚绕周公梦，石阙长怀汉守尊。
自倚九能夸赋手，欲题清景竟忘言。

三

不薄它乡爱旧山，小留严道梦边关。
刘郎去后桃干树，杜子诗中厦万间。
农事乍占春雨足，斋名新倩故人颜。
休官不用闲驺从，一杖飘然自往还。

【简析】

选自《辛巳漫稿》。"寓庐"即寓所，这里指作者在雅安期间于苍坪山所居之所。"漫兴"谓率意为诗，并不刻意求工。这组诗写作者于苍坪寓庐的闲适生活。第一首诗首联表达对苍坪佳处的欣赏，因为作者认为这里的美景只属于诗，所以自己无所事事，日常就是于书斋饮酒，观赏美景而已，作者心情之闲适愉悦可想而知。颔联出句承上句写自己愉悦的心情,对句写天伦之乐。颈联描写听鼓吹知有劳莺舌,借柳丝以当垂帘,悦耳醒目而赏心。尾联借山简典言自己为政虽不及山简,但流连山水的爱好则与山简相同,山简,"竹林七贤"之一山涛之子,西晋名士,"习家池",又名高阳池,在湖北襄阳岘山南,《晋书·山简传》:"简镇襄阳,诸习氏荆土豪族,有佳园池,简每出游嬉,多之池上,置酒辄醉,名之曰高阳池。"第二首诗首联写作者于门中所望,因贪看门外之景,以至于懒得闭门。颔联实写所望之景,"高城"指雅安县城。颈联虚写所望之云山和石阙,作者由景而进入历史的遐想,此云山指周公山,因诸葛亮南征经此梦周公而得名,此石阙指高颐墓阙,位于雅安市姚桥,东汉建安十四年(209年)建造,为东汉益州太守高颐及其弟高实的墓阙,是全国现存地面保存最完整、最精美的石阙。尾联写自己虽有九能之才,被夸为赋手,想要描写这些美景,却不知该如何表达了。"九能",见《赠江梵众即题所画溪山兰若》简析;"赋手"即河东赋手,用扬雄典;"忘言"谓心中领会其意,不须用言语来说明,语本《庄子·外物》:"言者所以在意,得意而忘言。"陶渊明《饮酒》诗:"此中有真意,欲辨已忘言。"第三首诗首联表明自己既爱家乡又爱此地的态度,虽"小留严道"却对此地很有感情。颔联借刘禹锡诗句写自己辞官后此地人事的变迁,借杜甫诗句表达自己虽然穷困,但仍然希望有大庇天下寒士的千万间广厦。颈联写因春雨足而推测今年农事应好,自己书斋之名才请好友书题,作者在此句下自注:"穆庵为予颜其居曰:寸铁堪,湄村作铭。"尾联写自己辞官后不再需要侍从,一人逍遥自在,随意去来,"驺从"指古代贵族、官员出行时的骑马侍从。这组诗写自己辞官后闲适的生活和愉悦的心情,语言淡雅,节奏轻松,风格清新,表情达意恰到好处。

雾

一气冥濛万象空，吾庐全被碧纱笼。
人随鸡犬升天上，山化鱼龙没海中。
剩欲戈挥云鸟阵，可能槎犯斗牛宫。
世间不少迷方客，踽躅襄城七圣同。

【简析】

　　选自《辛巳漫稿》。此诗写雾。古往今来写雾的诗很多，此诗却自有其独特之处。首联出句全景，为全诗做大的笼罩，"冥濛"，模糊、幽深的样子，江淹《颜特进延之侍宴》："青林结冥蒙，丹巘被葱蒨。""万象"指一切景象，孙绰《游天台山赋》："浑万象以冥观，兀同体于自然。"对句从作者所处之庐着眼，因吾庐被犹如碧纱的雾所笼罩，所以身处其中，举目望去，看到的一切只能是一气冥濛了。全诗所写都是从吾庐这一视角展开的。此联由面到点，由果溯因。颔联出句用鸡犬升天典故，典出葛洪《神仙传·卷六·淮南王》："乃取鼎煮药，使王服之，骨肉近三百余人，同日升天。鸡犬舐药器者，亦同飞去。"《神仙传》里写的是鸡犬随人升天，而此诗写人随鸡犬飞升，这是由于鸡犬身在雾中，若隐若现，仿佛飘浮在空中，人就产生出一种随之飘浮的幻觉，感觉飘飘欲仙；对句描写眼前的山，在翻腾飘缈的雾中，仿佛变成了沉没于大海之中的鱼龙，"鱼龙"即鱼和龙，泛指鳞介水族，《周礼·地官·大司徒》"鳞物"郑玄注："鱼龙之属。"出句为雾中近景，对句为雾中远景。颈联出句的"云鸟阵"为兵阵名，梁简文帝《七励》："回云鸟之密阵。"杜田曰："太公《六韬》以车骑分为鸟云之阵，取云散而鸟飞变化无穷也。"作者身处雾中，但见云雾翻腾犹如云鸟密阵，顿起挥戈以纵横其中的豪气；对句"槎犯斗牛"典出晋张华《博物志》卷三，此书记载，相传天河通海,有居海渚者见每年八月海上有木筏来,因登木筏直达天河,见到牛郎织女,此句借这一传说描写人在雾中,犹如身处大海,就能乘着槎顺着天河直达牛郎织女居所。此联紧扣雾的特征,并由雾生发,浮想联翩,可谓心骛八极,神游万仞。尾联议论,指出人在雾中容易像襄城七圣一样迷失方向,作者以此自警,也以此警世。"迷方"指迷失方向,鲍照《拟古》:"南国有儒生,迷方独沦误。""襄城七圣",典出《庄子·徐无鬼》:"黄帝将见大隗乎具茨之山,方明为御,昌寓骖乘,张若、謵朋前马,昆阍、滑稽后车,至于襄城之野,七圣皆迷,无所问涂。"庾信《至老子庙应诏》诗:"路有三千别,途经七圣迷。"全诗句句写雾,既写出了雾之态,也写出了雾之韵,想象奇诡,境界阔大,颇具气象,通篇奇情壮采,充满奇思妙想,引人入胜,最后借典以卒章显志,使此诗不囿于一般写景之作。

意相篇

闻独裁者鼻祖，意相墨索里尼兵败下野，祸首去矣，意存亡不可知。有感于权臣之乱人国而作是篇。

沙场一老兵，崛起为首相。其徒皆黑衫，蜂涌手白棒。一喝移政柄，怪例固特创。自诩真强梁，何物是礼让。通衢揭高名，粉壁画真相。闻风有人说，踵事成时尚。耀兵始非洲，小邦偶沦丧。西海扬胜旗，罗马闻凯唱。一狮发雄吼，百兽纷走旷。自谓指顾间，取威定霸王。强邻有枭雄，与尔作瑜亮。欧洲掀战潮，宇宙忽波荡。苦斗历三载，流血起红浪。初受巴黎降，旋遭希腊抗。前胜固长骄，后却曾不谅。外岛委他人，本国骤屏障。其亡击苞桑，代斫羞大匠。上表谢明主，臣愚诚无状。仓皇挂冠归，处分听主将。嗟哉一世雄，此日为凄怆。暴兴俄已蹶，蜉蝣信同量。举国殉一人，明知理非当。其谋虽不臧，勇退亦可壮。由来庙堂事，自异东陵上。窃国幸不诛，恋栈终蒙谤。前车夫岂远，南辕慎所向。作诗告有位，凡百戒轻妄。

【简析】

选自《寸铁堪诗稿》。"意相"指意大利当时的内阁总理贝尼托·墨索里尼（1883年7月29日—1945年4月28日），1883年出生于意大利费拉拉省，意大利国家法西斯党党魁、法西斯独裁者，第二次世界大战的元凶之一，法西斯主义的创始人。

本篇即写此人。全诗重点叙述墨索里尼从执掌政权到身败名裂的全过程，总结其教训以警世人，即作者在题注中所说："有感于权臣之乱人国而作是篇"。

首句"沙场一老兵，崛起为首相"极为概括，从"老兵"到"首相"，两者地位无异云泥，但以"崛起"一词将二者联系了起来，让人想象中间那些凶险曲折、血火交迸的过程，就像电影中的蒙太奇，在镜头切换中，蕴含非常丰富的内容，同时成功地让读者将注意力直接放在了其人的传奇经历上，很是摄人心魄、启人遐想，这种手法，也有些像《木兰辞》"将军百战死，壮士十年归"。

作者接下来不是追述之前如何崛起这一过程，而是对此人成为"首相"之后的经历展开描写，"其徒皆黑衫，蜂涌手白棒。一喝移政柄，怪例固特创。自诩真强梁，何物是礼让。通衢揭高名，粉壁画真相。闻风有人说，踵事成时尚。"述其在意大利国内执政期间的各种倒行逆施，"其徒"身穿"黑衫"、手持"白棒"且成"蜂涌"之势，可见其人操纵和依仗的是暴力集团；"一喝移政柄"的"一喝"生动形象地刻画出其人及其集团霸道的气焰和不可一世的震慑力；"怪例固特创"言其开创的制度、执行的政策是"怪例"，是"特创"，因为墨索里尼上台后，就逐步地建立独裁统治，在他统治的 21 年中，对内取消一切反对党，镇压工人和民主运动，宣传沙文主义和种族主义思想。1923 年通过的新选举法保证了法西斯党人在国会中三分之二的多数。除了控制国会、强奸民意外，对革命党和进步人士还加强了暗杀活动，另外还加紧进行扩军备战，并亲自兼任陆、海、空军总长。1925 年 1 月，墨索里尼宣布国家法西斯党为意大利唯一合法政党，从而建立了意大利法西斯主义的独裁统治，所以作者直斥其"怪"；"自诩真强梁，何物是礼让"言其人不以自己是"真强梁"为耻，反而以此"自诩"，简直不知"礼让"为何物；"通衢揭高名，粉壁画真相"言其大搞个人崇拜，大街小巷及其墙壁上到处都是宣传他的画像及标语口号;"闻风有人说,踵事成时尚"写意大利由于法西斯主义的独裁统治,整个国家和社会形成了其人的话有人闻风而传、其人要求做的事有人遵照执行这样一种"时尚"。

作者紧接着重点写墨索里尼野心膨胀而发动侵略战争,给世界和本国带来巨大灾难,自己也因而走向毁灭的历史。"耀兵始非洲,小邦偶沦丧。西海扬胜旗,罗马闻凯唱。"墨索里尼对外煽动民族沙文主义,推行军国主义侵略扩张政策,1935年10月派兵入侵埃塞俄比亚,1936年5月宣布将埃塞俄比亚并入意大利,7月伙同德国武装干涉西班牙内战,10月与德国结成柏林—罗马轴心,1939年4月侵占阿尔巴尼亚,此四句即述其耀兵非洲、消灭小邦、扬旗西海、唱凯罗马的"战绩"。"一狮发雄吼,百兽纷走圹。自谓指顾间,取威定霸王"言其以雄狮自况,指顾间即可成为霸王,描写其顾盼自雄、不可一世的神态可谓惟妙惟肖。"强邻有枭雄,与尔作瑜亮。欧洲掀战潮,宇宙忽波荡。苦斗历三载,流血起红浪"述其与强邻德国之枭雄希特勒狼狈为奸,在祸害天下方面可谓一时瑜亮,他们掀起战潮,致使"宇宙忽波荡""流血起红浪"达三载之久,这里说"三载"主要是指墨索里尼在1943年7月25日,由于军事上失利和国内反法西斯运动高涨被撤职,并被监禁在阿布鲁齐山大萨索峰顶;"初受巴黎降,旋遭希腊抗。前胜固长骄,后却曾不谅"述意大利在二战中虽然"初受巴黎降",但"旋遭希腊抗",没高兴多久,即在重兵进攻希腊时,遭到与之力量对比悬殊的希腊军的顽强抵抗且被反杀,所以作者说"前胜固长骄,后却曾不谅"。"外岛委他人,本国隳屏障"指盟军在西西里岛登陆,意大利迅速崩溃;"其亡击苞桑"语出《易·否》:"其亡其亡,系于苞桑。"孔颖达疏:"若能其亡其亡,以自戒慎,则有系于苞桑之固,无倾危也。"后因用"苞桑"指帝王能经常思危而不自安,国家就能巩固,此句即指墨索里尼以其不自戒慎,而致国家倾危;"代斫羞大匠"语出《老子》七十四章:"夫代司杀者杀,是谓代大匠斫。夫代大匠斫者，希有不伤其手矣。"后来代大匠斫成为一个成语，以比喻超越自己职务范围去处理别人所管的事，按老子的说法，这样少有不伤其手者，这里以此讽刺墨索里尼；"上表谢明主，臣愚诚无状。仓皇挂冠归，处分听主将。嗟哉一世雄，此日为凄怆。"这几句概述墨索里尼于1943年9月被德军伞兵救出后，在意大利北部萨洛出任"意大利社会共和国"傀儡政府总理，从此如丧家之犬，惶惶不可终日。作者写此诗时还不知道此人后来于1945年4月27日在逃往德国途中为意大利游击队捕获，4月28日被枪决并暴尸米兰广场示众，所谓"一世之雄"，最终永远地被钉在了历史的耻辱柱上，成了不齿于人类的狗屎堆。

最后作者发表议论，抒发感慨，希望人们从中吸取教训。"暴兴俄已蹶，蜉蝣信同量。"这句意思跟《左传·庄公十一年》所说"禹、汤罪己，其兴也勃焉，桀、纣罪人，其亡也忽焉"的意思是一样的；"举国殉一人"言因一人之失而致举国为之陪葬，这样的损失不可谓不巨大，这样的结果不可谓不惨痛，这样的教训不可谓不深刻，所以作者以"前车夫岂远，南辕慎所向。作诗告有位，凡百戒轻妄"告诫有位者，要吸取前车之鉴，不要重蹈覆辙。

作者以古典诗歌形式写外国的人和事，并且写出诗史的高度和水平来，而毫无违和感，既得益于作者深远的历史洞察力，也得益于作者高超的题材驾驭能力、语言运用能力，从"沙场一老兵，崛起为首相"的高度概括，从"其徒皆黑衫，蜂涌手白棒。一喝移政柄，怪例固特创。自诩真强梁，何物是礼让。通衢揭高名，粉壁画真相。闻风有人说，踵事成时尚"的生动描绘，从"耀兵始非洲，小邦偶沦丧。西海扬胜旗，罗马闻凯唱。一狮发雄吼，百兽纷走旷。自谓指顾间，取威定霸王"的形象刻画，从"其亡击苞桑，代斫羞大匠""暴兴俄已蹶，蜉蝣信同量""前车夫岂远，南辕慎所向"典故的精准运用，从"其谋虽不臧，勇退亦可壮。由来庙堂事，自异东陵上。窃国幸不诛，恋栈终蒙谤"的深刻剖析，我们就可以察其端倪了。

九日登徐氏夕秀亭同刘程二公作

淫雨难为秋，菊华败其芳。六合构群阴，兹辰宁载阳。登高践夙约，蜡屐跻平岗。淤泥塞道路，野露沾衣裳。美哉城北公，筑室凌女墙。倚君夕秀亭，临睨严道乡。原野何辽阔，云山郁苍茫。铜山在何所，邓通今则亡。地瘠民更贫，世乱疲输将。荒田没流潦，晚稻迟登场。将丰反致歉，厥咎归穹苍。昨宵尚雷霆，号令真无常。我欲叩帝阙，孰者持天纲。襄王恋云雨，神女耽淫荒。龙涎一流毒，祸水真汪洋。安得扫氛烟，神人奋橚枪。乾坤复正气，白日回清光。要俟河水清，尤愿人寿长。延命酌菊醑，辟邪佩萸囊。明知事不经，为此亦可伤。斯须泯忧患，与子姑徜徉。诸君怀雅咏，各有琬琰章。我诗赋愁霖，益以泪数行。诗成不忍读，弃捐箧中藏。

【简析】

　　选自《寸铁堪诗稿》。徐氏夕秀亭在雅安苍坪山上，作者好友谢无量《题夕秀亭》曾咏此亭："使君亭榭跨苍坪，不负人间重晚晴。"重阳日，作者与刘芦隐、程木雁二位好友于此登高，目有所见，心有所感，遂成此诗。但与一般九日登高诗写簪菊、佩萸、落帽、怀远这些老旧套路不同，此诗从淫雨入手，感天纲之无常，哀百姓之贫瘠，表达了与自古以来重九节蕴含的隐逸和亲情之意无关的感情。

　　开篇既不写"登"也不写"亭"，而是从宏大的时间空间写起。"淫雨难为秋"点明时令，突出"淫雨"；"菊华败其芳"紧接着菊花登场，但这里不是"采菊东篱下，悠然见南山。"（陶渊明《饮酒》）也不是"对美景良辰乐事，采萸簪菊登临，共上翠微。"（曹冠《八六子·九日》）在淫雨霏霏中，菊花早早地消散了它的芬芳，已经枯萎了，作者展现的是一幅衰飒的残秋景象，完全没有苏东坡"菊花开处乃重阳"那种悠然之意；随着作者的笔触伸向远方，"六合构群阴，兹辰宁载阳。"天地及四面八方都是由各种阴象组合而成，此时难道还会回暖过来吗？在作者眼中，此时的天地万物色彩都是黯淡的，温度都是冰凉的。通过前四句描写出来的景象，可以想见作者的心情很是沉郁，这也为全篇打下了一个总的情感基调和心境底色。

接下来镜头转换，从对环境的描写和气氛的渲染，正式转为对登高这一过程的叙述，"登高践夙约，蜡屐跻平岗"照应诗题，"淤泥塞道路，野露沾衣裳"照应前四句。作者随后按事情发生发展的先后顺序继续叙述，"美哉城北公，筑室凌女墙。""城北公"原指战国时期齐国姓徐的美男子，后作美男子的代称，《战国策·齐策一》："城北徐公，齐国之美丽者也。"这里既是实指夕秀亭的主人徐氏，同时也是用典表达赞美。

接着写登亭所见，"倚君夕秀亭，临睨严道乡。原野何辽阔，云山郁苍茫。""严道"乃古县名，即现在雅安荥经，这里代指雅安全境。"铜山在何所，邓通今则亡。地瘠民更贫，世乱疲输将。荒田没流潦，晚稻迟登场。将丰反致歉，厥咎归穹苍。昨宵尚雷霆，号令真无常。我欲叩帝阙，孰者持天纲。襄王恋云雨，神女耽淫荒。龙涎一流毒，祸水真汪洋。"作者登亭骋望，除了辽阔的原野、苍茫的云山，而汉文帝时邓通在严道开矿铸钱的铜山已经不见了，现在只看见地是瘠的，民是贫的，世是乱的，田是荒的，稻是歉的，而这一切的一切，都应该归咎于穹苍，因为它不但下淫雨，而且农历九月还打雷，上天真是乱了纲常，楚襄王也好，巫山神女也罢，他们只知道旦为朝云、暮为行雨，更过分的是天上的神龙，他的口水随便一流，地上就是一片汪洋，所以作者"欲叩帝阙，"问一问到底是谁在执掌天纲。作者这一大段描写，既有眼前实景，又有联想，既有现实，又有神话，既引经，又据典，从不同角度、不同层面反映百姓的苦难，暴露现实的黑暗，揭露上层的腐朽，分析其中的原因，表达自己的愤怒。接着作者表达自己的愿望，希望有"神人奋櫎枪"以扫除氛烟，从而"乾坤复正气，白日回清光。"但是作者对这种结果也没有信心，对自己的愿望也感到渺茫，所以他接着写到："要俟河水清，尤愿人寿长。"如果要等到黄河水变清那天，那么寿命就必须要长，否则等不到那一天。那么要如何延长寿命呢？方法就是"延命酌菊醑，辟邪佩萸囊。"这又挽回到重阳节的习俗上来了。但作者对这些方法是不自信的，所以他说："明知事不经，""不经"就是近乎荒诞、不合常理、没有根据，其实作者对这样做的效果是心知肚明的，所以他在"明知事不经"的情况下，又说"为此亦可伤。"他的意思是想表达做这些"酌菊醑""佩萸囊"之类的事情，完全于事无补、徒劳无益，只是无奈之举，也是没有办法的办法，作者认为这其实才是一种真正的悲哀。

在深入骨髓的悲哀、悲愤之中，作者"斯须泯忧患，与子姑徜徉。"这里笔锋又一转，写自己转瞬之间忘掉忧患，强颜欢笑，强打精神，暂且同好友们一起徜徉，同时"诸君怀雅咏，各有琬琰章。"转而对好友们的雅咏赞誉有加，但作者心不在此，"我诗赋愁霖，益以泪数行。"与好友们的雅咏相比，自己的诗写的是雨，而且是使人愁的经久不停的雨，这诗里面，不但有下不完的雨，还有自己的泪水，所以作者以"诗成不忍读，弃捐箧中藏"作为诗的结尾，说诗写成之后，连自己都不忍读，只有藏在箧中，这当然是愤激语，也是伤心语，也是沉痛语。

这首诗前半部分有条不紊地写来，脉络清晰，层层递进，同时八方呼应，面面照应，后半部分则跌宕起伏，不断转折，在大开大阖中尽显郁勃之力，深得杜甫沉郁顿挫之法。

曾缄诗 选评 ZENG JIAN SHI XUAN PING

读湄村日地诗，追忆康定峡中景物，因次其韵

西陲千万山，炉关险无对。摩天起双崖，匹练缠峡内。风涛日怒吼，蛟龙逝安在。山石纷倒悬，落地有时碎。林壑相菶藜，彼苍若昏愦。荒途没流潦，触处成窒碍。登危窘跬步，面壁乖盼睐。前村见炊烟，失喜吾生再。山田苦硗瘠，野人珍寸块。贫家操作劳，薪压樵女背。映门多白杨，盈畦长寒菜。屋后峙雪峰，长剑鹈膏淬。海上已桑田，山中仍草昧。狂獠有如此，人间果何代。

【简析】

选自《寸铁堪诗稿》。本诗作于1949年前，湄村即刘芦隐。日地乃地名，在今康定市姑咱镇。此诗为作者读湄村日地诗后，触发作者的追忆，因此而有感所作。首二句总写此地形势，突出一个"险"字。后面具体写"险"，以摩天之双崖、缠峡之匹练、怒吼之风涛、远逝之蛟龙、倒悬之山石、菶藜之林壑、昏愦之彼苍、流潦之荒途等等景象，构成"触处成窒碍"的感受，以此突出其"险"。既然这里的自然条件如此恶劣，那么这里人们的生活又是什么状态呢？然后作者接着对此展开描写，在经过一段艰难的跋涉后，作者在前村看见了炊烟，在一片荒凉中终于有了人烟，这是作者眼前唯一的一抹亮色，而这里人们的生活却是十分艰辛贫苦。由于这里山高谷深，交通闭塞，因而"山田苦硗瘠，野人珍寸块。贫家操作劳，薪压樵女背。映门多白杨，盈畦长寒菜。屋后峙雪峰，长剑鹈膏淬。"这是当时此地人们生活的真实写照，读来很是震撼人心，所以作者在诗的最后发出"海上已桑田，山中仍草昧。狂獠有如此，人间果何代"的感慨和质问。作者通过对此地恶劣的自然条件和人们生活的艰难

困苦的细致描写，对统治阶级的黑暗进行了侧面揭露，表达了作者对劳动人民的深切同情。此诗继承了"文章合为时而著，歌诗合为事而作"的传统，是一首反映现实的力作。

东坡生日作

戊戌岁十二月十九日为东坡生日，与啸谷会饮于成都餐厅作。

公生彭山童，公死彭山青。彭山何岂峣，以公为英灵。忆昔有宋初，斯文颇凋零。众鸟枪榆枋，公则运南溟。英辞振金石，大声出雷霆。纷然起聋聩，瞥尔新观听。我观东坡集，字字缠芳馨。当其下笔时，快意风泠泠。指麾役万象，奔走驱六丁。行乎所当行，止乎所当停。妙造合自然，雕琢仍珑玲。言语妙天下，出口咸成经。同时半山老，前辈醉翁亭。二公尚缩手，余子轻浮萍。出任八州督，入登天子廷。众女妒蛾眉，屈原困孤醒。远吃惠州饭，终扬南海舲。赐环曾几时，万古竟一瞑。呜呼李杜后，惜此丧文星。流风幸未泯，方外图真形。元僧百题记，张简为赞铭。真迹落三岛，此本存典型。买之费一金，高挂成都厅。为公作生日，献寿倾醽醁。烧卖胜冷淘，盘餐拟侯鲭。愧无花猪肉，颇杂南烹腥。于时梅始华，含笑窥窗棂。恍闻李委笛，吹起南飞翎。乾坤有时息，诗坛乃修龄。如公寿万世，所惧非灰钉。

【简析】

选自《越翠宧诗稿》。此诗为苏东坡生日而作，抒写的对象自然是苏东坡。杜甫《赠左仆射郑国公严公武》："公来雪山重，公去雪山轻。"以蜀中崇山峻岭为之载轻载重来表达对好友严武的高度评价和深切怀念。

曾缄诗 选评 ZENG JIAN SHI XUAN PING

此诗开篇则以苏东坡出生地彭山的"童""青"变化来形容苏东坡地位的重要及影响的巨大。作为"三山雅集"中的"眉山",作者对苏东坡自然十分推崇,以至于用《庄子·逍遥游》:"鹏之徙于南冥也,水击三千里,抟扶摇而上者九万里……蜩与学鸠笑曰:'我决起而飞,抢榆枋,时则不至而控于地而已矣,奚以之九万里而南为?'"将苏东坡比作鲲鹏,其振金石的英辞,出雷霆的大声,可以"起聋聩""新观听",作者意犹未足,在诗中对苏东坡在文学上的造诣和风格做了形象生动的刻画和登峰造极的评价,甚至把欧阳修和王安石拉来做陪衬,自然"余子"就如浮萍一样不足挂齿。除对其文章学问的推崇,作者还以"出任八州督,入登天子廷"述其得志,以"众女妒蛾眉,屈原困孤醒"状其蒙冤,以"远吃惠州饭,终扬南海舲"概其失意,以"赐环曾几时,万古竟一瞑"叹其结局,而"呜呼李杜后,惜此丧文星"虽惜其丧,却将其排于李杜之后,与李杜鼎足而三,则是对苏东坡的极高赞誉。随后转入对为苏东坡庆生日场景的描述,地点"成都厅",时间为"梅始华",既挂画像,又倾醽醁,搞得很是隆重热闹,此时作者似乎听到了李委在吹笛,"李委笛",典出苏东坡《李委吹笛并引》:"元丰五年十二月十九日,东坡生日也。置酒赤壁矶下,踞高峰,俯鹊巢。酒酣,笛声起于江上。客有郭、石二生,颇知音,谓坡曰:'笛声有新意,非俗工也。'使人问之,则进士李委,闻坡生日,作新曲曰《鹤南飞》以献。呼之使前,则青巾紫裘腰笛而已。既奏新曲,又快作数弄,嘹然有穿云裂石之声。坐客皆引满醉倒。委袖出嘉纸一幅,曰:'吾无求于公,得一绝句足矣。'坡笑而从之。"作者此时"恍闻李委笛",似乎穿越到元丰五年苏东坡生日现场。诗人兴会,真是妙不可言。最后作者甚至断言天地有时而尽,但诗歌却万古长青,苏东坡将随诗歌而寿至万世,诗歌不死,苏东坡则随其永生。本诗虽应景之作,但由于作者对苏东坡的景仰,所以情感真挚饱满,对苏东坡的艺术造诣和诗歌风格的总结可谓十分准确,描述也非常精彩,对苏东坡的人生遭际和政坛起落的归纳可谓高度凝练,十分清晰,让人一目了然,对于读者了解苏东坡其人其诗很有帮助,同时从中也可看出作者对苏东坡的喜爱和对诗歌的热爱。

离堆伏龙观

长啸登离堆,悠然念秦守。谈笑决岷江,东注宝瓶口。原田获霈溉,黎氓致殷阜。有功无不报,庙食千载后。石犀镇蜀眼,父子名不朽。冷笑君家斯,临刑叹黄狗。

【简析】

选自《青城记游诗》。这是一首赞颂李冰父子丰功伟绩的诗。诗题《离堆伏龙观》,离堆,亦作"离碓",古地名,在四川省都江堰市境内都江堰,《史记·河渠书》:"蜀守冰凿离碓,辟沫水之害,穿二江成都之中。"裴骃《史记集解》引晋灼曰:"(碓)古'堆'字也。"范成大《怀古亭》诗题注:"怀古亭在永康离堆之上。离堆分岷江水,一派溉彭蜀,而支流道郫县以入于府江。"伏龙观,建在离堆北端,传说李冰父子治水时,曾制服岷江孽龙,将其锁于离堆下伏龙潭中,后人立此祠,以纪念李冰,北宋初改名伏龙观。此诗开篇"长啸登离堆,悠然念秦守"即扣题并点明诗旨,"秦守"指李冰,因其于公元前256年—前251年被秦昭王任为蜀郡太守,在此期间,他征发民工在岷江流域兴办许多水利工程,其中以他和其子一同主持修建的都江堰水利工程最为著名,两千多年来,该工程为成都平原成为天府之国奠定坚实的基础。由"长啸"可知作者登临离堆的心情,由"悠然"可知时间的久远。"谈笑决岷江,东注宝瓶口"承接上句的"秦守"而来,以都江堰水利工程中最关键的两个技术及项目"决岷江""东注宝瓶口"指代整个工程,概述这一工程的浩大和巧妙，以此赞颂古代劳动人民的智慧。接着作者写这一伟大工程的巨大作用，"原田获霡渂"是直接效益，"黎氓致殷阜"是间接效益，也是最大的效益，晋代常璩《华阳国志》记载："旱则引水浸润，雨则杜塞水门，故记曰：水旱从人，不知饥馑，则无荒年，天下谓之天府。"可谓泽被苍生、惠及后世，由此李冰父子获得了历朝历代和后世百姓的推崇和纪念，可谓永垂不朽。最后作者用李斯"临刑叹黄狗"典故，将因贪图富贵而取祸的李斯与兴修水利以造福苍生的李冰对比，二人虽然同姓且同为秦人，但前者成了一个让人警醒的教训，后者则庙食千载、流芳百世，作者念李冰时是"悠然"，对李斯时则是"冷笑"，立场和态度都十分鲜明。此诗一韵到底，但诗义却一句一转，既环环紧扣，又层层递进，特别是最后把李斯用来对比，十分警策，对全诗的思想和境界是一个大的提升，真是神来之笔。

铮楼杂诗

一

蜀雍起高楼，缥缈百尺余。红砖砌墙壁，绿玻嵌窗疏。愧我非仙人，今兹亦楼居。开轩临旷野，俯仰良自如。笑彼焦孝然，徒接瓜牛庐。

二

楼前饶隙地，居人争种菜。纷纷树篱栅，各各理疆界。平生落人后，占土独湫隘。小女栽芋魁，日夜望其大。芳根擢紫茎，嫩叶团青盖。一母生九雏，小大皆可爱。捣作玉糁羹，填我口腹债。一饱信可期，引水勤灌溉。

三

前身倘蝴蝶，好作花间游。新居岂不好，无花令人愁。昨者得佳菊，来自西海头。移根才几时，苔发颖已抽。方期满眼花，散我心中忧。如何锄之去，不使须臾留。艰难值荒岁，寸土望有收。种菜可疗饥，种花饱人不。且看菜甲长，胜对花枝稠。

四

皱公居止处，去我无百步。慈祥屋上乌，葱蔚门前树。公今在史馆，早辞蜀雍去。白首老门生，犹寻旧时路。邂逅岂无人，赏心曾不遇。临风默怊怅，倚杖立日暮。

五

清晨启南窗，风伯闯我室。狂翻架上书，吹倒筒内笔。瓶花忽堕地，流水复四溢。触处成危机，东救西已失。捕风诚独难，防风要有术。疾起闭窗扉，拨乱返宁谧。

六

平生颇好诗，而不善饮酒。所以诗不佳，持此谢林叟。行年届七十，杯酒颇在手。近得五粮液，甘冽真可口。一酌每陶然，万事置脑后。醉后发狂言，未识惊人否。不敢问苍天，聊复搔白首。

七

徙倚高楼上，忽然窥西山。矫若苍精龙，飞度白云间。千峰戴寒雪，掩映秋阳殷。谁琢白玉簪，乱插烟中鬟。此秘不长睹，绝景天所悭。来朝复西望，唯见云漫漫。

八

晴窗理残书，断烂失章句。我未注虫鱼，反被虫鱼蚀。故纸何足馔，堕甑宁复顾。从伊化蝴蝶，散乱随风去。老妻独爱惜，谓可薪炭助。取䕰峰窝煤，一饱慰穷措。

九

上楼复下楼，两脚行不休。短梯十二级，步步使我愁。前年腰脚健，尚入名山游。飞登老霄顶，蹴踏峨眉丘。同行诧此翁，捷疾如猕猴。今者跬步间，喘息类吴牛。吾衰遽如许，太息作此讴。

【简析】

选自《晚食斋诗稿》。铮楼，四川大学的教师宿舍。这是一组描写作者在铮楼生活的诗。这组诗的第一首即作者写自己刚入住铮楼时的所见所感，看得出来作者对"红砖砌墙壁，绿玻嵌窗疏"的环境充满新鲜感，对"开轩临旷野，俯仰良自如"的楼居很是满意，以焦孝然的瓜牛庐典故来做今昔对比，舒心愉快的心情跃然纸上。第二首写在楼前隙地种菜情形，特别是对"小女栽芋魁"的描写，既清新可喜，又生动活泼，富有生活情趣。第三首写自己于种花与种菜的纠结，表现了个人雅兴最终让位于生活现实的无奈。第四首写对老友的怀念，表达"邂逅岂无人，赏心曾不遇"的惆怅，特别是结尾的"倚仗立日暮"，不尽的思念尽在不言中。第五首写晨起开窗而致风进屋来，因而引发连锁反应，作者通过书狂翻、笔吹倒、瓶花堕地等一系列描写，把手忙脚乱、顾此失彼的情景绘声绘色地表现出来，以一生活片段展示了楼居生活特点。第六首写诗与酒，以"平生颇好诗，而不善饮酒"叙述自己生活习惯，以"所以诗不佳，持此谢林叟"自谦，作者在此句下自注："林山公曾怪余能诗而不能饮，复之曰：'诗之不佳正坐此耳。'"作者在年届七十时，却"杯酒颇在手"，且"一酌每陶然，万事置脑后。醉后发狂言，未识惊人否。"酒能忘忧，醉则容易惊人。第七首写高楼远望之景，西山指成都西面之邛崃山脉，该山脉长年云遮雾罩，很难一睹真容，此首即写作者徙倚高楼，偶然得窥的情景，壮丽之景，让诗句显得笔意纵横，逸兴遄飞，有太白气象。第八首写"晴窗理残书"，表达自己与老妻对待"故纸"的态度，依然是现实生活的写照。第九首以上下楼梯来描写高楼生活，将前年"飞登老霄顶，蹴踏峨眉丘"之"捷疾如狝猴"，与"今者跬步间，喘息类吴牛"做对比，感叹"吾衰遽如许"，以叹老嗟衰结束全诗。此组诗记载作者搬入铮楼的生活，截取日常生活的点点滴滴，紧扣楼居生活特点，表达自己对生活方方面面的兴趣，对闲适宁谧的向往，既有对现实的旷达，也有对现实的适应，笔触细腻，笔力雄健，文风朴实，内蕴醇厚，骈散错杂，善于白描，通篇洋溢着对生活的热爱，在写作手法及艺术风格上受陶渊明《归园田居》影响很大。

重题明遗老山水画册

以三十六陂春水白头相见江南为韵

山木逾千万，人家有两三。
顺流浮一舸，移棹入摇篮。

读画如读书，闻一可知十。
君看无墨处，湛湛水天湿。

江上复何人，临流方纵目。
清清江上山，送画南朝六。

曾缄诗选评
ZENG JIAN SHI XUAN PING

仙家在何许，悠悠隔山陂。
去寻芳草路，来趁桃花时。

天花雨六出，散作无边春。
一片干净土，几家清白人。

隔岸几重山，绕门一溪水。
它年卜幽居，得此我亦喜。

飞桥跨绝涧，长有匹练白。
一路多石头，滑倒几禅客。

松间一亭子，柴立清溪头。
有亭人可憩，有松山更幽。

江白远山苍，孤亭挂夕阳。
垂虹桥上客，邂逅一形相。

峭壁耸千寻，峡谷危径蟠。
扶桑浴日波，淡荡皆不见。

卧游不出户，历历山与江。
为使长在眼，欲取糊吾窗。

国破山河在，遗民思不堪。
风流归画本，哀怨满江南。

【简析】

　　选自《寒斋诗稿》。这是一组题画诗，作者以明朝遗老所绘山水画册作为吟咏对象，以王安石《题西太一宫壁》诗句"三十六陂烟水，白头想见江南"十二字为韵，并将这十二字分别作为每首诗的韵字在诗中出现，作十二首五言古诗，从这里我们也可以看出作者对王安石这句诗的喜爱。中国古代山水画，以禅、道为立境，以自然为观照，以心源为师法，以诗义为喻示，以平远、高远和深远为空间，与诗的审美特征在神韵、意境上高度契合，所以苏轼《东坡题跋》下卷《书摩诘蓝田烟雨图》评论王维时说："味摩诘之诗，诗中有画；观摩诘之画，画中有诗。"就指出了山水画与诗的相同、相通之处。这十二首诗既然题咏山水画，加上作者刻意而为，所以自然也不同程度体现了山水画的这些特征。作者在"读画如读书，闻一可知十。君看无墨处，湛湛水天湿"这首诗中，指出了山水画"闻一可知十"的特点，南宋马远的《寒江独钓图》，一幅画中唯有一只小舟，一个渔翁在垂钓，整幅画中没有一丝水，而让人感到烟波浩渺，满幅皆水，予人以想象之余地，如此以无胜有的留白艺术，具有很高的审美价值，这首诗的"君看无墨处，湛湛水天湿"即是对这一艺术手法的生动写照。在这组诗中，作者对"画中有诗""诗中有画"这种审美特征做了形象描写和展示。如"山木逾千万，人家有两三。顺流浮一舸，移棹入摇篮"中"山木""人家""舸""摇篮"几个物象，饰以"千万""两三""一"几个数字，便构成了远近、多少、高低、动静等关系，组成了一个立体的空间，从而形成一幅画的意境。如"江上复何人，临流方纵目。清清江上山，送画南朝六"，亦是寥寥几笔，勾勒出一幅清新淡雅的画卷，而念及绘画者前明遗老身份，其中又似含故国之思，尤令人低回不已。如"仙家在何许，悠悠隔山陂。去寻芳草路，来趁桃花时"，一二句虽有问有答，仙家却依然让人难以捉摸，这有点与"只在此山中，云深不知处"相似，三四两句则有"牧童遥指杏花村"的意味。如"天花雨六出，散作无边春。一片干净土，几家清白人"，运用的手法与第一首差不多。如"隔岸几重山，绕门一溪水。它年卜幽居，得此我亦喜"，一二句对仗，写景如画。如"飞桥跨绝涧，长有匹练白。一路多石头，滑倒几禅客"，以戏谑之笔写画中之人，见作者天性。如"松间一亭子，柴立清溪头。有亭人可憩，有松山更幽"，松、亭、溪、人、山，稍事点染，即构成幽远意境。"江白远山苍，孤亭挂夕阳。垂虹桥上客，邂逅一形相"，以江之白、山之苍，渲染色彩，以山之远、亭之孤，勾勒线条，以夕阳下、虹桥上，聚焦于客，很有画面感。"峭壁耸千寻，峡谷危径蟠。扶桑浴日波，淡荡皆不见"，一二句状壁之高、峡之深，三四句之景则邈远空阔，直至淡荡不见，给人留下无穷想象空间。其他"卧游不出户，历历山与江。为使长在眼，欲取糊吾窗"，则言自己足不出户即可饱览河山，所以想把这些画挂在家里，时时欣赏。而"国破山河在，遗民思不堪。风流归画本，哀怨满江南"，则最后点题。袁行霈在论及王维山水田园诗"诗中有画"这一特点时说："王维'诗中有画'，是因为他虽用语言为媒介，却突破了这种媒介的局限性，最大限度地发挥了语言的启示性，在读者头脑中唤起了对于光、色、态的丰富联想和想象，组成一幅生动的图画。"作者的这组诗或可做此赏析。

闾里有一士

闾里有一士，本自田家儿。短衣适至骭，面目丑且黧。十三牧牛羊，二十诵书诗。鹄人起高飞，乃至西海涯。西海有圣人，远胜孔仲尼。玄言一何高，学之得其皮。归来主横舍，赫然称大师。峨峨博士冠，被服多威仪。手挥摄提格，口颂爱彼西。出入乘高轩，鸣笛呜呜啼。东家老处子，愿同华屋栖。持比秦罗敷，谁念秋胡妻。丈夫贵得志，吐气成虹霓。宁作朱买臣，勿为百里奚。

【简析】

　　选自《涉趣园漫录之诗》。这是一首讽刺诗，讽刺的对象是闾里一士，这人以前不但穿着寒酸且长相丑陋，早年一直牧牛羊，老大才开始诵书诗，但不知得到什么机缘，高飞至西海，向那边一所谓远胜孔夫子的圣人学习，但最终只学到一点皮毛，但一回到国内，摇身一变，就成了炙手可热的"海龟"，甚至在大学里主持或主讲，且自诩"大师"，其服饰打扮、言谈举止以及出行排场都与以前判若两人，甚至无情地抛弃以前的糟糠之妻以迎新欢，正所谓人一旦得志，连吐气都能成为天上的彩虹，可谓气焰熏天。此诗对当时社会上的一些所谓"大师"做了辛辣的讽刺，这种"大师"，犹如钱钟书《围城》里毕业于子虚乌有的克莱登大学的方鸿渐一样，到处招摇撞骗却十分吃香。作者通过此诗揭露了当时这种丑陋的现象，对这些"大师"的丑陋嘴脸做了非常形象生动的刻画，在作者笔下，这些"大师"虽无真才实学，却头戴博士帽，手挥摄提格（手杖的译音），说话满口的ABC，出入都是轿车接送，看似派头十足，实则沐猴而冠，不但如此，这些"大师"眼中只有秦罗敷，不再念及秋胡妻，"宁作朱买臣，勿为百里奚"，人品都有问题。作者以旧瓶装新酒，用传统的五言古诗形式表现现实，既保持了古体诗原有风味，如此诗对此人前期状态的描写手法、典故的运用以及整体的叙述风格，同时也嵌入一些现实元素，如"手挥摄提格，口颂爱彼西"等，让人耳目一新、忍俊不禁。作者在人物的刻画上，善于抓住人物不同时期的不同特征，从不同角度，通过对比的手法来加以描写，可谓绘声绘色、活灵活现。全诗的讽刺意味十分浓厚，对人物的剖析十分深刻，可谓入木三分，充分展现了作者诗风辛辣尖锐的一面。

拟陆龟蒙《夏日闲居》四声诗步黄蕲春先生原韵

一

登楼怀张仪,垂帘思君平。居欣林园幽,游观荷池清。徘徊高城边,愁闻胡笳声。临风歌离骚,因之芳余情。

二

微云依前山,远水绕小屿。盈眸皆川光,满耳只鸟语。循途愁炎歊,倚柳解午暑。遥瞻江边楼,有酒此可举。

三

浮屠多奇书,静坐诵万遍。惟宜持空观,未虑堕断见。无生心常宁,任运事自便。因窥微言高,遂令众论贱。

四

朝看遥天青,夕悦独月白。庭多常开花,室乏不速客。梳头还弹冠,濯足亦脱鞋。饥时宜加餐,渴吸一滴液。

【简析】

选自《涉趣园漫录之诗》。陆龟蒙《夏日闲居》四声诗,是晚唐诗人陆龟蒙按平上去入四声分别作的一组诗,吕叔湘《语文常谈》选刊之二:"正如有双声诗、叠韵诗一样,也有一种四声诗。例如陆龟蒙的诗集里有《夏日闲居》四首,每一首的单句全用平声,双句则第一首平声,第二首上声,第三首去声,第四首入声。本来是平仄相间,构成诗律,现在全句都是一个声调，当然也只能算是语言游戏了。""黄蕲春"即黄侃，黄侃（1886年—1935年），字季刚，晚年自号量守居士，湖北蕲春人，中国近代民主革命家、辛亥革命先驱、著名语言文字学家，国学大师，也是作者的老师。这组诗是作者按照陆龟蒙《夏日闲居》格式，步其师黄蕲春诗韵而作的一组诗。第一首诗写夏日闲居，全诗自始至终每一个字都是平声字，且每一联都对仗。首联写登楼和垂帘，楼即张仪楼，杜甫《石犀行》诗："蜀人矜夸一千载，泛溢不近张仪楼。"岑参《张仪楼》诗："传是秦时楼，巍巍至今在。"作者的居所就在张仪楼附近，君平即严君平，宋代郑思肖《严君平垂帘卖卜图》诗："多是垂帘自养神，仅能了日即安贫。不离忠孝谈玄妙，岂是寻常卖卜人。"此联表达对这二人的追慕。颔联写居和游，居则为幽静的园林而欢欣，游则去观赏清幽的荷池。颈联写在高高的城墙边徘徊，因听到胡笳声而生愁，暗指当时战乱的背景。尾联写自己在愁中吟诵屈原的《离骚》，心里就平静下来，得到了安宁。第二首诗写夏景，全诗一三五七句全为平声字，二四六八句都为上声字，除尾联外，其他三联都对仗。首联描写山水之景，清新淡雅宛如画。颔联写所见所闻，布满眼前的都是川光，充盈耳朵的只有鸟语。颈联写出行，沿路而行则为暑热发愁，所以依靠着柳树来躲避中午的炎热。尾联望远，见江边之楼，不禁心旷神怡，如果有酒，此时此地就是饮酒观景的好所在。第三首诗写读书，全诗和上一首形式一样，奇句是平声，偶句改成去声，一跌一宕，一平一去，参差成趣。每联仍然都对仗。此诗没有景物描写，而是闲居时读书的一些感悟。第四首诗写闲居，全诗奇句全为平声字，偶句都为入声字，四联都对仗。此诗通过对家居日常的描写，表达出一种闲适不羁的生活状态。这组诗虽为游戏之作，但因其自设的规则十分严苛，所以写作难度极大，这算是对写作功力的一种检验吧。

纪行七首

由成都至雅安再宿

洪波振大壑，川泽无恬鱼。伊予值丧乱，焉得怀故居。长揖张仪楼，别我人外庐。南辞万里桥，西指三危墟。飙车去何速，升高望平芜。低徊度羌水，信宿梦成都。前朝共欢笑，今者悲羁孤。羡彼双凤凰，高飞将其雏。

【简析】

选自《康行杂诗》。这组诗记录作者于1938年至1940年间从成都去康定途中所历。此首诗写从成都出发去雅安情况，开篇"洪波振大壑"直接引用李白《古风五十九首》之四十五"浮云蔽颓阳，洪波振大壑"。以此描写此次出行的时代背景，在如此汹涌激荡的洪波之中，河川湖沼中哪里还有安闲之鱼呢？作者通过这样的比兴手法，暗示这次出行的原因。随后作者直言你我遭逢动乱的时局，哪里还能留恋自己的故居，就是说此时人人都卷入其中，身不由己，只能随波逐流，所以不得不与紧邻的张仪楼告辞，离开自己居住的人外庐，向南经过万里桥，然后往西向三危墟而去，"三危"：古代西部边疆山名，《书·禹贡》："三危既宅。"孔传："三危为西裔之山也。"作者乘坐的飙车一路向西，过平芜，渡羌水，直抵雅安，作者只嫌车快，所以一步一回头，流连低回，故乡成都在出行后住宿在外的两夜都出现在梦中，前朝还一起欢笑，而今朝就已成天涯孤旅，怎不让人伤悲！最后作者对带着雏凤的凤凰的双宿双飞充满羡慕，来表达对家人的思念。此诗以磅礴的气势开篇，以此映衬人的渺小，而对离别与途中的描写，则深情款款，一唱三叹，表达了个人在乱世不得不抛妻别子、背井离乡的无奈与悲哀。

过大相岭

　　古之邛崃山，今日大相岭。连冈亘西南，拔地乃一逞。肩舆度绝壁，磴道同悬绠。峻坂时当前，健脚安得骋。山行有升降，天变在俄顷。冰坚来人须，雪缟去客颈。凭陵最高峰，极目虚无境。峨眉犹蚁垤，两川等蛙井。南下廿四盘，恍若堕坑阱。乘险非本怀，叱驭徒徼倖。陂陀望清溪，更若风势猛。

【简析】

　　选自《康行杂诗》。大相岭又叫邛崃山、泥巴山，古名邛笮山，《山海经》称崃山，《华阳国志》叫长岭，横亘于荥经与汉源交界处，海拔最高3500多米，峭壁嶙峋，重峦叠嶂，自古为西蜀险山，是大渡河与青衣江分水岭。此诗开头介绍此山之名，随后介绍其形势，"连冈亘西南"言其长，"拔地乃一逞"状其高，在当时的交通条件下，翻越此山的难度可想而知，这从后面的具体描写就能感受到其中的艰险与苦辛，"肩舆"即轿子，箱形，内可坐人，架上竹竿，可使人以肩抬着行走，为古时陆上的一种交通工具，白居易《东归》诗："翩翩平肩舆，中有醉老夫。"四川的肩舆则不是箱形，而是在凉椅上架上竹竿，由人以肩抬着行走，俗称"滑竿"，作者乘坐着滑竿翻越绝壁，登山的石径犹如空的井绳一样陡峭，而前面的陡坡一个接着一个，即使脚健也无用武之地，以此来形容山路的窄、陡、险。此山除了路有升有降外，天气也是瞬息万变，山上气温陡降，行人的胡须上结了冰，雪花直往颈子里灌，以此形容山上的寒冷，《郡国志》中刘昭注引《华阳国志》曰："邛崃山本名邛笮山，故邛人荏人界也。山岩阻峻，回曲九折，乃至山上。凝冰夏结，冬则剧寒。"随后描写登上山顶所见，作者登上最高峰，四下环顾，看到的仿佛是虚无境，因为眼中的峨眉山犹如蚂蚁洞口的小土堆一样渺小，四川盆地就和一口浅井差不多，以此形容此山之高，也侧面写此行之难。接着作者写下山，从南面而下,要转二十四道拐,仿佛掉进坑阱一样,通过这一比喻,把俗语说的"上山容易下山难"描写得十分传神。明末清初陈登龙《度二十四盘岭》中写攀爬二十四盘:"古云蜀道难于上青天,吾从蜀道来所见乃不然,哪知旧黎所有此廿四盘,崇峰插霄汉……初从山根起,十步折一弯,徙上徙纡,折间无五步宽,譬如香篆纹透迤螭虎蟠,又如登天梯修绠不可攀,行人蚁缘柱骭,楚行蹒跚。"作者于是感慨:像这样的冒险不是自己的本意,所以今日的"叱驭"实属侥幸,"乘险""叱驭"即"孝子回车,忠臣叱驭"的故事,典出《汉书·卷七六·王尊传》:"琅邪王阳为益州刺史,行部至邛崃九折阪,叹曰:'奉先人遗体,奈何数乘此险!'后以病去。及尊为刺史,至其阪,问吏曰:'此非王阳所畏道邪?'吏对曰:'是。'尊叱其驭曰:'驱之!王阳为孝子,王尊为忠臣。'"作者借此典来表达自己本来想做王阳那样知难而退的孝子,却没想到做了王尊那样不畏艰险、勇往直前的忠臣。作者在结尾处望见了倾斜的清溪古城,清溪古城地处大相岭山脉西南麓的高山河谷地带,北接雅安,南连西昌,东接乐山,西通康藏,旧时的丝路、茶道、盐道都在这里交汇,是重要的交通枢纽。此诗写过大相岭的经历,叙述了从登山到山顶,再下到山脚的全过程,让人仿佛身临其境,特别是大量比喻和对仗的运用,增强了表达的形象性,也为全诗增添了气势。

飞越岭

浮海见溟渤,观山有飞越。俱冠平生游,使我高兴发。挎挎此大块,嗟尔得其骨。纵横列地维,缥缈接天阙。因念图南鸟,至此或夭阏。云翼犹徘徊,遑论鹰与鹘。蹑云吾上征,十步九颠蹶。凭高一回顾,凛然竖毛发。

【简析】

　　选自《康行杂诗》。飞越岭，位于川西南雅安市汉源、荥经与甘孜州泸定三县交界的桌子山与扇子山之间，最低处的飞越岭垭口为汉源县三交乡与泸定县化林坪交界处，海拔2830米，垭口东、北、西三面分别为流沙河、荥经河和冷渍河发源地（即大渡河与流沙河、荥经河的分水岭）。此诗写翻越飞越岭所历。开篇以"浮海见溟渤"起兴，引出飞越岭，同时也突出了飞越岭在作者所见之山中的地位，"俱冠平生游"的意思是：浮海所见之溟渤（即溟海和渤海）和观山所见之飞越岭都超过了平生所游的所有山和海，将飞越岭与溟渤相提并论，可见飞越岭给作者带来的强烈兴致与极大震撼。作者之所以对飞越岭评价这么高，是因为他认为混沌天地，就只有飞越岭凝聚成一团，并像人的躯体一样有着坚硬的骨头。接着用一对仗句，形容飞越岭的绵延与高峙，"纵横"指竖和横互相交错，形容其宽阔，"地维"指地之四角，"缥缈"指高远隐忽而不明，形容其高深，"天阙"指天上的宫阙，以一"列"字状其横亘之态，以一"接"状其高耸之势。由此作者突发奇想，不由想到庄子所说"其翼若垂天之云"的鹏鸟，庄子在《逍遥游》中不是说这种鸟"而后乃今培风，背负青天而莫之夭阏者，而后乃今将图南"吗？但这种鹏鸟到了飞越岭，作者担心一样会被此山遏阻而飞不过去，"夭阏"：受阻折而中断。于是作者进一步联想到像鹏鸟这种"水击三千里，抟扶摇而上者九万里"的神鸟到此都徘徊不前，更不要说鹰与鹘之类了。在此铺垫和渲染下，后面的描写就水到渠成而不觉得突兀和夸张了，于是作者转入对自己登山的描写：我踩着云向上爬，十步有九步都是东倒西歪、摇摇欲坠，当登顶后回顾来时路，不由惊恐得毛发直竖，到此全诗戛然而止，给人留下更大想象空间。这首诗不重此次攀越的全过程，而是通过类比、比较等手法，特别是鲲鹏典故的使用，突出刻画飞越岭的高大形象，侧面反映此行的艰险，全诗境界宏阔，气势雄浑，想象丰富奇特，语言简洁生动，极富感染力。

虎耳岩

　　谁向千丈壁，凿此一缕路。未许通车舆，仅可容步履。是身行虚空，两手失攀附。上愁飞石侵，下怵风涛怒。曾闻吕梁险，愧乏伯昏度。褰裳始欲前，栗栗怀恐惧。长途老行脚，过此求神护。道左巍丛祠，买香从尔炷。

【简析】

　　选自《康行杂诗》。清末民初的陈渠珍《艽野尘梦》记载了他过虎耳岩的情况："经虎耳崖，陡壁悬崖，危坡一线；俯视河水如带，清碧异常，波涛汹涌，骇目惊心。道宽不及三尺，壁如刀削。余所乘马，购自成都，良骥也，至是遍身汗流，鞭策不进。盖内地之马，至此亦不堪矣。"此诗记作者过虎耳岩情形。作者以设问开篇，对千丈壁上开凿出的这一缕路表示不可思议，"千丈"言壁之高，"一缕"状路之细。随后"未许通车舆，仅可容步履"照应"一缕路"，"是身行虚空，两手失攀附"照应"千丈壁"，"上愁飞石侵，下怵风涛怒"状其险。接着作者写自己感受，"曾闻吕梁险，愧乏伯昏度"语出谢灵运《富春渚》："亮乏伯昏分，险过吕梁壑。""吕梁"为地名，《列子·黄帝篇》："孔子观于吕梁，悬水三十仞，流沫四十里，鼋鼍鱼鳖之所不能游也。""伯昏"即伯昏瞀人，在《庄子·德充符》《应帝王》《田子方》等篇中又记作伯昏无人，《庄子·外篇·田子方》："于是无人遂登高山，履危石，临百仞之渊，背逡巡，足二分垂在外，揖御寇而进之。御寇伏地，汗流至踵。"作者这两句诗借用典故表达自己曾经听说过此地的险要，但自己却没有伯昏无人那样的胆量，因而撩起衣裳开始往前走时，心里十分的恐惧害怕，随后作者又以那些常年在野外行走之人经过这里也要求神保佑来自我宽解，于是作者去路边林间高大的神祠，效仿那些老行脚，买香敬神，以求神灵护佑。此诗写虎耳岩的危险和自己的恐惧，因真实又夸张的描写，让人感同身受。

自冷竹关至瓦斯集

行经冷竹关，前望瓦斯寨。十里皆巉岩，一道历险隘。下临不测渊，顾影落澎湃。处处俱可危，步步未敢懈。骇然语仆夫，我辈壁上挂。

【简析】

选自《康行杂诗》。冷竹关位于泸定烹坝乡，瓦斯集位于康定姑咱镇。此诗即写这一段行程。开篇交代出发地和目的地，然后叙中间这一段路的情况，即长达十里的路程都是险峻的山石，这段路所经过的都是险隘，特别是路旁就是深不可测的打着旋涡的急流，往下探看，人影就落在澎湃的流水上，所以一路上处处都可能危及安全，步步都不敢懈怠，回头惊恐地对仆夫说：“我们就是挂在峭壁上面的！”他们虽然行走在路上，此时才惊悟他们实际上是挂在壁上，可见其险。此诗多用对仗，善于抓住此行路况特征加以描写，特别是尾句描写猛然惊醒之态、恍然大悟之状，可谓十分传神。

雪中从瓦斯沟经日地赴炉城

朝发瓦斯沟，沟水正泱漭。悬流竟一倾，汹涌忽成响。溜石翻银涛，穴地走玉蟒。何用观广陵，即此符玄赏。匆匆过日地，遥作炉城想。自笑非王恭，涉雪披鹤氅。

【简析】

选自《康行杂诗》。瓦斯沟即瓦斯集，日地在康定姑咱镇，炉城即康定，此行的目的地。此诗即写这一段行程。开篇写早晨从瓦斯沟出发，此时的沟水正朦朦胧胧，看不太清楚，只是因为水急，能够听到汹涌的水声。从瓦斯沟出发，顺着瓦斯河，就能到达康定，所以随着作者的前行，天光大亮，这时就能清楚地看到河水溜过河里的石头，翻起层层银涛，就像玉蟒奔走在地穴一样。作者于此发表感慨，"广陵"在这里指与山东青州涌潮和钱塘潮齐名的广陵潮，枚乘《七发》："将以八月之望，与诸侯远方交游兄弟，并往观涛乎广陵之曲江。"后即以"广陵涛"称广陵（今扬州）曲江潮，李白《送当涂赵少府赴长芦》诗："因夸楚太子，便睹广陵涛。""玄赏"即对奥妙旨趣的欣赏，作者认为看了瓦斯河，就不用去看广陵潮了，因为这里就达到了对奥妙旨趣的欣赏的条件和标准，作者将瓦斯河与广陵潮相提并论，目的是为了彰显瓦斯河水的澎湃汹涌。结尾处用王恭典，《晋书·王恭传》："恭美姿仪，人多爱悦，或目之云：'濯濯如春月柳。'尝被鹤氅裘，涉雪而行。孟昶窥见之，叹曰：'此真神仙中人也！'"作者用此典，既是照应诗题，同时也表明自己虽然也是雪中行走，却没有王恭那份潇洒。这组诗前面几首几乎都在写山，而此首则重点写水，这与作者行程所历相契合。

戏赠同行诸子

　　王公不瘦削，李侯略肥胖。健步城北徐，善病临邛段。短视韩荆州，有花不知看。邂逅得数子，此行有佳伴。投宿每联床，出游亦鱼贯。寝食展戏谑，相对忘崖岸。旅途乐如此，路难安足叹。

【简析】

　　选自《康行杂诗》。这首诗是本组诗的最后一首，不再对沿途景物做描写，而专写同行之人。开头六句分别对同行之人进行刻画，不瘦削的王公，略肥胖的李侯，这两人主要抓住其体态加以刻画，健步的城北徐，善病的临邛段，这两人则从其身体健康状况来写，而短视的韩荆州，则抓住其近视这一特征，从"有花不知看"这一角度来描写其近视程度。交代了这几个同行者的情况及特征后，作者认为在漫长而艰险的旅途上邂逅的这几人，虽然是萍水相逢，真是好的同伴，为什么这么说呢？作者接着叙述他们在路上的情形，晚上住宿时常常将床并在一起以方便吹牛聊天，白天出游时则一个接一个前后相续，平时就相互开玩笑，彼此都忘记了身份，大家一路欢笑，以至于一路的艰险都何足道哉，"崖岸"喻人严肃端庄，袁宏《后汉纪·献帝纪二》："同郡陈仲举名重当时，乡里后进莫不造谒，邵独不诣。蕃谓人曰：'长幼之序不可废也，许君欲废之乎？'邵曰：'陈侯崖岸高峻，百谷莫得而往。'遂不造焉。"此诗虽然重在"戏"，但从对诸子的称呼上、对诸子特征的抓取上、对他们一路上交往的描写上，可以看出作者是花了工夫、动了心思的，而且作者这种一本正经的戏谑，往往让人忍俊不禁，反而更显滑稽。

生日作示儿子佛奴

我生四月七，汝生四月九。佛生四月八，我先汝则后。字汝为佛奴，祝汝如佛寿。我今四十六，汝已八岁有。读书虽不多，琅琅声在口。涂抹无不为，烟墨污两手。点屋同鸡栖，画虎或类狗。有时摆戎装，马竹弓则柳。扬巾作旗帜，持盘抵刁斗。虽云儿戏事，睥睨气不苟。人夸千里驹，它日迈群走。丈夫怜少子，唾面怒老妇。刼余迫中年，骨肉能毋厚。阿爷去殊方，好自依尔母。但期汝觳觫，岂辞吾老丑。尔祖昔望孙，成童今见否。苍茫望松楸，临风黯回首。

【简析】

选自《康行杂诗》。"示"，《玉篇》解释为"示，语也，以事告人曰示也。""佛奴"是作者长子曾令森小名。此诗为作者生日时作此以示其子。此诗就从生日说起，除了说自己的生日和儿子的生日，还特地把佛祖的生日拉进来，作者七，佛祖八，儿子九，三者出生之日如此巧合，令人称奇，同时引出儿子名字的由来，也说明了给儿子取如此名字的目的是希望儿子像佛祖那样长寿，从这一角度表达了自己对儿子的美好祝愿。随后写儿子虽只八岁，却是一派天真：读书不多，却书声琅琅上口，而对涂鸦情有独钟，以至于在什么东西上都涂抹，也能涂抹出一些东西。经常是烟墨沾满两手，把屋子涂抹得像鸡笼一样，想画虎却画得像狗，有时穿着铠甲，以竹为马，以柳为弓，把毛巾当旗帜，用盘子来做刁斗。这些虽然是孩童嬉戏之事，但装模作样、一本正经之态，认真得一点也不含糊，所以旁人都夸其为千里驹，长大后定能超过普通之人。这一大段从学习、爱好、游戏等各个方面，对其子的动作、神态等做了详尽刻画，从中可以看出作者对儿子这些行为不以为忤，反而沾沾自喜，不厌其烦地加以展示，体现了一个父亲对儿子满满的爱。儿子的一举一动、一言一行，看似荒诞不经，却充满了童真与童趣，完全符合儿童特征，作者如实记录下来，所以真实可信，且饶有趣味，读来让人忍俊不禁的同时，自然产生共情，心里充满温暖。接着作者以"丈夫怜少子，唾面怒老妇"发表感慨，此二句语出《战国策·触龙说赵太后》"太后曰：'丈夫亦爱怜其少子乎？'对曰：'甚于妇人。'""太后明谓左右：'有复言令长安君为质者，老妇必唾其面。'"作者引用这一经典对话，表达天下父母无不对儿女疼爱这一人之常情，何况自己年龄将届中年，怎么会不更加疼爱自己的亲生骨肉呢？于是作者叮嘱儿子：为父我现在去了远方，你在家好好地仗赖你的母亲，只要你开心快乐，哪怕我为此变得又老又丑！你祖父当年盼望孙子的出生，而现在孙子已经长成儿童了，你祖父看见了吗？诗的最后，作者写自己望向苍茫的父母之墓，不禁临风黯然，"松楸"即松树与楸树，墓地多植，因以代称坟墓，特指父母坟茔。此诗语言质朴，描写生动，刻画细腻，特别是写儿童的天真烂漫可谓绘声绘色、惟妙惟肖，达到了妙趣横生的效果；而此诗看似絮絮叨叨、自言自语，但恰恰是这种啰唆唠叨，给人以一唱三叹的感受，让人真切地感受到其中感情的真挚深厚，读来使人格外感觉亲切，深受感动，以至于读者不再注意诗中高超的技巧，这也是本诗最显著的特点。

穆庵留饭赋谢

沐日，携小儿女辈过穆庵北山新居，留饭，归后为长句谢之，兼示湄村。

穆庵焉有庵，顾庐实无庐。去国同伯鸾，赁庑因人居。近者迁北山，为避奇肱车。方分农家屋，手自营窗疏。疥壁花鸟画，颇杂名人书。胡床置室中，茶具陈坐隅。喻如蓬门女，装饰成丽姝。见君治事才，天下可扫除。折柬承见招，期我刘侯俱。刘侯不得去，我独来相于。佳辰值休沐，步行将两雏。入门犬不吠，君起相惊呼。会面论新诗，坦直无妄誉。旧稿为点定，秃笔相涂污。怜我未朝餐，孟光已在厨。饷我紫菜羹，煎饼堆盘盂。蒟酱和麂肩，隔宿煨红炉。熟烹不鸣雁，生煮园中蔬。乃知高世家，妇固不让夫。佳肴如君诗，滋味他家无。隔墙唤邻翁，共尽酒一壶。酒酣述世事，欢笑兼嗟吁。北走盘龙庵，前山涌浮图。时哉邻坏劫，谁重牟尼珠。蔡蒙集古翠，青衣启新渠。下瞰万顷田，遐想茶五株。忝为二千石，领此百里余。须知土信美，敢谓憾非吾。洪波欲振壑，斯民岂为鱼。逐彼毁室鸮，爱尔止屋乌。倾羲逝西崦，不能久踟蹰。别君柴门外，携幼循归途。方舟渡羌水，列炬已照衢。回头望所历，漠漠惟烟芜。作诗谢穆庵，此诗颂野娱。刘侯倘得读，健羡当何如。

【简析】

选自《雅安杂诗》。穆庵即程康，字穆庵，著名学者、诗人程千帆之父，有《顾庐诗钞》，是近代著名诗人和书家成都顾印伯先生的弟子，专

245

攻宋诗，尤精后山。此诗记穆庵留饭情景及所感。

开篇以穆庵名号叙起，得借题发挥之法，"顾庐"：作者在其《赋三山之议》诗"眉山非所望，谬入顾庐谈"句下自注："君怀师恩，自署其居曰'顾庐'"，作者调侃其既字穆庵又署顾庐，而实际上是像去国的伯鸾一样赁庑而居，"伯鸾"即留下举案齐眉故事的梁鸿，萧颖士《越江秋曙》："伯鸾常去国，安道惜离群。"随后叙穆庵今日迁居北山的原因是为躲避奇肱车，作者于此句下自注："时谣传敌机将炸雅安，君先引避。""奇肱车"：据《博物志卷之二》记载："奇肱民善为机巧，以杀百禽，能为飞车，从风远行。汤时西风至，吹其车至豫州。汤破其车，不以视民，十年东风至，乃复作车遣返，而其国去玉门关四万里。"

接着作者开始对穆庵北山新居进行详细描写，首先交代此居为农家之屋，然后叙穆庵对其亲手进行装饰，墙上张贴或挂上的是花鸟画，中间还夹杂着很多名人的书法作品，似乎很是高雅，但作者用一"疥壁"，则让人觉得这些装饰反而大煞风景，"疥壁"谓壁上所题书画如疥癣，语出段成式《酉阳杂俎·语资》："大历末，禅师玄览住荆州陟岯寺，道高有风韵，人不可得而亲，张璪尝画古松於斋壁，符载赞之，卫象诗之，亦一时三绝。览悉加垩焉。人问其故，曰：'无事疥吾壁也。'"随后对室内陈设进行描述，给作者的整体观感是穆庵北山新居本来是"蓬门女"，现在经过穆庵一番装饰，变成了"丽姝"，让人刮目相看，所以作者通过装饰这件事情，加深了对穆庵治事之才的认识，认为他可以"天下可扫除"，此语出自《后汉书·陈蕃传》："藩年十五，尝闲处一室，而庭宇芜秽，父友同郡薛勤来候之，谓藩曰：'孺子何不洒扫以待宾客？'藩曰：'大丈夫处世，当扫除天下，安事一室乎？'勤知其有清世志，甚奇之。'"作者反其意而用之，认为穆庵既然有能力扫除一屋，那么扫除天下自然不在话下。

然后详述宾主见面情形。"折柬"四句叙穆庵这次邀请的客人除自己外还有同在雅安的刘湄村，但刘湄村去不了，所以只好自己独自赴约，恰好遇到假日，于是就带着一双儿女前去。"休沐"即休息洗沐，犹休假，古时官吏五日或十日一休沐。作者进门时，由于狗没有叫，所以当作者他们突然出现在穆庵面前时，吓了他一大跳。二人见面即谈论新写之诗，并且相互坦直，绝无没有根据地乱加赞誉，并且随便拿起秃笔就在诗稿上涂抹，就这样将原来写的诗就定稿下来。这一段描写，娓娓道来，妙趣横生，将二人的动作神态刻画得活灵活现，可见二人感情的融洽和趣味的相投。

接着正面描写"留饭"。由于考虑到作者早晨都没吃饭，穆庵之妻已经下厨忙活去了，"孟光"乃梁鸿之妻，这里代指穆庵之妻。然后详述午餐的丰盛，汤有紫菜羹，点心有满盘的煎饼。烧的有昨夜就开始煨的蒟酱和崖肩，熟烹的有不鸣雁，生煮的有园中蔬，荤素兼搭，炖、煎、煨、烹、煮等各种手段齐施，各色菜品琳琅满目，从"隔宿煨红炉"可见主人的殷勤好客和精心准备，从作者不厌其烦介绍的丰盛午餐中，也可见主人对作者的重视和尊重，所以作者非常满意，做出了世家大族里的妇人并不逊于丈夫的评价，认为穆庵之妻做出来的佳肴，就同穆庵的诗一样，是其他人家没有的。作者这里既赞其妻之贤与能，又赞其夫之才，可谓皆大欢喜，其乐融融。他们犹嫌不足，学杜甫《客至》诗所写："肯与邻翁相对饮，隔篱呼取尽余杯。"把隔壁的老翁也请了过来，几人一起喝酒，一起海侃，一起欢笑，一起叹息，真正是主客尽欢。

作者正兴高采烈间，可惜酒力不胜，败下阵来，于是向盘龙庵逃去以躲酒，就看见了前山上的佛塔，于是作者感慨如今灾祸连连，谁还礼佛呢？眼前只见蔡山和蒙山堆积着古翠之色，林逋《中峰》："长松含古翠，衰药动微薰。"而青衣江也开凿了新渠，下瞰着万顷田，想象着茶五株正长势良好，作者在此句下自注："蒙顶有仙茶五株，传是汉甘露禅师手植。又余引青衣水灌民田，为渠蜿蜒十余里。"这是作者任雅安县长时为当地做的一件实事。因而作者感慨说"须知土信美，敢谓憾非吾"，语出王粲《登楼赋》："华实蔽野，黍稷盈畴。虽信美而非吾土兮，曾何足以少留。"王粲说的是此地的确很美，但不是自己的乡土，又怎么值得自己在此逗留呢？作者这里则反其意而用之，因为这是自己"忝为二千石，领此百里余"的职责所系。在这"洪波欲振壑"之时，作者认为"斯民岂为鱼"，因此作者将要"逐彼毁室鸮，爰尔止屋乌"。"毁室鸮"语出《诗经·豳风·鸱鸮》："鸱鸮鸱鸮，既取我子，无毁我室。""止屋乌"，可参考白居易《酬梦得贫居咏怀见赠》："厨冷难留乌止屋，门闲可与雀张罗。"这几句作者通过典故，表达了一个官员应有的担当和责任。

最后作者写作客归来，"倾羲"指落日，"西崦"即西山，太阳下山了，不能再欲走还留、要走不走的了，于是与主人在门前告别，带着两个小儿女往回走了。才乘船渡过平羌江，排列的火炬已经照亮大路，此时回望之前经过的地方，已经是云烟迷茫。作者于最后表达要写诗对穆庵的感谢，并且用这首诗来赞颂这次"野娱"。"野娱"即林野之娱，陶渊明《归园田居》："久去山泽游，浪莽林野娱。"然后作者想象缺席这次作客穆庵家的刘湄村，读到这首诗，不知会是怎样的艳羡！结尾处把刘湄村拉来，以想象中刘湄村对这次作客的羡慕和没能参加的遗憾，从侧面表达对此行的满意和对主人的谢意，非常有说服力。

这首诗语言亦庄亦谐，叙事铺排有序，风格诙谐幽默，生活气息浓郁，抒情与议论能有机融入叙事之中，特别是对人物的刻画可谓生动传神，对细节的描写达到了出神入化的地步，全篇读来，妙趣横生，处处体现出作者乐观豁达的个性特征。

答湄村见和五言长句叠前韵

但为梁父吟，莫问诸葛庐。邦家既幅裂，鸾凤将焉居。周道信如砥，辚辚走兵车。横流遍禹域，泛滥何人疏。刘子天下士，早诵佉卢书。挟策升庙廊，持节赴海隅。众女妒蛾眉，谣诼伤彼姝。挂冠神武门，欻见名字除。流窜平羌江，谈笑与我俱。词锋劲无敌，诗国收商于。鸱枭攫腐鼠，昂视嚇鹓鶵。狂泉不我酌，牛马从人呼。自怜耿介性，讵可同流污。灵领二千石，无米忧官厨。食前美方丈，错落陈空盂。薪炭不易得，煮茗嗟无炉。有圃昔种花，今者移栽蔬。徒行久已习，自忘是大夫。丧乱减人丁，浩穰今则无。乡饮礼久废，何时复投壶。所怀纷万端，抚此一长吁。烈士争殉名，右刎左据图。偶遭骊龙瞳，遂获颔下珠。涓涓始滥觞，浩荡还成渠。灼灼桃李华，匆匆为枯株。世事哀无常，乐少悲有余。子唱妃呼豨，我讴几令吾。宁好叶公龙，何用海大鱼。与其惟与阿，孰若呼乌乌。蔡蒙好山色，携手共踟蹰。方怪阮嗣宗，回车哭穷途。又笑王仲宣，登楼慕天衢。人间竟何世，茫茫望平芜。尊前发啸咏，泪底潜欢娱。魑魅喜伺人，凡百慎所如。

【简析】

　　选自《雅安杂诗》。湄村即刘芦隐，其生平事迹见《与湄村临北城楼上观江涨》《金凤寺戏赠湄村》《湄公遇赦赋寄》等诗简评。此诗为作者作客穆庵北山新居后写诗，寄湄村后，湄村步韵和作后作者再依韵相答，原来作者以为"刘侯倘得读，健羡当何如"，不知刘湄村是否表达健羡之意，又是如何表达的健羡之意，但此诗则完全没有再提作客之事，而是开宗明义地提出"但为梁父吟，莫问诸葛庐"。承续诸葛亮和李白《梁父吟》立意，并以此作为本诗的主题，通过"邦家既幅裂""辚辚走兵车""横流遍禹域"等描述，表达对时局的忧虑，然后以"众女妒蛾眉""流窜平羌江"描写刘湄村遭谗被贬的遭遇，为其鸣不平，然后以"自怜耿介性，讵可同流污"表明自身操守和态度立场，正因为这样，作者虽然"灵领二千石"，但仍然"无米忧官厨"，而且"薪炭不易得，煮茗嗟无炉。有圃昔种花，今者移栽蔬"。以至于"自忘是大夫"，不但自己穷困潦倒、狼狈不堪，而且"丧乱减人丁""乡饮礼久废"，整个社会都残败不堪、礼崩乐坏，虽然自己"所怀纷万端"，但也只能"抚此一长吁"，联想到湄村的遭际和世道的艰难，作者由此发出了"世事哀无常，乐少悲有余"的感叹，随后连用"叶公龙""海大鱼""惟与阿""呼乌乌"几个典故，以"宁好""何用""与其""孰若"做出了自己的选择，虽然无奈，但由于"蔡蒙好山色"，所以期待与湄村"携手共踟蹰"，相互抱团取暖，然后又用阮籍因穷途而大哭回车、王粲意不自得而登楼的典故表达自己郁愤之情，最后作者发出"人间竟何世"之问，但自己也无法说清楚，或不愿、不能、不敢点明，所以只有绝望地"茫茫望平芜"，只能"尊前发啸咏，泪底潜欢娱"。可见作者心中的悲凉。结尾再次联系湄村的遭际，以"魑魅喜伺人，凡百慎所如"提醒湄村也以之自警，正如诸葛亮《梁父吟》"一朝被谗言，二桃杀三士"和李白《梁父吟》"力排南山三壮士，齐相杀之费二桃"，以"二桃杀三士"相警示一样，作者这里用"魑魅喜伺人"发出了警惕奸佞暗中加害的警示。全诗纵横跌宕却真气灌注，骈散交错且措语精警，或直抒胸臆，或用典达意，气势恣肆奇横、酣畅淋漓，情感却一波三折、迂回盘旋，以顿挫之笔，宣郁勃之气，抒郁愤之情，发沉郁之慨。

次湄村见简十二韵仍示穆庵

　　大块平不颇，丘陵强之皱。极目严道山，势若万马骤。亦知鳌能载，颇怵车易覆。孤城比鸡栖，坏关等圭窦。岂期斯邦僻，获与时贤遘。同心既断金，即地冀离垢。战胜道儿肥，吟成诗心瘦。烹茶鼎颭烟，炊饭甑出馏。开轩延二妙，闭门拥独秀。八表同一昏，长夜何时昼。自甘柳三点，不作伊五就。怀哉靖节翁，俯仰终宇宙。

【简析】

　　选自《雅安杂诗》。此诗借景抒情。开篇即以"大块平不颇"作为全篇笼罩，可谓气势不凡，随后状严道山犹如万马奔腾之势，《清史稿·地理志》："雅安冲繁难倚。西：雅安山，县以此名；东：周公山；南：严道山。北：七盘山。"然后作者说虽然知道鳌能承载大地，但是很是害怕车的容易倾覆。"鳌能载"，出自《淮南子·览冥训》："于是女娲炼五色石以补苍天，断鳌足以立四极。"及《列子·汤问》："渤海之东有五山，天帝使巨鳌十五，举首负戴。""车易覆"即容易翻车，《周礼·考工记·辀人》："既克其登，其覆车也必易。"此二句表达了心里的担忧。随后描写雅安这座孤城像鸡笼一样，颓废的关隘就像是卑微穷困的人家一样，圭窦，形状如圭的墙洞，借指微贱之家的门户，亦借指寒微之家。《左传·襄公十年》："筚门圭窦之人，而皆陵其上，其难为上矣！"杜预注："圭窦，小户，穿壁为户，上锐下方，状如圭也。"虽然这里偏僻，但没有想到能够与当代的贤俊相遇，表示自己得遇湄村和穆庵二位，实属意外之喜。因为他们志同道合，所以能齐心协力，《易经·系辞上》："二人同心，其利断金。"比喻同心则力量可以截断像金属一般坚硬的东西；"即地"指到达这里，"离垢"谓远离尘世烦恼，这是他们三人共同的希望。然后作者连用三联对仗，详细描写结识二人后的一段诗酒相娱的悠闲生活。接着笔锋一转，描写他们生活圈外的世界却是一片昏暗，犹如漫漫长夜一般，不知什么时候天才会亮。面对这种情况，作者的态度是"自甘柳三点，不作伊五就"。即自甘贫困，绝不轻易转变自己的志向，柳宗元《伊尹五就桀赞》："伊尹五就桀，或疑曰：'汤之仁闻且见矣，桀之不仁闻且见矣，夫何去就之亟也？'"作者的态度就刚好与柳宗元相反。最后作者以陶渊明《读山海经》"俯仰终宇宙，不乐复何如"句来宽慰和鼓励自己，表达自己也要像陶渊明那样即使面对黑暗也要快乐以对的意思。这首诗对仗句占了大半篇幅,但因神完气足,所以毫无滞碍的感觉,写景、抒情、议论一气呵成,且能各臻其妙。

寄千帆嘉州

昔登凌云山,咫尺通乌尤。不到尔雅台,惟倚苏公楼。下瞰千丈壁,前瞻峨眉丘。三川争喷薄,孤城俨漂浮。伊来典此郡,俊绝岑嘉州。想见山阿人,被荔从之游。我来不须臾,形去神淹留。胜概存仿佛,惜未穷冥搜。之子潇湘客,起予书素投。重申离堆约,愿棹青衣舟。何当春水生,更欣甲兵休。清时便行旅,间道携朋俦。仍升九峰顶,再摩大佛头。顺流指单椒,采若凌芳洲。笺注追舍人,疏凿怀前修。摆落尘世事,烟波垂钓钩。

【简析】

选自《辛巳漫稿》。嘉州,原指四川省眉山,现指四川省乐山地区,宣帝大成元年(579年),眉山改名为嘉州,《元和郡县图志》载:"按州境近汉之汉嘉旧县,因名焉","嘉州"之名由此出现。千帆,即程千帆(1913—2000),原名逢会,改名会昌,字伯昊,别号闲堂,程木雁之子,九三学社社员、中国著名古代文史学家、教育家,在校雠学、历史学、古代文学、古代文学批评领域均有杰出成就。此时程千帆在乐山武汉大学任教,作者以此诗为寄。此诗从自己以前到雅州所游作为开篇,以"昔"字领起,"凌云山""乌尤""尔雅台""苏公楼"皆雅州地名,这几个地方,作者只有尔雅台没去。尔雅台,位于乌尤山西面的悬崖绝壁处,是汉代郭舍人注释《尔雅》的地方;苏公楼,为苏东坡旅居雅州时住过的地方。所谓"不到""惟倚"可见作者对苏东坡的偏爱。随后的"下瞰千丈壁,前瞻峨眉丘。三川争喷薄,孤城俨漂浮"为作者"倚苏公楼"

所见，"三川"指交汇于嘉州城前的岷江、青衣江、大渡河，"孤城"指雅州。"喷薄"状江水之浩大汹涌，"漂浮"用反衬法侧面写江流。这四句境界阔大，气势恢宏，非常生动地描绘出了嘉州的壮丽景象。由此引发作者浮想联翩。在雅州历任地方官中，作者认为唐代曾任雅州刺史的著名边塞诗人岑参是最俊绝的，此句由景及人，由现实延展到历史，仍然在赞美此地的人杰地灵。而岑嘉州俊绝的风度，让山阿之人都想穿上薜荔衣与之同游。自己来到这里，停留的时间却没多会儿，即使身体离开了此地，神魂却留在了这里，这里美丽的风光依然留存在脑海里，只可惜嘉州的很多奇异地方没能尽力地去寻找，作者表达了对此地风光的留恋不舍和未能穷尽冥搜的遗憾。在前面对嘉州风景和自己嘉州之行描述的基础上，作者开始转入写程千帆，"之子"：这个人，《诗经·桃夭》："之子于归，宜其室家。"因为程千帆是湖南宁乡人，所以作者称之为"潇湘客"。作者写道，程千帆预先就写信来鼓动我，再次申述曾经约定的离堆之游，并表达船游青衣江的愿望，何况现在正当春水发生，更让人欣喜的是战火停止，值此清平之时，正是从小道与朋俦一起行旅的好时机，仍然高升九峰顶，再摩乐山大佛之头，顺着江流，遥指岸边的孤峰，登上开满鲜花的小岛去采摘杜若，像郭舍人那样笺注典籍，像前贤那样下足疏凿之功，由此"摆落尘世事，烟波垂钓钩"。后面这几句一气贯注，一气呵成，却从容不迫、娓娓道来，显得摇曳多姿。全诗极富文采，列举嘉州胜概如数家珍，例举嘉州前贤备极推崇，叙述自己嘉州之游见作者爱之切，表达希望与好友同游嘉州的畅想令人神往，诗中大量对仗的运用，不但未觉碍滞，反而更添风华。

布达拉宫辞并序

　　叙曰：六世达赖喇嘛罗桑瑞晋仓央嘉措，西藏寞地人也。其父名吉祥持教，母号自在天女。五世达赖阿旺罗桑薨，而仓央嘉措适生，岐嶷出众，见者目为圣童。当五世达赖之薨也，大臣第巴桑吉专政，匿其丧不报，阴内仓央嘉措布达拉宫中为储君，其教令仍假五世达赖之名行之，如是者有年。后清康熙帝微有所闻，传诏责问，始以实对。康熙三十五年，乃从班禅额尔德尼受戒，奉敕坐床，即六世达赖位，时年十五。威仪焕发，色相庄严，四众瞻仰，以为"如来三十二相，八十种随形好"，不是过也。正位之后，法轮常转，玉烛时调，三藏之民，罔不爱戴。

　　黄教之制，达赖住持正法，不得亲近女人。而仓央嘉措情之所钟，雅好佳丽，粉白黛绿者，往往混迹后宫，侍其左右。意犹未足，自于后宫辟一篱门，夜中易服，挟一亲信侍者从此门出，更名荡桑汪波，微行拉萨市上。偶入一酒家，亲当垆女郎，殊色也，悦之，女郎亦震其仪表而委心焉。自是昏而往，晓而归，俾夜作昼，周旋酒家者累月。其事甚密，外人无知之者。一夕值大雪，归时遗履迹雪上，为人发觉，事以败露。

　　有拉藏汗者，亦执政大臣，故与第巴桑吉争权。至是藉为口实，言其所立非真达赖，驰奏清廷，以皇帝诏废之。仓央嘉措被废，反自以为得计，谓："今后将无复以达赖绳我，可为所欲为也。"与当垆女郎过从益密。拉藏汗会三大寺大喇嘛杂治之，诸喇嘛唯言其迷失菩提而已，无议罪意。拉藏汗无如何，乃槛而送之北京。道经哲蚌寺，众僧出不意，夺而藏诸寺。拉藏汗以兵攻破寺，复获之。命心腹将率兵监其行，至青海以病死闻。或曰：

其将鸩杀之。寿止二十三岁，时则康熙四十五年也。

仓央嘉措既走死，藏之人皆怜其无辜，不直拉藏汗所为。拉藏汗别立伊喜嘉措为新达赖，而众不之服也。闻七世达赖诞生理塘，则大喜。先是仓央嘉措有诗云："他年化鹤归何处？不在天涯在理塘。"故众谓七世达赖是其后身，咸向往之，事闻于朝。于是清帝又诏废新达赖，而立七世达赖，以嗣仓央嘉措。迎立之日，侍从甚盛，幡幢伞盖，不绝于途。拉萨欢声雷动，望尘遥拜者不知其数也。

仓央嘉措积学能文，工诗，所著有《无生缬利法》《黄金穗故事》《答南方人问马头观音法书》及《笺启歌曲》等。而歌曲六十余篇，流传尤广，世谓之六世达赖情歌。流水落花，美人香草，哀感顽艳，绝世销魂，为时人所称，然亦以此见讥于礼法之士。故仓央嘉措者，盖佛教之罪人，词坛之功臣，卫道者之所疾首，而言情者之所归命也。观其身遭挫辱，仍为众望所归，甘棠之思，再世笃弥，可谓贤矣。乃权臣窃柄，废立纷纭，遂令斯人行非昌邑，而祸烈淮南。悲夫！

戊寅之岁，余重至西康，网罗康藏文献，得其行事，并求其所谓情歌者译而诵之。既叹其才，复悲其遇，慨然命笔，摭其事为《布达拉宫辞》。广法苑之逸闻，存西蕃之故实。虽迹异"连昌"而情符"长恨"，冀世之好事者，或有取于此云。

拉萨高峙西极天，布拉宫内多金仙。黄教一花开五叶，第六僧王最少年。僧王生长窦湖里，父名吉祥母天女。云是先王转世来，庄严色相真无比。玉雪肌肤襁褓中，侍臣迎养入深宫。峨冠五佛金银烂，绛地袈裟氆氇红。高僧额尔传经戒，十五坐床称达赖。诸天为雨曼陀罗，万人合掌争膜拜。花开结果自然成，佛说无情种不生。只说出家堪悟道，谁知成佛更多情。浮屠恩爱生三宿，肯向寒崖依枯木。偶逢天上散花人，有时邀入维摩屋。禅参欢喜日忘忧，秘戏宫中乐事稠。僧院木鱼常比目，佛国莲花多并头。

曾缄诗选评

犹嫌少小居深殿，人间佳丽无由见。自辟篙门出后宫，微行夜绕拉萨遍。
行到拉萨卖酒家，当垆有女颜如花。远山眉黛销魂极，不遇相如空自嗟。
此际小姑方独处，何来公子甚豪华。留髡一石莫辞醉，长夜欲阑星斗斜。
银河相望无多路，从今便许双星渡。浪作寻常侠少看，岂知身受君王顾。
柳梢月上订佳期，去时破晓来昏暮。今日黄衣殿上人，昨宵有梦花间住。
花间梦醒眼朦胧，一路归来逐晓风。悔不行空似天马，翻教踏雪比飞鸿。
踪迹分明留雪上，何人窥破秘密藏。哗言昌邑果无行，上书请废劳丞相。
由来尊位等轻尘，懒坐莲台转法轮。还我本来真面目，依然天下有情人。
本期活佛能长活，争遣能仁遇不仁。十载风流悲教主，一生恩怨误权臣。
剩有情歌六十章，可怜字字吐光芒。写来旧日兜绵手，断尽拉萨士女肠。
国内伤心思故主，宫中何意立新王。求君别自熏丹穴，觅佛居然在理塘。
相传幼主回銮日，侍从如云森警跸。俱道法王自有真，今时达赖当年佛。
始知圣主多遗爱，能使人心为向背。罗什吞针岂诲淫，阿难戒体知无碍。
只今有客过拉萨，宫殿曾瞻布达拉。遗像百年犹挂壁，像前拜倒拉萨娃。
买丝不绣阿底峡，有酒不醉宗喀巴。愿将世界花千万，供养情天一喇嘛。

【简析】

选自《寸铁堪诗稿》。这是一首叙事抒情诗。虽题为《布达拉宫辞》，但实际抒写的对象是仓央嘉措。仓央嘉措于康熙二十二年（1683年）出生在西藏南部门隅纳拉山下宇松地区乌坚林村的一户农奴家庭。康熙三十六年（1697年）被当时的西藏摄政王第巴·桑结嘉措认定为五世达赖的转世灵童，同年在桑结嘉措的主持下在布达拉宫举行了坐床典礼，成为六世达赖喇嘛。康熙四十四年（1705年）被废，据传在康熙四十五年（1706年）的押解途中圆寂。

此诗的写作时间及写作过程，作者在此诗序中说："戊寅之岁，余重至西康，网罗康藏文献，得其行事，并求其所谓情歌者译而诵之。既叹其才，复悲其遇，慨然命笔，摭其事为《布达拉宫辞》。"戊寅之岁，即1938年。

此诗的主题，作者在1962年《我写＜布达拉宫辞＞》中点明："我在诗序里说：'故仓央嘉措者，盖佛教之罪人，词坛之功臣，卫道者之所疾首，而言情者之所归命也。'这几句话是我对仓央嘉措所做的结论，也可以视作《布达拉宫辞》的主题。"

作者对仓央嘉措这一特殊人物的写作，是非常用心也是特别审慎的，作者在《我写＜布达拉宫辞＞》中对此做了详细说明："我先从他的情歌和他的故事中揣摩他的性格、风度，然后进一步通过他的言行来体会他的思想感情，有时作者俨然以他的化身自居。作为他的代言人，生怕一有不当，会刻画无盐，唐突西子。"这也说明作者的创作态度是严肃的。

此诗公认是曾缄诗歌的代表作之一，那么此诗能获得广泛的认可和高度的评价，必然有其独到之处。细读此诗，其特色主要体现在以下几个方面：

一是由于此诗抒写对象身份的特殊性，作者在诗中紧紧围绕和特别突出了这一点，以此展开叙事和抒情，将仓央嘉措这一人物形象刻画得丰富饱满、鲜活生动，将这一人物的生平遭遇叙写得惊心动魄、波澜起伏，具有很强的感染力。仓央嘉措这一人物的特殊性，在于他身份的特殊，而他所具有的特殊身份，注定他只能按照他身份规定的规范行事，如有逾越，则将被规范所不容，同时也将给自己带来毁灭性后果。而仓央嘉措是一个感性的人，不愿意受规范的制约，所以他经常处于内心挣扎和矛盾之中，正如他诗中所说："曾虑多情损梵行，入山又恐别倾城。世间安得双全法，不负如来不负卿。"这正是仓央嘉措的悲剧，也是他纠结郁闷的原因。此诗自始至终都围绕仓央嘉措的特殊身份着笔，叙其由先王转世、生长寞湖里、十五即坐床、理塘再转世全过程，以此突出其特殊身份与其所持之心、所历之事的冲突和纠结，而正是这种无解的冲突和纠结，既造成了仓央嘉措的悲剧，也给读者带来了极大的心灵震撼，也使本诗具有了强烈的艺术感染力。

二是因为此诗所写之人、所述之事都与藏族、藏地有关，并且与佛教有关，所以作者在诗中竭力体现这一特色，使之别具魅力。如写仓央嘉措的家世与出身："僧王生长寞湖里，父名吉祥母天女。云是先王转世来，庄严色相真无比。"写仓央嘉措的坐床大典"高僧额尔传经戒，十五坐床称达赖。诸天为雨曼陀罗，万人合掌争膜拜"等等，随处可见这一鲜明特色。同时作者发表议论时，也都引用佛教经典或典故，如"花开结果自然成，佛说无情种不生。只说出家堪悟道，谁知成佛更多情"。如"始知圣主多遗爱，能使人心为向背。罗什吞针岂海淫，阿难戒体终无碍"。即使在抒情的时候，也尽量体现这一特色，如"买丝不绣阿底峡，有酒不酹宗喀巴。愿将世界花千万，供养情天一喇嘛"。

三是此诗充满了作者浓烈的感情色彩。全诗浓墨重彩地记叙了仓央嘉措短暂的一生，对仓央嘉措的不幸给予深深同情。对仓央嘉措，作者"既叹其才，复悲其遇"，认为其悲剧结局为奸臣所致，而非世无"不负如来不负卿"的双全法，并化禅宗偈语为"花开结果自然成，佛说无情种不生"，攫取"僧院木鱼常比目，佛国莲花多并头"等现象，引用罗什吞针、阿难戒体以及"浮屠恩爱生三宿，肯向寒崖依枯木"等佛典做理论依据为其辩护，同时以"断尽拉萨士女肠""像前拜倒拉萨娃"之人心向背来表明人们对仓央嘉措的钟爱。特别是结尾处，为表达自己强烈的感情，进一步突出仓央嘉措，作者不惜把阿底峡和宗喀巴两位佛教祖师做其陪衬，可见作者对仓央嘉措的热爱。

四是此诗运用多种艺术手法，将仓央嘉措这一艺术形象生动地展现了出来。好的题材、好的故事、好的人物、如果没有艺术的表现，那么就真的如作者所说的"刻画无盐，唐突西子"那样了。以此诗开篇"拉萨高峙西极天，布拉宫内多金仙。黄教一花开五叶，第六僧王最少年"为例做一初步分析，由此可见一斑。此诗开篇着笔就将读者的视线拉向高高地耸峙在世界屋脊雪域高原之上的拉萨，然后镜头拉近，对准高峙在拉萨城之上的布达拉宫，然后继续拉近，对准布达拉宫里的金仙。金仙，即佛，这里指作为藏传佛教格鲁派（即黄教）中最重要的活佛转世系统之一的达赖喇嘛。"黄教一花开五叶"，所以这里称"多金仙"。而第六僧王（即六世达赖喇嘛仓央嘉措）承续前面五叶而来，作者认为他在其中"最少年"。"最少年"，这里不仅实写其年少，而且通过少年二字，让人不由联想起青海民歌《花儿与少年》中的"花儿里俊不过红牡丹，人中间美不过少年"。让我们可以感受到仓央嘉措的绝世风华。透过少年二字，我们仿佛看到了仓央嘉措那阳光般纯真的面容和皎月般俊朗的丰神，写人简洁而生动形象，直观而内涵丰富，胜过一般描写人物外貌及其特征的万语千言，真是运用语言的高手。开篇四句由远及近，由大到小，脉络清晰，高度凝练，不但交代故事发生的背景（包括自然背景、人文背景），同时急转直入，引出故事的主人公。这里极写主人公开局的美好，而后面主人公结局的悲惨就越显得那么的猝不及防，那么的震撼人心。这里打下了全诗反差的底色，埋下了结局反转的伏笔。开篇四句境界阔大，气势恢宏，高屋建瓴，气象万千，有先声夺人之势，可谓经典中的经典。

此诗"虽迹异《连昌》而情符《长恨》"，全诗叙事抒情达到水乳交融，题材驾驭允称举重若轻，情感浓郁而至哀感顽艳，笔力恣肆愈显真气弥满，辞藻熔铸可谓炉火纯青，张弛有度而又一气贯注，音韵抑扬让人一唱三叹，远接元白却自具面目，达到了很高的艺术水准。若将此诗与作者用七言绝句形式翻译的《仓央嘉措情歌》比照着读，则知作者堪称仓央嘉措的真正知音，进而对这首诗的理解和感触将更深。

苦雨行

女娲补石不到处,大小漏天足飞雨。一月雅无三日晴,欲化山城为水府。程翁隔江不见过,刘侯闭门但高卧。鲰生旁午理军书,趋走辕门成日课。归来衣履尽濡湿,手持邛杖头戴笠。春泥滑滑行不得,苍坪更历梯千级。去年祈雨望有秋,今年雨多农又愁。上苍不肯调玉烛,下士难为粱稻谋。吁嗟乎,羲和鞭日日不出,丰隆乘云云转密。安排雨具嘱仆童,明日之晴尚难必。

【简析】

选自《寸铁堪诗稿》。诗题《苦雨行》即为雨所苦之意,"行"即歌行,诗体名,指汉魏乐府诗产生之后,文人受乐府诗影响创作以五言和七言为主偶间杂言的诗歌,题以"歌""行""歌行"较多,如《大风歌》《艳歌》《东门行》等。此诗开篇"女娲补石不到处"即以女娲炼石补天典故极言天漏,用夸张手法渲染雨之大。"大小漏天足飞雨,"杜甫《陪章留后侍御宴南楼得风字》诗:"朝廷烧栈北,鼓角漏天东。"杨伦笺注:"《梁益记》:'雅州西北有大、小漏天,以其西北阴盛常雨,如天之漏也。'"晁说之《晁氏客语》:"雅州蒙山常阴雨,谓之漏天。产茶极佳,味如建品。纯夫有诗云:'漏天常泄雨,蒙顶半藏云',为此也。"这里的雅州即作者此诗所写的雅安。"一月雅无三日晴,欲化山城为水府"承上两句而来,概述雅安一月无三日晴,生生将雅安这座山城变成了一座水府。民间谓雅安三绝,指的就是雅雨、雅鱼、雅女,从作者诗中的描述,就可得到雅雨确是雅安一大特色的佐证。"程翁隔江不见过,刘侯闭门但高卧。""程翁"即程木雁,"刘侯"即刘芦隐,二者都是作者的好友,程木雁是避难而常住雅安,刘芦隐则是因为冤狱被圈禁在雅安,作者此时则在雅安任县长,三人趣味相投,常常雅集唱和,但此时这二人都各自闭门不出，既不出来走访好友，也不出来继续以往乐此不疲的登山临水，此处荡开不再直接写雨而转而写人，看似闲笔，其实作者以此从侧面写雨之大，同时也表现出作者在大雨中对好友的挂念。"鲰生旁午理军书，趋走辕门成日课"写自己在雨中忙于公务的情况，虽然是雨天，但因为自己职责所系，不可能像好友那样借此闭门高卧，只能甚至比平日更加繁忙，"鲰生"乃文人自谦之词，这里指作者自己，"军书"这里代指需要紧急处理的公文，"辕门"代指衙门。"归来衣履尽濡湿，手持邛杖头戴笠"描写自己每天"趋走辕门"，即使"手持邛杖头戴笠"，"归来"却仍然"衣履尽濡湿"。"春泥滑滑行不得，苍坪更历梯千级"前句照应好友的闭门不出，后句照应自己冒雨奔忙的艰辛。以上写好友闭门不出，写自己因公务而冒雨奔忙，都为雨所苦，这是"苦雨"的第一层。"去年祈雨望有秋，今年雨多农又愁。上苍不肯调玉烛，下士难为粱稻谋。"作为农耕社会，最大的期望当然是风调雨顺，这样才能保证丰衣足食、国泰民安，而"去年祈雨望有秋"，谁知去年遭受了旱灾，需要雨的时候没有雨，而"今年雨多农又愁"，不需要雨的时候雨又太多，同样造成灾害，农民为秋天的收成而发愁，"玉烛"谓四时之气和畅，《尔雅·释天》："四气和谓之玉烛。""上苍不肯调玉烛"就是指风不调、雨不顺，所以谋生艰难，这是"苦雨"的第二层，这里的"苦"就不只是个人之苦，而是百姓之苦，诗的思想在此得以丰富，诗的境界在此得以升华。"羲和鞭日日不出，丰隆乘云云转密。安排雨具嘱仆童，明日之晴尚难必。"诗的结尾又转回现实，前两句的"日不出""云转密"乃此时实景，作者据此判断"明日之晴尚难必"，所以"安排雨具嘱仆童"，不管"春泥滑滑行不得"，也不管"苍坪更历梯千级"，哪怕"归来衣履尽濡湿"，明天照常风雨无阻，继续"趋走"，既为粱稻谋，也为身为父母官的职责和良心。此诗既用神话传说，也用典故来写雨，既从正面，也从侧面来写雨，既有写实，也有夸张，使此雨的多和此雨的久更加形象丰满，更重要的是作者通过这些生动和细腻的描写，不但写出了作者之苦、好友之苦，更写出了百姓之苦，这种推己及人，就显得真实可信，也切合作者身份，从而使此诗的境界达到了一个新的高度。

李君章甫邀住与点楼

黄隼高、陈东府、宋伯灵、刘衡如、陈蓉峰诸公先后来会，同浴温泉。步东坡百步洪韵。

都人出沐忘奔波，乘车策马来穿梭。我爱温泉若性命，苦乏暇日供消磨。因君偶作楼上客，颇似黄楼居东坡。城中故人踏雨至，手擎破伞如枯荷。解衣旁薄喜共浴，快同鸥鹭游盘涡。西来凿空得此水，何用鼓棹穷天河。吾侪已登离垢地，痴人枉诵修多罗。且向山中友麋鹿，谁能巷陌寻铜驼。边疆无事幕府静，诸君退食时委蛇。有泉为汝功德水，有楼为汝安乐窠。君观楼前溪水急，人生冉冉能几何？放浪形骸乐今日，坦荡裸陈非所呵。

【简析】

选自《寸铁堪诗稿》。宋神宗元丰元年（1078 年），苏轼时任徐州知州，其《百步洪》诗序云："王定国访余于彭城（即徐州），一日，棹小舟与颜长道携盼、英、卿三子，游泗水，北上圣女山，南下百步洪，吹笛饮酒，乘月而归。余时以事不得往，夜著羽衣，伫立于黄楼上，相视而笑。以为李太白死，世间无此乐三百余年矣。定国既去逾月，复与参寥师放舟洪下，追怀曩游，以为陈迹，岿然而叹，故作二诗。"此诗步苏东坡《百步洪》诗韵作，诗题和题注中提到的这些人都是作者在西康工作期间的好友或同事。与点楼在康定，楼内有温泉，所以此诗开篇即道"都人出沐忘奔波"，"都人"指城中之人，因泡温泉有解乏且忘记奔波之苦的功效，所以人们"乘车策马来穿梭"。然后作者自述"我爱温泉若性命，苦乏暇日供消磨。因君偶作楼上客，颇似黄楼居东坡。城中故人踏雨至，手擎破伞如枯荷。解衣旁薄喜共浴，快同鸥鹭游盘涡"。言自己爱温泉若性命，但苦于没有空闲时间来此消磨，幸好因为李章甫相邀入住此楼，这很像苏东坡住在彭城的黄楼一样，城中故人踏雨而至，并一起在温泉共浴，快活得就像鸥鹭游盘涡。这几句自述，交代自己的喜好，将自己同苏东坡作比，表达自己与友人温泉共浴的快乐，一连用了好几个比喻，一是将爱温泉比喻为像爱性命，二是将自己这个楼上客比喻为居住在黄楼的苏东坡，三是将好友手擎的破伞比喻为枯荷，四是将温泉共浴比喻为鸥鹭游盘涡，这些比喻的运用，既是对生活细节的刻画，也是对心理活动的描摹，扩展了所写对象的内涵和外延，增大了读者参与想象的空间，让一段生活的叙述显得活灵活现、摇曳多姿。接下来作者借泡温泉这件事生发议论，这在章法上是一种进一步的推进，在内容上是一种进一步的拓展，在境界上是一种进一步的提升。"西来凿空得此水，何用鼓棹穷天河"中"凿空"用汉武帝时期张骞典故，作者以此自况，"此水"即温泉，这里表达作者得浴温泉，哪里还用得着再"鼓棹穷天河"，将此水与天河对比，表达作者对此水的高度赞美。"吾侪已登离垢地，痴人枉诵修多罗。"这两句紧承上两句而来，"离垢地"乃佛教语，指解脱烦恼之佛国境地，"修多罗"指佛教经典，这里作者将温泉比喻为"离垢地"，所以嘲笑那些枉诵修多罗的痴人是舍近求远或缘木求鱼，表达了作者随遇而安、知足常乐的思想和人生态度。"且向山中友麋鹿，谁能巷陌寻铜驼"至最后，作者都是延续这一思想在展开议论，认为巷陌铜驼无处可寻，而山中麋鹿才是真实的、长久的，有泉就是功德水，有楼即为安乐窝，人生冉冉如楼前溪水，何不放浪形骸、坦荡裸陈，以尽今日之乐呢？作者的这种思考是深刻的，也是富有哲理的。这首诗不但步韵东坡的《百步洪》，而且在思想上、人生态度上与东坡的《百步洪》所表达的一脉相承，作者在三山雅集中自比眉山，不是没有道理的。

东府、衡茹、伯灵、月书诸老友蓉峰姻丈送别

至大深航观水电厂，王工程师志超留饭索诗，仍次百步洪韵。

蛮溪委粟堆千波，斜飞匹练投轻梭。谁移此水挂高壁，风轮铁锁铿相磨。万钧重器置平地，千人牵拽升危坡。西方佛说公德水，池中大有如车荷。惊看闪闪岩下电，疑有神力挟旋涡。阿香冯夷化一气，恨不倒卷鱼通河。曾子归鞍始过此，故人祖饯樽星罗。名流巧匠聚一席，座中况有郭橐驼。明知诀别在俄顷，且复把臂相委蛇。天都形胜忽到眼，名王缚笔书橐窠。观濠偶然比庄惠，苦吟不必追阴何。吾诗聊记踪迹尔，慎勿疥壁他人呵。

【简析】

选自《寸铁堪诗稿》。这是一首送别诗，但看点却在用古典诗歌形式对现代工业的描写上，所以这里仅就此诗有关这方面的内容做一简要分析。由于古典诗歌诞生、发展、成熟、繁荣在农业社会，所以它注定有其自身特有的表达方式和语言系统，有其特有的审美特征和艺术风格，如何在现代工业社会用古典诗歌形式来表现当代生活，也就是如何用旧瓶装新酒，也就是如何既书写当下又衔接传统，同时又保持其固有的神韵不变，两者之间能够有机融合并相得益彰，这是每个诗人都在思考和尝试的一个难题，也是检验诗人艺术水平和写作功力到底如何的标准。此诗前半部分即写作者至大深航观水电厂所见。大深航水电厂建在大渡河上。开篇"蛮

溪委粟堆千波，斜飞匹练投轻梭"交代该厂环境，变相回答为什么要在此处建设水电厂的原因；"蛮溪"原意是南方的河流，这里指大渡河；"委粟"，晋代刘徽注曰："此犹圆锥也。"《九章算术》卷五："今有委粟平地，下周一十二丈，高二丈，问积及为粟几何？答曰：积八千尺。"所以这句的意思是说大渡河里成千上万犹如圆锥形的波浪重重叠叠地堆积着，更有斜飞而来的匹练（河水）犹如穿梭一般，以此描写大渡河上的浪高水急，确实是一个建设水电厂的好地方。"谁移此水挂高壁，风轮铁锁铿相磨"写水电厂场景，"此水"即前两句所描绘之水，"挂高壁"即"更立西江石壁，截断巫山云雨，高峡出平湖"之意，"风轮铁锁"指水电厂里的机械设备，"铿相磨"形容这些机械设备正在有节奏而响亮地运行。"万钧重器置平地，千人牵拽升危坡"继续写水电厂所见，这是大型或重型机械在高深陡峭峡谷中安装的场面。"西方佛说公德水，池中大有如车荷。"作者这里引用西方佛教八公德水典故，此典谓西方极乐世界中，处处皆有七妙宝池，八功德水弥满其中，其水澄净、清冷、甘美、轻软、润泽、安和，饮时除饥渴，能增益种种殊胜善根，作者用此典来将水电厂比作七妙宝池，其中的八功德水车载斗量，不可胜数，以此极言其效能。"惊看闪闪岩下电，疑有神力抟旋涡。"这两句描绘发电时的情景，一"惊"一"疑"，形象生动地表达了作者的震惊和不可置信，同时从另一方面表现了水电厂科技水平的高度和现代机械化的威力。"阿香冯夷化一气，恨不倒卷鱼通河。"作者再次利用神话来渲染水电厂的威力，"阿香"是中国神话中的西方之神，神话传说中的推雷车的女神，苏轼《无锡道中赋水车》诗："天公不念老农泣，唤取阿香推雷车。""冯夷"则是传说中的黄河之神，即河伯，泛指水神，曹植《洛神赋》："于是屏翳收风，川后静波，冯夷鸣鼓，女娲清歌。"这两句写阿香驱雷、冯夷鸣鼓，二位神仙一起发力，恨不得将鱼通河（即大渡河）倒卷回去，作者用这样的神话传说来进一步渲染水电厂的神奇。作者写水电厂,没有去具体记录其坝高多少米、蓄水量多少立方、发电量多少千瓦时、投入多少资金以及机械规格、功率等,而是选取几个典型场景加以绘声绘色地刻画描写,同时运用神话传说进行渲染,将参观水电厂的所见所感形象生动地表现了出来,让读者有身临其境的感受,这是作者运用古典诗歌写现代工业较为成功的地方。

顾二娘砚

砚今归刘衡如大令,刘再索诗,三叠百步洪韵寄之。

佳人窈窕同横波,闲居静婉慵飞梭。生成一双补天手,采石五色相磋磨。端溪妙质岂易得,下穷深壑高危坡。何时雕琢成此砚,小如纤掌圆如荷。下边题名勒小篆,仰面受墨生微涡。刘郎多情觅珍玩,沈翁驿递逾关河。其时神州正板荡,诸天大战阿修罗。君今获此劫后物,毋似荆棘埋铜驼。将军桥头有夷落,忆昔与我常委蛇。他年携砚肯见过,更听语笑喧行窠。十年倚马磨盾鼻,严疆出牧今如何。天寒画诺冰雪里,砚冻定烦香口呵。

【简析】

选自《寸铁堪诗稿》。此诗咏顾二娘砚,同时述其际遇。顾二娘,苏州人,生卒年不详,约活动于雍正至乾隆之际,王世襄的表兄金开藩《清顾二娘制凤砚》记载:"清顾德麟,苏州人,琢砚自然古雅,名重于世。媳邹氏能传其艺,尤工辨石,人称顾二娘。非端老坑佳,不肯奏刀。其辨石之法,以脚尖点石即能知之。其艺之精,可想故;其所制砚,艺林宝之。"此诗所写之顾二娘砚,乃归于刘衡如大令的那一方,"大令"为古代县令的尊称。刘衡如得到这方砚后,自是万分高兴,再三请作者为此赋诗，于是作者步苏东坡《百步洪》诗韵作诗一首。诗一开始即从顾二娘的容貌气质写起，虽然其人为窈窕佳人，且"生成一双补天手"，却慵于做织布绣花之类的女红，而是"采石五色相磋磨"，遂成一代制砚名家，袁枚《随园诗话补遗》卷三记载："春巢在金陵得端砚，背有刘慈绝句云：'一寸干将切紫泥，专诸门巷日初西。如何轧轧鸣机手，割遍端州十里溪？'跋云：'吴门顾二娘为制斯砚，赠之以诗。顾家于专诸旧里。时康熙戊戌秋日。'后晤顾竹亭，云：'顾二娘制砚，能以鞋尖试石之好丑，人故以顾小足称之。'"同样是对顾二娘由"鸣机手"变为"补天手"的赞美。在前面的铺垫下，接下来正式对刘衡如所获之砚进行描写，"端溪妙质岂易得，下穷深壑高危坡。"此处道出该砚砚材的出处即今广东肇庆市东郊的端溪，端溪石以石质坚实、润滑、细腻、娇嫩而驰名于世，以此制作的砚故名端砚，已有一千三百多年的历史，与甘肃洮砚、安徽歙砚、山西澄泥砚齐名，是中国四大名砚之一。"何时雕琢成此砚，小如纤掌圆如荷。下边题名勒小篆，仰面受墨生微涡。"对此砚的规格、形状、题勒等做详细描写。"刘郎多情觅珍玩，沈翁驿递逾关河。其时神州正板荡，诸天大战阿修罗。君今获此劫后物，毋似荆棘埋铜驼。"则详述刘衡如获得此砚的曲折经过，叮嘱其善加珍惜。"将军桥头有夷落，忆昔与我常委蛇。他年携砚肯见过，更听语笑喧行窠。"作者在此句下自注曰："余每至康，必寓将军桥充家锅庄，君每见，过从谈笑。"此叙与刘衡如的关系，表达希望刘衡如能携砚而来，让自己也能开开眼界，并且把自己在康定城中的落脚地点详细告诉了对方，生怕别人找不到，可见作者以一睹此砚尊容为快的心情，从侧面表达了对这方砚的赞美和珍视，另一方面因为刘衡如能够入手这样的珍品，心里一定十分得意，所以作者这样的话说得越煞有介事，对方就越是想听，可以想象对方听到这些话肯定十分受用和开心。接下来作者从刘衡如的职业角度来写此砚，"磨盾鼻"即在盾牌把手上磨墨草檄，后因以称在军队里做文书工作为"磨盾鼻"，"画诺"指旧时主管官员在文书上签字，表示同意照办，这里用起草文书和在文书上签字，来突出此砚的作用，对方因有此砚相助，必定会如虎添翼。在康定天寒冰雪里，砚被冻住了，将会劳烦以口呵气以使砚中凝结的墨汁融解，以便蘸墨书写。诗以此作结，既说明此砚不但是珍贵的收藏品，还是工作中的得力助手，因而在刘衡如这里，此砚更能发挥其作用，体现其价值。此诗写砚、赞砚，同时也对制砚之人及识砚之人、藏砚之人、用砚之人表达了敬意。

咏天师洞银杏

青城丈人五岳长，青城银杏诸树王。我游名山事幽讨，瞥见此木心彷徨。根蟠虬龙出山石，柯梢云汉临岩疆。气吞万象何磅礴，色映千峰真老苍。凝脂遍体结钟乳，花时一身攒夜光。长作清阴护烟寺，安排翠叶栖鸾凰。昔闻蟠桃植海上，又听若木栽扶桑。固知草木有神物，亦随雨露生仙乡。人间斧斤那得致，山中岁月还相忘。不辇豪门效梁栋，且共天师营道场。树已成精老不死，枝仍结子甘且香。观中道人好相识，他时得果分我尝。

【简析】

选自《寸铁堪诗稿》。天师洞又称常道观，是青城山最主要的道观，相传东汉末年，天师道创始人张道陵曾在此修炼布道，故俗称天师。道观中有一树龄1800岁的银杏树，据传说，一日张天师在青城山盘坐，无意间看见山前平川村舍，静修难以速定，遂手植银杏一株，此树迅即拔地十丈，绿屏陡立，锁住山之灵气，终得大道早成。2004年，这株千年古树荣膺"天府十大树王"榜首，成为成都树王。此诗即咏此树。开篇第一句

"青城丈人五岳长"写山，从大处着眼，从远处下笔，有一览众山小之势。"青城丈人"即青城山（先秦时称青城山为丈人山），杜甫《丈人山》诗："自为青城客，不唾青城地。为爱丈人山，丹梯近幽意。"题下自注"山在青城县北，黄帝封青城山为五岳丈人。"所以青城山为五岳之长。第二句"青城银杏诸树王"写树，此为特写，作者认为此树为诸树之王。"我游名山事幽讨，瞥见此木心彷徨。"接着开始写我之游及我之见，"幽讨"谓寻讨幽隐，杜甫《赠李白》："李侯金闺彦，脱身事幽讨。""彷徨"在此处不是徘徊或犹豫不决，而是翱翔之意，《庄子·逍遥游》："彷徨乎无为其侧，逍遥乎寝卧其下。"作者以此表达自己看见此树的心情。然后正式对此树展开描写，"根蟠虬龙出山石，柯梢云汉临岩疆。气吞万象何磅礴，色映千峰真老苍。凝脂遍体结钟乳，花时一身攒夜光。长作清阴护烟寺，安排翠叶栖鸾凰。"在作者眼中，此树的根犹如虬龙一样蟠出山石，其枝斜逸岩边直冲云汉，其磅礴之气雄吞万象，其老苍之色掩映千峰，其体凝脂而结钟乳，其花因满身而攒夜光，其荫长护烟寺，其叶好栖鸾凰，作者以虬龙为比喻，以山石、云汉、岩疆、万象、千峰、烟寺等作陪衬，以其躯干上真有钟乳一样的结晶作刻画，以想象中的鸾凰作点缀，以凝脂、夜光作渲染，以磅礴之气、老苍之色作烘托，在读者面前浓墨重彩地描绘出了这棵千年古树的形象和风采。作者没有止步于此，下面接着更进一步，展开对此树精神的抒写和赞美。"昔闻蟠桃植海上，又听若木栽扶桑。固知草木有神物，亦随雨露生仙乡。人间斧斤那得致，山中岁月还相忘。不辇豪门效梁栋，且共天师营道场。树已成精老不死，枝仍结子甘且香。观中道人好相识，他时得果分我尝。"作者在诗中用蟠桃、若木这样的仙果神树来比喻这棵银杏树，认为其虽为草木，但也随雨露生长在仙乡，人间的斧头刀具根本就无法加身，长在山中，连岁月都忘了，根本不屑于去豪门做栋梁，而只是与天师一起默默地经营着这个道场，时间久了就成了精，虽老但不死，而且现在依然结出又香又甜的果

269

实。通过这段描述，此树甘于寂寞、不慕富贵、相守千年、依然护烟寺栖鸾凰、依然开花结果的境界和操守就显现出来了。尾句的"他时得果分我尝"，作者表达的意思其实也想沾一点此树的灵气，也想如此树一样色虽老苍，气犹磅礴，这也是作者从此树身上获得的感悟和激励。全诗运用了大量的对偶句，以增加其气势，拓展其格局，这是本诗的一大特色。

题梁又铭中铭兄弟画三山小影图

程翁箕踞盘石上，刘侯植立手搘杖。缄也摊书著裲裆，三人各瘦何人壮。
梁家兄弟双好手，貌出吾侪萧散状。忆昔为邦严道日，程来避寇刘流放。
相逢一笑胶在漆，连年予和汝能唱。抗心希古说三山，强取古人为榜样。
闭门正字岂无补，安石争墩本不让。命宫磨蝎误一生，我拟东坡非过当。
孝标自比冯敬通，管乐何如诸葛亮。但知附庸到风雅，未愁标榜丛疑谤。
江郎昨制雅集图，笔扫三山气疏宕。画意诗情两奇绝，长歌曾起谢无量。
今君写真更逼真，一洗从来食肉相。犹恐画中人寂寞，为迴江练开烟嶂。
雅州城北天下奇，千崖起伏如波浪。若教一一入丹青，此纸应须长万丈。
回头笑语两故人，神通游戏如来藏。化身千百不患多，顾托豪素长相傍。

【简析】

选自《寸铁堪诗稿》。梁又铭、梁中铭兄弟，广东顺德人，与梁鼎铭都是国民党军中著名画家，被称为"梁氏三兄弟"，他们主要从事油画战史画创作。作者在雅安时，与程木雁、刘芦隐交好，经常雅集唱和，作者在其《<三山雅集图>记》中记载："缄与永丰刘湄村、宁乡程木雁同客雅安，时有唱酬之作。湄村诗略似王半山，木雁专拟陈后山，缄则有慕于眉山苏氏，因号其诗曰《三山雅集》。"所以梁氏兄弟为他们三人画像，此诗即题画之作。

开篇直接对画作进行描写和评价，起首四句"程翁箕踞盘石上，刘侯植立手搘杖。缄也摊书著裲裆，三人各瘦何人壮。"分写三人在画中的形态，此画中，程木雁是两腿舒展坐于石上，刘芦隐则以手拄杖亭亭而立，而自己则穿着背心摊开书本在看书，这三人形态各异，但都是一副随意而不拘礼节的状态，更让人觉得有趣的是，三人虽然神态或散淡、或倨傲、或专注，但有一个共同特征就是"瘦"，没有一人的身体是强壮的或肥胖的。从作者这里对画作的描述，可以看出这三人是非常具有个性之人，而画家也非常准确地把握住了三人各自的特征，并且通过手中画笔形象地表现了出来，让被画者也感觉非常传神，所以作者由衷称赞"梁家兄弟双好手，貌出吾侪萧散状。""萧散"犹潇洒，形容举止、神情、风格等自然、不拘束、闲散舒适，画出三人萧散的样子，即画出了三人的神韵，可见作者对此画非常满意。

然后作者追述三人交往唱酬。"忆昔为邦严道日，程来避寇刘流放。""为邦"即治理国家，这里只是治理之意，"严道"乃雅安荥经县，此处代指雅安，抗战时，作者任雅安县长，在此期间，程木雁为躲避日寇而长住雅安，刘芦隐则是因为冤案被流放于此，这里追叙他们三人之所以能在雅安萍水相逢的原因。"相逢一笑胶在漆，连年予和汝能唱。"此句写三人相逢时的情景，感觉是一见如故，很是投缘，所以关系也就如胶似漆，于是连年在一起吟诗作词，相互唱酬。接着作者叙述诗题及画作标题《三山小影图》中"三山"的来历，说他们自命三山，虽强取古人，但作者认为他们三人此举"岂无补""本不让""非过当"，乃是抗心希古、高尚其志的行为，是一种对风雅的附庸，所以并不担心招致"疑谤"，其实这也是作者对他们三人写诗水平的一种自信。

交代完"三山"来由后，进一步写"三山"的雅集及其成果，"江郎昨制雅集图，笔扫三山气疏宕。画意诗情两奇绝，长歌曾起谢无量。"作者在此句下自注："江梵众曾为余制三山雅集图,无量题长歌。"江梵众（1894—1971）,号少舟,喜舍庵主人,祖籍广东番禺江村,生于四川成都,著名画家,人称"蜀中名士,工时善画,绘事得古人意趣,画卷之气栩栩于笔端也"。其画风世论胎息元人,出入吴仲圭、沈启南等,盘薄磊塞,气胍万骞,而又简淡超逸,萧疏澹淡,笔墨豪润,超脱空灵,但学古而又不泥于古,其作品有个性,有创造；谢无量（1884—1964）,四川乐至人,字无量,别署啬庵,近代著名学者、诗人、书法家,1901年与李叔同、黄炎培等同入南洋公学,民国初期任孙中山先生秘书长、参议长、黄埔军校教官等职,之后从事教育和著述,任国内多所大学教授,建国后,历任川西博物馆馆长、中国人民大学教授、中央文史馆副馆长。三山雅集本来就是高手聚集,而江梵众为此作画,谢无量为此题诗,可谓尺幅之中,群星灿烂,允称奇绝。现录作者《<三山雅集图>记》之记叙以供欣赏："故人江梵众同其风而悦之,为绘《三山雅集图》。烟云浩渺,三峰鼎峙,著我辈于危亭之上,缀虚舟于荒江之涘。清疏旷远,窅冥恍惚。自言日以外归,忽然心动,振笔急挥,遂为平生杰作。"

接着笔触一转,又回到梁又铭兄弟所绘《三山小影图》上来,仍然是雅集的继续及其成果的延伸。"今君写真更逼真,一洗从来食肉相。"因是写真,所以比江梵众的写意更逼真,后一句照应前面"三人各瘦何人壮""貌出吾侪萧散状"。然后对此图做进一步描述："犹恐画中人寂寞,为迴江练开烟嶂。"画家在画人物时,为了更好的艺术效果,以"江练"和"烟嶂"作为人物的背景或衬托,作者以"犹恐"表达此意,则很是生动有趣。写到这里,作者突发奇想,笔意纵横,"雅州城北天下奇,千崖起伏如波浪。若教一一入丹青,此纸应须长万丈。"雅安山水天下奇,如果都绘入画中,那么这张纸恐怕需要万丈那么长,这既是对雅安山水风光的高度赞美,同时也是对画家合理取材、巧妙构图的艺术手段和水平的高度赞美。然后顺接而下,以"回头笑语两故人,神通游戏如来藏。

化身千百不患多,顾托豪素长相傍"作结,以化身千百之如来藏表达对梁氏兄弟二位画家神通手段的赞美。

这首诗虽然是题画诗,但通过对画作的描述,一是对画家们传神的画作及高超的画艺做了高度评价,二是借此详细叙述了"三山"的由来,生动刻画了三人的个性、形象及风度,侧面揭示三人之间因惺惺相惜而产生的如胶似漆的关系及感情,三是由画家与诗人的互动,侧面展示了三人在诗歌方面的创作成就及广泛的社会影响,可谓一举数得。全诗高度凝练,但内涵十分丰富,给人以"尺幅千里"之感,而且笔意纵横,随心之所欲而肆意挥洒,同时语言诙谐生动,特别是在写人方面,寥寥几笔就能抓住人物特征,可谓惟妙惟肖,十分传神,不失为题图诗中的佳作。

观杨啸谷所藏怀素草书真迹长卷作歌

杨侯昔日燕京住,法书名画收无数。唐人草书今世稀,真迹君家有怀素。云母五色超硬黄,开卷纸已生辉光。是何神力在腕底,落纸便作蛟龙骧。书家妙诀利速战,笑掷流星掣飞电。太华三峰举笔高,黄河九曲随锋转。御风列子无留停,从心所欲成字形。细若游丝袅空碧,翩如飞雁投沙汀。有时墨尽势未竟,化为飞白纷相映。还同射虎李将军,饮羽没石含余劲。此本旧藏僧王家,杨侯买得人皆夸。知君到处虹贯月,忆昔书成天雨花。平生万事皆草草,观书亦爱草书好。草书非古吾不云,上人目空王右军。当时声价君听取,李白狂歌天下闻。

僧怀素草书自叙一通,用五色云母纸写。旧是清僧格林沁亲王家物,改革后,辗转为吾友杨啸谷所得。民纪三十五年,携归成都。冬至前一日,过将军街寓庐洗眼敬观,欢喜踊跃。昔李太白有《怀素作草书歌》,窃步后尘,博老友胡庐一笑云尔。

曾缄诗 选评 ZENG JIAN SHI XUAN PING

【简析】

　　选自《寸铁堪诗稿》。杨啸谷（1885—1969），一名兢，四川大邑人，著名文物鉴赏家，曾受聘于华西协合大学，担任考古学和中国美术史教学工作，解放初在四川省博物馆当研究员，后任四川省文史馆研究员，著作有《东瀛考古记》《东方陶瓷史》《古月轩瓷考》《啸庐随笔》等。此诗为作者观看了杨啸谷所藏怀素草书真迹长卷后所作的歌行。首四句先述收藏之人，然后再引出所藏之画，"杨侯昔日燕京住，法书名画收无数。唐人草书今世稀，真迹君家有怀素。""杨侯"即杨啸谷，他曾旅居北京数十年，广交天下才人异士，闻见极广。当时，北京故家所庋藏的古代器物，都以能获得他的鉴赏、品评为荣幸，其人生性直率，鉴定文物的风格与态度是一言决疑，从不说模棱两可的话，不但在鉴定方面是名家，而且也是一名著名的收藏家，虽然"唐人草书今世稀"，但他藏有怀素真迹也不意外。"云母五色超硬黄，开卷纸已生辉光。"这两句紧承上句而写这幅真迹的外观。然后开始对长卷上的书法展开描写，但不是直接描写长卷上的字，而是通过眼前之字，联想到书家之运笔，然后倒过来完成对字的描写。作者看到长卷上"落纸便作蛟龙骧"的字，就猜想书家腕底的神力，从字的形态，想象到书家作书时那"笑掷流星掣飞电"的状态，这既是对书法的描写，也是对书家的描写。然后作者以太华三峰喻其笔高，以黄河九曲状其锋转，以御风的列子言其从心所欲，状其细则游丝袅空碧，喻其翩则飞雁投沙汀，因有飞白相映，故知有时即使墨已尽，其势却未竟，犹如李将军射虎，羽没石中含余劲，通过这一系列的比喻、联想以及神话和传说的运用，让读者对草圣的狂草及书写狂草时的草圣有了形象的感知。然后叙述这一真迹长卷的收藏过程，表达自己"观书亦爱草书好""草书非古吾不云"的爱好，同时以"上人目空王右军"表现怀素在书法上的造诣，以李白为其作歌来证明怀素在当时的身价，也衬托出怀素真迹长卷在现在的价值，作者这里也有窃步太白后尘之意。将此诗同李白的《怀素作草书歌》比较，二者对草圣的崇拜和仰慕是相同的，二者汪洋恣肆、酣畅淋漓的风格是相近的。

戏题朱半楼藏如意馆画名伶谭叫天像（丁亥作）

天下好戏推北京，戏中难唱是老生。晚清此色谁第一，内廷供奉程长庚。长庚尔后有三派，桂芬嗓高菊仙大。绝代销魂谭叫天，千回万转鸣天籁。歌喉一寸随高下，窄处容针宽走马。龙吟凤啸一两声，梨园子弟皆喑哑。作功更比唱功奇，技进乎道请勿疑。白刃双飞王佐臂，金盔巧卸李陵碑。当时万口称歌圣，尽拨淫哇归雅正。一曲曾经动九重，谁谓叫天天不应。颐和优孟古衣冠，长得慈禧青眼看。宫内早开如意馆，功臣不画画伶官。古董先生杨啸谷，偶向燕台得此幅。凛凛英姿入画来，只少歌声从纸出。归来持赠朱虚侯，名伶像许名票留。一髯仿佛曾相识，两净固是金黄流。为君翻阅廿四史，从古到今一戏耳。试看世上假排场，何似图中真戏子。君爱清歌学叫天，我今太息草斯篇。愁来高唱空城计，却少知音在面前。

【简析】

选自《寸铁堪诗稿》。诗题中的"朱半楼"即诗中的朱虚侯，作者自注为"蜀中票友，君为巨擘"。"如意馆"为清廷宫中画师作画之处，原属造办处，郎世宁、艾启蒙等西洋画家都曾供职于此，同治年间迁至乾东五所之头所，仍隶属造办处，设画工，所画有卷、轴、册页、贴落等，并设玉匠、刻字匠等；"谭叫天"即京剧名家谭鑫培。此诗名为题画，实为写人。

开篇四句犹如电影镜头从远处逐渐拉近一样，从天下好戏拉近或缩小到京戏，再从京戏拉近或缩小到京戏中的老生，再从京戏中的老生最后落脚到程长庚。

接着四句转韵，从程长庚衍生出去，分述程长庚之后三派之汪桂芬、孙菊仙，及本诗要写的谭叫天，将晚清时京剧老生几个最著名人物及其传承、流派娓娓道来，如数家珍，虽惜墨如金，却准确传神，汪桂芬的"嗓高"，孙菊仙的"大"，而本诗抒写对象谭叫天，作者则不吝笔墨，用"绝代销魂""千回万转鸣天籁"等表述加以描述和评价，可谓推崇到了极致。

接着四句专写谭叫天的唱功，写其歌喉虽一寸，但音域十分宽广，唱腔无论高下宽窄都能轻松掌控，随意转换，犹如龙吟凤啸一般，即使随便一两声，则"梨园子弟皆喑哑"，达到了"回眸一笑百媚生，六宫粉黛无颜色"的境界。

写完其唱功，接下来四句转而写其作功，称其作功比其唱功更奇，奇到什么程度呢？作者认为其奇达到了"技进乎道"的程度，并且说这一结论不接受反驳（"请勿疑"），这可说是将其推崇到无以复加的地步了，作者此论并非凭空而来，而是有其依据，因为作者紧接着举了谭叫天代表作"白刃双飞王佐臂，金盔巧卸李陵碑"来加以说明，作者在此句下自注："王佐断臂之刀臂双飞、李陵碑之卸甲丢盔皆其绝技。"举例以佐证其作功真的已经"技进乎道"了。

其人既然如此了得，于是作者随后四句即述其在当时的地位和影响，"当时万口称歌圣，尽拨淫哇归雅正。一曲曾经动九重，谁谓叫天天不应。"万口称歌圣，言其受到大众的认可和喜爱，以至于称之为圣；尽拨淫哇归雅正，则似有"文起八代之衰，而道济天下之溺"的引领作用了；一曲动九重，言其高歌一曲就惊动了朝廷，同时自然也就名闻天下了；"谁谓叫天天不应，"作者这里将俗语"叫天天不应"与谭叫天的名字巧妙地组合在一起,在前面加一"谁谓",表示谭叫天叫天天亦不得不应,以此来形容其广泛的影响力和极高的名气。

在介绍完谭叫天的地位及影响后,有关谭叫天的内容基本写完,接着四句即转入对谭叫天画像的来历的介绍。"颐和优孟古衣冠,长得慈禧青眼看。"照应前面的"一曲曾经动九重",写法与李白《清平调词三首》"名花倾国两相欢,长得君王带笑看"的写法相似,这也是谭叫天能被宫廷画像的原因。"宫内早开如意馆,功臣不画画伶官。"后句不着议论,也不带感情色彩,却是对慈禧极辛辣的讽刺。

接下来进一步写这幅画像的下落。"古董先生杨啸谷,偶向燕台得此幅。"于是收藏家杨啸谷登场,于偶然间获得了这幅画像,将其带出了宫廷,让人们得以亲睹这幅画像的真面目。那么这幅画像究竟如何呢?作者用"凛凛英姿入画来,只少歌声从纸出"来对其加以描写,形容人物在纸中栩栩如生、活灵活现,只是没有歌声从纸里传出来,如果有歌声传出,那么这纸里就是真人,这两句应该是对人物画像最精彩、最传神的写照,也是对此画艺术水平的高度评价。

然后作者写到此画的最终归属。"归来持赠朱虚侯,名伶像许名票留。一髯仿佛曾相识,两净固是金黄流。"这里照应诗题,述杨啸谷获得此画后,回到四川时将这幅画像送给了蜀中票友朱虚侯,作者认为,名伶的画像由名票保留,是此画的最好归属,真可谓得其所矣。

写到这里,有关谭叫天及其画像的叙述基本结束,但作者意犹未尽,从谭叫天及其画像,联想到曾经翻阅过的二十四史,感觉从古到今才真正是一出戏,因为世上都是假排场,还不如画像中的戏子来得真实。

最后作者以感慨结束全篇,"君爱清歌学叫天,我今太息草斯篇"中的"君"指诗题中的朱半楼,他是超级票友,所以学叫天而爱清歌,而我则太息草斯篇,确实这里只读到了作者的太息,而没有读出诗题中的"戏题"之意来。"愁来高唱空城计,却少知音在面前。"言自己因愁而唱空城计，而感叹知音之阙如，作者情绪之落寞则可想而知。

此诗以歌行体叙事、议论、抒情，开篇即高唱入云，随后非常娴熟而自然地每四句一转韵，每一转韵则有诗义上的递进或转折，此乃歌行体当行本色。诗中表达的思想、发出的议论皆有其独到见解，且具有其高度和深度。全诗结构严谨，脉络清晰，气脉连贯，佳句、警句迭出，刻画人物十分传神又自具面目，叙事虽移步换景却有条不紊，议论则言简意赅而直击要害，是作者题画诗中的又一佳作。

乡人靳慕石鬻书成都索赠言赋短歌

高人游戏成都市，严平卖卜君卖字。挥毫忽起龙蛇蛰，落笔每惊风雨至。胸藏万卷书自佳，从古大名非幸致。人海居然见此才，吾乡毕竟多奇士。抗战八年①今止戈，故乡萝薜知如何。它时携手丹山去，看尔摩崖作掌窠。

【简析】

选自《寸铁堪诗稿》。靳慕石，生平不详，从诗题看，可知其与作者是同乡，为四川叙永县人，另据龚静染《峨山记》记载："我曾经见过一本民国时期流落民间的诗册《嘉游鸿爪》，毛笔手抄，封面上写着赠送朋友'惠存并政'，明显是私人性质的文稿，应是孤本。这本诗册的作者是靳慕石，生平不可考，但与乐山一带颇有渊源，其中一首是《步和峨山报国寺果玲方丈见赠五十自寿》，还有一首是《白健生将军、程颂云主席曾同游峨山各寺》，从这两首诗来看，靳慕石不是一般的人，能够与白健生（白崇禧）、程颂云（程潜）一同游山，能够与报国寺大和尚果玲唱和，这绝对不是普通人能够做的事情。"此诗则写

---

① "八年"应为十四年。——编者注

靳慕石的书法。起句言能够在成都市游戏的必定是高人，然后将靳慕石的鬻书成都与严君平的卖卜成都相提并论，可见对靳慕石的推崇。严平即严君平，西汉时蜀郡人，他在成都卖卜时，"日得百钱，即闭户下帘"，通读《老子》《庄子》《易经》等典籍，《蜀中广记》和《高士传》称他"知天文，认星象，善占卜，通玄学"，如今成都的支矶石街和君平街都与他有关。作者在总论其身为高人而游戏人间后，直接对其书法造诣进行描写，所谓"起龙蛇蛰""惊风雨至"云云，借鉴杜甫《寄李十二白二十韵》"笔落惊风雨，诗成泣鬼神"对李白的评价，作者以此形容靳慕石书法的气势。接着作者以"胸藏万卷书自佳"解释其书法造诣的底蕴来自于胸藏万卷，所以自古以来能得大名者都不是侥幸所致，作者以此既赞其书法了得，同时也是赞其学养深厚。"人海居然见此才"赞其才之难得，而"吾乡毕竟多奇士"则既赞人，更为出了很多像靳慕石这种奇士的家乡感到骄傲。接着作者承接"吾乡"而联想到抗战结束后的故乡，估计应是萝薜丛生了吧？于是作者以"它时携手丹山去，看尔摩崖作擘窠"结束全诗，作者此句下自注："丹山，吾邑之望。"所以这个结尾通过一个举动，把作者自己与故乡、乡人靳慕石及靳慕石的书法巧妙地绾合在了一起，再次表达了对靳慕石书法艺术水平的高度评价和充分肯定，因为能在一个地方"摩崖作擘窠"的人，不但书法水平要高，而且名望必须够重。全诗一气贯注，干脆利落而又势大力沉，层层递进且绝不拖泥带水，表现出作者对文字高超的驾驭能力。

雨后见西山作歌

西山兼汶岭雪峰而言，跨州连郡数百里，从成都平原可一览得之。嵌崎磊落，天下之奇观也。然常在云雾中，非至晴明不可见，见矣而为时亦暂，以是见忽于成都人。甲午初秋，大雨初霁，残日犹明，此山忽涌现在前，余得尽情瞻玩，欢喜踊跃而作是歌。

西山有自天地初，冥濛常与元气俱。造化胸中足垒块，吐向陆海为高墟。藏烟匿雾颇自秘，似恐斩绝惊庸愚。我见此山在秋日，雨过郊原净如沐。残阳欲坠不坠时，天外千峰万峰出。北通剑阁南临邛，横空飞出苍精龙。群山岌岌争向东，环绕天府如屏风。不知山高几千仞，但见翠微重复重。翠微有尽山无尽，最上皑皑是雪峰。雪峰玉立青霄里，天下诸山色灰死。五色从知白最尊，九州未有高能比。纵横变化势未已，大块文章极诙诡。古来间气钟何人，扬马之徒毋乃是。西迎反照光鲜妍，天开画本张我前。徒绘嘉陵三百里，笑煞当年吴道玄。山川形胜谁能说，少陵老子诗中杰。曾夸岳外有他山，解道直衔西岭雪。君不见，成都人口百万稠，营营日与尘土谋。试问此山在何许，竟同鲁人不知丘。一年见山不数日，时至疾起登高楼。城南城北君莫顾，直向天西远处求。

【简析】

选自《寒斋诗稿》。西山，泛指成都平原以西高山，即包括成都西部的松州、茂州、保州、维州、乾州等地一带的高山，所以作者在题注里言其"跨州连郡数百里"。此诗为写景之作。开篇即远从天地之初写起，以显西山的古老悠远，同时点出西山的特征"冥濛常与元气俱"，而这又是"冥濛"又是"元气"的这种状况，作者解释为是由于造化需要化解胸中的块垒，所以"吐向陆海为高墟"，造成西山时常藏匿在烟雾之中的效果，以此来显示自己的神秘莫测，也是西山担心自己锋芒毕露的真面目吓到一众庸愚之人，这里既有夸张，更有想象，既有比喻，更有拟人，既大声镗鞳，又幽默风趣，大开大阖，纵横捭阖，这种开篇方式十分惊艳，此所谓善于发端者。随后交代自己能够看见西山的原因或前置条件，即一为秋高气爽、天高云淡的秋日，二为郊原净如沐的雨后，三为残阳欲坠不坠之时，这三个条件同时具备的情况下，于是"天外千峰万峰出"，西山此时闪亮登场，而且一亮相就是犹如排山倒海一般的大阵仗，就是倾巢出动的豪华阵容，所以让作者"欢喜踊跃"，并得以"尽情瞻玩"。于是作者展开了对西山的正面描写，"北通剑阁南临邛，横空飞出苍精龙。群山岌岌争向东，环绕天府如屏风。"言其如一条横空飞出的苍龙，又如一道环绕天府的屏风，以此描写其横亘之势，此极言其长。"不知山高几千仞，但见翠微重复重。翠微有尽山无尽，最上皑皑是雪峰。"言其上青翠的山峰重床叠架，根本就不知道究竟有多高，即使青翠的山峰有穷尽的时候，但山却依然没完没了，因为在那更高处还有终年积雪的山峰，以此描写其高耸之势，此极言其高。随后作者把西山与"天下诸山"做比较，得出的结论就是"九州未有高能比"，再次从另一角度描写其高。接着作者认为因为自然界千变万化，其势不可能止歇，所以大自然景物向人们展示出来的面貌和提供的写作材料自然也就是诙谐奇诡的，既然这样，那么"古来间气钟何人？"作者认为不是知识渊博的扬雄，也不是才华横溢的司马相如，他们的文章都不及此时展现在作者面前的天开之画本，在这幅天开画本面前，画圣吴道子所绘嘉陵三百里图简直不值一提。那么"山川形胜谁能说"呢？作者认为是诗中之杰杜少陵，因为杜少陵曾经夸过东岳泰山之外的其他的山，这里作者暗示杜少陵在泰山时因为西山的存在而没有把话说满，所以算是对西山表达了尊重，同时杜少陵诗中还写了"窗含西岭千秋雪"，也是他喜爱西山的证据，所以作者认为杜少陵是能说好山川形胜的，是诗中之杰，其他的人如吴道子不行，扬雄和司马相如也不行。在作者眼中，谁说西山好，谁就是好人、能人，这简直有些不讲道理，这却恰好生动地表达了他对西山的喜爱，所以无理而妙。最后作者发表感慨，认为成都人口百万之众，庸庸碌碌终日与尘土为谋，如果问此山在何处，他们也会像鲁人不知道本地的孔丘一样，同样不知道本地的西山，这里用了苏轼《代书答梁先》"鲁人岂独不知丘，蹢躅夫子无罪尤"典。作者还提示人们"一年见山不数日，时至疾起登高楼"，而且不要往其他方向看，直接往西边看就能看到了。这首诗写西山，除运用了诸如夸张、想象等艺术手法外，还运用了顶针的手法，使全诗气脉通畅，且环环紧扣，收到了复沓咏叹的效果，特别是拟人、类比等手法的运用，突破纯粹写景的枯燥乏味，从而使整首诗显得突梯滑稽，妙趣横生。

闻杨啸谷醉中蹶地寄诗奉问

君家故事吾能记，扬雄投阁曾到地。非关寂寞真致灾，只为平生识奇字。仓颉书成鬼夜哭，斯文固是天所忌。嗟君好奇似子云，草玄颇发神人秘。坐令百鬼瞰高明，造化小儿来一戏。何物能推玉山倒，此时竟作大星坠。平居自诩不倒翁，仓皇乃失济胜具。乍如蓬莱割左股，又似匈奴断右臂。闷绝还思日者言，震天一蹶吾其毙。岂知因醉神得全，堕车不死非奇事。闻君防身佩古玉，浸色烂斑湿且丽。即今对玉抚疮痕，皮青肉紫差相似。其人如玉语不诬，瑚琏大堪为子器。翻思少陵为马堕，题诗巧作惊人句。待君痛定起高歌，我亦相看携酒至。

【简析】

选自《寒斋诗稿》。作者好友杨啸谷因酒醉而摔倒于地，作者听闻后，作此诗以表问候。

此诗开篇却不是先问伤情，也没有表达亲切慰问，应该是杨啸谷伤势不重，没什么大碍，所以作者才有闲情逸致写诗相寄，也才能从容不迫地远从"吾能记"之"君家故事"娓娓道来，那么是什么"君家故事"呢？原来是"扬雄投阁曾到地"的故事，据《汉书·扬雄列传》记载，扬雄校书天禄阁时，刘棻曾向雄问古文奇字，后棻被王莽治罪，株连扬雄，当狱吏往捕时，雄恐不能自免，即从阁上跳下，几乎摔死。作者用扬雄投阁这个典故，是告诉杨啸谷说杨家有摔倒的家传。扬雄投阁后，当时京师议论："惟寂寞，自投阁。"将扬雄投阁的原因归之为寂寞，但作者认为是"非关寂寞真致灾，只为平生识奇字"。然后作者还进一步搬出《淮南子·本经训》所言"昔者仓颉作书，而天雨粟，鬼夜哭"作为证据，以仓颉作书造成如此大的动静，来说明扬雄是因"识奇字"而致摔倒楼下。

因为仓颉作书与扬雄识奇字都是遭上天所忌之事，而作者认为杨啸谷之好奇本性犹如扬雄一样，屡屡窥破天机，所以受到鬼神的猜忌打压，命运于是就跟他开了这么一个玩笑，以至于其摔倒在地。作者认为好友没有吸取扬雄、仓颉的教训，去好什么奇，草什么玄，发什么秘，以至于为天所忌，终遭此一难，完全是咎由自取，所以作者为自己的好友深感惋惜和遗憾。杨啸谷是著名的文物鉴赏家和古董收藏家，其知识与眼光非常人能及，作者"嗟君"实际上是把杨啸谷等同于如扬雄、仓颉那类学究天人之人了，反而是对好友的最高赞誉。"百鬼瞰高明"典出《隋书·裴肃传》："窃见高颎以天挺良才，元勋佐命，陛下光宠，亦已优隆。但鬼瞰高明，世疵俊异，侧目求其长短者，岂可胜道哉！""造化小儿"典出《新唐书·杜审言传》："审言病甚，宋之问、武平一等省候如何。答曰：'甚为造化小儿相苦，尚何言？'"

随后作者对好友的摔倒做描写，"何物能推玉山倒，此时竟作大星坠。""玉山倒"典出《世说新语·容止》："嵇叔夜之为人也，岩岩若孤松之独立；其醉也，傀俄若玉山之将崩。"后因以"玉山倒"形容人酒醉欲倒之态，李白《襄阳歌》："清风朗月不用一钱买，玉山自倒非人推。""大星"喻指好友的身躯。"平居自诩不倒翁，仓皇乃失济胜具。""济胜具"语出《世说新语·栖逸》："许掾好游山水，而体便登陟，时人云，许非徒有胜情，实有济胜之具。"即指能攀越胜境、登山临水的好身体。"何物"乃作者明知故问，"竟作"乃作者故作意外和惊讶之态,"平居自诩"接以"仓皇乃失"乃作者"以子之矛攻子之盾"之法,明显哪壶不开提哪壶,专找好友的难堪。此番描写,应该使好友啼笑皆非、伤痛两忘,也让读者解颐一笑、拍案叫绝。

对好友摔倒的描写和戏谑还在继续,"乍如蓬莱割左股,又似匈奴断右臂。"作者连用两个比喻和典故,用以形容好友在醉酒后身躯失去平衡的状态。"乍"以示这种状况的突如其来、出人意料,但其在"闷绝(晕倒)"之时还在回忆"日者(以占候卜筮为业的人,语出《墨子·贵义》,《史记》有《日者列传》)"之言,作者在此句下自注:"日者曾谓君,当致癫蹶,若不死,可寿至期颐。"日者之言现在应验了前半部分,而后半部分则未可知,所以随着"震天一蹶",好友发出了一声惨叫:"吾其毙。"差不多是"吾命休矣"的意思。这个"震天一蹶"用得很是生动形象,将好友摔倒在地发出的声响夸张到惊天动地,加上好友在跌落过程中发出的"吾其毙"的惨叫,从而将其跌倒时的状态刻画得活灵活现,犹如现场目睹。随后作者用"岂知因醉神得全,堕车不死非奇事"给予宽慰,此句用典,《庄子·外篇·达生》云:"夫醉者之坠车,虽疾不死。"在好友惊魂未定之时,作者对他说正因为是醉酒,在无意识的状况下摔倒,连庄子都说了是不会死人的,这不是什么稀奇事,以劝慰好友大可放心。作者越煞有介事,读来越让人忍俊不禁。

到此时作者对好友的戏谑还没结束,作者又提及好友为防身而佩戴的古玉,说这古玉"浸色烂斑湿且丽",本来就色彩斑斓,现在摔坏了,好友抚摸着玉上的疮痕,跟好友身上"皮青肉紫"的状况大致相似,所以作者认为人们以"其人如玉"之语评价好友完全没有错,绝非虚言,随后作者进一步说好友既然"其人如玉",那么"瑚琏大堪为子器","瑚琏"语出《论语·公冶长》:"子贡问曰:'赐也何如?'子曰:'女,器也。'曰:'何器也?'曰:'瑚琏也。'"瑚、琏皆宗庙礼器,用以比喻治国安邦之才,《魏书·李平传》:"实廊庙之瑚琏,社稷之桢干。"

这里作者因好友摔伤,身上被摔得"皮青肉紫",与其身上所佩古玉差不多,加之有"其人如玉"的美称,足以证明好友实乃瑚琏,才堪大用。如果我们将这一结论倒推回去,就是好友之所以是瑚琏之器,是因为他的皮青肉紫,而他的皮青肉紫,是由于他的震天一蹶,作者就是这样通过联想,把一些特征类似之事物联系起来,看似合情合理,实则滑稽搞笑,从而形成一系列的笑点,让读者从中不断获得阅读快感。

最后作者忽然想起杜甫因醉堕马,反而获得灵感,写出了题为《醉为马坠,诸公携酒相看》的诗篇,作者由此相信好友待到痛定之后,肯定也会像杜甫一样"起高歌",写出佳作,到时作者也将携酒前去探望。诗的前面作者一直都在跟好友开玩笑,以此化解好友因"震天一蹶"造成的身体上的伤痛和心情上的抑郁不快,给好友带去了心理上的慰藉和精神上的愉悦,在诗的最后作者才表达看望慰问之意,并期待着好友新的佳作,这种写法十分新颖,也十分妥帖,从这里也可看出作者与杨啸谷之间友谊的深厚。诗中大量典故的灵活运用,作者信手拈来,皆成妙谛,既见作者腹笥之富、学养之厚,又见作者运用之妙、手段之高。特别是此诗中表现出来的诙谐戏谑的风格,显得十分突出,效果也十分明显。

啸谷答诗语甚诙诡复寄一首

君家三径开竹扉,石头路滑醉人归。盲人瞎马到夜半,暗中摸索灯火微。龙颠虎倒致一蹶,声震屋瓦惊蚍蝣。君非凡马亦多肉,不创正坐陈平肥。若教速写入图画,松雪滚尘疑是非。又如蹴鞠球起落,转丸触地还高飞。同行底须木上座,此身自有衡气机。前诗慰君恣欢笑,君不我怪嘉谐俳。昨日示我解嘲作,摆落俗忌轻祥玑。为言路毙亦佳事,乍可上疗鸟鸢饥。人生大齐百年耳,我逾六十君古稀。晚年敝睫生黑子,虽有面目无光辉。

医云恶瘤死顷刻,久而无验吾腹诽。嵇康养身似未达,任公求死还遭讥。纵浪大化不喜惧,吾侪永命非天祈。喜君折肱得好句,瘦金字体亲手挥。世间何物娱老眼,十行纸上堆珠玑。君得我诗一捧腹,我诵君诗三绝韦。幼舆啸歌幸不废,请君更唱妃呼豨。

【简析】

  选自《寒斋诗稿》。杨啸谷醉中蹶地后,作者寄诗奉问,诗中极尽诙谐戏谑,让杨啸谷喜笑颜开,心情大好,于是杨啸谷也以诗相答,同样"语甚诙诡",所以作者复寄一首。此诗作者仍然沿袭上一首诗诙谐戏谑的风格,化用"盲人骑瞎马,夜半临深池",再次描写了好友醉中蹶地的场景和状况,同时用"松雪滚尘""转丸触地还高飞"来形容其跌倒之态,富于想象,而写好友醉中的"暗中摸索",跌倒时的"声震屋瓦",可谓绘声绘色,妙趣横生。作者在诗中由"人生大齐百年耳"开始展开议论,叙述自己"晚年敝睫",虽"医云恶瘤死顷刻",但"久而无验",而遭到自己的"腹诽",由此作者认为"嵇康养身似未达,任公求死还遭讥。纵浪大化不喜惧,吾侪永命非天祈"。可见作者于生老病死的达观心态和"吾侪永命"的乐观态度。最后以"世间何物娱老眼,十行纸上堆珠玑"表达自己的追求和喜好,以"君得我诗一捧腹,我诵君诗三绝韦"表达与好友的惺惺相惜,以"喜君折肱得好句""请君更唱妃呼豨"表达对好友的祝福和期待。

次韵再酬啸谷

  凉飔习习摇窗扉,白日欲暝鸦归飞。偶过扬雄一区宅,竹树蓊翳成翠微。果蓏之实亦施宇,更任户室栖螨蚘。饭颗相逢我太瘦,糠麸能食君方肥。

斋中抵赏纵谈笑，问孔刺孟非韩非。雕虫篆刻悔少作，老笔能令风骨飞。
近人争论到雅郑，野狐那可参禅机。偃师偶然怒人主，叔敖至竟殊优俳。
文章有神交有道，楚人好鬼越好机。唱予和汝数往复，歌苦不伤知音稀。
君如卞和几刖足，而石蕴玉山终辉。且共麤诗展戏谑，不妨立木招谤诽。
道旁翁仲应绝倒，二马骞眄相嘲讥。吾辈治诗等治水，力可降伏支无祈。
乌有先生骋唇舌，造化小儿供指挥。我既抛砖引子玉，君勿买椟还吾玑。
晚年壮志渐消损，刚经百炼柔于韦。闻君鼓鼙意忽动，赴敌勇如猪突豨。

【简析】

　　选自《寒斋诗稿》。此诗仍然是杨啸谷醉中蹶地后作者与之唱酬之作，但这次作者没有再着意于对好友醉中蹶地过程及状态的描写，从诗中表述看应该是杨啸谷已经无碍并能外出的情况下写的，而诗也主要转为就诗的创作发表一些自己的看法。诗的开头展开对扬雄故居的描写，然后叙述与杨啸谷的会面，这里将此次会面比作当年李白和杜甫在饭颗山的相逢，但这里没有像李杜那样彼此就对方的诗歌创作做评价，而是借李白《戏赠杜甫》中的那句"借问别来太瘦生"说自己太瘦，而说好友之肥是因为"糠麸能食"，这里或有取笑的成分，或是羡慕好友的不择食。作者接着转入正题，叙述两人见面后即高谈阔论，以至于"问孔刺孟非韩非"，可谓无话不说，然后作者以悔少作之雕虫篆刻、慕老笔之风骨，来阐述自己的诗观，引用杜甫《苏端薛复筵简薛华醉歌》诗句"文章有神交有道"和《列子·说符第八》所载孙叔敖言"楚越之间有寝丘者，此地不利而名甚恶，楚人鬼而越人机，可长有者唯此矣"来说明人们于诗乃各有所好，所以我俩的唱和，虽"歌苦"但"不伤知音稀"。接着作者将好友醉中蹶地比作刖足之卞和，最终会如和氏璧一样被世人认识，所以不妨与我一起"麤诗展戏谑"，像商鞅立木一样任大家品评。作者认为如果治诗也像治水一样，下的气力就能降伏力逾九象的水兽支无祈，"乌有先生"

287

将"骋唇舌","造化小儿"将"供指挥",从而达到从心所欲的境界,所以希望好友不要"买椟还吾玑",自己也将在听闻好友的鼓鼙声后,像猪突豨勇一样勇敢赴敌,以此与好友相互勉励,努力治诗。这首诗的戏谑味道与前两首诗相比有所减弱,但能从中管窥作者有关诗歌创作的一些见解,特别是作者认为真正的好诗不是通过雕虫篆刻能实现的,而是要通过老笔表现出风骨,这才是好诗,而且治诗犹如治水,非下大力气、花大功夫不可,这些见解都非常宝贵,对今天作诗之人仍然有启迪和激励的作用。

过薛涛井登吟诗楼

乙未十二月二十九日,同杨啸谷过薛涛井登吟诗楼,渡江观李冰石犀,于野店茗饮。归,经九眼桥白塔寺返寓庐晚餐。次日读东坡《游白水山》诗,爱其奇韵,次一首寄啸老。

与君踟蹰江之涯,乘兴一访佳人家。负手徐行后长者,长堤安步何须车。
微风不动垂柳直,此时白日方西斜。薛涛蜀中一妓耳,能诗百代蒙褒嘉。
身佩巾绣成老妪,好事刻石矜容华。幽篁独处类山鬼,门巷那见枇杷花。
澄然古井傍庭砌,鸡栖双树枝交加。盗泉恶木岂同例,息阴消渴仍相夸。
群儿挟弹伺飞鸟,燕雀不敢栖危桠。雷池一步限逾越,徒见杰阁撑云霞。
昔日京华老游客,早辞凤阙亲井蛙。知君曾到陶然亭,我亦颇过南下洼。
故都风物记仿佛,视此何啻千里差。吟诗楼上试凭眺,江村翠竹映白沙。
尝有文君来濯锦,不教西施能浣纱。人生闲情寄一赋,何用白璧讥微瑕。
李冰遗犀付残缺,摩挲断石还兴嗟。春日载阳亦可畏,茗饮坐取茅檐遮。
归踏江桥向白塔,吾庐密迩曾非遐。老妻治具饷归客,入门索食如饥鸦。

【简析】

　　选自《寒斋诗稿》。这是一首纪游诗，为作者过薛涛井登吟诗楼后所作。《成都府志》记载："薛涛井，旧名玉女津，在锦江南岸，水极清澈，石栏周环，为蜀王制笺处，有堂室数楹。"嘉靖十九年甲戌，四川布政使方积、成都知府李尧栋，在其对面修建了吟诗楼、浣笺亭等。作者此次游览，乃与好友杨啸谷一道，而且是访佳人家，所以作者是"乘兴"而来，从"负手徐行""长堤安步"的优哉游哉，可知其心情大好。但当他看见"好事刻石矜容华"就感觉有些不爽了，他在此句下自注："古石刻薛涛小像如少女。"因为在他看来，薛涛"身佩巾绣成老妪"，明明一老妪，却刻成少女，就像在杜甫草堂将杜甫像刻成少年一样，同时在其门巷也没有看到传说中的枇杷花，反而只剩盗泉恶木（作者自注："园中无枇杷，近种竹近千竿，井上皂荚两株独伟。皂荚者，所谓鸡栖恶木，然游人多就其下酌茗。"），更过分的是还有"群儿挟弹伺飞鸟"，新修的崇丽阁还禁人攀登，作者一路看下来，感觉很是扫兴，于是作者将此地与"故都风物"做比较，认为两地的差距"何啻千里"，然后他们离开这里，转而去吟诗楼凭眺，但见"江村翠竹映白沙"，远望之景却美丽如画，所以作者又感慨"人生闲情寄一赋，何用白璧讥微瑕"。从吟诗楼下来，渡江去观李冰遗犀，但石犀已经残缺不全，作者摩挲着这些断石，又是一番叹息，回到家中时，肚子已经饿得很了，作者形容为"入门索食如饥鸦"。作者写这次出游，从乘兴而来，到扫兴而归，将这个情绪转折过程做了详细描写。通过这些描写，相当于作者带我们穿越到当时，身临其境地参观了薛涛井、吟诗楼、李冰遗犀等名胜古迹，知道了这些景点在当时的状况，也了解了作者对薛涛以及对景区某些做法的态度和看法。

丙申岁元旦雨不出次前韵

　　我坐斗室思天涯，天涯有客还思家。一家骨肉分散处，何日携手归同车。寄书经旬始一达，时望雁字空中斜。块居无徒岂不念，士有远志仍堪嘉。筠也负笈走沪渎，森也出仕羁京华。仪也匹马出关外，独度千山飞雪花。老夫摆经坐讲舍，自叹马齿随年加。有子刚强女不弱，先生不誉旁人夸。时人贵壮颇贱老，龙钟笑我攀枯桠。痛饮屠苏惜今日，坐忆年少倾流霞。颇闻赋芋到众狙，几时凭轼尊怒蛙。箪瓢陋巷意自得，不辞爽垲居低洼。良辰美景待游冶，天时人事偏参差。出门一路汲滑滑，打屋万雨声沙沙。

【简析】

　　选自《寒斋诗稿》。这是一首思念亲人之作，但没有写完。元旦因雨，无法出门，只能独坐斗室中。雨天无聊，加上每逢佳节倍思亲，此时此刻，作者不由思念起远方的亲人，从自己对亲人的思念，作者自然想到此时远在他乡的亲人也一定在想家。面对一家骨肉分散的现实，作者发出了"何日携手归同车"之问，这既是一种无奈和感伤，更是一种希冀和愿望。接着作者叙述"寄书经旬始一达，时望雁字空中斜。"即使写信相寄，也要很长时间才能送达，所以只能不时地望着空中远来或远去的大雁，或许鸿雁能送来远方亲人的消息，这不由让人想起宋代许棐《忆郑元甫》："别后黄花两度残，天涯彼此寄书难。几行雁字斜阳里，聊当平安一纸看"。在这长久的分离中，在这独坐斗室听窗外冷雨时，在这元旦佳节，作者心情的落寞、内心的孤独，对亲人思念的强烈、对相聚的迫切，可想而知，正所谓思越苦，情越深。到此作者坦陈"块居无徒岂不念"，"块居"即块然而居，"块居无徒"这里指孤独而居、身边没有亲人，这种情况下怎么不想念亲人呢？但作者知道思念也无法改变现实,所以他自我安慰说"士有远志仍堪嘉",这里的"士"代指作者的亲人,他们有远大的志向,这是值得称道的,因为作者的子女一个"负笈走沪渎",一个"出仕羁京华",一个"匹马出关外",虽然都不在自己身边,但个个有出息,都成就了自己的一番学业或事业。正因为"有子刚强女不弱",尤其是在"先生不誉旁人夸"时,作者肯定更是开心。作者在诗中将此一一道来,如数家珍,满意和骄傲之情溢于言表,从中我们也可以看到一位父亲既愿子女环绕膝下,同时又希望他们展翅高飞的纠结心态,而这种细腻刻画,因其真实,所以能打动人心,引起读者的共情。随后作者将笔触转入对自己块居生活的描写,叙自己即使马齿随年加,依然摆经坐讲舍,"痛饮屠苏惜今日,坐忆年少倾流霞。"不在乎时人的贵壮贱老,仍然像颜渊那样一箪食,一瓢饮,居陋巷,而不改其乐,倒也平静安闲,悠然自得,从这里我们可以看出作者达观的人生态度和随遇而安的乐观心态。这首诗由于是步苏东坡《游白水山》诗韵,所以我们知道此诗后面还有六句没写。虽然这首诗没写完,但我们从作者已经完成的部分,已经能够获知很多讯息,获取很多感悟,对作者本人及其家庭有了更深的认识。

峨眉山歌

游峨眉既竟,复括所见,为此歌。

君不见峨眉山月半轮秋,影随李白下渝州。又不见峨眉山西雪千里,飞入东坡诗卷里。平生爱读苏李诗,诗中往往道峨眉。今年我过青衣路,始识峨眉天下奇。峨眉高出青霄上,三面临空绝依傍。眉痕淡扫有无间,比似文君远山样。绿树朦胧处处山,山中一径叩天关。八十四盘通碧落,七十二峰攒翠环。四海弥天酬一顾,身到峨眉最高处。回头井底置成都,白云遮断来时路。峨眉西望是邛崃，复岫层峦磊落开。拔地一峰甗瓦屋，连天积雪见瑶台。瑶台上有西王母，雾阁云窗思无数。可怜天上忆人间，宴罢周王怀汉武。峨眉东望万重云，飘飘来下云中君。忽将云气化海水，粼粼波皱如罗纹。诸峰遥傍云涛起，棋布星罗成岛屿。若从此地泛仙槎，便到银河逢织女。峨眉最好观朝日，朝日初从云海出。海中一点含朱丹，须臾托出黄金盘。山下彩虹蟠五色，佛光涌现万人看。峨眉入夜失丘陵，此际虚空佛火升。趺坐山头千万佛，一灯燃出百千灯。飞来一片娟娟月，来与峨眉斗眉色。成都画手开十眉，独有此眉图不得。峨眉山下有龙池，龙池如镜照峨眉。峨眉影落龙池里，影落龙池山不知。有人夜半持山去，造物仓皇应失措。谁将芥子纳峨眉，仍唱诗仙旧时句。

【简析】

　　选自《峨眉记游诗》。作者随四川大学旅行团游峨眉山，留峨眉山10日，先后得五七言诗30余首，此诗为作者游览结束后，复括所见而作，不是对一景一物的分写，而是对峨眉山做全景式的总写，具有总括其景、总抒其感的意义，所以作者于开篇即抬出李白和苏东坡这两个大神级人物，隐括他们描写峨眉山的名篇或名句为我所用，既以其气势笼罩全篇，同时又收先声夺人之效，作者在化用李白《峨眉山月歌》"峨眉山月半轮秋，影入平羌江水流。夜发清溪向三峡，思君不见下渝州"和苏东坡《雪斋》"君不见峨眉山西雪千里，北望成都如井底"后，读者也同时被李白、苏东坡的绝代风神所倾倒，对他们所描写的峨眉山悠然神往，对作者随后的描写充满期待。作为四川人的李白和苏东坡，他们的诗中有着大量描写峨眉山的内容，所以之前作者对峨眉山的认识，来自于平生爱读的苏李诗，而此次峨眉之游，才真正见识了什么是"天下奇"！作者通过这一叙述，自然过渡到对峨眉山的正面描写。"峨眉高出青霄上"言其高，"三面临空绝依傍"写其势，"眉痕淡扫有无间，比似文君远山样"状其态，此山下远观之景。"绿树朦胧处处山"言树密山多，"山中一径叩天关"述山中唯一径，而此径独通天，"八十四盘通碧落"具体描写上句那"一径"的弯曲盘旋而上，"七十二峰攒翠环"照应"绿树"句，此登山途中之景。"四海弥天酬一顾，身到峨眉最高处"用释道安典言登山之不易及登顶之决心，"回头井底置成都，白云遮断来时路"照应开篇的苏东坡诗句，也扣前面"青霄上""叩天关""通碧落"，此山顶回顾之景。"峨眉西望是邛崃，复岫层峦磊落开。拔地一峰觇瓦屋，连天积雪见瑶台。瑶台上有西王母，雾阁云窗思无数。可怜天上忆人间，宴罢周王怀汉武。"此山顶西望之景，这里的实景壮阔，其中的想象奇特，似幻还真，似真还幻，迷离恍惚，一片神行。"峨眉东望万重云，飘飘来下云中君。忽将云气化海水，粼粼波皱如罗纹。诸峰遥傍云涛起，棋布星罗成岛屿。若从此地泛仙槎，便到银河逢织女。"此山顶东望之景，实景虚写，虚景实写，以浩渺之景象与缥缈之神话，共同营造出一个仙凡难分的奇异瑰丽景象。"峨眉最好观朝日，朝日初从云海出。海中一点含朱丹，须臾托出黄金盘。山下彩虹蟠五色，佛光涌现万人看。"从海中之朱丹，到五色之佛光，此峨眉朝日之景。"峨眉入夜失丘陵，此际虚空佛火升。跌坐山头千万佛，一灯燃出百千灯。飞来一片娟娟月，来与峨眉斗眉色。成都画手开十眉，独有此眉图不得。"中"一灯燃出百千灯"典出《六祖大师法宝坛经·护法品》："譬如一灯燃百千灯，冥者皆明，明明无尽。"作者以山上之灯喻指佛之渡人，切峨眉山普贤菩萨道场身份；"成都画手开十眉"引用苏东坡的《眉子石砚歌赠胡阄》"君不见成都画手开十眉，横云却月争新奇"，"十眉"指十种不同的眼眉，钱谦益《牧斋初学集·卷九十·眉》注引："施宿曰：川画《十眉图序》：'娥眉、翠黛、卧蚕、捧心、偃月、复月、筋点、柳叶、远山、八字，是为十眉。'"作者以此表达峨眉山之状非娟娟之月可比，亦非画手可以描摹得出来；此峨眉入夜之景。"峨眉山下有龙池,龙池如镜照峨眉。峨眉影落龙池里,影落龙池山不知。"既用顶针手法,又用回环的修辞手法,在峨眉和龙池之间构建起一种照应和呼应的关系,此峨眉山下之景。最后作者以"有人夜半持山去"形容事物变化、人难预测,典出《庄子·大宗师》:"夫藏舟于壑,藏山于泽,谓之固矣。然而夜半有力者负之而走,昧者不知也。"黄庭坚《追和东坡壶中九华》:"有人夜半持山去,顿觉浮岚暖翠空。"佛经说"芥子纳须弥",但作者言"芥子纳峨眉",则有将峨眉山与佛家的须弥山等量齐观之意,这可是对峨眉山的极高推崇和赞誉,看来也只有诗仙太白的诗能够与之匹配,同时照应开篇,在章法上形成首尾呼应。作者这首《峨眉山歌》既有全景式的鸟瞰,又从各个不同角度进行生动描绘,借助各类典故、神话传说,运用多种艺术手法,以气势如虹又婉转咏叹的韵律,读来有石破天惊、云飞涛走之势,给人以逸兴遄飞、妙想天开之感,让读者领略了峨眉"天下奇"的神韵,在读者面前展现了一幅似幻还真、雄奇瑰丽的壮美画卷,可称山水诗中的佳作。

重游青城

丁酉岁七月,与静仪携小女令慧重游青城遂成长句。

去年我上峨眉巅,今年我登老霄顶。清时有分作游人,不待山灵再三请。老妻稚女亦乘兴,百里长途同一骋。驱车犀浦尘冥冥,税驾离堆江滚滚。过门不入长生宫,进山更践丈人境。天梯百级石为门,老杏千年瘿在颈。留侯辟谷鉴韩彭,为避狗烹全首领。子孙五世作天师,米道流传谬已甚。西蜀洞天名第五,南朝怪石封三品。遗像如觇鬼趣图,何人曾舐仙家鼎。悬岩一径通上清,偏桥行险真侥幸。老夫济胜赖肩舆,卧看绿荫筛日影。

寻幽渐入朝阳洞，登危渴饮鸳鸯井。身到青城最高处，四顾苍茫天地迥。
由来名山不孤立，天西翠叠千寻岭。蜕为三十六高峰，落地锐于锥脱颖。
其时七月正流火，夏日余威犹未靖。下方正虑土山焦，上界转惊云卧冷。
凭栏共盼神灯出，未晚先希山色暝。同行一客识天文，遥指彗星斗杓并。
明朝东亭观晓日，一鸟知更催梦醒。自笑闲人有忙事，谁知世外无安枕。
天明携眷出寺门，粗头乱服慵未整。惊呼平地出跳丸，喜见遥天铺碎锦。
昔时过此挈痴儿，石上题名浇墨沈。今看字迹已磨灭，回首十年等俄顷。
下山五里行荦确，野店投钱沽苦茗。归来逆旅四体倦，白昼倒头入鼾寝。
游山前后才两日，其所未至心耿耿。但观大略亦欣然，它日还寻百八景。

【简析】

选自《青城记游诗》。青城山位于四川省都江堰市西南、成都平原西北部、青城山—都江堰风景区内，为邛崃山脉的分支，主峰老霄顶海拔 1600 米，全山林木青翠，四季常青，诸峰环峙，状若城廓，故名青城山。该山丹梯千级，曲径通幽，以幽洁取胜，自古就有"青城天下幽"的美誉，与剑门之险、峨眉之秀、夔门之雄齐名。因多个道教流派人士在此进行过修炼，又得以位列中国道教第五大洞天。古人记述中，青城山称丈人山，被喻为"神仙都会"，有"三十六峰""八大洞""七十二小洞""一百八景"之说。本诗即作者携妻女重游青城山所作。诗中既有对游山全程的叙述，也有对一些重要景点的描写，既有一路艰险的体验，也有对沿途风光的饱览，既追叙此山道教圣地的来历，又点明现时此山的地位影响，既有夜晚神灯的奇观，也有早晨日出的壮观，既有对山上山下温差的感受，也有"十年等俄顷"的感叹，既有"其所未至"的耿耿，也有"但观大略"的欣然，用词典雅却多涉诙谐，语多对仗但气韵流转，作者天真烂漫的天性和举重若轻的写作手法可见一斑。

曾缄诗 选评

宝成铁路歌

　　嘉陵江北涪水西，千崖万壑相高低。鸿荒不睹车马迹，终古唯闻猿鸟啼。蜀中健儿忽兴起，摩天巨斧空中举。连山列阵若长蛇，挥汗随风作飞雨。石破山摧江水竭，山鬼惊呼老蛟泣。蜀道崎岖一旦平，五丁壮士嗟何及。蜀山开尽望秦川，秦岭屹然当我前。倚天拔地谁敢侮，但见绝壁生云烟。岂知巧匠斫山骨，潜开隧道通车轴。居然混沌洞七窍，宛似明珠穿九曲。山高亦畏愚公移，地长竟被长房缩。秦走金牛汉木牛，我来高骈火车头。一鸡得霸嗤秦穆，六出无功叹武侯。乱世凭陵矜险阻，清时谈笑陟山丘。从今万里如庭户，地北天南任我游。

【简析】

　　选自《北上诗稿》。宝成铁路是进出四川的第一条铁路，它的建成及通车，对于解决"蜀道难"、建设大西南，具有十分巨大的作用和深远的意义。要建成宝成铁路，就必须打通蜀山和秦岭，在当时的科技水平和生产条件下，这是难以想象的事情，而这一几乎不可能完成的壮举却变成了现实，所以作者欢欣鼓舞，备感振奋，遂写了这首诗以记其事。本诗首叙宝成铁路建设前的景况，"嘉陵江北涪水西"标注其地理位置，"千崖万壑相高低"描述其地理特征，"鸿荒不睹车马迹，终古唯闻猿鸟啼"则既是历史又是现状，这些都是"蜀道难"具体而真实的写照，同时也为宝成铁路建设的艰巨做铺垫。接着作者以"摩天巨斧空中举"形容这一浩大工程的开始，以"连山列阵""挥汗随风"对建设场面做正面描写，以"石破山摧江水竭，山鬼惊呼老蛟泣"侧面描写建设场面的惊心动魄，以"五丁壮士嗟何及"反衬奇迹的发生。随着工程的进展，随着新的困难的出现，作者以"蜀山开尽望秦川，秦岭屹然当我前。倚天拔地谁敢侮，但见绝壁生云烟"抑，接着以"岂知巧匠斫山骨，潜开隧道通车轴。居然混沌洞七窍，宛似明珠穿九曲"扬，展示了建设者一往无前的决心、坚韧不拔的意志和开天辟地的手段。随后作者以愚公移山和长房缩地典故发表感慨，以"秦走金牛汉木牛"的历史故事与"我来高骋火车头"的现实对比，以秦穆公的一鸡得霸和诸葛亮的六出无功扣成都宝鸡两地，来赞美祖国如今的建设成就。最后作者抒发的"从今万里如庭户，地北天南任我游"，其自豪之感自然而出。用旧体诗形式写铁路建设这种现代事物，依然能够保有旧体诗的特征，也能够把所叙之事同形式很好融合，读来依然富有感染力，富有美感，这就是作者学养深厚、体物细致，善于触类旁通所致。

丰泽园歌为袁世凯作并序

袁世凯任中华民国总统，以清丰泽园为总统府，署其门曰"新华"。国史馆长王闿运过之，佯为不识曰"此新莽门耶？"盖讥其有异志也。未几，杨度、刘师培等六人立筹安会，刊发《君宪救国论》《君政复古论》，海内上书劝进者蜂起，世凯居之不疑。议封副总统黎元洪为武毅亲王，以女嫁清逊帝溥仪，收为子婿。重新保和殿，择日登极。安徽督军倪嗣冲先期献龙袍，以尺寸不合发还。倪大恚，移赠名伶刘鸿升。鸿升一日演《斩黄袍》一剧，所斩者即此袍，识者以此知其不终。湘人贺振雄首发难，飞书总检厅，请检举总统叛国，梁启超亦著论掊击帝制。将军府将军蔡锷，潜走云南，起护国军讨之，西南各省多响应。四川督军陈宧，世凯倚为心腹，至是亦通电宣布独立。世凯知大势已去，中夜仰药自杀。时陕西督军陈树藩、湖南督军汤芗铭，同反帝制，故时人语云："杀世凯者，二陈汤也。"世凯既死，陈尸怀仁堂，仓促不得棺。府中旧藏东陵老木，美材也。有老卫士曾习为匠，就木凿一棺殓之。漆纻粗疏，尸腐，流液四出，腥闻于外，吊客为之掩鼻。国务参事沈钵叟襄理丧事，所见如此，为余道之，亦可骇也。世凯仕清，夤缘荣禄，谄事庆王，谮德宗于慈禧太后，幽之瀛台。慈禧晏驾，失势，放归田里。值辛亥革命再起，帅北洋军阀抗革命，又藉革命以倾清社，攫总统位。为总统三年而觊为帝，僭帝凡八十三日而身败名裂，为天下笑。余重过燕京，登琼华岛，临丰泽园，望其所居，而作此歌。

昔日公路之子孙，不爱总统希至尊。六人巧立筹安会，一老戏呼"新莽门"。丰泽园中郁佳气，及时药物能为帝。储二移封异姓王，旧君翻作乘龙婿。金鳌玉蝀变陈桥，诸将承恩意气骄。補衮无功贻笑柄，刘伶先唱"斩黄袍"。义不帝秦矜爪觜，书生起作鲁连子。护国滇南举义旗，西南半壁皆风靡。怀玺未登保和殿，陈尸已在怀仁堂。当时幽禁先皇处，今日为君歌《薤露》。挥斧还劳帐下儿，盖棺权借东陵树。草草弥天戢一棺，岂同漆纻锢南山。桓温遗臭非虚语，董卓燃脐一例看。化家为国由儿辈，何意人亡家亦败。皇子流离化乞儿，诸姬织屦人间卖。重向修门蹑屩来，我登琼岛望渐台。园中池馆长如旧，鹭尾猴头安在哉？一代奸雄存秽史，八旬天子等优俳。园鸟犹呼奈何帝，日暮啾啾空自哀。

【简析】

选自《青松馆诗稿》。此诗叙袁世凯复辟帝制事，以讽刺其倒行逆施，终致身败名裂而遗臭万年。开篇即直陈袁世凯虽已身为中华民国的大总统，但还妄想效法东汉末年的袁术（字公路）而"希至尊"，开历史的倒车。作者这里点出袁术，除却二人皆姓袁，更因为二人都不是识势之人，暗喻袁世凯走袁术老路，注定会以失败告终。袁世凯为达到称帝的目的，授意其亲信杨度出面，拉拢孙毓筠、严复、刘师培、李燮和、胡瑛等所谓"六君子"组建筹安会，借其伪造民意，为复辟帝制制造舆论。但司马昭之心路人皆知，故王闿运有"新莽门"之讥，将袁世凯比作篡国之王莽，直指要害，实在是辛辣之极。接着作者叙述袁世凯把民国副总统黎元洪封为亲王、把末代皇帝溥仪收为女婿的荒唐操作，以讽刺其为达目的不择手段。作者同时揭露"诸将"为贪拥立之功以保富贵，不惜将丰泽园中的金鳌玉𬮦桥当作陈桥，以效拥立赵匡胤黄袍加身故事，所以闹出了"補袞无功"的笑话，更因此出现了"斩黄袍"这样的反应。随后作者以鲁仲连"义不帝秦"典故表达人们对袁世凯称帝的态度，《战国策·赵策》记载，鲁仲连曰："彼秦者，弃礼义而上首功之国也，权使其士，虏使其民。彼即肆然而为帝，过而为政于天下，则连有蹈东海而死耳，吾不忍为之民也。"于是便有了"护国滇南举义旗，西南半壁皆风靡"的局面，最终落得仰药自杀、尸腐流液的下场。作者用桓温之"既不能流芳百世，不足复遗臭万载耶"来评论袁世凯为遗臭万年，将人们对袁世凯的怨恨，等同于董卓被斩后人们将其燃脐三天三夜以泄愤的情况，鲜明地表达了作者对袁世凯倒行逆施的态度。然后作者继续写袁世凯死后，皇子化乞儿、诸姬织履卖的人亡家败结局，说明这一切都是其咎由自取，八十三天的所谓皇帝犹如一出滑稽戏，却永远地被钉在历史的耻辱柱上了。作者最后绾合题面，抒发"园中池馆长如日，鹭尾猴头安在哉"之感，"鹭尾猴头"，作者自注：世凯喜戎装，以鹭尾饰帽，章太炎戏改杜诗嘲之："云移鹭尾看军帽，日绕猴头识君颜"。此诗持论正大，观点鲜明，而以嬉笑怒骂，阐明了凡逆历史潮流而动的跳梁小丑一定会众叛亲离、人亡家败，最终被时代抛弃、被人民唾弃。

忆峨眉

忆昔我上峨眉山，直从地底通天关。下山九十九倒拐，上山八十有四盘。钻天怖鸽出鸟道，修蛇倒退缘岩峦。游人高步乔木杪，山鬼出没藤萝间。

曾缄诗选评 ZENG JIAN SHI XUAN PING

援藟眷谷俯千仞，其下但睹云漫漫。登危造极至金顶，天风吹落头上冠。
下方炎曦烁金石，山头懔懔愁天寒。空无依傍对寥廓，举目四顾天壤宽。
从知大块厌平衍，坤倪突起侵乾端。群山西来气磅礴，千崖拔地争巑岏。
苍苍莽莽望不尽，放眼直到西南蛮。王母戴胜来姗姗，侍儿皆佩白玉环。
化为雪峰望中国，瑶池盼断周王还。东方云海又奇绝，摇烟曳雾翻波澜。
光明崖上看日出，天开一朵红牡丹。海中云气幻仙岛，岛树烂若珊瑚珊。
虚空忽现大圆镜，缘以五色光檀栾。镜中有人说是佛，舍身往往惊愚顽。
夜来神灯遍山谷，点点飞集菩萨坛。以手攫之亦易得，到手一片霜叶干。
此间百怪安可悉，谪仙所语非欺谩。山川云物日千变，应悲造化无时闲。
归来下历九老洞，洪椿坪上稍盘桓。双崖合沓涧道窄，一线上透天容悭。
清音阁下漱飞流，牛心石上转弹丸。奇踪异迹若觇缕，只恐竹磬南山殚。
平生结习爱山水，蜀中胜处经游观。他山倘比侯伯国，此山殆是天可汗。
大峨寺中老松树，横披千亩何槃槃。它年容我专一壑，还来树下趺蒲团。
松根茯苓得饱吃，老死不见医眉斑。

【简析】

　　选自《晚食斋诗稿》。此诗为作者回忆游览峨眉山所作。开篇点题并极言其高，随后连用三个对仗句，描写上山下山一路所见，既言其高，又状其险。通过这一系列的铺垫，作者描写峨眉金顶的俯千谷、风落冠就有了着落。随后作者进一步将山上的天寒与山下的炎曦进行比较，以温度的巨大差异，来突出峨眉之高。作者站在金顶举目四望，但觉天地寥廓，"苍苍莽莽望不尽"，而四周空无依傍，唯有峨眉山"突起侵乾端"，用一"厌"字则将大自然拟人化。前面出现的怖鸽、修蛇、山鬼，乃山中实景，而作者在山顶，则恍惚看见西王母戴胜而来，仿佛身处仙界，此乃山上幻境。接着继续对山上看到的日出、佛光、神灯等奇异景象做了生动描写，从而生发"此间百怪安可悉""应悲造化无时闲"的感慨。最后一一描写下山途中所经历的九老洞、洪椿坪、一线天、清音阁、牛心石、大峨寺，然后得出"他山倘比侯伯国，此山殆是天可汗"的结论，表达"它年容我专一壑，还来树下趺蒲团"的愿望。此诗从"上山八十有四盘"所历，到金顶"举目四顾天壤宽"所见，再到"下山九十九倒拐"所历，按游览顺序一路写来，结构完整，首尾相顾，既有精雕细刻，也有泼墨渲染，或实景虚写，或虚景实写，叙事、议论、抒情巧妙交织，给人以美的享受。

巴人歌赠吕子方

古有巴人落下闳，今有巴人吕子方。巧历推知万古事，世间岁月空奔忙。子方自称牧牛子，尝从牛背读书史。离骚天问证天文，张衡大象通天体。观君读书如牧牛，绳穿牛鼻牵牛头。通人治学得纲领，视书直与牛相侔。古来绝学多在蜀，历法天文君杰出。俗儿肉眼看巴人，岂知君有阳春曲。语君切莫悲坎坷，为君高唱巴人歌。谈天口悬巴字河，名与巴山俱不磨。

【简析】

选自《青松馆诗稿》。巴人歌，这里指吟咏巴人的歌行。吕子方（1895—1964），重庆市沙坪坝人，教育家，著名学者、教授，中国科技史专家，重庆大学创始人之一。此诗即赠吕子方之作。作者开篇就将现在的吕子方比作古代的巴人落下闳，落下闳（前156—前87），复姓落下，名闳，字长公，巴郡阆中（今四川阆中）人，西汉时期的天文学家，他创制《太初历》，决定性地影响了中国历法结构；提出浑天说，创新中国古代"宇宙起源"学说；发明"通其率"，影响中国天文数学2000年。作者将吕子方与其相提并论，可见吕子方不但与落下闳同为巴人，而更重要的是吕子方在天文历法等方面与落下闳一样，以"巧历推知万古事"而成就不凡。虽然是等同于落下闳那样的存在，但吕子方却以"牧牛子"自居，"牧牛子"即川话的"放牛娃儿"，说自己的学问都是在牛背上获得的。"离骚天问证天文"表达吕子方通过读屈原的《离骚》《天问》来"证天文"，因为《离骚》特别是《天问》涉及天、地、人之事，表达了屈原对宇宙、人生、历史，乃至神话传说的看法。"张衡大象通天体"指出吕子方通过读张衡的《天文大象赋》来"通天体"，因为张衡的《天文大象赋》对太空星象展开了丰富奇特的想象、构建，张衡就是通过观天体道，优游宇宙，于乱世安顿灵魂。这就是说吕子方通过在牛背上阅读书史的方式，掌握了很多天文天体方面的知识，所以作者认为吕子方的学习犹如放牛，抓住了牛鼻子，就控制住了牛头，以此比喻吕子方的学习能抓住关键和要害，吕子方能有如此成就，是与他的善于学习分不开的。然后作者发出"古来绝学多在蜀，历法天文君杰出"的感慨，认为吕子方的名字将会与巴山一样永不磨灭，这既是对四川的赞美，也是对吕子方的推崇。此诗一个显著特点是善于譬喻，如"古来绝学多在蜀"，四川历史上的绝学牛人灿若星河，而作者将吕子方比作落下闳而不是其他人，是因为二人不但同为巴人，而且同是研究天文历法的人，更重要的是二人在这一领域都取得了非凡的成就，所以非常恰当妥帖。再如将读书比作牧牛，二者的关键都是需要"得纲领"，如此才会纲举目张，收到事半功倍的效果，这种比喻同样非常形象生动。

檬子杖歌

剑门山上老檬子，生长云根餐石髓。翩然化作小赪虬，出入老夫之手里。钉头磷磷遍体生，我持此杖胜短兵。不须更打落水狗，往柱苍天西北倾。

【简析】

选自《青松馆诗稿》。檬子杖，指以檬子木所做的手杖。此诗为自己所持手杖而作，是一首咏物诗。开篇以"剑门山上老檬子"道出此杖来历，"剑门山"，位于四川盆地西北部剑阁境内，是四川名山，历史上著名险关，而剑阁手杖则是剑门四绝之一，剑阁手杖以剑门山区灌丛中的硬杂木和藤条为原材料，经民间手杖艺人根据藤条、杂木的自然造型加工而成，材料质地细腻、坚韧，斑纹别致，造型自然奇特，极具地方特色，在民国年间已成为名特产品，有"剑阁的拐棍（杖），保宁（阆中）的醋"之说，所以此杖可谓出身名门，不是一般手杖可相提并论，而且此手杖是由老檬子制作而成，而此老檬子又是"生长云根餐石髓"，得天地之造化，吸日月之精华，非一般凡物可比，所以才有"翩然化作小赪虬"的奇事，剑阁手杖根据材料不同，杖形除自然杖、仿自然杖、雕刻杖外，一般为杂木自然杖，此类采用红檬子、乌楂子、水楂子等硬杂木制作，采料时连根掘起，以根部丫杈做弯曲手柄，精制成飞禽走兽杖或各色花卉杖，妙趣天成，作者所持手杖应属后者，所以有化龙的比喻。作者随之以"钉头磷磷遍体生"刻画杖身，既照应上句的"赪虬"，也切合此杖顺乎自然的制作工艺。正因为此杖遍体钉头磷磷，所以此杖在手，比短兵还要厉害。"不须更打落水狗"承接上句"短兵"而来，是作者由打狗棍生发的联想，"不须"，是因为此杖有更崇高而重大的作用，即"往柱苍天西北倾"，天倾西北，典出《淮南子》："共工氏与颛顼争为帝，怒而触不周之山，折天柱，绝地维，故天倾西北，日月辰星就焉。"此诗写所持手杖，作者将其视为龙，视为短兵，视为天柱，可谓想落天外。

邛山高

民国二十九年秋,风雨中过二郎山。次日晴明,西望雪山诸峰,作此篇。豪荡自恣,自谓似李青莲也。

四座切莫嚣,我歌邛山高。二郎岧峣插天起,峨眉瓦屋皆儿曹。山下浮云翻海涛,山上树密如牛毛。千崖无人豺虎嗥,栈石一线萦秋毫。铁马蹄穿不得度,木人泪下应嚎啕。我昔投荒走山谷,踟躇险嶬行荦确。长风吹我天上来,白云伴我山巅宿。天鸡夜啼东方曙,雪峰历历堪指数。瑶台明灭今有无,临风忽忆西王母。千古两情人,周穆与汉武。穆不重驰八骏来,武化汉陵一抔土。青鸟衔书欲寄谁,黄竹歌终泪如雨。山前便是天一涯,汉家昔事西南夷。相如乘传向绝域,闺中文君伤别离。人生行乐耳,须富贵何时?徒为远行役,恻侧令心悲。邛山高,泸水急,行人过此头欲白。人间何处不可留,辛勤乃作梯山客。

【简析】

选自《凿空集》。邛山即邛崃山脉,在四川省西部,为四川盆地灌县至天全一线以西山地的总称,是岷江和大渡河的分水岭,是四川盆地和青藏高原的地理界线和农业界线,是中国地形第一阶梯和第二阶梯的分界线之一,自北向南主要有海拔6250米的四姑娘山、海拔5072米的巴朗山、海拔5338米的夹金山和海拔3437米的二郎山等山。

此诗即作者1940年秋过邛崃山脉的二郎山所作。开篇两句乃作者假想自己在众人中高歌,当众宣示主旨即所歌内容或对象,吸引大家注意,起定场的作用。随后劈头即从所过之二郎山写起,将在二郎山所望的蜀中名山峨眉、瓦屋拉来与之比较,极言二郎山之高。接着对山上所望做具体描绘,以山下若海涛翻腾的浮云言其高峻,以山上密如牛毛的树林言其原始，以千崖无人而唯闻豺嗥虎啸言其荒凉，以细如秋毫的一线栈石言其险峻，以铁马之蹄即使磨穿也攀爬不过来言其艰险，以木头人见此也会号啕大哭来言其令人震骇，作者从此（二郎）与彼（峨眉、瓦屋）、上（山上）与下（山下）、有（豺虎）与无（人）、面（千崖）与线（栈石），多角度、多层面对邛山进行描写，让人们对邛山的高峻、原始、荒凉、险峻、艰险等特征有了直观而丰富的印象。

接着作者将自己过二郎山的原因略作交代，"投荒"本指贬谪、流放至荒远之地，这里指到遥远的异乡谋生，即作者去康定工作，这就是作者"蹀踏险巇行荦确"的原因。前面写此行所见，那么下面即转入对此行所历进行描述。"长风吹我天上来"，作者以长风为介，将登山的惊险与艰辛化作了一种轻松和豪迈，这是人们登上山顶时的一种普遍感受；"白云伴我山巅宿"，因有白云相伴，山上的荒凉与原始被直接无视，所以山巅之宿自然显得安闲而潇洒。"天鸡"一句承接上句而来，将从夜到晓的过程一笔带过。作者于清晨西望，只见"雪峰历历堪指数"，此即题注中所说："次日晴明，西望雪山诸峰。"这是实有之景。

于是作者从雪峰自然联想到瑶台，由瑶台自然联想到西王母，再由西王母联想到与之相关的两个有情之人——周穆王和汉武帝，《穆天子传》卷三："天子宾于西王母，天子觞西王母于瑶池之上。西王母为天子谣曰：'白云在天，山陵自出。道里悠远，山川间之。将子无死，尚能复来。'天子答之曰：'予归东土，和治诸夏。万民平均，吾顾见汝。比及三年，将复而野。'"虽然周穆王与西王母有后会之约，却不再驾乘八骏而来，唱罢周穆王所作的《黄竹歌》禁不住泪落如雨，李商隐《瑶池》："瑶池阿母绮窗开，黄竹歌声动地哀。八骏日行三万里，穆王何事不重来。"而汉武帝也已经化作汉陵的一抔土，青鸟即使衔书而来也不知寄给谁了，班固《汉武故事》："七月七日，上（汉武帝）于承华殿斋，正中，忽有一青鸟从西方来，集殿前。上问东方朔，朔曰：'此西王母欲来也。'有顷，王母至，有两青鸟如乌，侠侍王母旁。"作者于此借西王母及周穆王、汉武帝典，揭示求仙终妄、生命有尽的道理，抒发人生无常及生离死别之悲。

在此情感铺垫的基础上，作者慨叹此山一过即天涯，暗示自己漂泊的命运，同时将自己比作"乘传向绝域"的司马相如，虽然将自己的"投荒"置于"汉家昔事西南夷"的大业之下，但如同司马相如与卓文君的离别一样，自己与家人也不得不天各一方，这仍然是一种遗憾。所以作者直言不讳："人生行乐耳，须富贵何时？"此语出自汉代杨恽《报孙会宗书》："其诗曰：'田彼南山，芜秽不治。种一顷豆，落而为萁。人生行乐耳，须富贵何时？'"正因为这样，那么远行役就是徒然的了，只是令人心悲而已，所以面对邛山之高，泸水之急，"行人过此头欲白"，作者的情绪至此低落到了极点。最后两句"人间何处不可留，辛勤乃作梯山客"乃作者自我宽解语，表达了作者的无奈，"梯山"指攀登高山，亦泛指远涉险阻。

全诗写荒凉之景、离别之情，却能以豪荡出之。寓情于景，景中带情，借景抒情，情景两生；景虽荒凉，境却壮阔，情虽沉郁，气自豪迈。这种手法和风格，与李白《蜀道难》等诗相似度较高。

赠江梵众即题所画溪山兰若

梵众始与余相遇李将军其相幕中，后又同客川陕边区会办田公颂尧门下。予为什邡令，君来监税。余调令江北，君亦移监江北税事。之官同，罢官亦同，嘻，异矣！近为予画兰若，画笔极高，有鸥波叔明遗意，作长歌酬之。图中有二士，徐度溪桥，以兰若为归者。僧即俗耶，君即我耶，疑莫能明也。

成都画家谁最好，无定云庵得名早。早年曾写峨眉图，雨后岚光翠如扫。
在壶居士请为友，碧桐主人惊绝倒。二君南派俱擅场，能作北宗如汝少。
自昔从事李将军，方池楼阁连青云。幕府当时尽豪翰，君横彩笔相缤纷。
芮生善画修八法，秦老工书兼八分。舒子纵横叶深稳，我亦翩翩为小文。
岂知人事一朝易，弹铗还为孟尝客。东川草檄凡数秋，独与夫君数晨夕。
吟诗作画并时两，对酒当歌想高适。愧君赏我摇绿句，手制新图丽诗册。
故人何事弹冠起，什邡一旦侯雍齿。我从抚字到章山，君续催科临字水。
千里相依叹转蓬，两袖所贮清风耳。一官仍赋归去来，各整愁容对妻子。
闻君有屋已出卖，伤哉贫也何聊赖。不意人穷艺转精，丹青别有千秋在。
兴来为我复挥洒，笔底纷纭走光怪。浓皴淡抹无不宜，聚五攒三皆可爱。
山阿兰若开何年，浮图卓立天中天。百丈苍崖有时裂，一匹素练当空悬。
溪桥欸欸来二贤，此时四山方寂然。白云澹动深谷里，落日照耀群峰巅。
由来画法似佛法，一豪端见宝王刹。颇闻枯木有龙吟，若过石头妨路滑。
君手欲与造化争，我目当用金篦刮。凡夫肉眼那得见，大智如来独深察。
世路险巇无坦途，何事投人明月珠。且将三绝傲时辈，不用九能为大夫。
人生适意亦已矣，浮云富贵胡为乎。斗酒劳君莫辞醉，听我仰天拊岳歌呜呜。

【简析】

选自《涉趣园漫录之诗》。江梵众生平简介，见《题梁又铭中铭兄弟画三山小影图》简析。"兰若"即阿兰若，指寺庙。江梵众为作者作溪山兰若图，作者以此诗题画并赠。

开篇即以设问的方式，自问自答，引出将写之人，"无定云庵"为江梵众别号；然后从此人早年叙起，拈出其所写《峨眉图》，直观想象地状其观感为"雨后岚光翠如扫"，以此言其画作水平的高超；随后以"在壶居士""碧桐主人"的反应，侧面写其成就与影响；而这两人在画坛以南派山水画法最为擅场，但如江梵众这样的还会北宗画法的人就很少了，作者将江梵众与其他高手比较，赞誉其在画艺上的全面。

紧接着作者追忆与江梵众的相识相交，二人的交集从李其相将军幕府开始，而当时的李将军幕府会集的尽是文才出众的豪翰，除彩笔缤纷的江梵众外，还有善画修八法的芮生、工书兼八分的秦老、纵横的舒子和深稳的叶，以及翩翩为小文的作者。但好景不长，作者与江梵众像弹铗的冯谖一样，做了孟尝君的门客，这里指他们二人同时客于川陕边区会办田颂尧门下，从事公文起草工作好几年。在此期间，作者与江梵众诗画自娱，相互欣赏，作者在此句下自注："余在梓州泛舟涪水，有'人向中流摇绿去'之句，君遂作《东河春泛图》。江南高慈冠吾题一绝云：'吟诗作画并时两，对酒当歌容我三。一夕乡思殊未了，山平水远似江南。'"

作者于此再转折，述自己与江梵众像被汉高祖最痛恨的雍齿反而被封为什邡侯一样，自己被派去什邡做县令，而江梵众被派去什邡监税，"章山"为什邡别称，随后又一起被派往江北，"字水"代指重庆，所以作者发出"千里相依叹转蓬"的感喟。因"两袖所贮清风耳"，所以二人像陶渊明作归去来兮那样辞官后，"各整愁容对妻子"，可见二人为官都很清廉，而江梵众穷困到将房子都卖了，所以作者"伤哉贫也何聊赖"，以表同病相怜。

到此作者再以"不意人穷艺转精，丹青别有千秋在"转回到对江梵众画作的描写上来，"兴来为我复挥洒"四句描写江梵众所画溪山兰若图在技法上的高超，"浓皴淡抹"为着墨方法，"聚五攒三"为古代画竹叶的一种方法，谓三五片竹叶成组，清代王概《青在堂画竹浅说·画叶诀》："叶叶相加，势须飞舞。孤一迸二，攒三聚五。"随后具体描述江梵众所作之画，画图中，但见山阿不知建于何年的古寺、卓立的佛塔、高逾百丈的苍崖、宛如素练的悬空瀑布，溪桥上有二人正走来，此时四山寂静，白云在山谷里流动，落日照耀着群峰之巅，这个景象，透露出一片澹宕与宁静。

作者因此受到感染和启迪，认为"画法似佛法"，然后连用几个佛教典故加以说明或证明，"一豪端见宝王刹"语出《楞严经》"于一毫端现宝王刹"，是说"无量的佛界"可以入于一根毫毛孔窍那么细微的境界，就是法界其大无外，而其小无内，一根毫毛可以装得下宇宙万物、无边无量的佛土、佛世界，就是"芥子纳须弥"之意，在绘画中则是"尺幅万里"之意；"颇闻枯木有龙吟"犹言在阒寂中能听到巨响，意谓绝灭一切妄念，达到不生不灭的大自在境地，《五灯会元·洞山价禅师法嗣·曹山本寂禅师》："（僧）乃问师：'如何是枯木里龙吟'……遂示偈曰：'枯木龙吟真见道，髑髅无识眼初明。喜识尽时消息尽，当人那辨浊中清。'"作者借用"枯木龙吟"典，是作者为了说明和描述绘画中万动归静、静中含动、动静圆融的境界；"石头路滑"是一段禅宗公案，《五灯会元·卷第二·江西马祖道一禅师》记载：邓隐峰辞师，师曰："什么处去？"曰："石头去。"师曰："石头路滑。"曰："竿木随身，逢场作戏。"便去，才到石头，即绕禅床一匝，振锡一声，问："是何宗旨？"石头曰："苍天，苍天！"峰无语，却回举似师，师曰："汝更去问，待他有答，汝便嘘两声。"峰又去，依前问，石头乃嘘两声，峰又无语，回举似师，师曰："向汝道'石头路滑。'"作者借用此典，是为了说明绘画不是依样画葫芦可以学的，而完全是"用己心去接师心"才能达到更高的境界。所以作者从江梵众的画作所达到的水平和境界来看，认为江梵众已经是在跟造化相争，而自己也因观赏江梵众的画作而幡然醒悟其中的道理，"我目当用金篦刮"即"金篦刮眼"，语出《涅槃经》卷八："有盲人为治目故，造诣良医。是时，良医即以金篦刮其眼膜。"比喻去除执着、障碍，使心眼明净，杜甫《秋日夔府咏怀奉寄郑监李宾客一百韵》诗："金篦空刮眼，镜象未离铨。"于是作者感慨江梵众所达到的境界，"凡夫肉眼那得见，大智如来独深察。"

最后作者认为世路艰险，不须明珠投人，完全可以以诗书画三绝的境界傲视时辈，根本不用具备九能而为大夫，"九能"，《诗·鄘风·定之方中》："卜云其吉。"毛传："建邦能命龟，田能施命，作器能铭，使能造命，升高能赋，师旅能誓，山川能说，丧纪能诔，祭祀能语，君子能此九者，可谓有德音，可以为大夫。"古人认为具备了这九种才能就有资格和条件当官。作者宁选三绝，不选九能，也就是说不愿宦海沉浮，只愿在艺术上有所追求，把人生适意看得重，而视富贵则如浮云，因此作者邀好友共醉，以听作者拊缶而歌，杨恽《报孙会宗书》："酒后耳热，仰天拊缶而呼乌乌。"

这首诗虽是写画，但不只是写画，作者通过对画的生动描写，叙述了与画者的奇妙交集与深厚感情，表达了作者对绘画艺术的深刻理解，抒发了对仕途的失望和对艺术的追求。全诗叙述、描写、议论、抒情，反复交错，相得益彰；时间和空间的变化，事件与情感的转折，节奏跳跃却又络绎不绝；引经据典，可谓旁征博引；纵横捭阖，更显气势如虹。

行路难歌为大相岭作

四座切莫喧，听我歌路难。太行孟门不足道，斩绝只有邛崃山。下有窅冥莫测之深谷，上有缥缈无尽之层峦。蛮荒子弟夸矫捷，对此险峻愁难攀。古来几人到此地，王尊叱驭王阳还。其难也如此，而余羸且孱。既为远行役，宁复辞险艰。始度山之麓，路似蟠蛇方起伏。时踏乱石披荒榛，偶度危桥支坏木。桥边绝涧驰急流，终古惟闻水声哭。继陟山之腰，我行冉冉升青霄。谁开磴道向高壁，矙如天际垂长绡。行人伛偻始得上，手虽附葛身飘摇。小关已过大关近，宛转凌虚蹑梯径。此时四顾烟苍茫，天风打头雪没胫。望中千里山回环，随山路作长弓弯。忽转弯弓成直箭，上登山顶穷高盼。绝地天通著此身，剩欲化为云一片。峰回路转如旋螺，一落更下千丈坡。南至浇江百余里，犹蓄余势成陂陀。苍天何心设此险，西陲屹立高嵯峨。山高地气苦稀薄，呼吸仅存息微弱。客言咫尺多神灵，慎无高声雷雨作。只今回首草鞋坪，有虎食人心更惊。自是洪荒异人世，尔辈据险能纵横。安得当时疏凿手，为我尽铲丘山平。平平荡荡至西极，无复艰难歌远征。

【简析】

　　选自《康行杂诗》。行路难，乐府歌曲名，属杂曲歌辞，《乐府诗集·杂曲歌辞一》郭茂倩题解："杂曲者，历代有之。或心志之所存，或情思之所感，或宴游欢乐之所发，或忧愁愤怨之所兴；或叙离别悲伤之怀，或言征战行役之苦；或缘于佛老，或出自夷虞，兼收并载，故总谓之杂曲。"大相岭，见《纪行七首·过大相岭》简析。此诗写过大相岭情形。

　　开篇形式同作者所作《邛山高》，定场语后，作者将险峻陡峭的太行和孟门拉来与属于邛崃山脉的大相岭作比较。"孟门"：古山名，在今河南辉县西，春秋时为晋国要隘，《左传·襄公二十三年》："齐侯遂伐晋，取朝歌，为二队，入孟门，登太行。"杜预注："孟门，晋隘道。"《史记·孙子吴起列传》："殷纣之国，左孟门，右太行。"通过比较，然后作者具体从三个方面提出大相岭之所以胜出的证据，一是下有深谷、上有层峦，二是矫捷的当地年轻人也愁难攀，三是古人只有王尊、王阳二人到了这里，而其中的王阳还被吓退了，所以作者感喟："其难也如此。"何况自己还又瘦又弱呢！由此引出对自己这次攀爬的叙述与描写。"既为远行役"说明自己这次长途跋涉的缘由，"行役"旧指因服兵役、劳役或公务而出外跋涉，亦泛称行旅、出行，既然如此，那么前方即使再艰险，也无法推却，只能硬着头皮上。

接着作者开始叙述和描写登山的过程及情景：才从大相岭的山脚过去，路就像盘曲的蛇一样起伏不平，脚不时踏着乱石，身子不时冲开丛杂的草木，偶尔还要走过由坏木支撑的危桥，而桥下就是急流奔涌的绝涧，这里荒无人烟，只能听到亘古以来水的哭声。作者通过对大相岭山麓的路、石、榛、桥、涧、水等的描写，展现出了一幅荒凉而令人惊惧的景象，而这还只是登山的开始。接着转入对向山腰登陟的叙述与描写。这一过程，作者感觉是缓慢地上升到青天的过程。面对高挂石壁、垂落天际且洁白干净犹如挂帆的长木一样的石径，而像这样的石径究竟是何人开凿，作者心里十分疑惑，因为这个开凿难度实在难以想象。人们攀爬这样的石径，只有弯着腰才得行，手即使攀附着藤葛但身子仍然飘来荡去。过了小关，但大关又临近了（小关、大关乃地名，为大相岭上关隘），一路踩着石阶辗转升向空际。此时上面天风打头，下面大雪没胫，四顾但见云烟苍茫，极目千里唯有群山回环，攀爬之路顺着山势弯曲成一把长弓，这把长弓又突然变成了一支笔直的箭，循此即上达山顶。"绝地天通"意谓使天地各得其所，人于其间建立固定的纲纪秩序，《书·吕刑》："乃命重黎，绝地天通，罔有降格。"孔传："重即羲，黎即和。尧命羲和世掌天地四时之官，使人神不扰，各得其序，是谓绝地天通。言天神无有降地，地祇不至于天，明不相干。"作者借此词极言山之高，以至于隔绝了天与地，而人站在山顶，构成了天、地、人既相互关联又相互隔绝的关系，但人在天地之间又最具灵性，所以作者站在山巅，很想变成一片云，在天地间逍遥自在地飞翔。

随后作者开始写下山的情况。"峰回路转如旋螺，一落更下千丈坡。"这里以旋螺形容峰回路转之状，以"落"形容坡度的陡峭，以千丈形容其垂直高度。往南直至浈江的百多里路途，因大相岭山势的余脉依然倾斜不平，以此补充说明下山坡度的陡峭，同时也是对大相岭雄伟绵长山势的描写。由此作者面对"西陲屹立高嵯峨"的大相岭，发出了"苍天何心设此险"的追问，大相岭的高大险峻和作者此行的千难万险都饱含其中了。作者意犹未尽，继续写因山高而致空气稀薄，让行人虽有呼吸但气息微弱，似乎产生了高原反应，并且即使没有大声说话仍然惊动神灵，引来雷雨大作，作者通过这样的描写，极言此山之高和此行之难。

最后作者写下山后的感受。"草鞋坪"是翻越大相岭的一个垭口，海拔 2900 米，既是荥经和汉源的行政区划分界线，又是地理上的分界线，荥经那边湿润，汉源这边干燥，以前往来的背夫们到此，都会停下来换双草鞋，草鞋坪因之得名。作者如今回忆起这里，除了山势的险峻和攀爬的艰难，这里还有老虎出来食人，更是让人心惊，作者感觉这里就是跟人世不同的洪荒之地，所以像老虎这样的野兽能够据此险要之地为所欲为，因此作者表达了这样的愿望：要是当时那些疏凿此路的人把这里所有的山岭统统铲平就好了，那样的话，我就能"平平荡荡至西极，无复艰难歌远征"了！

这首诗叙述作者攀越大相岭的经历，让人如身临其境，描写此山的高大险峻和此行的情景，让人惊心动魄，抒发作者一路上的各种感受和感慨，让人感同身受，叙事层次清晰，写景穷形尽相，抒情有感而发，全诗既气势恢宏又细腻入微，既一气贯注又曲折婉转，这可能就是所谓得江山之助了。

周公山祈雨作

周公山即蔡山，相传诸葛武侯南征，于此梦见周公，故名。出雅城东数里，渡周公水便至山麓。历三道茶塘，经春秋坪、望乡台，以跻于顶。由麓至顶十五里皆峻坂，春秋坪以上磴道孤危，上有寺，祀禹王、周公及武侯。余以庚辰之岁，祷雨寺中，望峨眉瓦屋雪山，光景奇绝，为长

曾缄诗选评

句记之。

　　雅安天旱使我忧，强起祈雨行高丘。蔡蒙之山见禹贡，旅平故迹犹堪求。三间破庙压绝壁，夏后高坐垂冕旒。痴人说梦事可笑，疑误孔明成孔某。山名周公亦不恶，资为故实诚谬悠。我今愁咏云汉作，桑林致祷无时休。三君英灵在天地，能降甘露苏民不。焚香再拜陈此语，神弗我答凝双眸。老僧却喜太守至，安排供具山边楼。人渴饮汝水一勺，不饥饭汝粥一瓯。兴来凭槛对寥廓，千岩万壑何其稠。瓦屋飞青出严道，峨眉点黛横嘉州。苍茫杳霭望不尽，欻见碧落蟠银虬。西来看山到雪巅，气吞五岳无瀛洲。人生适意在咫尺，何必远羡卢敖游。日斜徒步下山去，坏磴遍历丛篁幽。茶塘三道淼延伫，一叶更泛前溪舟。火云烧空厚土裂，蛟龙渴死藏深湫。我过灵山竟空返，坐视妖魃荒吾畴。广川求雨苦未得，偃旗归去怀惭羞。

【简析】

　　选自《雅安杂诗》。祈雨：因久旱而求神降雨，古称雩祀，《礼记·月令》："乃命百县雩祀百辟、卿士有益于民者，以祈谷实。"《晋书·礼志上》："五月庚午，始祈雨于社稷山川。六月戊子，获澍雨。"作者任雅安县长期间，1940年因辖区内久旱，于是沿袭旧例以尽一县之长职责，上周公山祈雨。此诗即记此事。

　　开篇叙祈雨之由，引出祈雨之行，即上周公山，然后叙一路所见，蔡蒙二山见之于《禹贡》，而《禹贡》中记载的旅平故迹现在还能看到，《尚书·禹贡》："蔡蒙旅平，和夷厎绩。"周公山即蔡山，"旅平"，旧误释"旅"为祭山之礼，王引之《经义述闻》云："《禹贡》不纪祭山川之事……旅，道也。'蔡蒙旅平'者，言二山之道已平治也。"作者于此叙其古老。接着作者叙山上所见，即夏后高坐于山上的三间破庙中，"夏后"即夏禹（大禹），他曾在蔡蒙一带治水，所以后人在蔡山（周公山）上为其建庙以祀，这里也是作者此次祈雨的场所。然后作者对有关此山得名由来的传说发表看法,认为此事是痴人说梦,很是可笑,以周公为名还算不坏,但把这件事作为真正的事实就荒诞无稽了,由此可见作者对这些传说还是有比较清醒和理智的认识。

继前面的叙述和议论,作者接下来正式进入对祈雨情景的描述。"云汉作"指《诗经·大雅·云汉》,此诗为周宣王向上天求雨的祷词,是诗三百篇中唯一久旱求雨诗;"桑林致祷"典出《淮南子·主术训》:"商史纪:成汤时岁久大旱。太史占之,曰:'当以人祷。'汤曰:'吾所以请雨者,人也。若必以人,吾请自当。'遂斋戒、剪发、断爪,素车白马,身婴白茅,以为牺牲,祷于桑林之野。以六事自责曰:'政不节欤?民失职欤?宫室崇欤?女谒盛欤?苞苴行欤?谗夫昌欤?'言未已,大雨方数千里。"这里就对祈雨的人物、地点、程序及自责内容都做了详细记载,遂成后世祈雨规范。作者不是因无休无止地主持这种祈雨而发愁,是为旱情的多次发生而发愁,同时连以"雅雨"著称的雅安都这样久旱,这也从侧面说明旱情的严重程度。"三君英灵"指与此山有关的大禹、周公、孔明,作者焚香再拜,祈求三君在天之灵能降甘露以缓解老百姓的灾难和疾苦,但他们目不转睛,始终不做回应。而庙里的老僧却为一县之长的到来而欢喜非常,十分周到地在山边之楼陈设食具,备供酒食,备好了供佛的香花、饮食、幡盖等物,既做好了祈雨的准备,也做好了相应接待工作。

作者于山边楼兴致忽来,凭槛望远,但见千岩万壑,其中瓦屋山耸立于雅安,峨眉山横亘于乐山,"飞青""点黛"非常形象生动地刻画了两山的飞动挺拔之势。作者正感叹"苍茫杳霭望不尽",却忽然望见碧空中有银龙盘踞,原来是西边青藏高原的莽莽雪山,其气势压倒五岳,东海中神仙所居住的仙山就更不值一提了。作者这里仍然用比较的手法来衬托雪巅之高,也侧面表达自己视野的远大和心灵的震撼。于是作者触景生情,有感而发:"人生适意在咫尺,何必远羡卢敖游。""卢敖",号雍熙,居范阳，秦代博士，本齐国方士，曾为秦始皇寻求古仙人及长生仙药，《淮南子·道应训》："卢敖与之语曰：'唯敖为背群离党，穷观于六合之外者，非敖而已乎？敖幼而好游，至长不渝，周行四极。'"李白的《庐山谣寄卢侍御虚舟》："先期汗漫九垓上，愿接卢敖游太清。"而作者在这里表达的意思与李白不同，作者表达的是这里就可以看到十分壮观和美丽的景色，完全不必像卢敖那样去远游，从而表达了作者对此地山水的赞美。

　　随后叙下山所历所感。下山所经过的地方与题注中所记上山所经过的地方在顺序上刚好相反。作者下至山麓，渡过周公水后，立刻又回到"火云烧空厚土裂，蛟龙渴死藏深湫"的现实中，作者又想起了此行祈雨这一目的，认为自己这次虽然上了"灵山"，却白跑了一趟，以至于妖魃继续肆虐吾畴，自己像广川那样求雨，却依然没有求到，所以自己只好满怀惭羞，偃旗息鼓而去。"广川"即西汉大儒董仲舒，因其为广川（今河北景县广川）人，所以这样称呼他，他所著《春秋繁露》中专门介绍了各种如何求雨、止雨的方法。从这里可以看出，作者作为一县之长，面对旱灾和老百姓的苦难，他没有视而不见，而是想法解决，虽然祈雨这种方式于事无补，只能是一种心理安慰，但囿于当时的认知和科技水平，其实也没有更多有效的办法。从作者的惭羞，也说明作者还是有责任心和良心的。